Deborah Robinson, ihr Mann Steve und die fünfjährigen Zwillinge Brian und Kimberley sind eine richtige Bilderbuchfamilie – bis zu dem Tag nach der traditionellen Vorweihnachtsfeier in ihrem Hause, als Steve spurlos verschwindet.

Deborah hatte gespürt, daß Steve sich Sorgen machte. Nun erfährt sie von Steves Kollegen und Freunden, daß der Mann, der aufgrund von Steves Zeugenaussage wegen der brutalen Vergewaltigung von Steves kleiner Schwester seinerzeit verurteilt worden war, nach fünfzehn Jahren Haft freigelassen wurde und gedroht hatte, sich zu rächen.

Doch plötzlich stellt die Polizei Steves damalige Zeugenaussage in Frage. Deborah ist empört, aber ein leiser Zweifel schleicht sich ein. War Steve nicht immer schon auffällig verschlossen? Hin- und hergerissen zwischen Schuldgefühlen und einem vagen Verdacht, beginnt sie die Vergangenheit ihres Mannes zu erforschen. Was sie herausfindet, erschreckt sie zutiefst. Sie kann sich nicht länger sicher sein, Steve wirklich zu kennen. Sie weiß nur, daß irgend jemand ihr Haus beobachtet, irgend jemand, der skrupellos getötet hat – und bloß darauf wartet, wieder loszuschlagen ...

Carlene Thompson wurde 1952 in Parkersburg, West Virginia, geboren. Sie studierte englische Literatur und unterrichtete von 1983 bis 1989 an der Universität von Rio Grande in Ohio. 1991 veröffentlichte sie ihren ersten Roman *Black for Remembrance* (deutsch: ›Schwarz zur Erinnerung‹). Carlene Thompson lebt heute als freie Autorin auf einer Farm in West Virginia und nimmt sich herrenloser Hunde an.

Lieferbare Titel von Carlene Thompson im Fischer Taschenbuch Verlag: ›Schwarz zur Erinnerung‹ (Bd. 14227), ›Kalt ist die Nacht‹ (Bd. 14977), ›Sieh mich nicht an‹ (Bd. 14538), ›Heute Nacht oder nie‹ (Bd. 14779), ›Im Falle meines Todes‹ (Bd. 14835), ›Vergiss, wenn du kannst‹ (Bd. 15235); bei Krüger erschien 2002 ihr neuer Roman ›Glaub nicht, es sei vorbei‹.

Unsere Adresse im Internet: www.fischer-tb.de

Carlene Thompson

Sieh mich nicht an
Roman

Aus dem Amerikanischen
von Anne Steeb

Fischer Taschenbuch Verlag

Limitierte Sonderausgabe
Veröffentlicht im Fischer Taschenbuch Verlag,
einem Unternehmen der S. Fischer Verlag GmbH,
Frankfurt am Main, Januar 2003

© Fischer Taschenbuch Verlag GmbH, Frankfurt am Main 2000
Deutsche Erstausgabe
durch Vermittlung der Thomas Schlück Literary Agency, Garbsen
Die Originalausgabe erschien unter dem Titel
›The Way You Look Tonight‹
bei St. Martin's Press, New York
© Carlene Thompson 1995
Gesamtherstellung: Clausen & Bosse, Leck
Printed in Germany
ISBN 3-596-50610-7

In Erinnerung an Margie

*Dank an Janice Daniels, Dick Young,
Dave Sizemore und George Lucas*

Prolog

1

Als er um zehn Uhr abends Kelly's Bar betrat, war es dort brechend voll, was er für einen Samstag nicht ungewöhnlich fand. Alle paar Minuten ging die Tür auf und entließ einen Lichtkegel, das Geplärr der Musikbox und einen Schwall Zigarettenrauch in die kalte, stille Nacht. So waren solche Lokale nun einmal – laut, grell und verraucht. Er hielt mehrere Zigarettenlängen durch, trank drei Schluck erbärmlich schlechten Scotch, der mit abgestandenem Sodawasser verdünnt war, wehrte diplomatisch die Aufmerksamkeiten einer Bardame um die Fünfzig, mit plumper Figur und kummervollen, müden Augen, ab und brachte es fertig, sich in mehr als anderthalb Stunden mit nur zwei anderen Leuten kurz zu unterhalten. Dann verließ er das Lokal.

Draußen fegte ein kalter Windstoß über ihn hinweg. Er atmete tief ein. Frische, klare, reine Luft, dachte er. Saubere Luft. Der Schnee fiel dicht, verhüllte die Straßenlaternen, bedeckte den Gehsteig, bildete an den Ladenfronten kleine Schneewehen. Er erinnerte sich, wie er als Achtjähriger auf einen roten Schlitten geklettert war, der verlassen am Rinnstein stand und auf die Müllabfuhr wartete. Er war zu jung gewesen, um sich an der abblätternden Farbe, der verbogenen Kufe zu stören. Er hatte nur auf die beißende Luft geachtet, den flaumweichen Schnee am Hang hinter dem Haus, die aufregende Abfahrt, die vor ihm lag ...

Mit einem Kopfschütteln rief er sich zur Ordnung, zündete eine Zigarette an und konzentrierte sich erneut auf Kelly's Bar. Ein Paar trat ins Freie, lachte ausgelassen, als die Frau auf dem Schnee ausrutschte. Die zwei gingen in nördlicher Richtung davon. In den nächsten Minuten kam niemand mehr heraus. Wie auf ein geheimes Zeichen hin hatten sie vor einer halben Stunde plötzlich angefangen, die Bar zu verlassen. Nun war der Strom der Feiernden versiegt. Es mußte bald Polizeistunde sein.

Das blaue Neonschild von Kelly's Bar leuchtete. Es war das Schild, das ihn angezogen hatte – das blaue Glühen, das durch den mystischen Schneeschleier gespenstisch wirkte. Er hatte ein Faible für Licht, und dieses war besonders reizvoll. Er fragte sich, wie viele andere Leute wohl seine impressionistische Schönheit bemerkten. Nicht viele.

Nach seiner Erfahrung war die Wahrnehmung der meisten Leute entsetzlich unscharf und nüchtern. Er mußte sich ständig ermahnen, andere nicht an seiner Person zu messen. Schließlich war er intelligent, einfühlsam – Eigenschaften, die sich Leute in erbärmlichen Kleinanzeigen zuschrieben, meist ohne sie zu besitzen. Er konnte nicht umhin, sich ständig seiner Überlegenheit bewußt zu sein. Sie war einfach eine Tatsache.

Er war halb mit seiner Zigarette fertig, als eine Frau aus der Tür trat. Er hatte sie vorhin an der Bar sitzen sehen, nicht in einer der Nischen. Sie war Stammkundin: Der Barmann hatte sie mit Namen begrüßt. Sally? Hatte sie so geheißen? Egal. Namen gaben den Leuten eine Identität, darum wollte er sie gar nicht wissen, nicht einmal Spitznamen.

Sie blieb unsicher vor der Tür stehen und spähte mit zugekniffenen Augen die Straße hinauf, dann hinab in seine Richtung. Er war vor Blicken nicht gut geschützt, aber das machte nichts. Sie hatte bei aller Jugend und Schönheit nicht seine Sehkraft. Er hatte in der Bar bemerkt, daß ihre Augen groß und sanft waren, ihr Gesicht die reine, unschuldige Perfektion. Sie hatte ihn an Olivia Hussey in dem Film *Romeo und Julia* erinnert. Eine Rose unter Dornen. In Augenblicken wie diesem dachte er immer an das Lied *The Way You Look Tonight*. Er sang es leise, und seine Worte wurden vom kalten Wind davongeweht. »*Some day when I'm awf'ly low / When the world is cold / I will feel a glow just thinking of you / And the way you look tonight.*« – Manchmal, wenn ich in Schwermut versinke und die Welt erkaltet ist, spür ich ein Glühen beim Gedanken an dich und wie du aussiehst heute abend. Seine Mutter liebte dieses Lied.

Er sah die junge Frau im blauen Lichtschein blinzeln, als ihr der Schnee direkt ins Gesicht trieb. Das Herz des Mannes schlug schneller, als er sie anstarrte, wie um ihr zu suggerieren, in seine Richtung zu gehen. Jeder Nerv in seinem Leib schien sich zu entzünden, während er wartete und immer wieder versuchte, ihre Entscheidung zu beeinflussen. Die Frau wandte sich nach Norden, tat zwei Schritte und machte plötzlich kehrt.

Das war die Macht! dachte er triumphierend. Niemand war immun gegen die Macht, die Macht seines Willens, schon gar nicht das kindliche Gemüt einer jungen Frau.

Er warf seine Zigarette weg und ging leise in die Knie, bis er im Schnee saß. Sie kam herangeeilt und hielt inne, als sie sein Stöhnen in der Sackgasse widerhallen hörte. »Miss«, rief er kläglich. »Miss!« Sie verkrampfte sich fluchtbereit, starrte aber doch zu ihm hinüber. »Jemand hat mich überfallen«, sagte er mit undeutlicher Stimme und ließ ein rot beflecktes Taschentuch sinken, das er sich ans dichte Haar der Schläfe gehalten hatte. »Niedergeschlagen. Ich komm nicht auf die Beine.« Sie zögerte, während der Schnee unablässig auf ihr langes, glänzend schwarzes Haar herabfiel. Sie sah aus wie ein verängstigtes Kind, das nicht weiß, ob es freundlich sein oder so schnell wie möglich nach Hause rennen soll. Dann runzelte sie die Stirn. »Kenne ich Sie?«

»Ich glaub nicht«, antwortete er, instinktiv um Anonymität bemüht, und erkannte erst dann seinen Fehler. Sie wollte helfen, und es hätte ihr die Angst genommen, wenn er eingeräumt hätte, daß auch sie ihm vage bekannt vorkomme. Jetzt alles zurückzunehmen und zu verkünden, daß er sie doch kenne, hätte sich wie eine Lüge angehört und sie in die Flucht geschlagen. Besser nicht zuviel nachdenken. Bloß schön Mitleid erregen. Er sprach jetzt deutlicher, im Tonfall beleidigter Unschuld. »Miss, ich bitte Sie. Wenn Sie mir nur aufhelfen, finde ich selber ein Telefon und rufe einen Krankenwagen.« Er stand auf, sackte vornüber. »O Gott!«

Einen Augenblick später stand sie neben ihm. Eine Großstädterin wäre nicht so leichtgläubig, dachte er amüsiert. Aber in einem Ort wie Wheeling in West Virginia waren die Leute meist vertrauensseliger. Darauf konnte er sich immer verlassen. Er ließ das Taschentuch sinken und stöhnte. »Ich hab gar nicht mitgekriegt, daß da so viel Blut ist. Na ja, ich werd's überleben, wenn mir nur nicht so schwindlig wäre«, murmelte er, lachte kläglich auf und bemerkte ihre baumelnden Ohrringe aus geflochtenem Golddraht, die das schwache Licht einfingen.

Sie gab sich sachlich, hatte die Situation jetzt unter Kontrolle. Dachte sie. »Legen Sie einfach den Arm um meinen Hals. Wir schaffen Sie in die Bar da drüben und rufen dort Hilfe herbei.«

Die behandschuhte rechte Hand des Mannes schob sich verstohlen in seine Manteltasche und schloß sich um einen Gegenstand darin, während er sie mit sorgfältig geübter Dankbarkeit anlächelte. »Sie sind ein Engel, junge Frau. Sie werden für Ihre Güte belohnt werden.«

2

Zwanzig Minuten später schlug Sally Yates, oder was von ihr übrig war, die Augen auf. Schmerz. Er überwältigte ihr Bewußtsein. Schmerz und ein grausamer, erstickender Strang um ihren Hals. Sie verkrallte sich darin. Ein Strick. Ein Strick mit Knoten. Und rund um den Strick etwas Warmes, Glitschiges.

Sie hob die Hand und betastete ihren Kopf. Die rechte Seite fühlte sich seltsam an – wie eingedellt. Blut quoll aus der Wunde, bedeckte ihr Gesicht, durchnäßte ihr Haar, tropfte auf ihren weißen Dralonmantel, den sie so elegant fand. Ihre Hand strich über eine zugeschwollene Augenhöhle, an der eingeschlagenen Wange hinab zu einer gezackten Knochenspitze, die in Kieferhöhe hervorstak. Was im Namen Gottes hatte er mit ihrem Gesicht angestellt? Dann fiel es ihr ein – der Hammer. Sie hatte ihn gesehen, nachdem er ihr lachend die Ohrringe aus den durchbohrten Ohrläppchen gerissen hatte.

Der Schmerz war nahezu unerträglich. Benommen rollte sie auf die Seite, kämpfte mit schwirrendem Kopf um ihr Gleichgewicht. »Es ist nicht recht, daß du heute ausgehst.« Die Worte

10

ihrer Mutter kamen ihr in den Sinn. »Jack macht Hackfleisch aus dir, wenn er dahinterkommt.«

»Ich bin zweiundzwanzig«, hatte Sally aufbegehrt. »Er ist nie da, und wenn, dann will er nie was unternehmen. Außerdem geh ich bloß ins Kino.«

»Kino, wer's glaubt. In diese Bar gehst du – Kelly's Bar. Du solltest daheimbleiben und dein Baby hüten.«

Amy. Daheim in Sicherheit bei Sallys ewig nörgelnder, aber liebender Mutter. Aber was wäre, wenn sie nicht überlebte? Jack würde Amy großziehen, und der war schnell dabei, zu brüllen und um sich zu schlagen und zu treten, wenn nicht alles nach seinem Willen ging.

Der Gedanke an ihr acht Monate altes Baby erfüllte Sally mit neuer Entschlossenheit. Sie kämpfte gegen das Bedürfnis an, im Schnee liegenzubleiben und die Finsternis über sich kommen zu lassen, die den Schmerz und das Entsetzen auslöscht. Statt dessen zwang sie sich aufzublicken. Mit dem rechten Auge sah sie etwas vor sich aufragen. Sie streckte die Hand aus. Kaltes Metall. Ein Müllcontainer, dachte sie, um einen klaren Gedanken bemüht. Er hatte sie hinter einen Müllcontainer gezerrt, ehe er den Strick so fest angezogen hatte, daß ihr die Luft wegblieb und sie halb ohnmächtig werden ließ, bevor er sie vergewaltigte und verprügelte.

Sie versuchte zu schlucken und würgte etwas hervor, das in ihrem Mund gesteckt hatte, einen Klumpen ... wovon? Laub? Dünne Zweige? Sie konnte im Dunkeln nichts erkennen. Kleine Brocken schwammen in ihrem Mund, saßen rund um den gebrochenen Kieferknochen fest, aber sie hatte nicht die Kraft oder die Schmerztoleranz, um sie mit der Zunge herauszufischen.

Mit rasselndem Atem, der sich seinen Weg durch ihre vom Strick verengte Luftröhre erzwang, zog sie sich mühsam hoch und kroch auf Händen und Knien vorwärts. Vor lauter Übelkeit drehte sich ihr der Magen um. Ihr linker Ringfinger schmerzte und baumelte in seltsamem Winkel herab. Er war gebrochen, und ihr Ehering war verschwunden. Wie seltsam, dachte sie benommen. Der Mistkerl hat meinen Ehering gestohlen!

Schnee bedeckte ihr Haar und blieb an ihren nackten Knien

haften – ihre Strumpfhose war zerfetzt –, aber sie spürte die Kälte nicht mehr so wie direkt nach dem Aufwachen. Schnee knirschte unter ihrem Gewicht, als sie sich in Richtung Straße schleppte, dorthin, wo vielleicht andere Menschen waren, wo Lichter brannten, wo mit Hilfe zu rechnen war.

Sie kippte mehrmals um und fiel auf die Seite, und einmal wurde ihr bewußt, daß sie auf dem Bauch rutschte wie eine Schlange, mit vorgestreckter Zunge nach Luft schnappend. Die Nägel, die sie heute abend maniküre hatte, rissen ein, als sie sich mit den Händen vorwärtszog und hin und wieder nach dem Strick um ihren Hals griff, dem Strick, der tief in ihre junge weiche Haut einschnitt. Wie im Traum stellte sie fest, daß sie ihre Schuhe verloren hatte. Gute Schuhe. Ihre besten. Echtes Leder. Die muß ich später zu finden versuchen.

Die Straße. Mit dem einen unversehrten Auge sah sie sich um. Niemand in der Nähe, aber sie schleppte sich weiter. Weiter und immer weiter. Alles drehte sich, und sie schloß die Augen, während sie sich weiter vorwärtszog. Eine Ewigkeit war vergangen, als sie jemanden rufen hörte: »Was, zum Teufel, ist da los?« Sie war sich undeutlich bewußt, daß Leute um sie herumstanden. Ein Mann drehte sie um und flüsterte dann: »Allmächtiger, nein!«

Sie hatte einen absurden Anfall von Verlegenheit, das irrationale Bedürfnis, ihr zerschlagenes Gesicht zu bedecken, doch ihre Hände ließen sich nicht mehr bewegen. »Das ist Sally!«

»Woher willst du das wissen?« fragte eine Frau mit zitternder Stimme.

»Ich hab sie am Haar erkannt. Sally, was ist passiert?«

Hank, der Barmann. Sie versuchte, etwas zu sagen, brachte jedoch kein Wort heraus. Ihre Kehle schien zugeschwollen zu sein. Sie zerrte vergebens an dem Strick.

Sallys Körper erschlaffte. Sie hatte die Strangulation überlebt, die Vergewaltigung und die Schläge, aber nun ging etwas in ihrem Gehirn vor. Ihre Sinnesempfindungen ließen nach. Hirnschaden. Sie kannte sich aus – sie war Krankenschwester. Verzweifelt bemühte sie sich, den Schmerz zurückzugewinnen, der Weiterleben bedeutete, normale Hirnfunktion.

»Wer hat dir das angetan?« fragte Hank.

Die Stimme der Frau hob sich gespenstisch. »Oje, oje! Sieh dir nur ihr Gesicht an! Jemand hat es zu Brei geschlagen!« jammerte sie. »Ich glaub, ich fall in Ohnmacht. Gleich kipp ich hier aus den Latschen.«

»Nun hör auf, nur an dich selbst zu denken, und hol Hilfe!« schrie Hank sie an.

»Ich kann nicht. Mir ist schlecht. Ich zittere wie Espenlaub.«

»Verdammt noch mal, Belle, stell dich nicht so dumm an. Du machst ihr Angst.«

»Ich soll ihr Angst machen! Eins sag ich dir: Die ist übers Angsthaben weg. Siehst du nicht, daß sie im Sterben liegt?«

Sterben, dachte Sally mit einem letzten schwachen Aufflackern ihres Bewußtseins. Ich sterbe auf einem kalten, schneebedeckten Gehsteig, nur weil ein Mann in einer Nebenstraße um Hilfe gerufen hat.

Eins

»Ein gelungenes Fest, wie üblich.«

Deborah Robinson beobachtete Pete Griffins gerötete Wangen und seine schweißnasse Stirn unter dem schütteren braunen Haar. Sie hatte schon vor einiger Zeit überlegt, daß es ein wenig zu heiß im Zimmer wurde. Petes Zustand gab ihr recht. Das flackernde Feuer im Kamin gab zuviel zusätzliche Wärme ab. »Ich freu mich, daß es dir gefällt, Pete«, sagte sie und nahm sich vor, den Thermostat herunterzudrehen und die Hitze im Heizkessel zu drosseln. »Wir hatten noch nie ein so großes Fest.«

»Ich komm mir unter all diesen Anwälten ein wenig fehl am Platz vor. Bin ich der einzige Nichtjurist in deinem und Steves Bekanntenkreis?«

Deborah lachte und wollte sagen: »Natürlich nicht.« Dann blickte sie sich im Zimmer um. Alle Anwesenden waren entweder selbst Anwälte oder in Begleitung eines Juristen gekommen. »Es sieht ganz danach aus, stimmt's? Aber du weißt ja, unsere Weihnachtsfeste sind immer eine Versammlung von Leuten, mit denen Steve im Büro der Staatsanwaltschaft zusammenarbeitet.«

»Na ja, es war jedenfalls nett von euch, mich trotzdem einzuladen.«

»Wir laden dich doch immer ein. Du bist einer von Steves ältesten Freunden.«

Pete grinste. »Steve will mich doch nur dazu kriegen, daß ich ihm kostenlos die Steuererklärung mache.«

»Es ist immer gut, einen Steuerberater auf seiner Seite zu haben, erst recht, wenn er die größte Wirtschaftsprüferfirma der Stadt betreibt. Wo ist eigentlich dein Sohn?«

»Adam findet, daß er mit seinen fünfzehn Jahren zu cool ist für solche Feste. Er ist bei einem Freund zu Besuch, um ohrenbetäubende Musik zu hören und sich zu beschweren, daß ich ihm kein Auto kaufe.«

»Er hat doch noch gar keinen Führerschein.«

»Nach Adams Ansicht ist das nebensächlich«, entgegnete Pete und zog ein drolliges Gesicht. »Er meint, wir müßten schon mal planen und sparen. Er wünscht sich einen Viper.«

»Genau das richtige für den ungeübten Fahrer.«

»Finde ich auch. Ein Fünfzehnjähriger mit einem Fünfzigtausend-Dollar-Sportwagen. Mir wird schon schwindlig, wenn ich nur dran denke.«

Deborah lachte. Sie verstand, warum Pete Steves bester Freund war. Davon abgesehen, daß ihre gemeinsamen Erinnerungen bis in die Kinderzeit zurückreichten, war Pete intelligent, bescheiden und immer da, wenn man ihn brauchte. Deborah hatte ihn von Anfang an besonders gemocht, ihn und seine zurückhaltende Art. Dahinter verbargen sich ein trockener Humor und unerschütterliche Hingabe an den Sohn, den er allein großzog, seit ihn drei Jahre zuvor seine Frau verlassen hatte. Sie hatte sich nie um das Sorgerecht für das Kind bemüht und meldete sich nur selten bei ihm. Soweit sie gehört hatte, war Hope Griffin in Montana damit beschäftigt, heldenmütig die Umwelt zu schützen. »Wölfe retten, aber den eigenen Sohn im Stich lassen«, hatte Deborahs Ehemann Steve bitter gesagt. »Endlich mal eine Frau, die ihre Prioritäten richtig setzt.«

»Ich persönlich fände es wunderbar, noch mal fünfzehn zu sein und so viele Hoffnungen und Träume zu haben«, sagte Deborah und versuchte, Petes Kummer über die großen Ambitionen seines Sohns wieder ins rechte Licht zu rücken. »Ich weiß noch, ich war in dem Alter überzeugt, daß aus mir die nächste Karen Carpenter wird.«

Pete lächelte. »Und ich wollte der nächste Frank Lloyd Wright werden.«

»Ich wußte gar nicht, daß du dich mal für Architektur interessiert hast.«

»Nur so lange, bis ich feststellen mußte, daß die Fähigkeit, meine Großmutter mit meinen Ölgemälden zu begeistern, nicht bedeutete, daß ich Talent zum Gestalten von Bauwerken hatte.«

»Ich nehme an, wir haben ähnliche Erfahrungen gemacht. Ich brauchte mir nur ein Band von mir anzuhören, auf dem ich *Rainy Days and Mondays* sang, um Bescheid zu wissen. Ich war entsetzt. Und doch hat es auch Spaß gemacht, eine Weile zu glauben, daß alles möglich ist.«

»Adam ist noch in diesem Stadium. Er überlegt sich beinahe jede Woche etwas Neues, was er mit seinem Leben anfangen will. Letzte Woche hat er sich wieder mal *Top Gun* angesehen, deshalb will er jetzt Pilot werden. Warte nur, bis euer kleiner Brian in das Alter kommt.«

Deborah sah ihn mit gespieltem Entsetzen an. »Er ist erst fünf. Ich hoffe doch, daß ich noch ein paar Jahre Ruhe habe.«

Pete warf einen Blick auf die Uhr. »Ich will euch hier nicht die Stimmung verderben – nicht daß ich glaube, man wird mich vermissen, aber ich hab zu Adam gesagt, daß ich ihn um elf zu Hause erwarte. Ich möchte rechtzeitig zurücksein, deshalb sollte ich mich wohl langsam auf den Weg machen.«

»Du könntest ihn doch von hier aus anrufen und dich vergewissern, daß er sich bald auf den Heimweg macht.«

»Und ihn vor seinen Freunden demütigen?« Pete schüttelte traurig den Kopf. »Deborah, du hast noch viel über Teenager zu lernen. Damit würde ich mir nur tagelang mürrisches Schweigen und Blicke voller Empörung und Groll einhandeln. Ich glaube nicht, daß ich das durchstehen würde. Nein, ich werde ihn einfach wie das leibhaftige schlechte Gewissen erwarten, wenn er heimkommt. Wenn er dann zu spät dran ist, kann ich meine bewährte Rede halten, von Vertrauen, Verantwortung und Rücksicht, die er auf andere zu nehmen hätte, vor allem auf seinen armen alten Papa.«

»Was bist du für ein grausamer, herzloser Mensch«, sagte Deborah lachend.

»Von der schlimmsten Sorte. Es ist meine größte Freude im Leben.«

Deborah winkte Steve, der sich mit Evan Kincaid unterhielt. Steve – langgliedrig und ernsthaft, aber manchmal auch zu einem lausbübischen Grinsen fähig – kam herbeigeeilt. Sein hellbraunes Haar war am Ansatz feucht, seine Haut gerötet.

»Und, wie läuft es hier?« fragte er leichthin.

»Pete meint, er müßte nach Hause fahren und nach Adam sehen.«

»Er ist doch hoffentlich nicht krank?«

»Nein, nur auf einer Party bei Freunden.«

»Wenn's weiter nichts ist. In dem Fall schlage ich vor, du nimmst noch einen Drink mit mir, ehe du gehst. Ich hab, glaub ich, eine Flasche vom Feinsten draußen in der Küche stehen. Chivas Regal, zwölf Jahre alt.«

»Da kann man kaum nein sagen«, antwortete Pete. »Aber Adam ...«

»He, laß dem Jungen ein bißchen Spielraum, ja? Fünfzehn Minuten, das ist doch wohl nicht zuviel verlangt.«

Pete war hin- und hergerissen, doch dann lächelte er. »Na gut, einen auf die Schnelle, dann mach ich mich auf den Weg.«

»Kannst du ein paar Minuten ohne mich auskommen?« erkundigte sich Steve bei Deborah.

»Ich werd's versuchen, aber fangt ihr zwei nicht an, euch über die gute alte Schulzeit zu unterhalten, sonst bleibt ihr ewig weg.«

»Wir werden uns Mühe geben«, sagte Steve und sah sich lachend nach ihr um. Er und Pete waren bereits in Richtung Küche unterwegs.

Nein, sie werden bestimmt nicht ewig bleiben, dachte Deborah. Pete war viel zu besorgt wegen Adam, um lange zu verweilen. Er war überfürsorglich gegenüber dem Jungen, war es Steve zufolge seit seiner Scheidung. Er hatte seine Frau verloren und fürchtete sich davor, auch seinen Sohn zu verlieren. Nicht, daß er da was zu befürchten hätte: Adam Griffin hing, obwohl er wie alle Teenager gern den starken Mann markierte, sehr an seinem Vater. Dennoch wußte sie, daß Steve, so freundlich die Einladung zu einem Drink unter vier Augen gemeint war, Pete in bezug auf seine verspätete Heimkehr nur noch nervöser machte.

Deborah seufzte und sah sich in ihrem großen Wohnzimmer um, das einst in zwei kleinere Räume unklarer Funktion aufgeteilt gewesen war. Steve hatte sich gesträubt, die Zwischenwand herausbrechen zu lassen – zu viel Aufwand, hatte er behauptet –, aber Deborah hatte darauf bestanden. Nun war aus den beiden kleinen Zimmern ein geräumiges geworden, und anstelle der vier kleinen Fenster, deren unterteilte Scheiben unmöglich sauberzuhalten waren, sorgte ein großes Panoramafenster dafür, daß es hell und luftig wirkte. Deborah war mit dem Umbau zufrieden und nahm an, daß Steve es auch war, obwohl er sich kaum einmal zu ihren Bemühungen äußerte, weil er sie offenbar nicht zu weiteren Veränderungen ermuntern wollte.

Der Duft nach gebratener Ente, glasierter Jamswurzel und Glühwein wehte vom Büfett herüber. Ihr knurrte auf das unangenehmste der Magen – sie war zwei Tage lang so mit der Zubereitung der Speisen beschäftigt gewesen, daß sie ihren sinnlichen Reiz eingebüßt hatten. Leerer Magen oder nicht: Sie hatte das Gefühl, keinen Bissen herunterbringen zu können. Außerdem war sie sehr müde. Es kam ihr vor, als würde das Fest jedes Jahr aufwendiger, und sie kochte das Essen lieber selbst, als es von einem Partyservice anliefern zu lassen. Inzwischen fand sie die Feste eher anstrengend als vergnüglich, und die Familie mußte noch Tage danach Reste essen.

Sie machte die Runde durchs Zimmer, erkundigte sich, ob sie nachschenken dürfe, reichte Plätzchen herum und erinnerte die Gäste an die Kuchen mit Apfel-, Kürbis- und Rosinenfüllung, die noch auf dem Büfett standen. Ein Anwalt, dessen Name Deborah wieder einmal nicht einfallen wollte, hielt einen Vortrag über einen Fall, den er im vergangenen Jahr verhandelt hatte. Seine Frau unterbrach ihn ständig, korrigierte alles, was er sagte, und merkte gar nicht, daß seine Blicke immer kälter, seine Kiefermuskulatur immer verspannter wurden. Die Freundin eines anderen redete lautstark auf eine Matrone mit blaugetönter Frisur ein. Es ging um einen mehrfachen Mörder, dem eine örtliche Zeitung den reißerischen Spitznamen *The Dark Alley Strangler* oder »Gassenwürger« verpaßt hatte. »Es ängstigt mich zu Tode, wenn ich dran denke, daß er neulich am Samstag abend wieder zugeschlagen hat, und diesmal sogar hier in West Virginia«, sagte sie. »Das ist das siebte Mal in drei Jahren. Und dieses letzte Mädchen. Armes Ding. Sie war Krankenschwester und hatte ein kleines Kind. Bis jetzt hält sie durch, aber man glaubt nicht, daß sie es überlebt.«

Deborah zuckte zusammen. Sie fand es nur verständlich,

daß die Sprache auf den Mörder kam, aber es sollte doch ein festlicher Abend sein, und Diskussionen über Gewaltverbrechen verdarben eindeutig die Atmosphäre. Die Weihnachtsstimmung war dahin.

Deborah ging weiter, drehte den Thermostat um fünf Grad herunter und kümmerte sich um das Wohlergehen ihrer Gäste. Nur wenige zählten zu ihren Freunden. Die meisten kamen aus Steves Welt, und sie spürte, daß viele meinten, Steve habe nicht standesgemäß geheiratet. Steve sagte immer, sie bilde sich das nur ein, aber sie bemerkte die Distanz. Das war natürlich zum Teil ihre Schuld. Sie war weder Stimmungskanone noch selbstsichere Frau von Welt. Das ging so weit, daß sie die weihnachtlichen Partys zu hassen begonnen hatte. Steve und sie hatten sie im ersten Jahr ihrer Ehe als vergnügliches Ritual begonnen, aber in den vergangenen sieben Jahren waren sie ihr zur Qual geworden. Vielleicht war dies das letzte Fest dieser Art, überlegte Deborah. Vielleicht würde er sich nächstes Jahr überreden lassen, vor Weihnachten nur ein paar gute Freunde einzuladen.

Sie zog sich in eine Ecke des Wohnzimmers zurück, ein Glas Campari Soda in der Hand. Die Rauchschwaden dämpften das Licht. Selbst die Kerzen am Weihnachtsbaum wirkten weniger hell, wie von einer Dunstglocke umgeben. Ihre Augen brannten unter den Kontaktlinsen, und obwohl sie vor zwei Jahren das Rauchen aufgegeben hatte, empfand Deborah nun überwältigende Lust auf eine Zigarette – egal, was für eine, auch eine von den nikotinarmen, die sie früher so abscheulich gefunden hatte. Sie würde so lange in Versuchung sein, wieder zu rauchen, bis der Raum gründlich gelüftet war, und das konnte Tage dauern, überlegte sie verdrießlich. Gott sei Dank gaben sie und Steve nur einmal im Jahr eine Party. Wenn das Haus zu oft nach Rauch gerochen hätte, wäre sie mit ihrem Verlangen nach Nikotin nie fertig geworden.

Sie war sich darüber im klaren, daß sie sich eigentlich um die Gäste kümmern sollte, aber ihr tat auf einmal der Kopf weh. Sie war von der vielen Kocherei todmüde und fühlte sich zunehmend befangen in dem weißen Wollkleid mit U-Ausschnitt und Goldgürtel, das Steve veranlaßt hatte, sie mißbilligend anzuschauen. »Findest du das nicht ein wenig ... offenherzig?« hatte er taktvoll gefragt. »Warum ziehst du nicht das schwarze aus Samt an – das Kleid, das ich dir erst letztes Jahr gekauft hab?« Wie hätte sie ihm da beibringen können, daß das schwarze Samtkleid auftrug und zu warm war, die Ärmel zu eng, der Rock zu lang, selbst für ihre Körpergröße von eins-dreiundsiebzig? Trotzdem hätte sie sich ihm zuliebe umgezogen, wenn es nicht in dem Augenblick an der Tür geklingelt hätte und die ersten Gäste eingetroffen wären.

Deborah lächelte Barbara Levine zu, ihrer Freundin und Steves Kollegin im Büro der Staatsanwaltschaft. Sie hatte Barbara im ersten Jahr kennengelernt, in dem sie als Sekretärin in der Kanzlei gearbeitet hatte. Eines trüben Sonntags im November waren sie sich in einem Videoladen über den Weg gelaufen, beide auf der Suche nach *Dr. Schiwago*. Barbara hatte den Film schon gefunden und war dabei, die Leihgebühr zu bezahlen, als Deborah an die Theke getreten war und danach gefragt hatte. Die Verkäuferin hatte ihr mitgeteilt, daß sie nur eine Kopie hätten. »Na gut, dann muß ich mir eben was anderes suchen«, hatte sie enttäuscht gesagt, aber da hatte Barbara plötzlich vorgeschlagen: »Warum kommen Sie nicht mit mir nach Hause und schauen sich den Film dort an?« Verblüfft über die spontane Einladung der scheinbar so knochenharten Anwältin, die sie vom ersten Arbeitstag an eingeschüchtert hatte, hatte Deborah Einwände erhoben, aber Barbara hatte nicht lockergelassen. Sie hatten sich den Film in Barbaras Wohnung angesehen und Popcorn aus dem Mikrowellenherd gegessen (»Das einzige, was ich kochen kann«, hatte Barbara ihr anvertraut), und am Ende des Films waren sie beide zu Tränen gerührt, als der schöne Schiwago auf offener Straße tot umfiel, während er seiner geliebten Lara folgte, ohne daß sie es merkte. Später waren sie zusammen in ein italienisches Restaurant gegangen, und von dem Tag an hatte Deborah keine Angst mehr vor Barbara. Sie waren Freundinnen geworden und teilten die Vorliebe für Tiere, Liebesfilme und die Romane von Agatha Christie.

Barbara kam von der anderen Zimmerseite zu ihr herüber. »Hat Steve uns verlassen?«

»Er ist mit Pete in der Küche«, antwortete Deborah lächelnd.

»Pete ist ein richtig netter Kerl. Ich frage mich, warum er nie mehr geheiratet hat.«

»Wahrscheinlich, weil er sich beim ersten Mal so die Finger verbrannt hat. Und er verbringt viel Zeit mit Adam und der Großmutter in Wheeling, bei der er aufgewachsen ist, nachdem seine Eltern gestorben waren. Sie ist jetzt schon über achtzig und oft krank.«

»Ich finde, das sind keine Gründe, sich derart abzukapseln«, entgegnete Barbara. »Er braucht eine Freundin voller Leben, die ihn dazu bringt, sich seinem Alter entsprechend zu benehmen. Und ihn veranlaßt, sich eine neue Garderobe zuzulegen. Seine Kleidung sieht aus, als sei sie ihm zu groß, ganz zu schweigen davon, daß sie total altmodisch ist. Ich bin ja selber keine Modepuppe, aber er macht den Eindruck, als wolle er mit Absicht zehn Jahre älter aussehen, als er ist.«

»Wenn du solche Bemerkungen machst, wird der Weihnachtsmann dich nicht besuchen.«

Barbara kicherte, und das Lachen ließ ihre dunklen, raubvogelartigen Züge weicher erscheinen. In jungen Jahren war ihr feingeschnittenes Gesicht wahrscheinlich auf dramatische Art attraktiv gewesen, dachte Deborah oft. Aber mit achtunddreißig, nach fünfzehn Jahren mit zwölf Stunden Arbeit am Tag und kaum Schönheitspflege, sah sie mit ihrer ungecremten Haut und dem bis auf den achtlos aufgetragenen Lippenstift ungeschminkten Gesicht meist hager, verspannt und leicht wettergegerbt aus. An diesem Abend hatte sie ein kaum schmeichelhaftes grelles Rosa für die Lippen gewählt, das auch noch einen Schneidezahn schmückte. Aber Deborah wußte, wie empfindlich Barbara reagieren konnte, wenn es um ihr Aussehen ging.

»Übrigens, du siehst toll aus«, sagte Barbara. »Ich wußte, daß dir das Kleid stehen würde, sobald wir es im Schaufenster entdeckt hatten.«

»Steve gefällt es nicht.«

»Typisch. Er ist ein lieber Mensch, aber wenn es nach ihm ginge, würdest du wie eine unansehnliche Sechzigjährige und nicht wie reizvolle achtundzwanzig Jahre aussehen.«

»Ach, Barbara, das ist nicht wahr.«

»O doch. Er fürchtet, daß du dich aus dem Staub machen und einem anderen in die Arme laufen könntest.«

»Da besteht keine Gefahr. Und du hältst Steve für durchtriebener, als er ist.«

»Behauptest du. Man hat dir eingeredet, daß du vom Aussehen her nichts Besonderes bist. Ich dagegen fange an, wie meine Mutter auszusehen, und die ist tatsächlich Mitte Sechzig.« Sie hielt ein Schokoladen- und Mandelplätzchen hoch, an dem sie geknabbert hatte. »Und so was trägt auch nicht dazu bei, sich eine mädchenhafte Figur zu bewahren.«

»Barbara, du bist dünn wie ein Strich.«

»Wabblig und dünn, nicht straff und dünn wie du.«

»Du rennst auch nicht den ganzen Tag hinter fünfjährigen Zwillingen und einem Hund her. Und du siehst ganz und gar nicht wie sechzig aus.«

»Ach was, man sieht mir jedes Jahr an, das ich hinter mir habe, und noch ein paar Jährchen dazu.«

Ja, sie sah so alt aus, wie sie war, dachte Deborah bedauernd. Es war kein Wunder, daß jedermann überrascht war, als Barbara sich mit Evan Kincaid einließ, der sieben Jahre jünger als Barbara und als Schönling im Büro der Staatsanwaltschaft verschrien war. Steve zufolge konnten einige der jungen Sekretärinnen ihren Neid kaum verhehlen und machten hinter Barbaras Rücken dauernd gehässige Bemerkungen über die Beziehung der beiden. »Ich jedenfalls versteh sie vollkommen«, hatte Steve gesagt. »Barbara ist eine gescheite, witzige Frau. Außerdem gehört Evan nicht zu denen, die nach dem Aussehen urteilen.«

»In der Hinsicht ist er wie du.«

Steve hatte gelächelt. »Liebling, du bist eine sehr nett aussehende Frau.«

Nett aussehend, dachte Deborah bekümmert. Nett aussehend, mit dem langen schwarzen Haar, das Steve gern streng zurückgekämmt und zum Chignon geschlungen sah, und den ernsten blaugrauen Augen, die bei der Arbeit gewöhnlich hinter einer Brille versteckt waren. Nett aussehend, mit ihrer hochgewachsenen, schlanken Gestalt, die er am liebsten in schlichten Kleidern sah, nett aussehend, mit ihrer seidigen Haut, von der die Verkäuferinnen in der Kosmetikabteilung des Kaufhauses behaupteten, sie sei wie die einer fünf Jahre jüngeren Frau. Nett aussehend – aber keine Schönheit wie manche seiner ehemaligen Freundinnen.

»Einen Vierteldollar für deine Gedanken«, sagte Barbara.

»Einen Vierteldollar?«

»Inflation.«

»Ich hab an einige der Frauen denken müssen, mit denen Steve früher ausgegangen ist. Und, wo bleibt mein Vierteldollar?«

»Ich hab mein Portemonnaie nicht bei mir. Und wie kommst du um alles in der Welt darauf, an Frauen zu denken, mit denen Steve früher ausgegangen ist?«

»Erinnerst du dich an die, die ihn im Büro abgeholt haben? Die waren so was von umwerfend. Es ist mir ein Rätsel, wie er auf mich gekommen ist.«

»Vielleicht gerade deshalb, weil diese Frauen ganz Fassade waren, mit nichts dahinter. Ich erinnere mich, daß ich ihm deswegen einmal eine Gardinenpredigt gehalten habe.«

»Das hat er bestimmt zu schätzen gewußt.«

»Er hat gesagt, ich soll mich um meine eigenen Angelegenheiten kümmern. Aber kurz darauf hat er mit dir angefangen. Der vernünftigste Schritt, den er je unternommen hat.«

»Du sprichst wie eine wahre Freundin. Einige hatten sogar Geld.«

»Geld?« fragte Evan Kincaid. Er schlenderte heran und legte Barbara den Arm um die Taille. »Unterhaltet ihr zwei euch über die Wurzel allen Übels?«

Barbara zog eine Grimasse. »Er sieht nicht nur fabelhaft aus, sondern kann auch noch Gedanken lesen.«

»Das nicht, aber ich kann von den Lippen ablesen«, sagte Evan lachend. »Ich lauere hier schon eine Weile in eurer Nähe, aber ihr wart zu vertieft, um mich zu bemerken.«

»Deborah quält sich mit der Frage herum, warum Steve keine extravagante Frau mit Geld geheiratet hat.«

Evan schüttelte den Kopf. »Manchmal denke ich, ihr Frauen sucht bewußt nach etwas, worüber ihr euch Sorgen machen könnt.«

Barbara warf Deborah einen verschmitzten Blick zu. »Männer machen sich natürlich nie Sorgen.«

Evan lachte. »Nicht so wie ihr. An jedem Tag, den Gott werden läßt, denkt sich meine große Liebe hier mindestens zwanzig Gründe aus, beunruhigt zu sein.«

»Tu ich nicht!« begehrte Barbara beleidigt auf, konnte aber nicht verbergen, wie sehr es sie freute, zu hören, daß Evan sie seine große Liebe nannte. Sie waren seit neun Monaten zusammen, und Barbara hatte ihr anvertraut, daß in den letzten beiden Monaten nicht alles glatt gelaufen war. »Er denkt, ich würde ihn bevormunden, weil ich die ältere bin«, hatte Barbara gesagt. »Er hat recht«, hatte Deborah freimütig geantwortet. Barbara hatte kleinlaut dreingeblickt. »Ich weiß. Ich höre mir dabei zu, aber ich schaffe es nicht, damit aufzuhören.«

Nun jedoch sah Barbara mit von innen heraus leuchtendem Gesicht liebevoll zu dem blonden, blauäugigen Evan auf, der Deborah an den jungen Robert Redford erinnerte.

Die Ähnlichkeit war an dem Abend noch ausgeprägter als sonst. Vielleicht lag es am Licht, oder vielleicht daran, daß Evan weniger angespannt wirkte, als es sonst häufig der Fall war. Entweder vertrugen er und Barbara sich wieder besser, oder der Alkohol hatte einen Teil der Anspannung aus seinem unglaublich gut geschnittenen Gesicht gelöscht.

Evan zog fragend die Brauen hoch, und Deborah merkte erst jetzt, daß sie ihn anstarrte. »Soll ich euch beiden frische Drinks mixen?« beeilte sie sich zu fragen.

»Ich glaube, ich hab genug«, sagte Evan und hielt ein halbleeres Glas hoch. »Barbara?«

»Dieser Glühwein ist süffig und stark. Noch ein Glas und ich fange an, dreckige Witze zu erzählen.«

»Gib ihr nichts mehr, Deborah«, warf Evan schroff ein. »Die kann ums Verrecken keine Witze erzählen, ob sauber oder dreckig.«

»Das ist nicht wahr«, konterte Barbara. »Ich hab gerade heute einen wirklich komischen gehört. Also: Da geht so ein Mann –«

»O Gott«, stöhnte Evan übertrieben bestürzt.

»Ich muß mal eben in die Küche nach dem Rechten sehen«, sagte Deborah lachend und suchte das Weite.

»Feigling«, knurrte Evan.

Steve schloß gerade die Hintertür hinter Pete, als sie die Küche betrat. »Alles in Ordnung?«

Er sah sie an mit Erleichterung in den grünen Augen, die in letzter Zeit müde und ein wenig gerötet gewirkt hatten. »Ja, ich würde mir nur wünschen, daß der Typ Adam nicht so sehr zusetzt. Er benimmt sich wie eine altjüngferliche Tante oder so jemand.«

Deborah legte ihm die Arme um den Hals. »Schatz, es gilt heutzutage nicht mehr als politisch korrekt, ›altjüngferlich‹ zu sagen. Und wieso tun alle so, als wäre überfürsorgliches Benehmen ausschließlich Frauensache?«

Steve sah sie mit erhobener Braue an. »Meine liebe Mrs. Robinson, der Alkohol hat Ihre Zunge gelöst. Aber ich lasse mich gern belehren.«

»Vielen Dank für die Erlaubnis, zu sagen, was ich denke. Du bist einfach zu gütig«, erwiderte Deborah trocken.

»Nein, ich bin nur hundemüde und obendrein ein wenig um Pete besorgt. Ich frage mich, was aus ihm werden wird, wenn Adam von zu Hause fortgeht und er niemanden mehr hat, über den er sich aufregen kann.«

»Barbara findet, er sollte sich eine nette Frau suchen.«

»Das wäre tatsächlich die perfekte Lösung. Allerdings hat er so lange allein gelebt. Und er war nie ein Frauenheld, auch nicht, als wir jung waren. Und er ist sehr erfolgreich. Er könnte sich nie auf eine einlassen, die nur hinter seinem Geld her ist. Na ja, jede romantische Beziehung birgt wohl ein Risiko.«

»War es das, was dir durch den Kopf gegangen ist, als du mich geheiratet hast?«

Steve umschlang fester als zuvor ihre Taille. »Nein. Ich wußte, daß es zwischen uns klappt.«

Obwohl er stark nach dem Zigarettenqualm roch, der Deborahs Verlangen nach Nikotin anregte, genoß sie seine Umarmung. Steve hielt mit Liebesbeweisen gern hinterm Berg, und wenn er nicht kurz zuvor etwas getrunken hätte, würde er sie jetzt nicht in der Küche umarmen, mit zwanzig Gästen im Wohnzimmer. Daß ihr das klar war, verringerte Deborahs Vergnügen dennoch kaum. Sie stellte sich auf die Zehenspitzen und küßte ihn zart. »Ich bin froh, daß wir geheiratet haben.«

»Bestimmt?« wollte Steve wissen.

Deborah trat einen Schritt zurück und sah ihn an. Er wirkte bedrückt. »Natürlich. Warum fragst du?«

»Weil ich manchmal denke, daß du von mir enttäuscht bist.«

Ja, manchmal, dachte Deborah schuldbewußt. Manchmal wünschte sie sich, einen Mann geheiratet zu haben, der sie leidenschaftlich liebte, statt sie nur auf so beständige, distanzierte Art gern zu haben. Aber dann erinnerte sie sich, daß sie solche Träume hätte hinter sich lassen müssen, in ihrer Jugend. Dies war das wirkliche Leben, kein Liebesfilm. Steve war nicht der Dichter Juri Schiwago, und sie war nicht die tragische, strahlendschöne Lara. Sie war, wie ihr Vater oft gesagt hatte, weder schön noch talentiert, noch besonders intelligent. Sie war eine ganz gewöhnliche Frau, deren einzige Begabung die Fähigkeit war, den Haushalt gut zu führen und zu kochen. Es war ihrem Vater überhaupt nicht recht gewesen, als sie Sekretärin im Büro der Staatsanwaltschaft in Charleston geworden war, anstatt Billy Ray Soames zu heiraten, den Baptistenprediger daheim im Süden von West Virginia. Später dann war seine Wut auf sie, weil sie einen Mann nach nur zweimonatiger Verlobungszeit geheiratet hatte, unverhältnismäßig heftig gewesen. Tatsächlich hatten er und ihre Mutter sie im Lauf ihrer Ehe nur zweimal besucht – einmal, als die Zwillinge Brian und Kimberly geboren waren, und dann noch einmal im vergangenen Jahr, als sie auf dem Weg zu einem ihrer seltenen Urlaube in Charleston vorbeigekommen waren. Im Gegenzug war Deborah nur dreimal mit den Kindern bei ihnen zu Besuch gewesen. Brian und Kimberly waren sich der Existenz ihrer Großeltern deshalb kaum bewußt.

»Ich bin nicht enttäuscht von dir«, sagte Deborah und zwang sich, an etwas anderes zu denken. »Du bist ein wunderbarer Mann.«

In Steves Augenwinkeln bildeten sich kleine Fältchen, als er lächelnd auf sie herabblickte. »Und du bist eine wunderbare Frau.«

Deborah sah ihn spöttisch an. »Wir müssen uns mit diesen leidenschaftlichen Beteuerungen zurückhalten, solange wir Gäste haben.« Steve lachte, und Deborah war unendlich erleichtert, daß er entspannter zu sein schien. In den letzten paar

Tagen war er ihr niedergeschlagen vorgekommen, abgelenkt, reizbar. Sie wußte, daß etwas nicht stimmte, aber er war nicht bereit, über seine Schwierigkeiten zu reden.

Sie umarmte ihn ungestüm. »He, willst du mir die Rippen brechen?«

»Entschuldige.« Sie ließ los. »Du weißt doch, ich werde Weihnachten immer emotional.«

»Du wirst an allen Fest- und Feiertagen emotional. Dieser Enthusiasmus ist eine deiner liebenswertesten Eigenschaften. Und den Kindern tut es auch gut. Du machst die Feste für sie zum Ereignis.«

»Ich erinnere mich bloß an meine Kindheit, als mein Vater sich stets nur über die Kommerzialisierung christlicher Feiertage und den Niedergang aller Werte beschwert hat. Und natürlich, hieß es bei ihm, gibt es weder einen Nikolaus noch einen Osterhasen, was für ein Unsinn. Er hat mir und meiner Mama alles verdorben.«

»Also, daß er sein Leben genossen hat, kann deinem Vater gewiß niemand vorwerfen.«

»Das ist noch untertrieben.«

Das Telefon klingelte, und Steve griff nach dem schnurlosen Apparat auf dem Küchentisch. »Ich geh ran. Übrigens: Vorhin ist mir aufgefallen, daß uns die Eiswürfel ausgehen. Im Gefrierfach sind keine mehr.«

»In der Gefriertruhe in der Garage ist noch ein ganzer Sack. Kümmere du dich ums Telefon, dann kümmere ich mich ums Eis.«

Als sie die Tür von der Küche in die Garage öffnete, traf der Temperaturunterschied Deborah zunächst wie ein Schock. Dann atmete sie dankbar die kalte, klare Luft ein. Die Hitze, der Qualm und der Lärm im Haus hatten ihren dumpfen Kopfschmerz verschlimmert. Sie knipste das Garagenlicht an und warf einen Blick auf die Uhr: elf Uhr fünfzehn. Das Fest würde in ungefähr einer halben Stunde vorbei sein. Einige der Gäste waren bereits gegangen. Gott sei Dank. Obwohl sie noch Unmengen Essensreste wegzuräumen hatte, bestand die Aussicht, daß sie in ein paar Stunden ihre schmerzenden Füße aus den neuen, ausgesprochen engen hochhackigen Schuhen befreien und in ihr Bett steigen konnte. Sie war erschöpft und hielt es für möglich, daß sie am folgenden Tag bis Mittag durchschlafen würde.

Sie hob den schweren Deckel der Gefriertruhe an. Eisige Luft stieg auf und nahm ihr den Atem. Als sie sich vorbeugte, entdeckte sie auf den in Folie verpackten Fleischportionen etwas Rotes. Brians Spielzeugfeuerwehr. Sie holte das Auto heraus und war beunruhigt. Offensichtlich hatten es die Kinder beim Spielen geschafft, die Gefriertruhe zu öffnen. Wie, wenn eines von ihnen beschlossen hätte hineinzuklettern? Es wäre bald erstickt, wenn nicht gleich Hilfe gekommen wäre. Sie konnte nicht ununterbrochen auf beide Kinder aufpassen, schon gar nicht, seit sie zu Hause so viel Büroarbeit erledigte. Derzeit war sie dabei, einem aufstrebenden Schriftsteller sein Manuskript abzutippen, das in fast jedem Satz grammatische Fehler aufwies. Sie brachte Stunden damit zu, in Grammatikbüchern nachzuschlagen, damit sie dem gekränkten Autor nachweisen konnte, daß sie sich die Regeln nicht nach Gutdünken ausdachte. Sie nahm sich vor, ein Schloß an der Gefriertruhe anzubringen. Gleich morgen würde sie ein Vorhängeschloß kaufen.

Sie legte das Spielzeugauto, das mit einer dicken Eisschicht überzogen war, auf den Boden und hob den Sack mit den Eiswürfeln heraus. Als sie wieder in die Küche trat, warf Steve ihr einen hastigen, fast besorgten Blick zu. »Selbstverständlich. Vielen Dank für den Anruf«, sagte er steif in den Hörer und hängte ein. »Hier. Ich helf dir mit dem Eis.«

»Wer war am Telefon?« Deborah reichte ihm den kalten Plastiksack. Seine Hände zitterten ein wenig.

»Joe.«

»Joe?« Joe Pierce war Untersuchungsbeamter im Büro der Staatsanwaltschaft. »Wieso hat er um die Zeit noch angerufen?«

»Neue Erkenntnisse über einen Fall.«

»Er arbeitet noch, an einem Samstagabend nach elf Uhr? Ist er deswegen nicht zur Party erschienen?«

»Ich glaub eher, er hatte eine heiße Verabredung.«

»Frauen sind auf der Party durchaus willkommen.«

»Ich denke, er wird heute abend keine Lust gehabt haben, mit Leuten aus dem Büro zu plaudern. Du weißt ja, wie er ist«,

sagte Steve zerstreut und stellte den Sack Eiswürfel im Spülbecken ab. »Er arbeitet mit uns zusammen, aber er legt kaum
Wert auf privaten Kontakt.«

»Und warum hat er angerufen? Um dir zu erzählen, wie
seine Verabredung gelaufen ist?«

»Bestimmt nicht. Es war ihm nur etwas eingefallen, was mir
helfen könnte.«

»Und die Idee ist ihm während seiner heißen Verabredung
gekommen? Dann kann es nicht besonders gut gelaufen sein«,
scherzte Deborah. Steve antwortete nicht. Er runzelte die
Stirn und riß mit unnötiger Aggressivität den Eiswürfelsack
auf. Ihr verging das Lächeln. »An was für einem Fall arbeitet
ihr zwei denn?«

»Ich brauch den Eiskübel.« Deborah sah ihn verwundert an.
War er noch blasser als vorhin? Blickten seine Augen noch be-
kümmerter als in den letzten Tagen?

»Steve, ist was nicht –«

»Ich sagte doch, ich brauch den Eiskübel. Er steht im Wohnzimmer.«

»Ich hab's gehört. Warum bist du auf einmal so komisch?«

»Ich bin nicht komisch«, fauchte Steve. »Dieses Zeug ist
kalt. Es ist Eis, kapiert? Würdest du mir bitte den Kübel
holen?«

Deborah verkniff sich eine patzige Antwort. Sie fragte Steve
normalerweise nicht nach bestimmten Fällen aus, aber er war
neuerdings so nervös, und Joes Anruf hatte ihn wohl noch
mehr aufgeregt. Aber er hatte offenbar nicht die Absicht, sie
ins Vertrauen zu ziehen.

Es ist vermutlich nicht wichtig, redete sie sich ein, während
sie ins Wohnzimmer ging, um den Eiskübel zu holen. Er hat
nur zuviel gearbeitet in letzter Zeit, und nun macht sich langsam die Anspannung bemerkbar. In ein paar Wochen, nach
Weihnachten, wird alles wieder gut sein, und der normale Alltag wird wieder einkehren.

Nur leider glaubte sie selbst nicht, was sie da sagte.

Zwei

So müde sie nach dem Fest auch war, hatte Deborah dennoch Probleme mit dem Einschlafen. Steve lag leise schnarchend neben ihr. Nachdem sie achtzehn Jahre lang dem lautstarken Schnarchen ihres Vaters gelauscht hatte, das ihr dünnwandiges kleines Haus bis in die Grundfesten zu erschüttern schien, hatte sie die Ruhe genossen, die sie in ihrer eigenen Wohnung in Charleston gefunden hatte. Als sie Steve heiratete und feststellen mußte, daß auch er schnarchte, war sie entsetzt gewesen. Aber immerhin machte er nicht wie ihr Vater einen Lärm, daß die Fensterscheiben klirrten, und sie hatte bald gelernt, nicht darauf zu achten.

Heute nacht jedoch ging ihr das Schnarchen auf die Nerven. Sie widerstand dem Drang, Steve einen heftigen Rippenstoß zu versetzen. Er würde doch nur ein unverständliches Gemurmel von sich geben und kaum zwei Minuten später mit dem Lärm weitermachen. Tief seufzend drehte sich Deborah auf die Seite und zog sich das Kissen über die Ohren. Wie gemütlich, dachte sie ärgerlich. Und hören kann ich ihn immer noch.

Ach, Deborah, was ist wirklich los? fragte sie sich, rollte auf den Rücken und ließ das Kissen los. Bist du mißgelaunt wie die Kinder, wenn sie übermüdet sind? Oder steckt mehr dahinter? Ärgerst du dich, weil du jedes Jahr so viel Arbeit in ein Fest für einen Haufen Leute steckst, die dir überwiegend fremd sind? Oder bist du verletzt, weil dich Steve nach dem Anruf heute abend so hat abblitzen lassen? Ja, sagte sie in Gedanken. Alles das traf zu, aber es war das Telefonat, das ihr wirklich Sorgen machte.

Sie erwartete nicht, daß ihr Mann ihr alles erzählte, was bei der Staatsanwaltschaft vorging, aber der Anruf war etwas anderes. Der Anruf hatte privat gewirkt, fiel ihr auf einmal ein. Und er hatte so schnell eingehängt. Der Gedanke, er könnte eine Geliebte haben, schoß ihr durch den Kopf, aber sie verwarf ihn gleich wieder. Sie hatte in ihrer Ehe nicht einen Augenblick lang Steves Treue angezweifelt. Nein, der Anruf war dienstlich gewesen, wie Steve gesagt hatte. Nur war es nicht um eine gewöhnliche dienstliche Sache gegangen. Sie hatte Steve in bezug auf seine Fälle Enttäuschung, ja sogar Wut zum Ausdruck bringen sehen, aber nie die Anspannung, das Zittern der Hände, dessen sie Zeuge geworden war. Und obwohl er jetzt schlief, hatte er den ganzen Abend mehr getrunken als sonst, und nach dem Telefongespräch noch mehr. Steve schlief nicht den Schlaf eines zufriedenen Mannes. Er schlief den Schlaf eines Trinkers.

Ungeduldig warf Deborah die Decke zurück, trat ans Fenster und spähte durch die Jalousie hinaus. Wie kalt alles aussah im fahlen Licht der Halogenlampe, die an der Rückwand der Garage angebracht war! Kahle Laubbäume überragten einen Teppich aus froststarrem braunem Gras. Die Blumenbeete lagen brach. Das Vogelbad, das Barbara ihnen eines Sommers geschenkt hatte, war mit einer zwei Zentimeter dikken Eisschicht überzogen. Das einzige, was einen lebendigen Eindruck machte, waren die Tannen am rückwärtigen Zaun. Sie lächelte. Es war Steves Idee gewesen, jedes Jahr zu Weihnachten einen lebenden Baum zu kaufen und ihn nach den Feiertagen hinter dem Haus einzupflanzen. Der, den sie für das erste Weihnachtsfest mit den Kindern besorgt hatten, war der größte. Hoch und grün ragte er in der hinteren linken Ecke des Gartens auf.

Von fern konnte sie die Glockenstäbe aus Messing hören, die sie unterm Vordach der kleinen rückwärtigen Veranda aufgehängt hatte. Eine sanfte Brise ließ sie fröhlich schwingen. Der Wind nahm allmählich zu, und sie klimperten nicht mehr melodiös, sondern schrill, fordernd. Deborah wandte sich wieder den Tannen zu und sah ihre gefiederten Äste winken –.

Nahe dem höchsten Baum bewegte sich etwas. Überrascht runzelte Deborah die Stirn und kniff die Augen zu. Sie griff nach ihrer Brille, die wenige Zentimeter entfernt auf dem Nachttisch lag. Sie setzte sie auf und spähte hinaus. Was sie sah, war schätzungsweise knapp einen Meter hoch. Ein Hund? Ihr wollte kein Hund in der Nachbarschaft einfallen, der so groß war oder dessen Fell dicht genug war, um einen derart wuchtigen Eindruck zu machen. Da die Vincents von weiter unten an der Straße über Weihnachten nach Florida gefahren waren und ihren uralten Zwergpudel Pierre mitgenommen hatten, gab es außer Scarlett, ihrem eigenen, überhaupt keinen Hund mehr im Viertel. Außerdem war der dunkle Garten mit einem Maschendrahtzaun umgeben, und nachdem Scarlett im vergangenen Monat gelernt hatte, das Tor zu entriegeln, hatte Deborah im Haushaltswarengeschäft eine starke Klemme besorgt, um es zuzuhalten. Das Gartentor konnte nur noch von Menschenhand geöffnet werden.

Die Gestalt richtete sich auf. Deborah atmete unwillkürlich ein. Es war ein Mann mit Schirmmütze und wattierter Jacke. Er beobachtete das Haus, schien ihr direkt in die Augen zu blicken.

Hinter ihr ging Licht an. »Was ist denn?« murmelte Steve.

Deborah wirbelte herum. »Da draußen ist jemand! Ein Mann hat sich zwischen den Fichten versteckt.«

Steve schoß aus dem Bett und stampfte Sekunden später die Treppe hinunter. Deborah eilte ihm nach. »Steve, was machst du? Wir sollten die Polizei rufen!«

Er achtete nicht auf sie, stürmte wie ein Besessener voraus. Als sie die Küche erreicht hatten, war Deborah außer Atem. »Steve, wir müssen –« Sie verstummte entsetzt, als Steve die Hintertür aufriß. »Was ist, wenn er eine Schußwaffe hat?« rief sie.

Steve ließ sich nicht aufhalten, und sie rannte automatisch hinter ihm her, wie im Schock. Nur ihrem Instinkt folgend, brachen sie durch die Tür ins Freie und standen ohne Morgenmantel barfuß auf der Veranda. Deborah fröstelte. »Steve, das ist doch Wahnsinn«, sagte sie angespannt. Die kalte Luft zwang sie, wieder klar zu denken. »Wir haben oben zwei kleine Kinder. Wenn wir erschossen werden –«

»Geh ins Haus«, zischte Steve.

»Aber –«

»Ich sagte, geh ins Haus!«

Sie zog sich ins Haus zurück und sah verwundert zu, wie Steve von der Veranda herunter in Richtung Zaun schlich. Er trat zwischen die Bäume, und dann meinte sie ihn etwas sagen zu hören. Deborah erschauerte, wartete auf einen Schuß, auf Steves Schrei, wenn ihm ein Messer in die Magengrube gerammt wurde, ja sogar auf den Anblick seines Körpers, der unter einem heftigen Schlag auf den Kopf zusammensank. Aber nach einigen Minuten kam er wieder hervor und zog die Schultern hoch. »Nichts zu finden.«

»Aber da war was«, beharrte sie.

»Wird ein Tier gewesen sein«, sagte Steve, die Arme vor der Brust verschränkt, als er mit großen Schritten über den Rasen herankam. Seine nackten Füße schmerzten offensichtlich von der Berührung mit dem gefrorenen Boden.

»Das war kein Tier«, beteuerte Deborah. Sie trat wieder auf die Veranda und versperrte Steve den Weg durch die Hintertür ins Haus. »Es war ein Mann. Er muß die Flucht ergriffen haben, als er gesehen hat, wie bei uns im Schlafzimmer das Licht anging.«

»Wohl kaum. Da hätte er sich schwer beeilen müssen, und bei den Tannen ist nichts zu sehen, woraus man schließen könnte, daß dort jemand war.«

»Du meinst, er hat weder sein Einmalfeuerzeug noch seine Pistole dagelassen?« fragte sie schnippisch, aufgebracht durch Steves unbekümmertes Benehmen. »Und seit wann sind Tiere fast einsachtzig groß? Oder willst du mir weismachen, daß es ein Bär war?«

Steve trat von einem Fuß auf den anderen. »Deb, nun werde nicht unangenehm. Laß uns hineingehen, ehe wir hier erfrieren, und froh sein, daß niemand da war. Wie gesagt, es war vermutlich bloß ein streunender Hund.«

Sie gab nicht nach und sah ihm besorgt und ärgerlich ins verschlossene Gesicht. Was ist nur los mit ihm? überlegte sie verwirrt. Dann hörte sie ein leises Klicken, Metall gegen Metall. Steves Blick schoß zum Tor hinüber, und Deborah wußte, auch ohne daß er etwas sagte, daß das Tor, das sie am Nachmittag mit der Klemme gesichert hatte, offen war und im eisigen Nachtwind auf- und zuschlug.

Drei

Deborah wachte auf und fand Brian, Kimberly und ihren Hund, eine Promenadenmischung mit braunem Fell, bei sich auf dem Bett vor. Kim hatte den Hund Scarlett genannt, nachdem sie im Vorjahr *Vom Winde verweht* im Fernsehen gesehen hatte. Auch wenn sie den Film größtenteils nicht verstanden hatte und sich einbildete, daß es darin um die Zeit gehe, als Mami und Papi noch klein waren, hatten sie die Kleider der Damen und der Name Scarlett O'Hara entzückt. Brian, der dafür gewesen war, das neue Hündchen Lassie zu nennen, hatte sich gefügt, aber erst nach einer heftigen Zankerei mit seiner Schwester, in deren Verlauf sie damit gedroht hatte, alle schlimmen Dinge weiterzuerzählen, die sie über ihn wußte. Deborah war amüsiert gewesen und bezweifelte, daß der kleine Junge allzu viele schreckliche Geheimnisse hatte, aber die Drohung hatte dennoch gewirkt.

»Stehst du denn nie auf?« fragte Brian.

Deborah schloß die Augen, geblendet von dem Licht, das durch das große Schlafzimmerfenster hereinströmte. »Wie spät ist es?« murmelte sie.

»Mittag.«

Kimberly sagte immer Mittag, egal zu welcher Tageszeit. Deborah schlug wieder die Augen auf, um das blonde, grünäugige Kind anzulächeln, das Steve so ähnlich sah. Brian dagegen hatte dunkelbraunes Haar und ihre ernsten blaugrauen Augen.

»Es ist nicht Mittag«, sagte Brian ernsthaft. »Es ist neun Uhr einunddreißig.«

Brian war ungeheuer stolz auf seine Fähigkeit, die Zeit anzusagen, eine Fähigkeit, die Kimberly nicht besaß und ihm mächtig übelnahm. Sie streckte ihm die Zunge heraus. Scarlett trampelte – mit ihren fünfundzwanzig Kilo – mitten übers

Doppelbett, schüttelte kräftig ihre Hängeohren und schoß dann vor, um Deborah einen Kuß auf die Nase zu verpassen.

»Was für eine Art, aufzuwachen«, beschwerte sich Deborah. »Wo ist euer Papa?«

»In der Küche, Kaffee trinken«, verkündete Brian. »Wir wollen zum Frühstück arme Ritter. Er hat gesagt, er kann die nicht. Er wollte uns Frühstücksflocken geben.«

»Aber wir haben uns geweigert, davon zu essen«, fügte Kim streitbar hinzu. »Wieso bist du so spät noch im Bett? Hast du etwa gestern abend zuviel getrunken?«

Deborah sah sie baß erstaunt an. »Selbstverständlich nicht. Wie kommst du bloß auf die Idee?«

»Terry sagt, ihre Mami und ihr Papi trinken auf Partys immer zuviel. Wie ist das, wenn man betrunken ist?«

Deborah schob Hund und Kinder behutsam beiseite und setzte sich mühsam auf. »Betrunken ist man, wenn einem ganz albern zumute ist, wenn es einem schwindelig und zu guter Letzt meistens auch noch schlecht wird.«

»Wie kommt's dann, daß die Leute sich betrinken wollen?« fragte Brian.

»Keine Ahnung. Jedenfalls haben weder euer Papa noch ich zuviel getrunken. Wir waren nur bis gegen ein Uhr auf.«

Brian runzelte die Stirn. »Tags oder nachts?«

»Nachts«, entgegnete Deborah lächelnd. »Nach Mitternacht.«

Brian starrte ins Leere, als würde er die Mitteilung in eine Art Datei einordnen. Kim blickte angewidert drein. »Wir wollen arme Ritter«, wiederholte sie.

»Na gut. Wenn ihr alle mal eben verschwindet, zieh ich mich an und bin in zehn Minuten unten, um euch arme Ritter zu machen.«

»Darf Scarlett auch was abhaben?« fragte Kim.

»Sie schafft es gewöhnlich, von allem etwas abzubekommen, was wir essen, obwohl der Tierarzt sagt, das sei nicht gut für sie.«

Kim rümpfte die Nase. »Ich wette, der würde auch nicht gern die ganze Zeit Hundefutter essen.«

Brian sah sie abschätzig an. »Das liegt daran, daß er kein Hund ist.«

»Kinder, bitte«, sagte Deborah. »Runter mit euch. Brian, hol schon mal den Eierkarton und die Milch aus dem Kühlschrank. Kim, du holst das Brot und Zimt und Muskatnuß. Stellt alles auf die Arbeitsfläche in der Küche.«

Die Kinder kletterten vom Bett. Sie waren glücklich, mit so wichtigen Aufgaben betraut worden zu sein. Sie stürmten, gefolgt von Scarlett, aus dem Zimmer und die Treppe hinab.

»Auf der Treppe wird nicht gerannt!« rief Deborah, doch ihre Mahnung wurde vom Gepolter kleiner Füße und großer Pfoten übertönt. Sie seufzte. Noch weniger als eine Woche bis Weihnachten, und die Kinder waren so aufgeregt, daß sie ununterbrochen herumrannten, hüpften und kicherten. Deborah überlegte, ob sie mit fünf Jahren auch so ein fröhliches Kind gewesen war. Wahrscheinlich nicht.

Sie stieg aus dem Bett, und ihre Füße berührten den Teppich, den sie nie gemocht hatte. Das Haus, das sie und Steve kurz nach ihrer Hochzeit gekauft hatten, war über hundert Jahre alt. Die Fußböden aus Eichenholz waren in beklagenswertem Zustand, und sie hätte sie am liebsten neu schleifen lassen. Steve hatte die Idee im Keim erstickt. »Zuviel Aufwand«, hatte er gesagt. »Außerdem kenn ich mich mit dem Schleifen von Böden nicht aus.«

»Ich schon, und ich würde mich gern an diesen Böden versuchen. Sie könnten wunderschön werden.«

»Teppich«, hatte Steve in einem Tonfall gesagt, der keinen Widerspruch duldete. »Ich hab nachgegeben, als es darum ging, unten die Zwischenwand rauszunehmen, aber das war's. Ich will nicht das ganze nächste Jahr auf Zehenspitzen über ungenügend angetrockneten Lack gehen. Außerdem hatten meine Eltern Parkettböden im Haus. Die hab ich gehaßt.«

Deborah spürte unversehens Traurigkeit aufkommen. Steve schien alles zuwider zu sein, was mit seiner Kindheit in Wheeling zusammenhing. Aber seine Gefühle waren verständlich, wenn man bedachte, was damals passiert war, als er gerade achtzehn Jahre alt war. Damals war Steves jüngere Schwester Emily von dem Gärtner, einem Mann namens Artie Lieber, vergewaltigt und mit einem Rohrstück zusammengeschlagen worden. Die Sechzehnjährige hatte einen Hirnschaden davongetragen, und obwohl die Ärzte sagten, der Schaden sei eher psychischer als physischer Natur, lebte Emily seitdem in einem Pflegeheim. Steves Eltern waren an dem bewußten Wochenende nicht dagewesen und hatten Steve die Verantwortung übertragen. Sie hatten ihm eingeschärft, Emily nicht aus den Augen zu lassen. Lieber war wenige Wochen zuvor entlassen worden, weil er dem Mädchen nachgestellt hatte.

Voller jugendlicher Unbekümmertheit hatte Steve seine Schwester aber doch zwei Stunden allein gelassen und seine Freundin besucht. Als er zurückkam, sah er, wie sich Lieber über Emily beugte, die Lippen noch obszön gegen die des ohnmächtigen Mädchens gepreßt. Es war Steves Zeugenaussage, die Lieber wegen Notzucht mit einer tödlichen Waffe dreißig bis fünfzig Jahre hinter Gitter brachte, aber der Schaden war angerichtet. Emily dämmerte in nahezu vegetativem Zustand vor sich hin, und Steves Eltern hatten es nie über sich gebracht, ihm zu verzeihen, obwohl sie sich Mühe gaben und sporadisch von sich hören ließen. Dieses Ereignis jedenfalls war der Wendepunkt in Steves Leben gewesen. Deshalb war er Staatsanwalt geworden. Und deshalb war er zu dem zuverlässigen, wenn auch überernsten Mann geworden, der er war.

Deborah fuhr sich durchs Haar und griff nach ihrem Morgenmantel. Es hat keinen Sinn, immer wieder darauf zurückzukommen, dachte sie. Vielleicht hätten Steves Eltern einst seinen überwältigenden Kummer lindern können, wenn sie ihm vergeben hätten. Nun konnte ihn nichts mehr lindern – nicht die Kinder und ganz gewiß nicht sie selbst. Sie hatte gelernt, diesen Umstand hinzunehmen. Aber sie konnte ihr Bestes geben, sein Leben so glücklich wie möglich zu machen, selbst wenn sie in ihrem Bemühen manchmal enttäuscht wurde. Er war ein guter Ehemann, sie liebte ihn sehr, und sie wußte, daß er sie und die Kinder liebte. Ihr Leben war angenehm, ohne Untreue und ernste Meinungsverschiedenheiten. Verglichen mit dem Leben, das ihre Mutter erduldet hatte, voller Gebrüll und Demütigungen, hatte Deborah es nahezu perfekt getroffen.

Sie wusch sich das Gesicht, putzte ihre Zähne, bürstete sich das Haar und legte dann ein wenig Lippenstift auf, um von der morgendlichen Blässe abzulenken. Bei einem Grad minus barfuß ins Freie zu stürmen, hatte ihr Aussehen auch nicht gerade verbessert, überlegte sie reumütig. Ebensowenig die Tatsache, daß sie danach noch stundenlang schlaflos über Steves seltsames Benehmen nachgedacht hatte. Wenigstens hatten die Kinder das Hin und Her nicht mitbekommen. Sie hatten es jedenfalls mit keinem Wort erwähnt.

Als sie unten ankam, saß Steve am Tisch. Er trank Kaffee und las die Morgenzeitung, während Brian und Kimberly mit strahlenden Gesichtern vor der Arbeitsplatte standen.

»Wir haben alles besorgt«, sagte Brian stolz.

»Er hat fast die Eier fallen gelassen«, ergänzte Kim.

Brian bedachte sie mit einem finsteren Blick, aber Deborah lächelte. Bei aller Zankerei hingen die beiden Kinder sehr aneinander und waren so gut wie unzertrennlich. Als die Kindergärtnerin, Miss Hart, ihnen Plätze an gegenüberliegenden Seiten des Raums zugewiesen hatte, hatte Kim geweint und Brian hatte daheim seine Absicht kundgetan, die Schule aufzugeben.

»Dann wollen wir mal gleich anfangen.« Sie blickte zu Steve hinüber. »Wie viele Stücke willst du, Schatz?«

Er blickte mit abwesendem Lächeln von seiner Zeitung auf. »Ich hab glaub ich heute keinen großen Hunger.«

»Keinen Hunger!« rief Kim. »Aber Papa, es gibt *arme Ritter*! Und es ist fast schon Weihnachten.«

Steve öffnete den Mund, und Deborah wußte, daß er mit seiner ewigen Logik drauf und dran war zu fragen, was arme Ritter mit Weihnachten zu tun hatten. Dann jedoch besann er sich eines besseren. »Du hast recht, Kimmy. Ich nehme zwei.«

»Ich möchte acht«, warf Brian ein.

»Acht!« entfuhr es Deborah. »Warum fängst du nicht mit zweien an, und dann sehen wir weiter?«

»Ja, gut, aber ich schaffe acht.«

Während Deborah Milch in eine Schüssel goß und die Eier hineinzurühren begann, fragte Brian seinen Vater: »Können wir heute abend die Eisenbahn um den Baum aufbauen?«

Der hohe Weihnachtsbaum war schon am Freitag abend aufgestellt und geschmückt worden, aber weil sie befürchteten, daß die Gäste über die Modelleisenbahn stolpern könnten, die Brian so gern durch das Wunderland aus Watte und

Spielzeugdörfern unter den Tannenzweigen sausen ließ, hatten sie den Aufbau bis nach der Party verschoben.

»Ist gut, mein Sohn. Ich muß sie nur nachmittags vom Dachboden holen.«

»Ich helf dir dabei«, versicherte Brian.

Deborah schüttelte den Kopf. »Kommt nicht in Frage. Die Speichertreppe ist viel zu steil. Du gehst heute nachmittag mit mir und Kim Weihnachtseinkäufe erledigen.«

»Aber ich darf doch sonst immer helfen, die Eisenbahn aufzubauen«, protestierte Brian.

»Ich hab nicht gesagt, daß du nicht beim Aufbau helfen darfst. Du sollst bloß keine Kartons vom Dachboden herunterschleppen. Du hast es letztes Jahr versucht und bist hingefallen.«

Kim kicherte, und Brian wurde puterrot bei dem Gedanken, wie er die letzten fünf Stufen hinuntergepurzelt war und im Krankenhaus sechs Stiche für die Platzwunde an seinem Kopf gebraucht hatte. »Scarlett ist mir vor die Füße gelaufen«, erklärte er hitzig.

»Damals hatten wir Scarlett ja noch gar nicht«, widersprach Kim. »Du bist bloß ungeschickt.«

»Bin ich nicht!«

»Bist du wohl!«

»Kinder!« sagte Steve streng. »Denkt dran, der Weihnachtsmann guckt auch jetzt noch, wer ungezogen und wer artig ist. Zanken ist nicht artig.«

Das brachte alle beide augenblicklich zum Schweigen. Sie hatten furchtbare Angst, sich ihre Chance auf die vielen Geschenke zu verderben, die der »Weihnachtsmann« immer zurückließ. Deborah grinste, als sie Zimt und Muskatnuß in die Milch- und Eiermischung streute. Es war Steve mit dieser finsteren Warnung offenbar gelungen, die Auseinandersetzung wenigstens für zehn Minuten zu unterbrechen.

»Jemand hat sich gestern nacht hinten im Garten versteckt«, verkündete Brian unvermutet. Er war dabei, seine Papierserviette zum Flugzeug zu falten.

Deborah und Steve warfen einander besorgte Blicke zu. »Wie kommst du darauf?« fragte Steve.

»Scarlett hat geknurrt. Sie ist aus unserem Zimmer ins

Gästezimmer gegangen und hat aus dem Fenster geschaut. Ich bin aufgestanden und hab auch hinausgeschaut, aber er ist weggerannt. Dann hab ich dich gesehen, Papa. Du bist rausgerannt und hattest noch nicht mal deinen Morgenmantel an!«

Kim verzog beunruhigt das Gesicht. »War das ein Räuber, der unsere Weihnachtsgeschenke stehlen wollte?«

»Nein, Herzchen, da hat sich jemand einen Scherz erlaubt«, versicherte Deborah.

»Was für einen Scherz?« fragte Kim.

Deborah zögerte. »Er hat Versteck gespielt.«

Brian blickte verdutzt drein. »Spielen Erwachsene etwa auch Versteck?«

Steve gab sich Mühe, nicht zu grinsen, während sie nach einer passenden Antwort suchte. »Manchmal schon. Aber das ist ziemlich albern.« Sie warf Steve einen bösen Blick zu. »Und der Papa war auch albern, daß er ohne seinen Morgenmantel rausgegangen ist. Er wird sich vermutlich erkältet haben.«

»Bist du sicher, daß es kein Räuber war?« hakte Kim nach. »Mrs. Dillman sagt, daß bei uns ein Gespannter umgeht.«

»Ein Spanner«, korrigierte Deborah. »Und Mrs. Dillman bringt manchmal alles durcheinander. Jedenfalls gibt's keinen Grund zur Sorge.« Kim sah immer noch besorgt aus. Um das Thema zu wechseln, wandte sich Deborah an Steve und fragte hastig: »Kommst du mit uns ins Einkaufszentrum? Das wird bestimmt lustig.«

Steve widmete sich mit betonter Gleichgültigkeit wieder seiner Zeitung. »Ich mag das Einkaufszentrum nicht. Da werden heute Tausende rumlaufen.«

»Das ist doch schön«, sagte Kim. »So viele Leute.«

»Für dich vielleicht, Süße, aber nicht für mich. Ich kann Menschenmassen nicht ausstehen.«

»Oh.« Deborah drehte sich um und sah, daß Kim schon wieder besorgt dreinblickte. »Hast du denn schon Geschenke eingekauft?«

Steve lächelte. »Keine Sorge, Kimmy. Ich hab meine Einkäufe früh erledigt.«

»Dann ist es ja gut«, sagte Kim offensichtlich erleichtert.

»Kommen die Großeltern dieses Jahr zu Besuch?« wollte Brian wissen.

Deborah war damit beschäftigt, tropfende Brotscheiben in die Butter zu legen, die in der Pfanne zischte, aber sie konnte dennoch spüren, wie Steve sich verkrampfte. Manchmal glaubte sie, daß sie sich zueinander hingezogen gefühlt hatten, weil sie beide das Alleinsein kannten – sie hatte keine Geschwister, er nur eine Schwester, die vor fünfzehn Jahren aufgehört hatte, wie ein normaler Mensch zu funktionieren, und beide waren sie ihren Eltern vollkommen entfremdet. Allerdings hatte Deborah ihrer Mutter und ihrem Vater nie nahegestanden und darum unter ihrer Kälte nicht gelitten. Steve dagegen kam nicht darüber hinweg, daß er die Liebe und den Respekt seiner Eltern verloren hatte. »Ich glaube nicht, daß wir dieses Jahr Besuch von den Großeltern bekommen werden«, sagte er mit einer Mischung aus Unbehagen und Bedauern.

»Macht nichts«, konterte Brian. »Jimmy hat gesagt, daß seine Großmama und sein Großpapa immer kommen und nur Ärger machen.«

»Sie beklagen sich«, fügte Kim erläuternd hinzu, stolz auf ihre neue Redewendung. »Jimmy sagt, sie machen jedes Weihnachtsfest kaputt.«

Deborah brachte die erste Portion arme Ritter an den Tisch. »Wir werden auf jeden Fall mehr Spaß haben, weil wir vier unter uns sind.«

»Fünf«, sagte Brian. »Vergiß Scarlett nicht.«

Der Hund stand am Tisch und blickte mit ergeben kummervoller Miene auf den Teller mit duftenden Toastscheiben. »Wie könnten wir Scarlett je vergessen?« lachte Deborah.

Später, als sie und die Kinder sich warm angezogen hatten und zu ihrem Ausflug ins Einkaufszentrum bereit waren, trat Deborah ins Wohnzimmer, wo Steve saß und auf ein Footballspiel im Fernsehen starrte. Sie kannte diesen Blick. Er sah nicht wirklich hin.

»Was macht dir Sorgen, Steve?«

»Nichts.« Nach sieben gemeinsamen Jahren vertraut er mir immer noch nicht alles an, dachte Deborah. Sie wußte auch, daß er ärgerlich wurde, wenn sie nicht nachließ, aber sie konnte nicht anders. »Du benimmst dich schon seit Tagen seltsam. Und was gestern nacht angeht: So unbesonnen kenne ich dich gar nicht.«

41

»Es war nur ein Hund.«

Deborah verspannte sich. »Wirst du wohl mit dieser lächerlichen Behauptung aufhören, ich hätte einen Hund gesehen? Meinst du nicht, daß ich einen Hund von einem Mann unterscheiden kann?«

»Es war dunkel, und du bist kurzsichtig.«

»Der Garten ist beleuchtet, und ich hatte meine Brille auf. Herrje, manchmal tust du so, als wäre ich eins der Kinder.«

»Das stimmt nicht.«

»Doch. Und was ist mit der Klemme am Gartentor?«

»Ich weiß nicht.«

»Du weißt ganz genau, daß jemand da draußen war. Du hast es geradezu erwartet. Deshalb bist du so losgerannt, barfuß und unbewaffnet in den Garten hinaus.«

»Jaja, ich bin Hellseher. Ich habe vorhergesehen, daß wir gestern nacht einen Eindringling im Garten haben würden.«

Das Lächeln, das er ihr zuwarf, nahm seiner Stimme nicht ihre Schärfe. Sie erwiderte seinen Blick unbewegt, und er senkte die Augen. »Schau, ich weiß, daß ich dich gekränkt habe. Es tut mir leid. Und ich habe mich gestern nacht wirklich wie ein Verrückter aufgeführt, aber ich hatte auch einiges getrunken.«

»Hör auf, mit mir zu reden wie mit einer Idiotin, Steve.«

Er sah sie müde an. »Okay, vielleicht war da wirklich jemand, aber es hat doch keinen Sinn, darauf herumzureiten. Die Kinder werden dich hören und sich zu Tode erschrecken.«

»Aber ich finde, wir sollten etwas unternehmen.«

»Was denn zum Beispiel? Die Polizei anrufen und sagen, du glaubst, jemanden im Dunkeln gesehen zu haben, jemanden, der nicht versucht hat, ins Haus einzubrechen, und keine Spur seiner Anwesenheit hinterlassen hat? Das ist doch sinnlos, Liebling. Wir sind doch nicht in einem Fernsehkrimi. Die werden deshalb nicht anfangen, den Garten zu überwachen. Du machst damit nur den Kindern angst. Wenn er sich noch mal blicken läßt, rufen wir an, aber laß es jetzt gut sein, ja?«

Sie konnte natürlich selbst die Polizei rufen, aber er hatte recht. Sie würde nur sinnlos Kim und Brian beunruhigen. »Na gut«, sagte sie widerstrebend. »Aber wenn ich heute nacht etwas bemerke ...«

»Dann rufen wir sofort Verstärkung herbei.«

»Wenn du es nicht tust, tu ich es.«

Sie sah etwas in seinen Augen aufblitzen – Ärger, Scham, Resignation, alles zugleich. »Wir tun, was du für richtig hältst«, sagte er mit tonloser Stimme.

»Gut.« Dann fragte sie, um die Spannung zwischen ihnen ein wenig zu lockern: »Bist du sicher, daß du heute nicht mitkommen willst?«

»Deb, du weißt doch, ich –«

»Du findest Menschenmassen abscheulich. Ja, ich weiß. Ich hab nur gedacht, daß es den Kindern mächtig gefallen würde, wenn du mitkämst.«

»Ist es absolut notwendig, daß ihr geht?«

Deborah starrte ihn an. »Wie bitte?«

»Wäre es nicht einfacher, an einem Wochentag einkaufen zu gehen?«

»Ja, aber das ganze Unterhaltungsprogramm gibt es nur heute. Du weißt doch, wie sich die Kinder darauf freuen.« Sie runzelte die Stirn. »Warum bist du dagegen, daß wir gehen?«

»Ich hab nicht gesagt, daß ich dagegen bin.«

Ärger durchschoß sie. »Du weichst mir schon wieder aus. Steve, um Himmels willen, was ist los?«

»Nichts.«

»Das kannst du mir nicht weismachen. Wenn du dir aus irgendeinem Grund Sorgen um uns machst, sag mir entweder, worum es geht, oder komm mit uns.«

»Ich mach mir keine Sorgen.«

»Außerdem bist du ein ausgesprochen schlechter Lügner.«

Steves Gesicht verzog sich. »Deborah, hör auf, mich zu löchern. Ich hab heute nachmittag einen Termin, aber wenn du so verdammt entschlossen bist, ins Einkaufszentrum zu fahren, dann tu es. Ich war nur der Meinung, daß du das Einkaufen eher genießen würdest, wenn es nicht so voll ist.«

Deborah dachte an den seltsamen Anruf, den er am Vorabend entgegengenommen hatte. »Dürfte ich fragen, mit wem du verabredet bist?«

»Nein, darfst du nicht.« Deborahs Augen verengten sich. »Schau mich nicht so an. Es geht um … eine … Weihnachtsüberraschung. Also mach bitte keine Staatsaffäre draus.«

Weihnachtsüberraschung, wer's glaubt, dachte Deborah wütend, sah aber ein, daß ihr Gespräch zu nichts führte. Sie wußte, wann sie sich geschlagen geben mußte. »Na gut, halte du deinen geheimnisvollen Termin ein. Aber es hätte den Kindern viel bedeutet, wenn du mitgekommen wärst.«

»Vielleicht ein andermal«, sagte Steve, als wäre alle paar Wochen Weihnachten. »Ich wünsch euch viel Spaß.«

»Wie könnte ich anders, nachdem du heute für so eine fröhliche Stimmung gesorgt hast?« Deborah sah ihn finster an, erbost darüber, daß er sich wieder einmal von allem ausgeschlossen hatte. Etwas bedrückte ihn, aber er war nicht bereit, sie zu informieren. Schon gut. Sollte er seine Geheimnisse für sich behalten. »Wir sind gegen fünf wieder da«, sagte sie schroff. »Vergiß nicht, die Eisenbahn vom Dachboden zu holen, aber natürlich nur, wenn du neben deinem geheimnisvollen Termin die Zeit dafür findest.«

Vier

Deborah schluckte ihren Ärger herunter, schnallte die Kinder in dem Kombi an, setzte rückwärts aus der Auffahrt und fuhr davon. In Woodbine Court war es immer sehr ruhig – an der kleinen Sackgasse standen nur vier Häuser. Aber jetzt wirkte die Gegend ungewöhnlich verlassen. Die Familie Vincent zwei Häuser weiter war über die Feiertage nach Florida gefahren, und das Haus der O'Donnells gegenüber, ein schönes zweistöckiges Backsteingebäude mit einem breiten Erkerfenster zum Rasen vor dem Haus, hatte zum Verkauf gestanden, seit der Besitzer vor drei Jahren aus beruflichen Gründen weggezogen war. Deborah glaubte, daß es sich nicht verkauft hatte, weil es für die Gegend zu groß und zu teuer war. Sie war neugierig gewesen, als vor einigen Monaten das Schild der Immobilienfirma im Vorgarten verschwunden war und keine Makler mehr ihre Kunden im Haus herumführten, aber bis jetzt war niemand eingezogen. Vielleicht würde es ja eines Tages doch noch verkauft werden, hoffentlich an eine Familie mit Kindern im richtigen Alter, als Spielkameraden für Kim und Brian.

Wie Steve prophezeit hatte, war das Einkaufszentrum in der Stadtmitte brechend voll. Deborah hatte die meisten Weihnachtseinkäufe längst hinter sich und war froh darüber, aber die Kinder wollten ihre allesamt an diesem Wochenende erledigen.

»Habt ihr euer Geld?« fragte sie munter, als sie in einer langen Autoschlange im Schneckentempo durchs Parkhaus fuhren, wie alle anderen auf der Suche nach einem Parkplatz. Der Geruch der Abgase drang selbst durch die geschlossenen Fenster ins Wageninnere, und Deborah wünschte sich sehnlichst, alle möchten aufhören, nach dem idealen Platz zu fahnden, und sich damit abfinden, daß sie auf den oberen beiden Stockwerken parken mußten.

»Ich hab mein Geld«, sagte Kim und kramte ihren kleinen roten Plastikgeldbeutel hervor. Deborah hatte entschieden, daß die Kinder dieses Jahr Weihnachten ihr Geld selbst mitnehmen durften. Sie waren erst fünf Jahre alt, aber sie war ja dabei, um ihre Einkäufe zu beaufsichtigen. »Wieviel hab ich noch mal, Mami?«

»Nach neuestem Stand achtzehn Dollar fünfundsiebzig.« Das ganze Jahr über hatte sich Deborah mit kleinen Beträgen für die Aufgaben erkenntlich gezeigt, die die Kinder im Haushalt übernahmen. »Wie steht es mit dir, Brian?«

»Zwanzig Dollar und zehn Cent«, sagte er stolz. »Ich hab schwerer gearbeitet als Kim.«

»Hast du nicht!« brauste Kim auf.

»Hab ich schon. Ich hab für Mrs. Dillman das Laub zusammengefegt.«

Deborah verzog das Gesicht, als ihr der Vorfall wieder einfiel. Mrs. Dillman, ihre Nachbarin, zweiundneunzig und senil, hatte Brian eines Tages mit dem siebzehnjährigen Jungen der Vincents verwechselt und ihn angeheuert, ihren Rasen zu rechen und das Laub zu entfernen. Deborah hatte Brian dabei ertappt, wie er sich bei dem Versuch, die vielen tausend Eichenblätter aufzusammeln, die den großen Rasen der Frau bedeckten, mit einem gewaltigen, verrosteten Rechen abmühte. Sie war hingegangen und hatte höflich zu erklären versucht, daß Brian ein kleiner Junge war, der auf den Rechen fallen und sich ein Auge ausstechen konnte. Daraufhin hatte Mrs. Dillman prompt einen Wutanfall bekommen. Sie hatte Deborah einen zerknitterten Dollarschein ins Gesicht geworfen und sie aufgefordert, den kleinen Bengel aus ihrem Garten zu entfernen. Tags darauf hatte sie die ganze Angelegenheit wieder vergessen und stand mit einem Teller halb gebackener Hafermehlplätzchen bei Deborah vor der Tür. Deborah hatte die aufgeweichte Masse entgegengenommen, sich überschwenglich bei der Frau bedankt und überlegt, warum die Familie ihretwegen nichts unternahm. Sie würde nicht mehr lange allein für sich sorgen können.

Als sie endlich im Einkaufszentrum angekommen waren, freuten sich die Kinder über die aufwendige Dekoration und die Weihnachtslieder, die ein örtlicher Schulchor sang. Dagegen runzelten sie beim Anblick des Weihnachtsmanns, der andere Kinder auf den Schoß nahm und sie fragte, was sie sich zu Weihnachten wünschten, skeptisch die Stirn. »Der ist nicht echt«, verkündete Brian.

Kim war derselben Meinung. »Er ist nicht dick genug.«

Dennoch blieben sie zehn Minuten stehen und sahen zu. Deborah glaubte, daß sie sich beide gern auf seinen Schoß gesetzt hätten, nur so zum Spaß, daß sie es aber nicht zugeben wollten. »Wenigstens lacht er«, sagte Brian. »Der letztes Jahr hat so böse ausgesehen, als könnte er Kinder überhaupt nicht leiden.«

Als sie schließlich dazu kamen, einzukaufen, fingen die Schwierigkeiten an. Kim konnte sich nicht entscheiden, ob sie ihrem Papa einen Satz Golfschläger oder eine neue Brieftasche schenken sollte. Als Deborah ihr erklärte, daß beides für sie unerschwinglich sei, sprach sie sich für ein Kätzchen aus. »Kimberly, Papa will kein Kätzchen«, sagte Deborah zu ihr. »Außerdem ist es besser, man holt eines aus dem Tierheim, findest du nicht auch?«

»Ja. Gehen wir ins Tierheim!«

»Nicht jetzt. Laß uns, wo wir schon mal im Einkaufszentrum sind, hier etwas aussuchen. Wie wär's mit einem hübschen Stift?«

»Ein Stift!« heulte Kim los. »Ich schenk ihm jedesmal einen Stift.«

»Letztes Jahr hast du ihm die bescheuerte Kerze geschenkt, die ihr in der Vorschule gebastelt habt«, warf Brian ein.

»Die war nicht bescheuert!«

»Sie ist immer umgefallen. Und wozu braucht der Papa eine Kerze? Er hat Lampen.«

»Dann schenk ich ihm eben eine Lampe.«

»Kim, eine schöne Lampe kostet zuviel«, erläuterte Deborah.

»Alles kostet zuviel!« Die Augen des Kindes füllten sich mit Tränen.

Das wird ein langer Tag werden, dachte Deborah.

Der Ansager im Autoradio verkündete gerade, daß es sechs Uhr zehn sei, als sie wieder zu Hause in die Auffahrt einbogen. Deborah und die Kinder waren erschöpft, aber wenigstens hatten sie trotz zwei Heulanfällen von Kimberly und einem zwanzigminütigen Schmollen von Brian – weil er nicht allein losziehen und einkaufen durfte – alle ihre Geschenke beisammen.

Deborah hatte einzig zu einem Einkauf bei Waldenbooks Zeit gefunden. Der dynamische junge Buchhändler, auf dessen Urteil sie sich verlassen konnte, hatte sie zu einem Tisch gelotst, wo eine Autorin aus der Gegend ihren neuesten Krimi signierte. Die Frau mittleren Alters hatte einen scheuen, erschöpften Eindruck auf sie gemacht, aber dennoch gut gelaunt ihr Buch signiert, das Deborah Barbara schenken wollte. Als Deborah dann an der Kasse Schlange gestanden hatte, um das Buch zu bezahlen, hatte Brian vor Langeweile dauernd übertrieben geseufzt, während Kim aus dem ganzen Laden Bücher anschleppte, um sie von der Autorin signieren zu lassen. Die Frau hatte eingewandt, sie könne kein Buch signieren, das sie nicht geschrieben habe. »Wieso nicht? Sie sind doch Schriftstellerin!« hatte Kim argumentiert. »Aber diese Bücher habe ich nicht geschrieben«, hatte die Frau geduldig erklärt. Kim hatte sie nicht verstanden und wieder zu weinen angefangen. Zähneknirschend und immer noch sauer auf Steve, der ihr an diesem Tag eine große Hilfe gewesen wäre, hatte Deborah gemerkt, daß sie nicht mehr die Kraft hatte, noch weiter einzukaufen und die unruhig gewordenen Kinder und die vielen Menschen auszuhalten. Sie hatte beschlossen, ihre letzten Einkäufe tags darauf zu erledigen, wenn die Kinder in der Vorschule waren. Nun sah ihr großes, weißes, zweistöckiges Haus mit den dunkelgrünen Fensterläden für sie wie das Paradies auf Erden aus.

Es war bereits dunkel, und es überraschte Deborah, daß im Haus kein Licht brannte. Aber dann sah sie, daß beide Tore der Doppelgarage offenstanden und Steves weißer Chevrolet Cavalier nicht da war. Er mußte irgendwann nachmittags aufgebrochen sein, und sie waren vor ihm heimgekommen. Wo er wohl hingefahren ist? fragte sie sich, als sie die Tür von der Garage in die Küche aufschloß. Sie hoffte, daß er daran gedacht hatte, vorher die Eisenbahn vom Dachboden zu holen. Sonst stand ihr eine weitere Auseinandersetzung mit Brian bevor, der fest entschlossen sein würde, seinem Vater beim Heruntertragen der Kartons zu helfen.

Scarlett wartete sehnsüchtig auf sie. Beide Kinder begrüßten sie stürmisch, ehe der Hund zur Hintertür rannte. Er hatte es offensichtlich eilig, hinausgelassen zu werden, und das hieß, daß Steve schon vor einiger Zeit losgefahren sein mußte. Deborah öffnete die Tür, und Scarlett schoß hinaus in den umzäunten Garten hinterm Haus.

»Bringt erst einmal eure Päckchen hinauf in eure Zimmer«, sagte Deborah. Sie ging durchs Haus und schaltete überall Lichter an. »Später packen wir sie dann ein und legen sie unter den Baum.«

»Dazu brauchen wir viel Papier und Klebeband«, sagte Kim.

»Ja, ich weiß. Wir haben genug. Hat jemand Hunger?«

»Wir haben doch im Einkaufszentrum zweimal was gegessen«, sagte Brian.

Erinner mich bloß nicht daran, dachte Deborah, der der fettige Hamburger, den sie um zwei Uhr, und der schwere Burrito, den sie um fünf Uhr gegessen hatte, auf den Magen geschlagen waren. Die Kinder waren von dem Essen begeistert gewesen. Aber Deborah hatte das Gefühl, etwas gegen Sodbrennen nehmen zu müssen.

»Zieht eure Mäntel aus und kommt wieder runter. Dann hab ich Milch und Plätzchen für euch.«

»Ich möchte lieber eine Cola«, sagte Kim.

»Du hast heute schon zwei getrunken. Es gibt entweder Milch oder gar nichts.«

Kim stöhnte. »Na gut, dann trink ich eben Milch, aber nicht viel.«

»Ein halbes Glas«, rief Deborah. Sie ging zurück in die Küche und warf einen Blick auf die kleine Schiefertafel neben dem Wandtelefon. Keine Mitteilung von Steve. Na ja, sie war nicht überrascht. Sie hatte ihn nie dazu gekriegt, Mitteilungen zu hinterlassen. Oft rief er nicht einmal an, wenn er spät dran war, eine Angewohnheit, die sie ärgerte, vor allem dann, wenn sie mit dem Abendessen auf ihn gewartet hatten. »Ach was, du hättest es schlimmer treffen können, mein Kind«, sagte sie laut. »Wenigstens weißt du, daß er sich nicht in einer Bar betrinkt oder etwas mit einer anderen Frau anfängt.« Steves moralische Rechtschaffenheit gehörte zu den Dingen, die ihn für sie attraktiv gemacht hatten. Er mochte manchmal ohne böse Absicht rücksichtslos und gleichgültig sein, aber seine Redlichkeit war unerschöpflich.

Mit einem lauten Bellen und Kratzen an der Tür verkündete Scarlett, daß sie wieder hereinkommen wollte. Deborah öffnete die Tür, und der Hund leckte ihr flüchtig die Hand und schoß dann an ihr vorbei nach oben zu den Kindern.

Deborah stellte eine frische Schale Wasser für Scarlett bereit und öffnete eine Dose Weichfutter. Dann stellte sie zwei Gläser Milch und ein paar Plätzchen mit Hagelzucker auf den alten Eßtisch in der großen Küche. Der Tisch müßte auch mal abgeschliffen werden, überlegte sie kurz. Eigentlich mußte das ganze Haus renoviert werden. Sie hatte Geld von ihrer Sachbearbeitertätigkeit für die Renovierung abgezweigt, da Steve sich nicht sonderlich dafür zu interessieren schien, wie das Haus aussah, solange es nur relativ sauber war. Würde man die Entscheidung ihm überlassen, so würde gar nichts geschehen, bis die Einrichtung buchstäblich unter ihnen zusammenbrach. Das war eine von vielen Macken des Sohns einer Mutter, die von Ordnung und Sauberkeit besessen war. Sie hatte dafür Verständnis, aber die ganze Familie konnte nicht dauernd auf Zehenspitzen herumschleichen aus Rücksicht auf Steve und seine Eigenheiten. Nach Weihnachten würde sie die Angelegenheit einfach selbst in die Hand nehmen. Die Jahre mit Steve hatten sie gelehrt, daß er sich über Veränderungen, die sie herbeiführen wollte, zwar beklagen mochte, aber schließlich doch den Mund hielt, solange sie ihn nicht mit Einzelheiten belästigte.

Minuten später waren die Kinder und der Hund wieder da und machten sich mit Heißhunger über die Plätzchen her. »Ich dachte, ihr hättet keinen Hunger?« sagte Deborah.

»Haben wir auch nicht«, entgegnete Brian. »Aber Plätzchen sind was anderes. Du kannst gut Plätzchen backen, nicht so wie Mrs. Dillman.«

»Sie ist schon sehr alt«, wandte Deborah ein. »Sie war bestimmt eine gute Köchin, als sie noch jünger war.«

»Sie hat Urenkel«, sagte Kim zwischen zwei Bissen. »Das heißt, daß ihre Enkel Kinder haben.«

Deborah lächelte. »Sehr richtig. Weißt du auch, wie viele sie hat?«

»Unmengen. Sie hat überall Bilder von ihnen.«

»Ich weiß.«

»Haben unsere Großeltern Urenkel?«

»Nein. Erst, wenn ihr beiden eigene Kinder habt.«

»Oh. Also, ich schaff mir wahrscheinlich nie eigene Kinder an. Ich will Seiltänzerin werden«, teilte Kim ihr mit.

»Was du nicht sagst«, antwortete Deborah und nippte an ihrem Pulverkaffee. Sie fand Pulverkaffee gräßlich. »Ich dachte, du wolltest Kassiererin im Lebensmittelgeschäft werden.«

»Ja, früher. Jetzt will ich Seiltänzerin werden und Kostüme mit ganz vielen Pailletten tragen.«

Brian stürzte den Rest seiner Milch herunter. »Ich werde Anwalt wie der Papa.«

»Da mußt du viel lernen.«

»Macht nichts. Ich bin gut in der Schule.«

Seltsam, dachte Deborah. Mit ihren fünf Jahren schienen die Kinder schon ein Gefühl dafür zu haben, worin sie sich hervortaten. Brian lernte gern, Kim liebte sportliche Aktivitäten. Das kleine Mädchen hatte eine unglaublich anmutige Haltung, wie ihre Ballettlehrerin Deborah versichert hatte.

Nachdem sie gegessen hatten, sah sich Deborah nach der Modelleisenbahn um und war erleichtert, sie auf der Couch im Wohnzimmer vorzufinden, zusammen mit der Tüte Glitzerwatte für den künstlichen Schnee und einem weiteren Karton mit kleinen Häusern, Tieren und Bäumen für die Landschaft, durch die der Zug fuhr. »Wann kommt der Papa nach Hause und hilft uns, alles zusammenzubauen?« fragte Brian und begutachtete die Kartons mit einer Mischung aus Vorfreude und Besorgnis. Sie hatten die Eisenbahn noch nie ohne den Papa zusammengebaut.

Deborah warf einen Blick auf die Uhr. Sieben. Es war schon über eine Stunde dunkel. Steve hatte keine Mitteilung hinterlassen, und Scarlett war eindeutig lange nicht draußen gewesen, als sie nach Hause gekommen waren. Deborah ärgerte sich, daß er so lange wegblieb, ohne Bescheid zu sagen, wo er war, und rief kurz entschlossen Evan Kincaid an.

»Hallo, Deborah. Was kann ich für dich tun?« fragte Evan gut gelaunt.

»Ich scheine meinen Mann verloren zu haben«, sagte sie,

nach Kräften bemüht, ihre Stimme ruhig und freundlich klingen zu lassen. »Die Kinder warten, daß er ihnen mit der Modelleisenbahn hilft. Hast du ihn gesehen?«

»Nein. Heute nicht. Wie lange ist er schon weg?«

»Ich weiß nicht. Die Kinder und ich waren im Einkaufszentrum. Wir sind gegen ein Uhr losgefahren, und als wir kurz nach sechs zurückkamen, war er nicht da. Ich hab das Gefühl, daß er schon eine ganze Weile fort ist. Es steht kein schmutziges Geschirr im Spülbecken – nicht einmal ein Glas. Und der Hund mußte dringend rausgelassen werden.«

»Hat er keine Nachricht hinterlassen?«

»Nein, aber das tut er sonst auch nicht oft.«

Deborah hörte Barbara im Hintergrund fragen, was los sei. Evan legte die Hand auf den Hörer, während er ihr mitteilte, daß Deborah auf der Suche nach Steve sei. »Ich hab ihn nicht gesehen«, sagte Evan, wieder an Deborah gewandt, und sie bemerkte eine gewisse Vorsicht in seiner Stimme. »Vielleicht macht er Weihnachtseinkäufe.«

»Er hat gesagt, er habe eine Verabredung, die etwas mit Weihnachten zu tun hat.«

»Was für eine Verabredung?«

»Ich hab nicht die leiseste Ahnung. Angeblich hat er seine Einkäufe längst erledigt. Allerdings weiß ich nicht, wo er seine Geschenke versteckt hat.«

»Vermutlich bei Pete. Der hat viel Platz.«

Sie schwiegen einen Augenblick lang, und in Deborah flackerte unversehens Besorgnis auf. »Evan, irgendwas bedrückt Steve seit Tagen. Weißt du vielleicht, worum es geht?«

»Ich ... also, mir ist aufgefallen, daß er anders ist als sonst.«

»Aber du weißt auch nicht, was los ist?«

Evan holte tief Luft. »Deborah, ich bin sicher, daß Steve bloß etwas erledigen gegangen ist – vielleicht kauft er etwas Besonderes zu Weihnachten – und sich dabei verspätet hat.«

Seine Stimme klang falsch. Was ist nur los mit ihm? dachte Deborah, und ihre Besorgnis wuchs. Sie war sicher, daß Evan etwas wußte, aber er war auch nicht mitteilsamer, als Steve es gewesen war.

»Du sagst Bescheid, sobald er wieder da ist, ja?« bat Evan. Da ist es schon wieder, dachte Deborah. Evan wäre nicht so besorgt, wenn er nicht überzeugt wäre, daß etwas nicht stimmt.

Sie hätte ihn gern weiter ausgefragt, aber aus irgendeinem Grund bekam Evan den Mund nicht auf, darum gab sie sich geschlagen. »Klar, Evan. Sag Barbara einen schönen Gruß von mir. Und vielen Dank.«

»Wofür denn? Ich war dir keine große Hilfe. Also, paß auf dich auf und sieh zu, daß du Türen und Fenster geschlossen hältst. Um Weihnachten herum wird immer viel eingebrochen.«

Evan war immer freundlich gewesen, aber nie über Gebühr besorgt oder fürsorglich. Alle möglichen Befürchtungen gingen Deborah durch den Kopf. »Evan, was geht hier vor?« fragte sie, völlig frustriert.

»Nichts. Ruf mich einfach nachher noch mal an«, sagte er mit munterer Stimme. »Wenn Steve dann immer noch nicht zurück ist, kommen Barbara und ich vorbei und leisten dir Gesellschaft.«

Deborah legte auf und sah aus dem Fenster, beunruhigter als vor ihrem Anruf bei Evan. Eine schwere Wolkendecke verbarg den Mond und die Sterne. Nur die Außenbeleuchtung hinterm Haus durchbrach die absolute Finsternis. Plötzlich blinkte die Lampe ein paarmal und ging aus. Sie erschrak, ehe ihr wieder einfiel, daß das Licht seit Wochen blinkte. Die Birne war defekt und hätte längst ausgetauscht werden müssen. Dennoch erschien es ihr bedenklich, daß sie ausgerechnet jetzt ausging, da sie so ein gruseliges, unbehagliches Gefühl wegen Steve hatte. Doch sie war keine abergläubische Frau. Daß das Licht ausging, hatte mit Steve nichts zu tun.

»Hat Evan gewußt, wo der Papa ist?« fragte Brian und ließ sie beim hellen Klang seiner Kinderstimme zusammenfahren.

»Nein, Schatz, er wußte es auch nicht. Ich finde, wir sollten schon mal anfangen, die Eisenbahn auszupacken. Dann haben wir, wenn der Papa kommt, alles bereitstehen.«

Aber um Viertel nach acht, als sämtliche Waggons und Schienenteile, Schnee, Häuser und die winzigen Tiere und Bäume wild durcheinander unter dem Baum lagen, hatte sich Steve immer noch nicht blicken lassen. Aufgebracht und besorgt legte Deborah noch eine Platte mit Weihnachtsliedern auf. »Macht hoch die Tür, die Tor macht weit«, schallte es durchs Wohnzimmer.

»Das Lied kann ich nicht leiden«, sagte Kim. »Ich will *Jingle Bells* hören.«

»Das haben wir doch schon hundertmal gehört«, sagte Brian anklagend. »Ich will MTV.«

Steve hatte es nicht gern, wenn die Kinder sich die sexuell oft recht eindeutigen Musikvideos auf MTV anschauten, aber heute abend war sie sicher, daß sie zu sehr mit der Eisenbahn beschäftigt waren, um richtig hinzusehen. Sie würden nur die Rockmusik hören. Außerdem hielt sie es für möglich, daß sie selbst zu schreien anfangen würde, wenn sie noch ein Weihnachtslied hören mußte.

Sie schaltete die Stereoanlage aus und den Fernseher an. Steven Tyler von der Gruppe Aerosmith sang *Janie's Got a Gun*. Bilder von Blut und einer mit einem Tuch zugedeckten Leiche flackerten über den Bildschirm. Sie zuckte zusammen, aber die Kinder sahen, wie sie erwartet hatte, gar nicht richtig hin. Brian tat so, als spielte er Gitarre, während Kim um ihn herumtanzte und ihr langes, feines blondes Haar flattern ließ. Sie waren, überlegte sie, heute abend so aufgedreht, daß ihnen die Bewegung gut tun würde. Aber was war mit ihr? Mit dem Imitieren eines Gitarrensolos und wildem Tanzen war ihr nicht geholfen. Was sollte sie als nächstes unternehmen?

Einem Impuls folgend, rief sie Mrs. Dillman an. Die Stimme der alten Frau am anderen Ende der Leitung klang schwächlich. »Hoffentlich hab ich Sie nicht geweckt«, sagte Deborah.

»Ich hab nur ein Nickerchen gehalten.«

»Ich verstehe. Tut mir leid, daß ich Sie gestört habe, Mrs. Dillman, aber ich hätte gern gewußt, ob Sie mitbekommen haben, wann mein Mann heute nachmittag das Haus verlassen hat.«

»Zwei Uhr dreißig.« Die Stimme der Frau klang gleich viel frischer. »Ich hab zufällig grade in die Richtung geschaut und den Wagen von Ihrem Mann abfahren sehen.« Mrs. Dillman schaute, wenn sie nicht schlief, immer in ihre Richtung.

»Zwei Uhr dreißig. Sind Sie sicher?«

»Ganz sicher. Ich bin noch nicht soweit, daß ich nicht mehr wüßte, wie spät es ist.« Deborah war sich dessen nicht so

54

sicher, aber Mrs. Dillman hatte Phasen, in denen sie so wach und aufmerksam war wie Sherlock Holmes.

»War mein Mann allein?«

»Ja. Sie und die Kinder waren schon fort. Sind eine gute Stunde vor ihm aufgebrochen.«

»Wir waren Weihnachtseinkäufe erledigen.«

»Das hab ich mir schon gedacht.« Mrs. Dillman schwieg einen Augenblick, dann erkundigte sie sich voller Mitgefühl: »Meine Liebe, Sie glauben doch nicht, daß Ihr Mann Sie im Stich gelassen hat?«

Deborah blinzelte. »Sie meinen, ob er mich verlassen hat? Ach, Mrs. Dillman, ich glaube nicht.«

»Ich frage nur, weil mein Mann mich im Stich gelassen hat. Er hat gesagt, er geht Brot holen, und ist nie zurückgekommen. Das war vor vierzig Jahren.«

Deborah wußte, daß das nicht stimmte. Alfred Dillman war vor acht Jahren bei einem Verkehrsunfall gestorben.

»Das gab damals einen fürchterlichen Skandal«, fuhr Mrs. Dillman fort und erwärmte sich immer mehr für ihre Geschichte. »Ich hab allen so leid getan. Was für ein törichter Mann, haben alle gesagt, eine prachtvolle Frau wie dich zu verlassen. Ich sage Ihnen, meine Liebe, ich weiß nicht, wie ich es durchgestanden habe, aber ich habe eben Rückgrat. Das hat meine Mama immer gesagt.« Sie seufzte. »Nun ja, so sind die Männer eben. Sie sind alle gleich.«

Deborah war drauf und dran, dagegen zu argumentieren, aber es hatte keinen Sinn. Zustimmung war der Schlüssel, um zu erreichen, daß die Frau ruhig und zugänglich blieb. »Da haben Sie wohl recht.«

»Ihr Mann könnte in Las Vegas sein«, fügte Mrs. Dillman hilfreich hinzu. »Vielleicht gibt er sich mit meinem Alfred zusammen dem Trunk und dem Glücksspiel und der Hurerei hin.«

Trotz aller Besorgnis mußte Deborah beinahe laut herauslachen bei dem Gedanken, daß der alte Alfred Dillman, ein ehemaliger presbyterianischer Geistlicher, oder Steve sich in das Bild einfügen könnten, das sich Mrs. Dillman von Ausschweifungen machte. »Schon möglich«, sagte sie freundlich. »Ich werde mich auf jeden Fall deswegen vergewissern.«

»Gut. Aber wenn Sie dabei auf Alfred stoßen, sagen Sie ihm, er soll nicht nach Hause kommen. Ich nehme ihn nicht zurück, egal wie reumütig er ist!«

»Ich werd es ihm sagen. Und noch einmal vielen Dank, Mrs. Dillman.«

Sie legte auf und rieb sich die Schläfen, die zu pochen begonnen hatten. Dieser Anruf hatte sie jedenfalls nicht weitergebracht, und alle anderen Häuser an der Straße standen leer.

Was nun? dachte Deborah. Wenn Steve tatsächlich um halb drei losgefahren war, wie Mrs. Dillman behauptete, war er seit sechs Stunden fort. Wenn er aber erst viel später aufgebrochen war ...

Sie ging zurück ins Wohnzimmer. Kim und Brian kugelten sich auf der Couch und kicherten immer noch über ihre Rock-and-Roll-Darbietung. »Ich will später mal so aussehen«, sagte Kim und zeigte auf eine unglaublich vollbusige Frau mit wirrem Haar, die mit lasziven Bewegungen über den Bildschirm tanzte.

»Du bist viel hübscher«, sagte Deborah abwesend, kam dann jedoch wieder zu Verstand. Steve würde sich schrecklich aufregen, wenn er jetzt hereinkäme und sähe, daß sich die Kinder Musikvideos anschauten. »Mal sehen, was sonst noch läuft.«

Sie zappte mit der Fernbedienung, bis sie einen harmlos aussehenden Film auf dem Disney-Kanal gefunden hatte. Beide Kinder verloren augenblicklich jedes Interesse am Fernsehen. »Wo ist bloß der Papa?« fragte Brian.

»Ich weiß es nicht so genau. Vielleicht sollten wir schon mal anfangen, die Schienen zusammenzusetzen. Oder möchtest du lieber gleich ins Bett gehen?«

»Ins Bett!« wiederholten beide Kinder in entsetztem Ton, so als hätte Deborah gefragt, ob sie Lust hätten, auf dem Scheiterhaufen verbrannt zu werden. »Unsere Zubettgehzeit ist acht Uhr dreißig.« Brian warf einen Blick auf die Wanduhr über der grau-rotbraun gestreiften Couch. »Es ist erst acht Uhr dreizehn«, verkündete er triumphierend.

»Hör auf, immer die Zeit anzusagen«, schimpfte Kim. »So was von *langweilig*.«

»Du bist nur wütend, weil du es nicht kannst.«

»Kann ich wohl. Ich will bloß nicht.«

Die Kinder waren nach dem Tag im Einkaufszentrum müde und schlecht gelaunt. Sie brauchten Schlaf, aber keines von beiden war bereit, sich geschlagen zu geben und ins Bett zu gehen. Deborahs Stimme verriet ihre Anspannung. »Schön. Ihr dürft heute abend länger aufbleiben. Fangt mit den Schienen an. Wißt ihr, wie man sie zusammensetzt?«

»Na klar«, entgegnete Brian.

»Gut. Ich muß noch telefonieren.«

Sie hörte die Kinder im Wohnzimmer zanken, während sie sich in die Küche zurückzog, wo sie sie nicht hören konnten. Sie waren – im Gegensatz zu ihr – noch nicht beunruhigt, nur enttäuscht. Sie wählte die Nummer der Staatsanwaltschaft in der Hoffnung, Steve sei ins Büro gegangen, um ein paar Dinge aufzuarbeiten, und habe darüber die Zeit vergessen. Aber es meldete sich niemand.

Verärgert rührte sie für sich noch eine Tasse Pulverkaffee an, diesmal eine Sorte mit Vanilleextrakt, die süß schmeckte und angenehm duftete. Die Frauen, die in der Fernsehwerbung davon tranken, sahen gepflegt und unbekümmert aus, als hätten sie keinerlei Sorgen auf der Welt. Mich würden sie für diese Werbung nicht haben wollen, dachte Deborah, als sie sich zufällig im Küchenspiegel sah. Mit ihrem verblaßten Lippenstift, den Haarsträhnen, die sich aus dem langen Zopf gelöst hatten, und den unter ihren Kontaktlinsen leicht geröteten Augen sah sie erschöpft und unordentlich aus. Und sie sehnte sich nach einer Zigarette.

Einem Impuls folgend kramte sie eine Schublade durch, bis sie eine halbleere Schachtel Mentholzigaretten gefunden hatte. Sie betrachtete sie einen Augenblick lang, roch sogar einmal an den vertrockneten Zigaretten in der Schachtel. »Nein, ich tu's nicht«, sagte sie dann entschlossen. Sie ließ die Zigarettenschachtel fallen und schloß die Schublade.

Sie trommelte mit den Fingern auf der Arbeitsfläche und dachte nach. Ihr Blick fiel auf das Adreßbuch neben dem Telefon. Sie blätterte es durch und stieß auf die Nummer des Pflegeheims in Wheeling, wo Steves Schwester Emily untergebracht war. Die Krankenschwester schien verblüfft zu sein, als sie ihren Namen nannte und fragte, ob Steve da sei.

»Aber nein. Mr. Robinson war doch erst letztes Wochenende hier. Er kommt nur alle paar Monate, und an einem Sonntagabend war er noch nie da.« Die Krankenschwester hörte sich nun vor allem neugierig an: »Können Sie ihn nicht finden?«

Deborah war mit den Nerven am Ende und furchtbar besorgt. Am liebsten hätte sie die Frau angefahren: »Würde ich Sie anrufen, wenn ich ihn finden könnte?« »Nein, ich weiß nicht, wo er ist«, sagte sie statt dessen relativ ruhig. »Wie es scheint, hat es bei uns heute mit der Verständigung nicht geklappt. Ich dachte nur, er wäre Emily vielleicht vor Weihnachten ein letztes Mal besuchen gefahren.«

»Ich hab ihn seit letztem Sonntag nicht mehr gesehen. Aber sagen Sie ihm bitte, daß es Emily blendend geht. Sie hat heute sogar gesprochen.«

»Wirklich?« fragte Deborah erstaunt.

»Ja, tatsächlich. Sie hat ganz deutlich ›Steve‹ gesagt.«

»Wie wunderbar. Ich wußte nicht, daß sie manchmal etwas sagt.«

Die Krankenschwester hörte sich wieder überrascht an. »O ja, gnädige Frau. Nicht oft, aber gelegentlich. Komisch, daß Ihr Mann es Ihnen nicht erzählt hat. Sie spricht meistens dann, wenn er da ist.«

Deborah war nur einmal mit Steve zu Besuch bei Emily gewesen, als sie frisch verheiratet waren. Sie hatte damals wie ein Teenager ausgesehen, nicht wie die dreiundzwanzigjährige Frau, die sie war. Sie hatte mahagonibraunes Haar, das viel dunkler war als das von Steve und lang und glänzend herabhing. Doch es waren ihre Augen, an die Deborah sich besonders lebhaft erinnerte. Mit ihren langen Wimpern und dem klaren Weidengrün wären sie wunderschön gewesen, wenn sie nicht so leer vor sich hin geblickt hätten. Deborah hatte gebeten, Emily wieder besuchen zu dürfen, aber Steve hatte es ihr ausgeredet. »Hat doch keinen Sinn«, hatte er gesagt. »Sie weiß nicht, daß du da bist.«

»Aber du fährst doch auch hin«, hatte Deborah eingewandt.

»Ich bin ja auch ihr Bruder. Außerdem liegt es an mir, daß sie so ist. Ich bin es ihr schuldig.«

Deborah legte auf. Natürlich wäre Steve nicht nach Wheeling gefahren, ohne ihr Bescheid zu sagen. Bis Wheeling waren es über zweihundertfünfzig Kilometer. Sie dachte daran, Steves Eltern anzurufen, aber das war sinnlos. Zu Weihnachten waren sie wie immer in Hawaii. Davon abgesehen hatte Steve sie seit zehn Jahren nicht mehr besucht.

Sie versuchte es bei Pete Griffin. Petes Sohn Adam meldete sich. Im Hintergrund dröhnte Rockmusik, und Adam teilte ihr mit, daß sein Vater schnell noch zum Discountladen gefahren sei, um ein beleuchtetes Rentier als Weihnachtsschmuck für den Vorgarten zu kaufen. »Der benimmt sich, als wär ich acht Jahre alt«, murrte Adam, aber seiner Stimme war anzumerken, daß er es mit Humor nahm. »Wir haben schon Tausende von Lichtern um jede Hecke und jeden Baum im Garten geschlungen. Ich rechne jeden Augenblick damit, daß bei uns die Feuerwehr reinschaut.«

»Ich kann dir nur raten, dankbarer zu sein, sonst findest du noch einen Klumpen Kohle in deinem Weihnachtsstrumpf«, warnte Deborah.

»Einen Klumpen Kohle?« wiederholte Adam verwirrt.

»Schon gut. Nur so ein alter Brauch.«

»Warum sind alte Bräuche immer so verrückt?«

Deborah lächelte. Adam Griffin nahm gern die Pose des leicht beschränkten Jugendlichen ein, um seine bemerkenswerte Sensibilität und erstaunliche Intelligenz zu verbergen. Einmal hatte er ihr anvertraut, daß er Biophysiker werden wolle. »Aber sag meinem Vater nichts davon«, hatte er hinzugefügt. »Es macht zuviel Spaß, ihn in dem Glauben zu lassen, daß ich mir jede Woche einen anderen waghalsigen Beruf ausdenke.« Und so intelligent Pete auch war, er schien Adam doch jedesmal zu glauben.

»Hast du Steve heute gesehen, Adam? Ich kann ihn nicht finden«, sagte Deborah.

»Nein, und ich war den ganzen Tag zu Hause. Ich frag gleich meinen Vater, wenn er zurückkommt, der geht seit heute morgen ununterbrochen ein und aus. Stimmt was nicht?«

»Ich glaube nicht. Es ist nur ungewöhnlich, daß er so komplett verschwindet ... ach, was soll's. Wahrscheinlich mache ich mir völlig unnötige Sorgen. Bitte Pete einfach, mich anzurufen, wenn er wieder da ist.«

»Mach ich.«

»Ach, und bitte zeig deine Freude über das Rentier, das dein Vater kauft. Er legt auf so was großen Wert.«

Adam lachte. »Ich weiß. Und keine Sorge: Ich werd ihm sagen, daß es das Tollste ist, was ich je gesehen habe, egal wie geschmacklos es ist.«

So, bei Pete auch kein Glück. Das unbehagliche Gefühl, das sie schon den ganzen Tag hatte, wurde langsam überwältigend. In ihrer Verzweiflung rief sie noch einmal Evan an. »Ich kann Steve immer noch nicht finden«, sagte sie. »Es ist Viertel vor neun.«

»Im Büro ist er nicht.«

»Ich weiß. Dort hab ich es schon versucht. Evan, hast du eine Ahnung, wo er hingefahren sein könnte?«

»Nein, aber ich werde mal herumtelefonieren. Rühr dich nicht vom Fleck.«

Nicht vom Fleck rühren. Deborah hatte noch nie verstanden, was diese Redewendung bezweckte. Sollte sie vor hilfloser Sorge erstarren?

Auf der Suche nach der Nummer von Joe Pierce blätterte sie das Adreßbuch durch. Schließlich war Joe es gewesen, der abends zuvor angerufen und Steve in einen solchen Zustand der Erregung versetzt hatte. Während sie wählte, überlegte sie, daß sie ihn schon früher hätte anrufen sollen. Besetzt. Sie knallte den Hörer auf die Gabel. Was jetzt?

Sie ging wieder ins Wohnzimmer. »Du machst alles voller Glitzer«, schnauzte Brian Kim an, die dabei war, die verzierte Watte aus der Tüte zu holen.

»Mach ich nicht. Außerdem fällt der einfach runter.«

»Die Watte ist noch lange nicht dran! Mami, sag ihr, daß die Watte erst um die Eisenbahn verteilt wird, wenn die Eisenbahn aufgebaut ist!«

»Weiß ich doch«, entgegnete Kim wütend. »Ich wollte nur die Knicke rausmachen, aber jetzt faß ich deine blöde Watte überhaupt nicht mehr an!«

»Kinder, laßt es gut sein«, sagte Deborah und fuhr sich mit der Hand über die Stirn. Hinter ihren Augen pochte der Schmerz.

»Wo ist nur der Papa?« fragte Brian zum wiederholten Mal.

»Ich weiß es nicht.«

Sein Gesicht wurde auf einmal rot wie immer, wenn er weinen wollte, es jedoch unterdrückte. Er wedelte mit einem Stück Schiene. »Wie sollen wir bloß die Eisenbahn aufbauen?«

»Das schaffen wir schon«, sagte Deborah. Sie trat zu ihm und nahm ihm die Schiene aus der Hand. Kim sah zerknirscht aus, als sie die Watte wieder in die Tüte zurückstopfte und sich zu ihrem Bruder auf den Boden hockte. Auch Scarlett eilte, von augenblicklichem Mitgefühl ergriffen, an seine Seite. Sie legte sich hin, stützte den Kopf auf Brians Knie und blickte mit so viel Liebe und Besorgnis zu ihm auf, daß sie alle drei in Gelächter ausbrachen.

»Sieh nur, was du angerichtet hast«, sagte Deborah. »Scarlett fängt auch gleich zu weinen an.«

»Hunde weinen nicht«, widersprach Brian und wischte eine Träne ab.

Kim nickte. »Sie weinen wohl. Drinnen. Wo wir es nicht sehen.«

Deborah strich den Kindern über das glänzende Haar. »Lassen wir die Eisenbahn jetzt erst einmal stehen, ja? Es ist längst Zeit, ins Bett zu gehen.« Die Kinder warfen ihr feindselige Blicke zu, und sie hatte nicht die Kraft, sich mit ihnen anzulegen. »Wißt ihr was, ich mach euch heiße Schokolade mit Zimtstangen und Mohrenköpfen. Bis wir damit fertig sind, ist der Papa bestimmt wieder zu Hause.«

Zwanzig Minuten später, als beide Kinder sich schaumige Schokoladenschnurrbärte zugelegt hatten, war Steve immer noch nicht da. »Ich werd langsam müde«, gestand Kim schließlich ein.

Gott sei Dank, dachte Deborah erleichtert. Wenn sie nur die Kinder ins Bett bringen konnte und ein wenig Ruhe hatte, um nachzudenken ...

In dem Augenblick klingelte es an der Tür. Scarlett fing an, wie besessen zu bellen, und Deborah wurde einen Augenblick lang von freudiger Erregung gepackt. Steve! Dann verging ihr die Freude. Steve benutzte grundsätzlich die Tür, die von der Garage in die Küche führte. Er würde nicht zur Vordertür kommen und klingeln.

Sie schaltete das Licht über dem Eingang an und spähte

durch eine der Fensterscheiben, die hoch in der Tür eingelassen waren, nach draußen. Evan und Barbara. Und noch jemand, der hinter ihnen stand, gerade außerhalb des Lichtkegels.

Während Brian Scarletts Halsband festhielt, um zu verhindern, daß sie hinausstürmte, öffnete Deborah die Tür. Evan lächelte verkrampft. »Ist Steve immer noch nicht daheim?«

»Nein. Bitte kommt doch herein. Ach, Joe, ich hab dich erst gar nicht gesehen.«

Joe Pierce, mit seinem sandbraunen Haar und schmalen Gesicht, kam herein und sagte leise etwas, was sie nicht mitbekam. Sie konnte an nichts anderes mehr denken als an Steve.

»Was ist passiert?« platzte sie heraus, obwohl ihr klar war, daß die Kinder hinter ihr standen, jählings verstummt, während im Hintergrund weiter der Fernseher plärrte.

»Wir dachten nur, wir kommen mal vorbei«, sagte Evan mit gezwungener Stimme.

Deborah warf einen Blick auf die Kinder. »Wie wär's, wenn ihr Joe und Barbara eure Modelleisenbahn zeigt?«

»Die kennen sie längst«, wandte Brian ein.

Joe schob sich an Evan vorbei. »Ich kenn sie noch nicht. Komm, Brian. Mal sehen, ob sie genauso ist wie die, die ich als Junge hatte.«

Brian verzog zweifelnd das Gesicht. »Ihr wollt uns aus dem Weg haben, damit Evan Mami sagen kann, daß dem Papa was Schlimmes passiert ist.«

»Wir wissen nichts darüber, daß eurem Papa etwas Schlimmes zugestoßen sein soll. Wir sind bloß zu Besuch hier«, sagte Joe. »Kommt, Kinder. Du auch, Scarlett.« Es überraschte Deborah, daß er sich den Namen des Hundes gemerkt hatte. Er war erst ein paarmal bei ihnen zu Hause gewesen. »Laßt mich die Eisenbahn sehen.«

Barbara lächelte ihnen mit blutleeren Lippen ermunternd zu. »Bitte, Kinder. Euer Papa hat es nicht gern, wenn ihr unhöflich zu Gästen seid.«

Widerstrebend führten die Kinder die beiden Erwachsenen ins Wohnzimmer, und Scarlett tappte mißtrauisch hinterher. Deborah bat Evan in die Küche und fragte dann mit erstickter Stimme: »Also, was ist?«

Evan verschränkte die Hände. Zwischen seinen strahlend-
blauen Augen erschien eine Falte. Er sah müde und zutiefst
beunruhigt aus. »Deborah, du weißt doch über Artie Lieber
Bescheid?«

»Artie Lieber?« wiederholte sie mit tonloser Stimme. »Der
Mann, der Steves Schwester überfallen hat? Was ist mit ihm?«

»Er ist vor zwei Monaten auf Bewährung entlassen worden.«

»Schon? Es ist doch alles erst fünfzehn Jahre her.«

»Er hat sich gut geführt, Deborah. Hat eine Therapie gemacht und immer den vorbildlichen Gefangenen gespielt. Wie
dem auch sei: Bis letzte Woche ging alles glatt.«

Deborah sah ihn flehentlich an. »Ich wußte nicht, daß Lieber Straferlaß bekommen hat, aber zwing mich bitte nicht, dir
jedes Wort einzeln aus der Nase zu ziehen, Evan. Was geht hier
vor? Wo ist Steve?«

»Wir wissen es nicht. Nachdem du zum zweiten Mal angerufen hattest, habe ich mit Joe telefoniert, und seither sind wir
auf der Suche nach ihm. Dann meinte Barbara, daß wir besser
zu dir fahren und die Suche der Polizei überlassen sollten.«

Deborah erstarrte. »Der Polizei?«

»Ja.«

»Ich verstehe nicht.«

Evans gebräuntes Gesicht schien sich zu straffen. Er wandte
voller Unbehagen den Blick ab, doch dann sah er ihr wieder in
die Augen. »Hör zu, Deborah, es war Steves Zeugenaussage,
die Lieber hinter Gitter gebracht hat.«

»Ja, das ist mir bekannt.«

»Vielleicht war dir aber nicht bekannt, daß Lieber immer
behauptet hat, daß Steve lügt – daß Steve es gewesen ist, der
Emily überfallen hat.«

»Das ist doch lächerlich«, brach es aus Deborah hervor. Sie
war empört über die Anschuldigung, aber zugleich bestürzt,
daß Steve ihr nie davon erzählt hatte. »Steve würde nieman-
dem etwas zuleide tun, schon gar nicht seiner eigenen Schwester!«

»Das weiß ich so gut wie du. Aber Lieber hat die ganzen
Jahre an seiner Aussage festgehalten. Und, Deborah, er wurde
gestern in Charleston gesehen. Deshalb hat Joe gestern abend
angerufen. Er wollte Steve warnen, daß Lieber in der Stadt ge-

sehen worden ist – übrigens kaum einen Kilometer von eurem Haus entfernt.«

»O Gott.« Deborah schloß die Augen. »Und es kommt noch schlimmer, nicht wahr? Na los – sag es schon«, forderte sie ihn mit dumpfer Stimme auf.

»Nur daß Lieber einmal zu einem Mithäftling gesagt hat, sobald er wieder draußen sei, wolle er es Steve heimzahlen, daß er ihn hinter Gitter gebracht hat. Und jetzt ist Steve verschwunden.«

Fünf

Steve ist nicht verschwunden – er ist nur nicht da, hätte Deborah beinahe gesagt. Dann fing sie zu kichern an. Evan warf ihr einen irritierten Blick zu. »Tut mir leid«, sagte sie keuchend. »Ich bin bloß ... ich bin bloß ...« Der Raum verfinsterte sich, und sie sackte zusammen. Evan fing sie auf, ehe sie auf dem Boden aufschlug. »Du lieber Gott, ich bin im Leben noch nie in Ohnmacht gefallen«, murmelte sie.

Er half ihr auf die Bank am Eßtisch und ging zu dem Schrank, in dem die Spirituosen standen. Sie sah zu, wie er eine dunkle Flüssigkeit in ein Glas goß. »Chivas Regal, zwölf Jahre alt«, konnte sie Steve zu Pete sagen hören. O Gott.

»Trink das«, ordnete Evan an.

»Ich mag keinen Whisky.«

»Trink!«

Deborah trank das Glas aus und wäre beinahe erstickt, als ihre Kehle bis tief in die Brust wie Feuer brannte. Barbara kam in die Küche geeilt. »Deborah, ist alles in Ordnung?«

»Es wird ihr gleich bessergehen«, beruhigte Evan.

»Ich wette, Steve kommt in den nächsten zehn Minuten hier zur Tür hereinmarschiert«, sagte Barbara zu ihr.

Deborah sah sie durch einen Tränenschleier hindurch an. »Nein, das wird er nicht. Ich wußte es gleich, als wir zurückgekommen sind. In meinem Innersten hab ich es gewußt.«

»Hast du nicht«, sagte Evan, so als würde er mit einem Kind sprechen. »Du bist bloß verängstigt. Es kann alles mögliche passiert sein. Steve könnte irgendwo mit einer Reifenpanne festsitzen.«

»Er weiß, wie man einen Reifen auswechselt, Evan.«

»Na gut, dann eben sonst eine Panne mit dem Auto.«

»Das glaubst du doch selbst nicht, sonst hättest du mir nicht von Artie Lieber erzählt.«

»Vielleicht war ich zu voreilig. Ich hätte wegen Lieber den Mund halten sollen.«

»Lieber?«

Deborah blickte auf und sah Pete Griffin an der Tür stehen, das Gesicht von der Kälte gerötet, das schüttere Haar zerzaust. »Tut mir leid, daß ich hier so reinplatze, aber Adam hat gesagt, du machst dir Sorgen um Steve. Und jedesmal, wenn ich angerufen habe, war besetzt, deshalb hab ich beschlossen, selber herzukommen und nach dem Rechten zu sehen. Ich dachte schon, ich müßte mich gegenüber dem Typen ausweisen, der mir die Haustür aufgemacht hat. Also, was zum Teufel geht hier vor, und wieso ist von Lieber die Rede?«

»Artie Lieber ist in der Stadt. Ich fürchte, er hat Steve erwischt.«

Petes Miene verfinsterte sich. »Wie? Wann?«

»Heute nachmittag. Und ich weiß nicht, wie.«

»Deborah, es kann durchaus etwas ganz anderes dahinterstecken«, warf Evan ein. »Du hast erwähnt, daß er heute nachmittag einen Termin hatte. Aber du weißt nicht, mit wem, oder?«

»Nein. Ich bin nicht einmal sicher, daß es diesen Termin wirklich gegeben hat. Es hat sich nicht so angehört, als würde er die Wahrheit sagen. Er hat, glaube ich, nur versucht, mich abzuwimmeln, um nicht zum Weihnachtseinkauf ins Einkaufszentrum zu müssen.«

»Ihr zwei habt also keinen Streit gehabt?«

»Nein. Wir haben uns, seit wir verheiratet sind, vielleicht fünfmal gestritten. Über Kleinigkeiten. Und heute hatten wir einen Wortwechsel, weil er wegen seines sogenannten Termins so eine Geheimniskrämerei veranstaltet hat.«

Evans Gesicht wurde hart. »Ihr habt also doch gestritten?«

»Nein. Wir waren gereizt, das ist alles. Wir hatten noch nie eine richtige Auseinandersetzung. Nur ein paar kurze Kräche.«

Ihre Augen füllten sich wieder mit Tränen. Barbara legte ihre festen Hände mit den kurzen Nägeln auf Deborahs Schultern. »Wir hätten nicht herkommen und dich wegen nichts und wieder nichts so erschrecken dürfen.«

»Ich finde es notwendig, zu wissen, daß Lieber in der Stadt

ist und vielleicht Steve erwischt hat«, widersprach Deborah mit matter Stimme. »O Gott, nun verstehe ich alles. Vergangene Nacht ist jemand bei uns im Garten herumgeschlichen. Jemand, der sich im Gebüsch versteckt hat. Steve hat sich wie ein Wilder aufgeführt und ist barfuß hinausgerannt. Jetzt weiß ich, warum. Ich weiß auch, was er gesagt hat, als er um die Bäume herumging – Lieber. Er war überzeugt, daß Artie Lieber dort draußen lauert. Und so muß es gewesen sein. Er hat nur gewartet, bis er Steve allein vorgefunden hat. Und dann hat er –«

»Weißt du, Deborah, die Polizei ist bereits benachrichtigt«, unterbrach Evan forsch. »Normalerweise wird jemand erst nach vierundzwanzig Stunden offiziell als vermißt geführt, aber Steve ist stellvertretender Staatsanwalt, und unter den Umständen ... Also, sie lassen die Sache nicht bis morgen nachmittag schleifen.«

»Darüber bin ich froh. Aber ich glaube, es ist zu spät.«

»Hör auf, so etwas zu sagen«, befahl Pete. »Es liegt vermutlich nichts vor. Vielleicht ist Steve ins Kino gegangen.«

»Ach, Pete, du weißt doch, er geht nie ins Kino. Er sagt, er kann das Geräusch nicht ausstehen, wenn die Leute Popcorn knabbern und Limonade schlürfen, während der Film läuft.« Deborah hielt Evan ihr Glas hin. »Noch einen Schuß bitte.« Evan zögerte, doch dann schenkte er ihr nach. Sie trank das zweite Glas langsamer aus, während sie wie zu sich selbst sprach. »Er war so ernsthaft und zurückhaltend, und manchmal konnte er rücksichtslos sein, ohne es zu wollen, aber er war niemals grausam. Niemals. Wir waren sieben Jahre verheiratet. Er ist nie so spurlos verschwunden. Wenn er sich sehr verspätet, ruft er an.«

»Immer?« fragte Evan.

»Na ja, es gab ein paar Gelegenheiten ...«

»Und dies könnte eine solche Gelegenheit sein.«

Deborah schüttelte den Kopf. »Wenn er tatsächlich einmal nicht angerufen hat, lag das daran, daß er in irgendeine Arbeit vertieft war, aber er hat heute nicht gearbeitet. Mrs. Dillman hat gesagt, er sei um halb drei aufgebrochen.«

»Mrs. Dillman?« wiederholte Barbara. »Die bekloppte alte Dame von nebenan?«

»Manchmal sind ihre Wahrnehmungen akkurat.«

»Und meistens sind sie es nicht. Deborah, er könnte abgefahren sein, direkt bevor du vom Einkaufszentrum nach Hause gekommen bist. In dem Fall wäre er erst ...«

»Ungefähr drei Stunden wäre er dann erst fort«, sagte Deborah. »Aber wenn er tatsächlich um halb drei das Haus verlassen hat, ist er über sieben Stunden fort. Es könnte sogar sein, daß er gleich nach uns gefahren ist, und das hieße, daß er acht Stunden fort ist. Was ist mit den Krankenhäusern?«

»Wir haben nachgefragt«, sagte Evan. »Niemand, auf den seine Beschreibung paßt, ist dort eingeliefert worden.«

Joe kam in die Küche. Er war größer und schlanker als Evan, aber nicht annähernd so klassisch schön. Sein Gesicht war wettergegerbt, seine gebräunte Stirn von einer feinen, fünf Zentimeter langen Narbe über der rechten Augenbraue gekerbt, sein Lächeln weniger ungezwungen und strahlend als das von Evan. Er stammte aus Texas und hatte Deborah immer an einen altmodischen Cowboy erinnert, zäh und sehnig, gewohnt, über die Prärie zu reiten und Stürme, Dürre und Indianerüberfälle zu bestehen. Er hätte in einen Roman von Louis L'Amour gepaßt. Er trug Jeans wie Evan, aber im Gegensatz zu Evan hatte er statt einer gutgeschnittenen Wildlederjacke eine abgewetzte glattlederne an, ein T-Shirt darunter und Cowboystiefel. Er hatte kurze Bartstoppeln, und Deborah bemerkte die Linien, die von den Winkeln seiner grauen Augen ausgingen, so als hätte er zu lange in die Sonne geschaut.

»Joe, hat Steve gestern abend etwas zu dir gesagt, was das alles erklären könnte?« fragte Deborah.

»Nein, nichts. Ich hab ihm nur mitgeteilt, daß Lieber in Charleston gesehen worden ist.«

Deborah fuhr sich mit der Hand über die Stirn. »Ich versteh das nicht. Wenn er wußte, daß Lieber in der Nähe ist und daß er gefährlich ist, warum hat er mir nichts davon gesagt?«

»Er hat gesagt, er wollte dich nicht beunruhigen.«

»Mich beunruhigen?« wiederholte Deborah laut. »Die Kinder und ich sind heute aus gewesen, und er war noch nicht einmal bereit, mitzukommen. Wie beunruhigt kann er da gewesen sein?«

68

»Sehr«, sagte Joe resolut. »Aber Evan hat mir erzählt, daß ihr heute nachmittag im Einkaufszentrum wart. Steve hat vermutlich geglaubt, daß ihr unter all den Leuten sicher seid. Und er hatte mich bereits gebeten, mit einem Freund bei einer örtlichen Detektei in Verbindung zu treten. Die Detektei sollte euch drei ab morgen früh rund um die Uhr bewachen. Er hatte mehr Angst um die Kinder und dich als um sich selbst. Lieber hat schon seine Schwester beinahe umgebracht. Er wollte nicht, daß er sich auch noch über seine Frau und seine Kinder hermacht.«

»Du wußtest also auch Bescheid?«

»Ja.«

»Und du?« fragte Deborah Pete.

»Ich wußte, daß Lieber begnadigt ist, aber nicht, daß er in der Stadt ist oder daß Steve wegen irgendwas beunruhigt war. Es schien ihm gutzugehen auf dem Fest.«

»Ich kann gar nicht glauben, daß Steve dir nicht von Lieber erzählt hat«, sagte Evan zu Deborah.

Joe warf Evan einen Seitenblick zu. »Du weißt, was er gesagt hat.« Seine bedächtige, heisere Stimme war so anders als der laute Befehlston von Steve und Evan, die es gewohnt waren, vor Gericht dramatische Plädoyers zu halten. »Er wollte sie nicht ängstigen. Und genau das tust du jetzt.«

»Es ist mir lieber, sie zu ängstigen, als sie im dunkeln tappen zu lassen.« Evan strich sich das Haar aus der Stirn. »Gott, wir stehen rum und streiten uns, während Steve verschwunden und Deborah am Boden zerstört ist. Entschuldige, Deborah. Wir Anwälte sind von Natur aus streitbar.«

»Ich bin kein Anwalt«, sagte Joe.

Evan biß gereizt die Zähne zusammen, aber er ging nicht auf Joes Einwand ein. »Deborah, wir brauchen die eine oder andere Information von dir.«

»Zum Beispiel?«

»Steves Autonummer und die Kennziffer seines Führerscheins, seine Kreditkartennummern und dergleichen. Und wir müßten wissen, ob von seinen Sachen etwas fehlt.«

»Von seinen Sachen?« wiederholte Deborah.

»Ja. Zum Beispiel Kleidung.«

»Warum sollte seine Kleidung fehlen?«

Evan sah verlegen aus. »Das ist reine Routine. Die Polizei wird danach fragen.«

»Sie wollen wissen, ob irgendwelche Anzeichen dafür vorhanden sind, daß er sich aus eigenem Antrieb aus dem Staub gemacht hat«, sagte Joe.

Deborah war verblüfft. »Aus eigenem Antrieb? Natürlich ist er nicht aus eigenem Antrieb verschwunden. Warum sollte er?«

Sie sah plötzlich Steve und Alfred Dillman in Las Vegas vor sich, Glücksspiel, Trunk und ›Hurerei‹ inbegriffen. Sie lächelte kurz, ehe sich ihre Augen erneut mit Tränen füllten. Wenn dieses lächerliche Szenarium nur der Wahrheit entspräche. Es war soviel besser, ihn sich dort vorzustellen, statt als vermißt oder gar auf Gedeih und Verderb Artie Lieber ausgeliefert.

»Alle Nummern stehen auf einem Blatt Papier in Steves Schreibtisch«, sagte sie mit zittriger Stimme. »Ihr wißt, wie ordentlich er war. Barbara, wenn du das Blatt holen könntest – ich glaube, es ist in der oberen rechten Schublade. Ich gehe nach oben und sehe nach, ob irgendwelche Kleidungsstücke fehlen.«

Das Haus hatte altmodische schmale Einbauschränke. Als Deborah den von Steve öffnete, hätte sie fast wieder zu weinen angefangen. Ordentlich. Ja, das war Steve, auch wenn es um seine Kleidung ging. Alles war geordnet – alle Hemden zusammengelegt, die Hosen sauber über Kleiderbügel gefaltet, die Anzugjacken mit Präzision aufgehängt, die Schuhe geputzt und in gerader Linie aufgestellt. Der Anzug aus grauem Wollstoff, den sie am Freitag von der Reinigung abgeholt hatte, war noch in Plastik gehüllt, so als solle er auf immer und ewig unberührt bleiben.

»Hör auf«, sagte sie laut. »Er wird ihn irgendwann wieder anziehen. Jetzt konzentrier dich darauf, was du tust.«

Sie schloß die Augen, versuchte sich vorzustellen, was Steve am Morgen getragen hatte. Jeans, einen dunkelblauen Pullover mit rundem Ausschnitt und Laufschuhe von Nike. Natürlich war von diesen Kleidungsstücken keines im Schrank. Alles andere war noch da.

Sie ging zur Kommode. Dort lag seine Unterwäsche, faltenfrei und geradezu kommißmäßig geordnet. Er war über die zwanghafte Ordnungsliebe, die ihm seine Mutter in seiner Kindheit eingetrichtert hatte, nie ganz hinweggekommen. In der Schublade aufgereiht lagen sieben Unterhemden, sieben Unterhosen, elf Paar dunkle Socken und drei Paar weiße Sportsocken. Es fehlten nur die Unterwäsche und die Socken, die er gestern getragen und heute anhatte.

Sie warf einen Blick oben auf die Kommode. Seine Uhr war fort, doch sein Ehering lag einsam neben einer Flasche Rasierwasser, das er nie benutzte. Erst war sie überrascht, aber dann fiel ihr ein, daß sich bei ihm vor ein paar Tagen ein Ausschlag am Ringfinger entwickelt hatte. Er hatte den Ring seither nicht mehr getragen. Dennoch schien seine Gegenwart etwas Bedeutsames auszusagen, als signalisierte er das Ende ihrer Ehe.

Sie ging wieder hinunter und fand Pete, Evan und Barbara in der Küche vor. Joe und Adam waren bei den Kindern im Wohnzimmer. »Es fehlt nichts außer dem, was er heute angehabt hat.«

»Ist sein Mantel da?« fragte Evan.

Deborah zeigte auf den Kleiderständer neben der Küchentür. »Seine blaue wattierte Jacke ist weg.«

»Sonst nichts?«

»Nicht daß ich wüßte.«

»War viel Bargeld im Haus?«

»Ein paar hundert Dollar vielleicht.«

»Wo hat er es aufbewahrt?«

»In seiner Schreibtischschublade.«

»Ich habe alle Schubladen in seinem Schreibtisch durchsucht«, sagte Barbara widerstrebend. »Ich hab kein Geld gefunden.«

Pete runzelte die Stirn. »Er könnte das Geld für Weihnachten ausgegeben haben.«

Evan antwortete nicht, sondern begutachtete ein Blatt Papier mit getippten Zahlen. »Ich werde damit zur Polizei gehen.«

»Danke«, murmelte Deborah und kam sich vor, als würde sie unter Wasser sprechen. Alles wirkte gedämpft und unwirklich.

»Ich bleibe die Nacht über hier«, sagte Barbara.

»Ach, Barbara, das ist doch nicht nötig«, antwortete Deborah automatisch.

»Ich möchte es so. Außerdem ist es für dich und die Kinder nicht gut, allein zu sein.«

»Ganz gewiß nicht.« Joe war wieder an der Tür erschienen. Er ist wie ein Gespenst, dachte Deborah. Auf einmal ist er da, ohne Vorwarnung. »Ich bleibe auch da.«

Barbara, Deborah und Pete sahen ihn überrascht an, und er fuhr mit seiner bedächtigen, heiseren, maßvollen Stimme fort: »Es ist nicht gut, daß ihr Frauen mit zwei kleinen Kindern allein seid, während Lieber frei herumläuft, also kommt mir nicht mit irgendwelchem feministischen Unsinn. Ich bleibe. Steve hätte es so gewollt.«

Evan warf ihm einen scharfen Blick zu. »Ich bin durchaus fähig, bei ihnen zu bleiben.«

»Oder ich könnte bleiben«, erbot sich Pete.

Deborah lächelte Pete an. »Danke, aber ich weiß, du läßt Adam nachts nicht gern allein.«

»Er ist kein kleiner Junge mehr, Deborah. Ich denke, er kann eine Nacht allein durchstehen.«

Joe unterbrach. »Keine Sorge, Mr. ...«

»Griffin«, stellte Pete sich vor. »Pete.«

»Keine Sorge, Pete. Wie gesagt, ich bleibe hier«, wiederholte Joe entschieden. »Kümmern Sie sich um Ihren Jungen, und Evan kann derweil zur Polizei gehen.«

Evans Kiefermuskulatur geriet erneut in Bewegung. Deborah wußte, daß Evan Joe nicht leiden konnte. »Evan findet, Joe sollte im Anzug rumlaufen wie ein FBI-Mann«, hatte Steve ihr einmal erzählt, aber seine Stimme hatte dabei eher vage geklungen.

»Ich dachte, Evan beurteilt niemanden nach dem Äußeren«, hatte Deborah zweifelnd erwidert.

»Nun, vielleicht geht es um mehr als um Äußerlichkeiten. Evan traut Joe nicht über den Weg.«

»Wieso nicht?«

»Er hält Joe für gefährlich.«

»Aber du sagtest doch, daß Joe ein hervorragender Ermittler ist.«

»Das ist er, aber du weißt ja, wie das mit manchen Leuten ist. Evan und Joe sind wie Öl und Wasser.«

Die Erinnerung an das alte Gespräch verblaßte, als Evan gereizt zu Joe sagte: »Ich werde keine Zeit damit verschwenden, mich mit dir zu streiten. Barbara und du, ihr könnt beide bleiben. Ich ruf euch an, nachdem ich bei der Polizei war.«

Ich kenne Joe kaum, Evan traut ihm nicht, und er wird heute bei mir im Haus übernachten, dachte Deborah. Aber Steve konnte Joe gut leiden. Und das genügte ihr fürs erste.

Augenblicke später schlug die Haustür zu. Obwohl Pete und Evan zusammen aufgebrochen waren, wußte Deborah, wer für das Türenschlagen verantwortlich war. Barbara blickte zu Joe auf. Ärger vertiefte die Linien um ihren Mund. »Es wäre mir lieb, wenn du das sein lassen würdest.«

»Was soll ich sein lassen? Den Versuch, auf euch aufzupassen, solange Evan und Steve fort sind?«

»Du weißt schon, was ich meine.«

Joe lehnte lässig am Türrahmen. »Du meinst, ich soll Evan bestimmen lassen?« fragte er mit gedehnter Stimme. »Also, Barbara, ich will dich nicht ärgern, aber daß dein Freund aus einer reichen Familie stammt und Jura studiert hat, ich dagegen nicht, heißt nicht, daß er jede Situation im Griff hat. Mir ist aufgefallen, daß du ihn auch manchmal ein wenig herumkommandierst.« Barbara wurde rot, und Joe schwächte seine Worte mit einem entschuldigenden Lächeln ab. »Außerdem war ich mal Polizist, ich beherrsche diverse Kampfsportarten und trage eine Schußwaffe. Ich bin hier der harte Bursche, also laß mich meine Rolle spielen, ohne mir zuzusetzen, ja?«

Deborah wußte auf einmal, warum Evan ihm mißtraute. Joes graue Augen hatten, selbst wenn er lächelte, eine Tollkühnheit, eine gewisse Wildheit an sich. Sie gewann den Eindruck, daß unter seinem bedächtigen Äußeren etwas Gefährliches lauerte, mit dem man sich nicht anlegen wollte, das quasi bewußt Streit zu suchen schien. Sie verzagte bei dem Gedanken, daß er die Nacht in ihrem Haus verbringen sollte. Was wußte sie schon über ihn? Davon abgesehen, daß er ein guter Ermittler war, sehr wenig. Aber Barbara erwiderte sein Lächeln, und sie entspannte sich sichtbar. »Ist gut, Joe, du hast recht. Ich bin froh, daß du da bist.«

»Ich auch«, sagte Brian, der hinter Barbara und Joe getreten war. »Mami, er hat die Eisenbahn aufgebaut. Komm und sieh es dir an.«

Die Eisenbahn war ungefähr das letzte, woran Deborah denken mochte, aber sie raffte sich dennoch auf und ging ins Wohnzimmer. Die Eisenbahn tuckerte fröhlich durch Berge aus Watte, sauste an winzigen Dörfern und einem Spiegel vorbei, der aussah wie ein verschneiter See. »Ist das nicht toll!« rief Brian.

»Toll«, bestätigte Deborah mit belegter Stimme. Dies war das erste Jahr, daß ein anderer als Steve die Eisenbahn aufgebaut hatte, und sie sah schöner denn je aus. Sie bekam Schuldgefühle bei dem Gedanken, und sie eilte zum Schalter und brachte die Bahn zum Stehen. »Zeit, ins Bett zu gehen.«

Kim lag bereits zusammengekauert in einer Couchecke und schlief tief und fest. Einer ihrer Schuhe lag auf dem Boden. Selbst Scarlett hatte aufgegeben. Sie lag neben der Couch und schaffte es nur noch, kurz die Augen aufzureißen und alle anzusehen, ehe sie sich streckte, bis sie fast zweimal so lang war wie sonst, und dann weiter vor sich hin döste. Brian war noch auf den Beinen, konnte sich aber kaum noch aufrecht halten. Sein Haar stand zu Berg, und seine Lider waren schwer.

Joe schickte sich an, die schlaffe Kim aufzuheben, doch dann sah er Deborah fragend an: »Geht es in Ordnung, daß ich sie hinauftrage?«

Deborah verspannte sich beim Anblick dieses fremden Mannes, der ihre Tochter anfaßte, aber er umfing Kimberly sanft, und das kleine Mädchen schlief einfach weiter. »Ja, bitte«, sagte sie. »Ich glaube nicht, daß ich heute abend allein mit ihr fertig werden könnte.«

Die Kinder schliefen noch zusammen in einem Zimmer, das dem Elternschlafzimmer gegenüberlag. Das sollte sich im kommenden Sommer ändern, sobald sie den kleinen Raum am Ende des Flurs für Brian hergerichtet hatten. Den ehemaligen Besitzern zufolge war dieser Raum seit 1930 nicht mehr renoviert worden. Und Mrs. Dillman hatte ihr eines Nachmittags im Sommer über den Gartenzaun hinweg vertraulich mitgeteilt, daß es darin spuke. »Ein junger Mann hat sich dort umgebracht«, hatte sie mit düsterer Stimme erklärt. »Er hat Arsen geschluckt wegen eines Mädchens, das ihn verlassen hat. Er war Katholik und bekam deshalb kein anständiges christliches Begräbnis, darum geht er dort als Gespenst um.

Manchmal kann man ihn immer noch stöhnen hören von den Schmerzen, die ihm das Gift bereitet hat.« Steve hatte doch tatsächlich laut über die Geschichte gelacht, als Deborah ihm später davon erzählt hatte. »Kein Wunder, daß wir so billig davongekommen sind. Es spukt in dem verdammten Haus. Wann fängt das Stöhnen und Kettenrasseln an?« Deborah hatte sich nie vergewissert, ob die Sache mit dem Selbstmord stimmte oder nur eines von Mrs. Dillmans zunehmend abstrusen Hirngespinsten war. Sie wußte nur, daß der Raum klein, dunkel und schlecht isoliert war und offensichtlich seit Jahren leerstand. Sie benutzten ihn als Lagerraum, den sie selten betraten und dessen Tür sie geschlossen hielten.

Nachdem sie die schläfrige Kimberly ausgezogen und in die untere Koje gelegt hatte, überließ sie es Brian, sich selbst für die Nacht fertigzumachen. Scarlett schlief grundsätzlich im Zimmer der Kinder und war auf ihrem karierten Hundebett längst hinübergedämmert, als Deborah die Schlafzimmertür zuzog und zu Barbara und Joe hinunterging.

»Schon was von Evan gehört?« fragte sie.

Die zwei saßen still vor dem schönen Weihnachtsbaum, dessen blitzende Lichter vielfarbige Spiegelungen auf ihre ernsten Gesichter warf.

»Er hat vor etwa zehn Minuten angerufen«, sagte Barbara. »Die Polizei verlangt ein neueres Foto von Steve. Außerdem kam die Frage nach einem Reisepaß auf.«

»Einem Reisepaß?«

»Die können immer noch nicht ausschließen, daß Steve abgehauen ist«, sagte Joe. »Wenn er außer Landes wollte, müßte er seinen Reisepaß mitnehmen.«

»Das ist ja unglaublich! Er hat das Land nicht verlassen«, begehrte Deborah auf. »Ich kann es einfach nicht glauben, daß die denken, er wäre vor seiner Familie davongelaufen.«

»Männer tun so was dauernd«, antwortete Joe ruhig. »Frauen übrigens auch, nur nicht so häufig.«

»Also, Steve bestimmt nicht. Außerdem hat er keinen Reisepaß. Er war noch nie außer Landes.«

»Wie steht es mit einem Bild?«

»Steve hat sich nicht gern fotografieren lassen. Ich werde morgen früh das Album durchblättern und sehen, was ich finden kann.« Sie war plötzlich zum Umfallen müde. Aber sie hatte zwei Gäste, um die sie sich kümmern mußte. »Ich fürchte, wir haben nur ein Gästezimmer«, sagte sie.

»Und, wer kriegt das?« fragte Joe Barbara mit einem Anflug von Schalkhaftigkeit in der Stimme. »Sollen wir das Los entscheiden lassen?«

Barbara gab ihm einen neckischen Klaps auf die Hand. »Du warst es, der sich heute abend jeden feministischen Unsinn verbeten hat, also kriege ich es. Du kannst auf der Couch schlafen.«

»Oben sind zusätzliche Decken und Kissen«, sagte Deborah.

Barbara stand auf. »Ich weiß, wo alles ist. Ich werd es unserem Macho hier auf der Couch bequem machen. Geh du ins Bett, ehe du umfällst.«

Deborah lächelte kläglich. »Danke, Barb. Ich weiß nicht, was ich ohne dich tun würde.«

»Und wirst es, wenn's nach mir geht, auch nie erfahren.«

Droben in ihrem Zimmer streifte Deborah müde Hose und Rollkragenpullover ab und schlüpfte in das erstbeste Nachthemd, das ihr in ihrer Schublade unter die Finger kam – ein langes geblümtes Flanellhemd, das Steve ihr zum Geburtstag geschenkt hatte. Sie fand, daß sie damit und mit ihrem langen Zopf wie eine Figur aus der Fernsehserie *Kleines Landhaus* aussah, aber es war warm und weich, und ihr war kalt. Sie war zu erschöpft, um sich abzuschminken, eine Sünde, die ihr die Redakteurinnen der Modezeitschriften nie verzeihen würden. Aber sie machte sich im Augenblick keine Sorgen um verstopfte Poren oder die unvermeidlichen Mascararinge unter den Augen, die sich am nächsten Morgen bemerkbar machen würden.

Sie trat ans Schlafzimmerfenster und blickte hinaus in den Garten. Das Schaukelgerüst der Zwillinge, Scarletts selten benutzte Hundehütte, der kleine metallene Geräteschuppen – alles wirkte in dem kleinen Kegel winterlich kalten Mondlichts, das durch ein Loch in der Wolkendecke herabschien, wie ausgebleicht. Kaum zu glauben, daß der Garten noch letzten Sommer von kirschroter Kapuzinerkresse, gelben Ringelblumen, bunten Moosröschen und Maiglöckchen belebt gewesen war, die im Schatten eines Apfelbaums gediehen. An

Sonntagen hatten die Kinder lachend auf der Schaukel gesessen, während sie in der Sonne lag, Limonade nippte und einen Krimi las. Und Steve mit seinem bemerkenswerten Talent zur Gartengestaltung hatte die Blumen versorgt.

Schließlich kletterte Deborah ins Bett und zog die Steppdecke bis unters Kinn hoch. So erschöpft sie sein mochte, war sie doch sicher, daß sie nicht würde schlafen können. Sie lag eine Weile ruhig da und betete um tiefen Schlaf, der diesen entsetzlichen Abend auslöschen würde. Dann versank sie endlich in unruhigen Schlummer.

Sie träumte, sie säße auf einem Schaukelstuhl, der vor einem großen Fenster mit verstaubten Spitzenvorhängen aufgestellt war. Es wurde Abend, die Temperatur ging zurück. Sie schaukelte nicht, sondern verhielt sich ganz still und lauschte einem alten Haus, das um sie herum knackte und ächzte und sich auf die frostige Luft der herannahenden Nacht einrichtete. Dann verblaßten die Bilder, und sie war sich nur noch der Geräusche bewußt – ein Kratzen und Knarren. Das Schnappen und Ächzen von Holz. Sie raunte im Halbschlaf ein paarmal aufgebracht »nein« und wünschte sich, die Geräusche würden verstummen, damit sie einschlafen konnte.

Dann fuhr sie hoch. Erst verharrte sie reglos, verängstigt, ohne zu wissen, warum, bis sie wieder das leise Knarren der Dielen hörte. Diesmal schlief sie nicht. Sie war hellwach, und das Geräusch kam aus dem Zimmer neben ihr – dem Lagerraum über der Küche.

Steve? dachte sie augenblicklich. Konnte es sein, daß Steve die ganze Zeit im Lagerraum gewesen war? War er hineingegangen, um nach Weihnachtsschmuck zu suchen, und hatte sich irgendwie weh getan? Hatte er stundenlang bewußtlos im Nebenzimmer gelegen? Allerdings erklärte dieser unwahrscheinliche Hergang nicht das fehlende Auto.

Die Geschichte von Mrs. Dillman, der zufolge es in diesem Zimmer spukte, kam ihr in den Sinn. »Nun mach dich nicht lächerlich«, murmelte sie. Schon als Kind hatte sie nicht an Gespenster geglaubt, und in den sechs Jahren, seit sie das Haus bezogen hatten, war ihr an dem Raum nie etwas Ungewöhnliches aufgefallen. Andererseits hatte sie dort noch nie die Dielen knarren hören. Artie Lieber? Nein. Das Zimmer war im ersten Stock, und Joe war unten. Niemand wäre an ihm vorbeigekommen.

Sie überlegte, ob sie Joe holen sollte, aber sie wollte ihm gegenüber nicht als hysterische Frau dastehen. Außerdem hatte sie das komische Gefühl, daß sie lieber nicht hinunterrennen und die Kinder oben allein lassen sollte. Allein.

Sie schlüpfte aus dem Bett und hastete zur Tür, ohne erst Pantoffeln und einen Morgenmantel anzuziehen, wie es die Leute im Film immer tun, egal wie furchtbar die Umstände sind. Sie riß die Tür auf und rannte über den Flur zum Zimmer der Kinder. Als sie hineinspähte, sah sie, daß beide ruhig schliefen. Brian allerdings hatte sich auf dem karierten Hundebett an Scarlett gekuschelt und eine Decke über sie beide geworfen. Er hat wirklich Angst um seinen Papa, dachte sie mit einem Anflug von Wehmut beim Anblick seiner um den Hund geschlungenen Ärmchen. Der saß wach und mit aufgestellten Ohren da. Er hatte also auch etwas gehört.

Deborah lockte den Hund, der sich geschickt aus Brians Zugriff löste und dann zu ihr hintrottete. »Sei ganz leise«, raunte sie. »Wir müssen mal nach dem Rechten sehen, aber ohne alle anderen zu erschrecken.«

Scarlett blickte mit unheimlicher Intelligenz zu ihr auf, so als hätte sie jedes Wort verstanden. Deborah schloß die Tür zum Kinderzimmer, und sie und der Hund gingen den Flur entlang zum Gästezimmer. Sie schob die Tür einen Spalt weit auf und war erleichtert, Barbara auf dem Rücken liegen zu sehen. Sie hatte den Mund leicht geöffnet und atmete gleichmäßig. Alle da, wo sie zu sein haben, dachte Deborah, ehe sie wieder ein Geräusch hörte. Diesmal waren es eindeutig Schritte, und sie kamen aus dem Lagerraum. Scarlett erstarrte, und das Fell an ihrem Nacken stand zu Berge.

Jemand war dort drinnen.

Immer noch nicht gewillt, die anderen oben sich selbst zu überlassen, trat Deborah ans Geländer und rief nach Joe, erhielt jedoch keine Antwort. Verdammt. Er schlief wahrscheinlich so fest wie Barbara. Wenn sie laut genug gerufen hätte, um ihn aufzuwecken, wären auch alle anderen wach geworden, und das hätte die Situation verschlimmert. Das hätte ihr noch gefehlt, daß zwei kleine völlig verängstigte Kinder auf dem

Flur herumirrten. Und vielleicht lag ja wirklich nichts vor. Vielleicht hatte sich ihre eigene Anspannung auf Scarlett übertragen.

Widerstrebend ging Deborah in ihr Zimmer, griff nach einem schweren Pokal, den Steve in seiner Studentenzeit bei einem Turnier des Debattierclubs gewonnen hatte und jetzt als Türstopper benutzte, und durchquerte erneut den Flur. Sie legte das Ohr an die Tür zum Lagerraum. Nichts. Natürlich nicht. Es war nur das Haus, das sich senkte und Geräusche produzierte, die ihr noch nie aufgefallen waren, ihr jedoch an diesem Abend in ihrem übererregten Zustand ungewöhnlich und beängstigend vorkamen. Sie wußte, sie hätte einfach ins Bett gehen und die Geräusche ignorieren sollen. Statt dessen drehte sie am Türknopf und öffnete langsam die Tür.

Im selben Augenblick sah sie das Licht – den Strahl einer Taschenlampe –, noch ehe sie eine verschwommene Bewegung und ein Glitzern wahrnahm, das gefährlich nach einer auf sie gerichteten Schußwaffe aussah. Scarlett brach in wildes Gebell aus und stürmte in den Raum. Ein leiser Schrei entrang sich Deborah, und dann sagte eine Männerstimme: »Herrgott, ihr zwei habt mir vielleicht einen Schrecken eingejagt! Scarlett, laß mein Hosenbein los.«

Joe. Deborahs Herz pochte auf einmal mächtig, und ihr wurde klar, daß es einen Augenblick lang zu schlagen aufgehört hatte. Endlich wußte sie, was die Leute meinten, wenn sie sagten, ihr Herz hätte ausgesetzt. Sie spürte, wie ihr unter dem Einfluß des physischen Schocks und der Angst Tränen in die Augen stiegen. »Was hast du hier drinnen zu suchen?« krächzte sie und umklammerte weiter den Pokal.

Glücklicherweise hatte Scarlett sofort zu bellen aufgehört. Als würde ihm auf einmal auffallen, daß er immer noch die Waffe auf sie gerichtet hatte, ließ Joe die von ihm bevorzugte Automatikpistole sinken und hielt sie so hinter sein rechtes Bein, daß Deborah sie nicht sehen konnte. »Ich konnte nicht schlafen und bin in die Küche gegangen, um was zu trinken zu holen, und da dachte ich, ich hätte hier oben Geräusche gehört.«

Deborah schaltete das Licht an – eine nackte staubige Birne, die von der Decke hing – und sah sich in dem kleinen Raum um, der mit Schachteln und Koffern vollgestellt war. »Ich habe auch etwas gehört, aber das mußt du gewesen sein. Barbara und die Kinder schlafen nämlich.«

»Haben geschlafen«, meldete sich Barbara hinter ihr zu Wort. »Was ist denn los?«

»Das ist der Geist von dem kleinen Jungen, der kein christliches Begräbnis kriegen konnte, weil er gesündigt hat!« greinte Kim.

Demnach hatte Mrs. Dillman ihnen auch von dem Jungen erzählt, der Selbstmord begangen hatte. Verdammt. »Hier ist kein Geist«, sagte Deborah mit vorgetäuschter Seelenruhe.

»Woher willst du das wissen?«

»Es ist zu kalt für Geister«, sagte Joe. »Eure Mutter hat nur gedacht, sie hätte was gehört.«

»Was denn?« fragte Kim ängstlich.

»Nichts Böses – nur einen losen Fensterladen.« Die lahme Erklärung war das erste, was Deborah einfiel, aber vielleicht ließ sich eine Fünfjährige ja damit abspeisen. »Tut mir leid, daß ich euch alle aufgeweckt habe.«

»Ich bring sie wieder ins Bett«, murmelte Barbara und warf Deborah einen Blick zu, der besagte: »Hinterher will ich gefälligst wissen, was wirklich passiert ist.« Zunächst jedoch lächelte sie strahlend. »Kommt, Kinder. Der Spaß ist vorbei.«

»Ich glaub nicht an Geister, aber ich geh trotzdem nicht ohne Scarlett wieder ins Bett«, verkündete Brian.

Als Barbara die Kinder und den Hund über den Flur und zurück in ihr Zimmer geschoben hatte, wandte sich Deborah an Joe. »Das mußt du gewesen sein, den ich gehört habe, als ich im Bett lag. Wonach suchst du denn?«

»Ich suche nach demjenigen, der vorhin hier auf- und abgegangen ist.«

»Aber du warst doch wach.« Deborah hörte ihre Stimme schriller werden. »Niemand hätte hier heraufkommen können, ohne daß du ihn gesehen hättest.«

»Es gibt mehr als nur einen Weg in diesen Raum.« Joe schaltete die Taschenlampe aus und zeigte damit auf ein kleines Fenster an der Rückwand des Hauses. Es stand offen.

»Willst du damit sagen, daß jemand durchs Fenster eingestiegen ist?« Joe nickte.

»Nein«, sagte Deborah und fing zu zittern an. »Wir sind im ersten Stock. Vielleicht war Steve heute nachmittag hier drinnen. Er könnte das Fenster geöffnet haben.«

»In einem unisolierten Raum bei zwei Grad Außentemperatur? Außerdem ist unterm Fenster eine Leiter ans Haus gelehnt.«

»Eine Leiter?« wiederholte Deborah benommen.

»Ja. Sieh es dir an, wenn du mir nicht glaubst.«

Deborah glaubte ihm wohl, trat aber dennoch ans Fenster, ohne auf den kalten staubigen Boden unter ihren nackten Füßen zu achten. Sie blickte hinaus und sah die hohe Holzleiter, deren oberes Ende sich wenige Zentimeter unterhalb des Fensters befand. »Wir haben genau so eine.«

»Es ist eure Leiter, Deborah. Ich weiß es, weil ich sie mir letzten Sommer mal geliehen und dabei festgestellt habe, daß die oberste Sprosse eine große Kerbe hat.«

»Steve hat sie gegen den Maschendrahtzaun fallen lassen«, sagte Deborah geistesabwesend. »Aber was macht sie hier?«

»Für einen Weg ins Haus sorgen«, antwortete Joe grimmig. »Ich wüßte gern, wer hier eingestiegen ist und warum er sich in diesem Raum neben deinem Zimmer versteckt hat.«

Sechs

1

Den Rest der Nacht schlief Deborah nicht mehr, sondern wälzte sich rastlos, von Angst und Verzweiflung erfüllt im Bett. Sie wußte, daß Joe ebenfalls wach lag. Alle halbe Stunde hörte sie ihn durchs Haus gehen und wie ein Wachtposten Zimmer und Fenster überprüfen. Um sechs Uhr morgens ging sie nach unten und kochte Kaffee. Barbara stand kurz danach auf, und gegen sieben waren sie und Deborah und Joe bei der zweiten Kanne Kaffee angelangt, während sich Brian und Kim Zeichentrickfilme ansahen und Haferbrei aus der Mikrowelle aßen. Bis dahin hatten sie immer wieder gefragt: »Wo ist Papa?«

»Möchtet ihr zwei einen Toast?« fragte Deborah Barbara und Joe. Ihr eigener Magen war so verkrampft, daß sie bestimmt keinen Bissen essen konnte.

»Deborah, du siehst aus, als würdest du demnächst umkippen«, sagte Barbara und kam herüber, um ihr zu helfen. »Ich bin keine besondere Köchin, aber ich weiß immerhin, wie man einen Toaster bedient. Setz du dich hin.«

Barbara sah an diesem Morgen wieder aus wie gewohnt. Ihre Lippen hatten den üblichen gedämpften Kupferton, nicht mehr das gräßliche leuchtende Rosa, das sie zur Party aufgelegt hatte, und ihr kurzes dunkles Haar war ordentlich gekämmt. Deborah dagegen hatte verquollene Augenlider, und ihr Haar war achtlos mit einem Gummiband zurückgebunden. Steve hatte es gern, wenn sie sich die Haare aus dem Gesicht frisierte, aber nun fand sie es auf einmal unerträglich. Sie riß das Gummiband herunter und ließ ihr Haar schwarz, gerade und glänzend über den halben Rücken herabfallen. Joe sah sie an, eine Mischung aus Neugier und Überraschung in den grauen Augen. Da wurde ihr klar, daß er sie noch nie mit offenem Haar gesehen hatte. Sie erwiderte trotzig seinen Blick. »Ich weiß, ich sehe furchtbar aus«, fuhr sie ihn an.

»Du siehst überhaupt nicht furchtbar aus, nur so anders«, antwortete er leichthin. »Ich wußte gar nicht, wie lang dein Haar ist.«

Peinlich berührt von ihrem defensiven Ausbruch murmelte Deborah: »Es ist wirklich ziemlich lang geworden. Ich muß es mir wohl mal wieder schneiden lassen.«

Joe schüttelte den Kopf. »Als ich klein war, hat Ramona, unsere Haushälterin auf der Ranch, manchmal ihr Haar offen getragen. Es war so schwarz und so lang wie deines. Ich war immer begeistert davon.«

»Ich wußte gar nicht, daß du auf einer Ranch großgeworden bist«, sagte Deborah, wegen seines versteckten Kompliments auf einmal befangen.

»Ja, hundertzwanzig Hektar unten an der mexikanischen Grenze. Wir haben Pferde gezüchtet und Baumwolle angebaut.«

»Hast du Heimweh danach?«

»Manchmal.« Nein, immer, dachte Deborah, dem Ton von Joes Stimme nach zu schließen. Aber er stand rasch auf, um sich noch eine Tasse Kaffee einzugießen, und das Thema wurde nicht noch einmal angesprochen.

Um acht Uhr traf Evan ein. Er sah aus, als hätte er die ganze Nacht nicht geschlafen. Seine Augenhöhlen waren leicht eingesunken, seine Haut nicht so goldbraun wie sonst. Er warf seinen Mantel auf einen Küchenstuhl, nahm von Barbara eine Tasse Kaffee entgegen und sah Deborah mit ernster Miene an. »Sind die Kinder oben?« fragte er.

»Ja. Sie ziehen sich für die Vorschule an. Joe hat versprochen, sie heute morgen hinzubringen.«

»Dann können sie uns nicht hören.«

Deborahs Rückgrat versteifte sich. »Nein. Was ist passiert?«

»Die Bundespolizei hat heute morgen um fünf Steves Wagen gefunden. Er war am Yeager-Flughafen geparkt.« Evan zögerte. »Im Wageninneren ist Blut.«

Barbara keuchte, und Deborahs Herz begann langsam und

stetig zu pochen. Ihr Gesichtsfeld verfinsterte sich, dann klärte es sich wieder. »Blut?«

Evan nickte. »Nicht viel. Nur ein Schmierfleck auf dem Rücksitz.«

»O Gott.«

»Beruhige dich. Bleib ganz ruhig und denke nach. Kennst du Steves Blutgruppe?«

»B positiv. Ich weiß das, weil ich bei der Geburt der Zwillinge viel Blut verloren habe. Steve wollte für mich spenden – er hatte immer solche Angst, daß bei Transfusionen trotz aller Sicherheitsvorkehrungen, die heutzutage getroffen werden, Aids übertragen wird. Aber wir haben nicht die gleiche Blutgruppe. Ich bin AB positiv. Das ist der seltenste Typus. Wir haben nicht zusammengepaßt.«

Deborah gingen gleichzeitig die Worte und der Atem aus. Dann flutete die Luft auf einmal so schmerzhaft in ihre Lungen zurück, daß sie sich verschluckte und ihren Kaffee umstieß. Barbara war sogleich bei ihr, wischte mit einem Stück Küchenkrepp Kaffee auf und redete leise auf sie ein, als wäre sie ein Kind. »Schon gut, Deb. Nur keine Sorge, mein Schatz. Das hat überhaupt nichts zu bedeuten.«

»Nichts zu bedeuten?« rief Deborah, ohne auf ihre gerötete Hand und den heißen Kaffee zu achten, der auf ihren weißen Bademantel tropfte. »Mein Mann wird seit fast vierundzwanzig Stunden vermißt, sein Auto wird verlassen und mit Blut auf dem Sitz aufgefunden, und das soll nichts zu bedeuten haben?«

Joes Gesicht hatte einen steinernen Ausdruck angenommen. Seine grauen Augen wirkten noch schmaler als sonst, aber seine Stimme klang ruhig und beiläufig, ganz im Gegensatz zu der von Evan, dem es kaum gelang, seine Anspannung zu verhehlen. »Wie weit war der Wagen vom Flughafen weg?« fragte er Evan.

»Achthundert Meter.«

»War er irgendwie beschädigt?«

»Nicht ein Kratzer.«

»Und die Flüge werden überprüft?«

»Klar. Bis jetzt ohne Ergebnis.«

»Flüge überprüfen!« rief Deborah aus. »Was denken die

sich? Mein Mann hätte achthundert Meter vom Flughafen weg den Wagen geparkt, Blut auf den Rücksitz geschmiert und dann einen Flug genommen?«

Evan zog ein gequältes Gesicht. »Deborah, die Abflüge zu überprüfen ist –«

»Reine Routine, ich weiß. Aber von seiner Kleidung fehlt nur das, was er anhatte.«

»Aber es ist Geld aus seinem Schreibtisch verschwunden –«

»Zweihundert Dollar. Wo will er damit hin? Rio? Paris? Rom? Außerdem: Warum sollte er überhaupt weg wollen?«

»Deborah, bitte beruhige dich«, sagte Evan.

»Wieso soll ich mich beruhigen?« fragte Deborah mit erhobener Stimme. »Ist es nicht offensichtlich, was passiert ist? Artie Lieber hat ihn erwischt. Vielleicht hat er ihn umgebracht!«

»Jemand hat den Papa umgebracht!«

Alle sahen entsetzt zu Brian und Kimberly hinüber, die an der Tür standen, fertig angezogen für die Vorschule, mit offenen Mündern und weit aufgerissenen Augen. »Ach, herrje, nein, Kinder«, beeilte sich Barbara zu sagen. »Niemand hat euren Papa umgebracht. Eure Mami ist nur ein wenig aus der Fassung.«

»Wer ist Artie Liter?« wollte Brian wissen.

»Niemand besonderes.«

»Er ist ein böser Mann, und er hat unseren Papa umgebracht!« schluchzte Kim. »Ihr sagt es uns bloß nicht.«

Deborah war über das, was sie gesagt hatte, und über die Gesichter der Kinder zu erschrocken, um etwas zu unternehmen. Evan dagegen bückte sich und schlang die Arme um sie. »Niemand hat euren Papa umgebracht.«

»Woher weißt du das?« fragte Brian furchtsam.

»Ich weiß es einfach. Ich hab einen Instinkt für so was, und glaube mir, ich hab in der Hinsicht recht.«

»Genau«, fügte Barbara hinzu. »Euer Papa ist einer von Evans besten Freunden. Beste Freunde wissen übereinander Bescheid. Wir wissen nicht, wo euer Papa im Augenblick ist, aber er wird schon wieder auftauchen, und dann wird er uns allen eine interessante Geschichte zu erzählen haben, wo er überall gewesen ist.«

Kim steckte den Daumen in den Mund, wie sie es bis vor einem Jahr getan hatte, als sie es sich endlich abgewöhnt hatte. Nuschelnd fragte sie: »Wird der Papa zu Weihnachten dasein?«

Barbara hatte die Situation nach wie vor im Griff. Ihre Stimme hörte sich entschieden an. »Nun lutsch nicht wie ein Baby am Daumen, Schatz. Es gibt überhaupt keinen Grund, Angst zu haben. Ich bin sicher, euer Papa wird zu Weihnachten zurück sein. Also, seid ihr zwei bereit für die Schule?«

Die Kinder waren blaß, und Deborah fiel auf, daß Brians Hemd schief geknöpft war, während Kim ihren Rock verkehrt herum anhatte. Sie brauchten beim Anziehen immer noch Hilfe, und sie half ihnen gewöhnlich auch, aber an diesem Morgen war sie zu mitgenommen, um sie zu beaufsichtigen. Sie hatte sie heute eigentlich gar nicht in die Vorschule schicken wollen, da sie sie unter diesen Umständen ungern aus den Augen ließ, aber Barbara hatte sie daran erinnert, daß es sie nur noch mehr ängstigen würde, wenn Deborah sie zu Hause behielt. »Laß ihnen ihren normalen Tagesablauf«, hatte sie gesagt. »Sie bleiben ohnehin nur den halben Tag, und wenn Joe sie heute morgen hinbringt, kann er dem Rektor sagen, was vorgeht, damit alle besonders gut auf sie aufpassen. Ich nehm mir den Tag frei und hol sie mittags wieder ab.«

Deborah hatte widerstrebend eingewilligt, und nun war sie überzeugt, daß der normale Tagesablauf tatsächlich das beste für die Kinder gewesen wäre, wenn sie nicht zufällig gehört hätten, wie ihr herausgerutscht war, daß Steve möglicherweise umgebracht worden war. Sie hätte sich selbst ans Schienbein treten mögen, aber der Schaden war nicht wiedergutzumachen. Sie lächelte und gab sich, wie sie hoffte, den Anschein von Normalität. »Es gibt nichts zu befürchten. Macht ihr zwei euch einfach einen schönen Tag und denkt an den Spaß, den wir zu Weihnachten haben werden.«

»Du lügst uns doch nicht an, oder?« hakte Brian mißtrauisch nach.

Sie hatte die Kinder noch nie angelogen. Wie konnte sie von ihnen erwarten, die Wahrheit zu sagen, wenn sie ihre Köpfe mit Unwahrheiten füllte? Aber diese Situation war etwas Besonderes. Es wäre grausam gewesen, zwei kleinen Kindern die gleiche Angst einzuflößen, die sie empfand. »Ich lüge nicht. Alles wird gut. Ich möchte, daß ihr euch die Sache ganz aus dem Kopf schlagt. Ist nicht heute eure Schulweihnachtsfeier?«

»Ja«, sagte Kimberly und nahm langsam den Daumen aus dem Mund.

»Dann müßt ihr zwei in Feststimmung sein. Ich hab die Geschenke für die anderen Kinder auf den Tisch neben der Tür gestellt, und Barbara wird schnell noch eure Kleider richten, bevor ihr aufbrecht.« Auf ihr Stichwort hin machte sich Barbara an Kims Rock zu schaffen, ehe sie sich Brians Hemd zuwandte. »Wenn ihr wiederkommt, werden wir viel genauer Bescheid wissen, wo der Papa ist und wann er wieder heimkommt«, sagte Deborah mit gespielter Munterkeit. Die Kinder bemerkten sogleich ihren unehrlichen Tonfall und sahen sie mit großen zweifelnden Augen an, taten jedoch keinen Mucks mehr.

Der Morgen war böig. Wind peitschte das kahle Geäst und verfing sich im Haar der Kinder, als Joe sie hinaus zu seinem Jeep brachte. Sie wirkten unnatürlich bedrückt, und Deborah tat ihretwegen das Herz weh, aber sie konnte ihnen im Augenblick keinen Trost bieten.

Nachdem Joe abgefahren war, erzählte Deborah Evan von dem Eindringling, der sich in der vergangenen Nacht in das unbewohnte Zimmer eingeschlichen hatte.

»Um welche Zeit?« fragte Evan.

»Gegen eins. Ich hab Dielen knarren gehört.«

»Hat der Hund gebellt?«

Deborah schüttelte den Kopf. »Nein, aber er hat auch etwas gehört. Er war aufgewacht. Er hätte auch gebellt, wenn das Knarren der Dielen nicht so leise gewesen wäre. Wenn ich tief geschlafen hätte, wäre es mir selbst nicht aufgefallen.«

»Aber Joe hat es gehört, und er war unten«, sagte Evan und starrte stirnrunzelnd in die Tasse Kaffee, die Barbara ihm eingeschenkt hatte.

»Joe war in der Küche«, erklärte Deborah. »Das Zimmer war genau über ihm.«

»Aha.« Evan nahm einen Schluck Kaffee. »War es eure Leiter, die an der Hauswand angelehnt war?«

»Ja. Es war die, die wir im Geräteschuppen aufbewahren.«

87

»War der Schuppen abgeschlossen?«

»Nein. Dies ist eine so ruhige Gegend, Evan. Uns ist noch nie etwas gestohlen worden. Wir hatten bis vorgestern nacht, als sich der Mann zwischen den Tannen versteckt hat, keine Probleme. Und gestohlen hat er auch nichts. Glaub ich jedenfalls. Wir haben nicht im Schuppen nachgesehen. Aber ich kann nicht recht glauben, daß er sich mit irgendwelchen Gartengeräten davongemacht haben soll.«

»Und im Lagerraum gestern nacht hat auch nichts gefehlt?«

»Nicht daß ich wüßte. Das Licht war schlecht, und ich geh nicht so oft dort hinein. Es könnte also etwas fehlen, ohne daß es mir unmittelbar auffällt, aber ich glaube nicht.«

»Aber du meinst, du hättest das Knarren mindestens zehn Minuten lang gehört, und Joe behauptet, es noch länger gehört zu haben.« Evan blickte mißtrauisch von seinem Kaffee auf. »Warum sollte sich jemand die Mühe machen, über die Leiter ins Haus zu klettern, um dann nur in dem einen Raum herumzuschleichen?«

Deborah fuhr sich mit beiden Händen durchs Haar. »Ich weiß es nicht. Es ergibt keinen Sinn.«

»Nein, das macht keinen Sinn«, sagte Evan mit Nachdruck. »Ich sage der Polizei Bescheid. Die werden am Tatort nach Spuren suchen wollen, falls Joe sie gestern nacht nicht zu sehr verwischt hat.«

»Joe ist ausgebildeter Ermittler«, unterbrach Barbara ungehalten. »Er war bestimmt vorsichtig. Und er hat längst selbst die Polizei angerufen.«

»Na, dann entschuldige bitte«, entgegnete Evan frostig.

Barbara wurde rot. Ihr war wohl klar, daß sie wieder einmal übers Ziel hinausgeschossen war. Deborah beeilte sich, hinzuzufügen: »Die haben gesagt, wir sollen nichts anrühren und sie kämen heute morgen vorbei. Natürlich wußten sie da noch nichts von Steves Auto.« Ihre Stimme versagte. Barbaras Stirn war sorgenvoll gerunzelt, so als versuche sie verzweifelt, die richtigen Worte zu finden. Deborah holte tief Luft und zwang sich, ihre zunehmende Angst in den Griff zu bekommen. »Ich sollte nach oben gehen und mich anziehen, ehe die Polizei eintrifft. Falls sie kommen, bevor ich wieder unten bin –«

»Ich kümmere mich um alles«, versicherte Barbara.

88

»Wie üblich.« Evan warf ihr einen grollenden Blick zu.

Da hat's gekracht, dachte Deborah flüchtig, als sie die Küche verließ. Aber im Augenblick konnte sie sich nicht mit Evans und Barbaras Auseinandersetzungen befassen. Sie hatte ihre eigene wesentlich ernstere Situation zu bewältigen.

Sie zog rasch ihre Jeans und einen dicken Pullover über und machte sich nicht die Mühe, Make-up aufzulegen oder ihr Haar zum Chignon zu schlingen. Als sie wieder unten ankam, sprach Barbara bereits mit Polizisten in der Uniform des Bundesstaats. Weil Steves Wagen außerhalb der Stadtgrenzen gefunden worden war, waren sie für die Ermittlungen zuständig, nicht die städtische Polizei. »Die Leiter steht noch an die Hauswand gelehnt, wie sie zurückgelassen wurde«, sagte Barbara soeben. »Wir haben noch nicht mal den Hund rausgelassen, damit er keine Spuren verwischt.«

»Dann sehen wir uns zuerst draußen um«, sagte der Mann. Er richtete den Blick über Barbara hinweg auf Deborah und lächelte verbindlich. »Und Sie sind?«

»Ich bin Mrs. Robinson«, sagte Deborah. Ihr wurde auf einmal klar, daß sie Barbara vollkommen das Kommando überlassen hatte und daß die Polizisten sie für die Frau des Hauses hielten. »Es ist mein Mann, der vermißt wird.«

»Ich verstehe. Na gut, bleiben Sie beide im Haus. Ein kalter Tag, nicht wahr?«

Deborah wußte, daß er ebenso die Situation zu entschärfen versuchte, wie sie es mit den Kindern getan hatte, aber seine banalen Bemerkungen irritierten sie. Als hätte sie Zeit, sich darum zu kümmern, was für Wetter war. Barbara sagte, ja, es sei tatsächlich kalt, und machte hinter ihnen die Tür zu.

»Gott sei Dank, daß du hier bist«, seufzte Deborah. »Ich bin in solchen Situationen zu nichts zu gebrauchen.«

Barbara lächelte mitfühlend. »Wie viele Leute geraten denn auch in so eine Situation? Außerdem ist es ja nicht mein Mann, der vermißt wird, oder mein Haus, in das eingebrochen worden ist. Hör auf, dich selbst zu kritisieren. Du hältst dich den Umständen entsprechend ganz gut.«

Die liebe Barbara, dachte Deborah. Sie war seit Jahren eine treue, wenn auch manchmal herrisch wirkende Freundin. Ihre dominierende Persönlichkeit ging Deborah manchmal auf die

Nerven, genau wie sie offensichtlich Evan zu schaffen machte, aber nun war sie dankbar dafür. Barbara konnte mit allem fertig werden. Deborah hatte nie großes Zutrauen zu ihrer eigenen Fähigkeit gehabt, ernste Angelegenheiten zu regeln.

»Wo ist Evan?« fragte sie.

»Im Büro. Joe nimmt sich auch den Tag frei, und wir konnten nicht alle fehlen. Außerdem hatte Evan um zehn einen Gerichtstermin. Jemand muß da draußen weiterhin die Schurken zur Rechenschaft ziehen.«

»Ich wünschte, es wäre jemand da draußen, der Artie Lieber zur Rechenschaft zieht«, sagte Deborah bedrückt.

Barbara trat zu ihr, legte Deborah die Hände auf die Schultern und blickte zu ihr auf. »Zieh keine voreiligen Schlüsse. Wir wissen nicht, ob Lieber etwas mit Steves Verschwinden zu tun hatte.«

»Was für Gründe könnte es sonst geben?«

»Hunderte. Steve kann jeden Augenblick hier zur Tür hereinkommen.«

»Du sagst es zwar immer wieder, aber es wird nichts draus werden. Das weißt du genauso wie ich.«

Barbaras dunkle Augen mit den kurzen Wimpern wandten sich von ihr ab.

Sie fürchtet das gleiche wie ich, dachte Deborah. Und mit ihren beruhigenden Worten klingt sie nicht überzeugender als ich gegenüber den Kindern. »Ich denke, ich werde noch eine Kanne Kaffee kochen«, sagte Barbara auf einmal. »Die Mischung, die du da hast, ist köstlich. Wie heißt sie?«

»*Gevalia*«, antwortete Deborah geistesabwesend. »Aus Schweden. Ich bestelle sie immer.«

»Ich glaube, die werde ich mir auch bestellen. Evan schien sie ebenfalls zu schmecken. Das wäre der richtige Kaffee für morgens. Natürlich bleibt er nicht oft über Nacht bei mir. Angeblich ist meine Matratze schlecht. Aber ich übernachte auch nicht oft bei ihm.« Sie sah bekümmert aus, und Deborah befürchtete schon, daß Barbara drauf und dran war, ihr intime Einzelheiten über ihre Beziehung zu Evan anzuvertrauen, die zu hören Deborah an diesem Morgen keineswegs in Stimmung war. Aber Barbara redete weiter über den Kaffee, und die Beichte blieb Deborah erspart. »Ich könnte welchen bestellen und ihm ins Haus liefern lassen. Darüber würde er sich bestimmt freuen.«

Barbara schüttete gemahlenen Kaffee in den Filter und schaltete die Kaffeemaschine ein. Sie unterhielten sich zwanglos, ohne die Polizeibeamten vergessen zu können, die den Garten hinterm Haus durchsuchten. Barbara wirkte nervös, und fünf Minuten später sprang sie vom Stuhl auf und verkündete mit verzweifelter Munterkeit: »Kaffee ist fertig!«

Und stark genug ist er, um angegriffene Nerven zum Zerreißen zu bringen, dachte Deborah, aber sie nahm dennoch den Becher entgegen, den Barbara ihr reichte, und lächelte, als das bittere Gebräu ihre Kehle hinabrann. Barbara probierte einen Schluck und sagte nachdenklich: »Vielleicht hätte ich ein bißchen mehr Wasser hineintun sollen.«

»Es geht schon.«

»Er hat reichlich Körper, stimmt's?« meinte Barbara trocken. »Wenn man das Zeug in sich hat, braucht man selber kein Rückgrat mehr.«

Deborah lachte gerade leise, als die Polizeibeamten zurück ins Haus kamen. Sie waren zu zweit. Der junge, gemütliche stellte sich als Muller vor. Der ältere gutaussehende mit dem unbeweglichen Gesicht und der hochgewachsenen, schmalen Gestalt hieß Cook. »Wir gehen jetzt nach oben, gnädige Frau«, sagte Muller. Scarlett tanzte um ihn herum und bettelte um Aufmerksamkeit. Er bückte sich und tätschelte den Hund. »Der ist richtig niedlich. Keine besondere Rasse, oder?«

»Es ist eine Hündin«, antwortete Deborah. »Ihre Mutter war halb Beagle, halb Terrier und ihr Vater ein deutscher Schäferhund.«

»Eine tolle Mischung«, lachte der junge Mann.

»Ich selbst ziehe reinrassige Hunde vor«, erklärte Cook lauthals, so als würde sich jemand dafür interessieren. »Und ich hab sie nicht gern im Haus.«

»Wie faszinierend«, fuhr Barbara ihn an. »Kommen Sie – ich führ sie nach oben zum Lagerraum.«

Der ältere Mann warf Deborah einen strengen Blick zu. »Sie müssen diesen Hund von uns fernhalten. Der Tatort muß so unberührt bleiben wie nur möglich.«

»Ich schließe sie in die Garage ein.«

Scarlett sah sie tadelnd an, als sie auf dem Garagenfuß-
boden eine alte Decke ausbreitete und dem Hund bedeutete,
sich daraufzulegen. »Was für ein Griesgram dieser Cook ist«,
murrte Deborah. Mit dem Schwanz zwischen den Beinen
kroch Scarlett zu der Decke hinüber. Sie interpretierte Deborahs Benehmen als Strafe. »Ich hol dich hier bald wieder
raus«, sagte sie und rieb dem Hund tröstend die Ohren. Scarlett entspannte sich und bekam den zunehmend leeren Blick,
den Steve oft ihre »törichte Miene« genannt hatte. »Ich
schwöre dir, man kann ihren IQ von einer Sekunde zur anderen sinken sehen«, hatte Steve lachend behauptet. Deborah
konnte nicht anders: Sie mußte lächeln, als der Hund sich in
vollkommener Hingabe auf die Seite fallen ließ. »Bist ein bra-
ves Mädchen, Scarlett. Sieh nur zu, daß du in den nächsten
paar Minuten nicht in Schwierigkeiten gerätst.«

Gleich darauf kam Joe wieder. »Kinder abgeliefert, Rektor
informiert«, meldete er knapp. »Er hat gesagt, es wäre ihm lieber, wenn sie nicht die volle Woche kommen würden. Zu große
Verantwortung für die Schule.«

»Ich kann's ihm, glaub ich, nicht übelnehmen«, sagte Deborah.

»Sind die Cops oben?«

»Ja.«

»Weißt du, um wen es sich handelt?«

»Cook und Muller«, warf Barbara ein.

»Muller ist in Ordnung. Sozusagen ein Freund von mir. Cook
ist unerträglich.« Ohne noch ein Wort zu sagen, verließ Joe das
Zimmer, und Deborah hörte seine Stiefel die Treppe hinauf-
donnern. Sie blieb mit unaufhaltsam schwirrendem Kopf vor
ihrem widerlichen Kaffee sitzen. Steve, wo bist du? dachte sie.
»Gott, ich würde zehn Jahre meines Lebens dafür geben, wenn
du ihn nur heil und sicher zu uns zurückbringst«, murmelte sie
vor sich hin. Aber ihre Mutter hatte ihr vor langer Zeit eingeschärft, sie solle nicht versuchen, mit Gott Geschäfte zu machen. »Alles, was auf dieser Welt geschieht, ist Gottes Wille«,
pflegte sie zu sagen, während sie sich über eine Näharbeit
beugte oder Kochrezepte in ein Album einklebte, als wären es
Familienfotos. »Was sein wird, wird sein. Der Herr hat einen
göttlichen Plan, und den können wir nicht ändern.«

»Aber wenn es einen göttlichen Plan gibt und wir ihn nicht ändern können, warum machen wir uns dann überhaupt die Mühe zu beten?« hatte Deborah gefragt.

Daraufhin hatte ihre Mutter sie besorgt angesehen. »Was um Himmels willen meinst du damit, Kind? Wir beten, um Gott zu danken.«

»Manchmal«, hatte die zwölfjährige Deborah eingewandt. »Meistens bitten wir darum, daß alles einen bestimmten Ausgang nimmt. Erst letzten Sonntag haben wir in der Kirche darum gebetet, daß dem alten Mr. McCallister seine Staublunge geheilt wird.«

»Das verstehst du nicht.«

»Nein, tu ich nicht. Erklär's mir.«

»Ich kann nicht. Es ist zu kompliziert. Laß bloß deinen Vater nicht hören, daß du solches Zeug redest.«

»Was ist schlecht daran, Fragen zu stellen?«

»Behalte du deine Fragen für dich, Deborah. Dein Vater hat für Fragen nichts übrig.«

Schon gar nicht von mir, hatte Deborah gedacht, das Kind, das lebte, während ihre zwei älteren Brüder als Babys gestorben waren. Er hatte es Deborah übelgenommen, so als wäre es ihre Schuld, daß die beiden Jungen zu früh geboren waren, um zu überleben, während sie gesunde acht Pfund gewogen hatte. Sie war sich über seinen Groll immer im klaren gewesen, auch als sie noch zu jung war, um die Ursache zu ergründen.

Also hatte Deborah ihre Fragen für sich behalten, aber sie hatte nie aufgehört, sich über den Widerspruch zu wundern. Selbst jetzt am Küchentisch hatte sie das Gefühl, für ihren verschwundenen Mann beten zu müssen, und war doch davon überzeugt, daß Gebete sinnlos waren.

Der Gedanke an ihre Eltern führte dazu, daß sie an Steves Eltern denken mußte. Man hätte sie über die Situation aufklären müssen, aber sie wußte nicht, wo sie in Hawaii zu erreichen waren. Und würde es ihnen überhaupt etwas bedeuten? Natürlich würde es ihnen etwas bedeuten. Steve war ihr einziger Sohn. Sie mußten doch einen letzten Rest elterlicher Gefühle für ihn aufbringen. Andererseits hätte sie ihnen nicht Bescheid sagen können, ohne den Namen Artie Lieber ins Gespräch zu bringen, und sie war sich nicht sicher, ob das ratsam war. Und wenn Lieber immer noch eine Gefahr für Emily war? Konnte es ihm gelingen, in das Pflegeheim einzudringen? Mußte das dortige Personal alarmiert werden?

Ihr Gedankengang wurde von den Polizeibeamten, die die Treppe wieder herunterkamen, gefolgt von Barbara und Joe, unterbrochen. »Halten Sie das Fenster von diesem Lagerraum immer unverschlossen?« erkundigte sich Muller bei Deborah.

»Nein, natürlich nicht. Jedenfalls nicht mit Absicht. Warum?«

»Weil keine Anzeichen dafür vorhanden sind, daß sich jemand mit Gewalt Zugang verschafft hat.«

»Demnach war das Fenster nicht zu. Ich halte das für möglich. Wir haben das Zimmer nur ganz selten einmal betreten. Ich nehme an, einer von uns könnte es im Sommer geöffnet und dann vergessen haben, es wieder zu verriegeln. Allerdings war mein Mann in dieser Hinsicht immer sehr vorsichtig.«

»Aber du sagtest doch, daß die Tür zum Geräteschuppen nie abgeschlossen war«, warf Joe ein.

»Der Geräteschuppen, ja. Aber die Schlösser im Haus – nein, Steve hat darauf sehr geachtet. Nach allem, was Emily zugestoßen ist ...«

»Wer ist Emily?« fragte Cook.

»Die Schwester meines Mannes«, antwortete Deborah. »Sie wurde als junges Mädchen vergewaltigt und zusammengeschlagen. Der Mann, der sie angegriffen hat, ist vor ein paar Monaten begnadigt worden und wurde vor zwei Tagen hier in Charleston gesehen. Ich dachte, Evan Kincaid hätte das alles schon mit Ihnen besprochen.«

Cooks gutaussehendes Gesicht rötete sich. »Er hat mit der Stadtpolizei geredet, nicht mit uns. Niemand hat uns gegenüber den Namen der Schwester erwähnt, und wir sind schließlich keine Hellseher.«

Joe hob begütigend beide Hände. »Schon gut. Kein Grund zur Aufregung. Mrs. Robinson ist keine Expertin in Fragen polizeilicher Zuständigkeitsbereiche.«

Das weiß ich ja, dachte Deborah traurig. Ich bin viel zu aufgeregt, um noch klar denken zu können. »Haben Sie irgendwelche Fingerabdrücke gefunden?« fragte sie.

»Wir müssen auf das Team von der Spurensicherung warten«, sagte Cook. »Die werden einiges zu tun haben. Wie ich höre, haben Sie am Samstag abend hier eine Riesensause gefeiert.«

»Ich würde unser Weihnachtsfest nicht unbedingt als *Sause* bezeichnen«, empörte sich Deborah. »Außerdem haben wir in dem Lagerraum keine Gäste bewirtet.«

»Wie auch immer«, sagte Cook, unbeirrt von ihrem Sarkasmus. »Es müßte in weniger als einer Stunde jemand hier sein. Die werden auch Ihre Fingerabdrücke nehmen, Mrs. Robinson. Leider liegen die Fingerabdrücke Ihres Mannes nicht vor, wie mir Mr. Pierce hier versichert.«

»Die von Lieber dagegen schon«, sagte Joe. »Wenn er in der vergangenen Nacht in dem Zimmer war und unvorsichtig genug, Abdrücke zu hinterlassen, kriegen wir ihn dran.«

»Ich verstehe allerdings nicht, warum Artie Lieber bei uns einbrechen sollte«, sagte Deborah. »Steve war seit Stunden verschwunden. Welchen Sinn hätte es für Lieber gehabt, hier einzudringen, wenn er Steve bereits erwischt hat?«

»Wir wissen noch lange nicht, ob dieser Verrückte, dieser Lieber, etwas mit dem Verschwinden Ihres Mannes zu tun hat«, wandte Muller ein.

Cook bedachte Deborah mit einem eiskalten Blick. »Oder vielleicht ist er mit Mr. Robinson allein nicht zufrieden.«

Deborah erstarrte. »Sie meinen, er könnte mich und die Kinder überfallen?«

Cook zuckte die Achseln und zog ein geringschätziges, selbstgefälliges Gesicht. »Warum nicht? Lieber hat wahrscheinlich einen großen Haß gegen den Mann, der ihn hinter Gitter gebracht hat und selbst mittlerweile als Anwalt Karriere macht, der eine junge Frau und zwei Kinder hat, während er im Knast verrotten konnte.«

»O Gott«, murmelte Deborah. Sie fühlte sich auf einmal richtig schwach. »Dann sind wir alle in Gefahr. In echter Gefahr.«

Joe warf ihr einen langen, abwägenden Blick zu. »Ihr könntet in Gefahr sein, falls Lieber wirklich Blut sehen will, falls er Steve was angetan hat. Für beides fehlt uns bisher jeglicher Beweis.«

»Nein, Lieber war bloß zufällig diese Woche in Charleston,

und Steve ist zufällig vergangene Nacht verschwunden«, sagte Deborah grimmig. »Mir reicht das als Beweis.«

Dreißig Minuten später verabschiedeten sich die Polizeibeamten. Deborah hatte sich die Fingerabdrücke abnehmen lassen, hatte ein einigermaßen neues Foto von Steve aufgetan und den Beamten einen von Steves Pullovern und seine Haarbürste gegeben – den Pullover, um den Spürhunden seinen Geruch zu vermitteln, die Bürste wegen der Haare, um eine DNS-Probe durchzuführen und den Vergleich mit dem im Auto hinterlassenen Blut zu ermöglichen.

Ehe er zur Tür ging, sagte Cook: »Wenn Sie was hören, sagen Sie uns Bescheid.« Er warf Deborah einen anklagenden Blick zu, als sei er überzeugt, sie werde ihm, ruchlos, wie sie war, schnell noch widersprechen.

Muller blieb allein zurück und murmelte eine Entschuldigung wegen des aggressiven Benehmens, das sein Partner an den Tag legte. »Er hat Schwierigkeiten daheim, gnädige Frau. Nehmen Sie es ihm nicht übel.«

»Tu ich nicht«, versicherte Deborah und dachte zugleich, daß sie Cook am liebsten überhaupt nicht wiedersehen würde. Barbara ließ Scarlett herein. Der Hund verbrachte die nächsten fünf Minuten damit, heftig zu zittern. »Um Himmels willen, man möchte glauben, du wärst im tiefsten Alaska gewesen«, lachte sie.

»Kim hat den passenden Namen für sie ausgesucht«, sagte Deborah. »Sie hat eindeutig Scarlett O'Haras Talent fürs Dramatische.«

Kurz darauf klingelte es an der Tür. »Ich geh hin«, erbot sich Barbara.

Deborah schüttelte den Kopf. »So fertig bin ich noch nicht, daß ich nicht selber die Tür aufmachen könnte.«

Auf der vorderen Veranda stand ein mittelgroßer Mann mit sehr kurzem hellbraunem Haar und tiefen Krähenfüßen um die unerschrockenen hellblauen Augen. »Deborah Robinson?« fragte er. Sie nickte. »Ich bin Charles Wylie. FBI.«

»Vom FBI?« wiederholte sie verwirrt. Er zeigte ihr seinen Ausweis. »Sind Sie wegen meines Mannes hier?«

»Ja. Dürfte ich hereinkommen?«

Joe und Barbara saßen im Wohnzimmer. »Das ist Mr. Wylie

vom FBI«, sagte Deborah. Barbara blickte genauso verwirrt drein wie sie, aber Joe sah so aus, als sei er plötzlich auf der Hut. »Er ist wegen Steve hier. Mr. Wylie, dies sind Barbara Levine und Joe Pierce. Sie arbeiten beide im Büro der Staatsanwaltschaft mit meinem Mann zusammen.«

Wylie nickte den beiden zu und wandte sich dann an Deborah. »Ich würde gern ein paar Minuten mit Ihnen allein sprechen.«

»Es gibt in bezug auf das Verschwinden meines Mannes nichts, was Barbara und Joe nicht auch wüßten«, versicherte Deborah.

»Trotzdem. Ich muß Ihnen ein paar Fragen stellen. Mir wäre es lieber, wenn wir allein wären.«

»Haben Sie Hinweise dafür, daß Steve über die Staatsgrenze geschafft wurde?« fragte Barbara, die sich von der ernsten Miene des FBI-Agenten nicht einschüchtern ließ. Deborah überlegte kurz, ob wohl das steinerne Gesicht im Rahmen der FBI-Ausbildung eingeübt wurde.

»Ich habe erst vor wenigen Stunden von Mr. Robinsons Verschwinden erfahren«, antwortete Wylie. »Bis jetzt habe ich keinerlei Hinweise.«

»Wie haben Sie herausgefunden, daß mein Mann vermißt wird?« fragte Deborah.

»Die Polizei von West Virginia hat eine Suchmeldung wegen des Wagens, den Ihr Mann gefahren hat, über den Fernschreiber laufen lassen, und wir haben sie gesehen.«

»Aber ich verstehe immer noch nicht, warum Sie hier sind.«

»Wie gesagt, ich hab einige Fragen an Sie, Mrs. Robinson.«

»Na gut«, sagte Deborah. »Barbara, Joe, da Mr. Wylie mit mir allein sprechen will: Würde es euch etwas ausmachen, in der Küche zu warten?«

Joe und Barbara erhoben sich gleichzeitig. Barbara wirkte noch immer verwirrt und mißtrauisch, aber Joes Gesicht hatte den eigenartigen verschlossenen Ausdruck angenommen, der besagte, daß er etwas wußte. Er und Evan wußten beide etwas, das sie ihr nicht verrieten, das Evan offenbar nicht einmal Barbara anvertraut hatte.

Deborah zeigte auf die Couch. Wylie setzte sich und holte ein kleines Notizbuch hervor. Derweil sah er sich unauffällig im Zimmer um. Deborah empfand absurde Schuldgefühle und fragte sich, wieso. Lag es daran, daß Wylies Blick so kalt und durchdringend war? Oder einfach nur daran, daß sie noch nie mit dem FBI zu tun gehabt hatte?

»Ich gehe davon aus, daß Ihr Mann gestern nachmittag verschwunden ist«, hob Wylie an.

»Ja. Die Kinder und ich sind gegen eins weggefahren, Weihnachtseinkäufe machen. Unsere Nachbarin sagt, daß Steve gegen zwei Uhr dreißig aufgebrochen ist, aber sie ist nicht immer verläßlich.« Wylie zog die Brauen hoch. »Sie ist zweiundneunzig. Manchmal bringt sie etwas durcheinander oder erfindet Geschichten, aber nicht immer.«

»Ich verstehe. Hat sie gesagt, ob Ihr Mann allein war?«

»Ja, sie hat gesagt, er sei allein gewesen.«

»Und von seinen Sachen fehlt nichts?«

»Nur die Kleidungsstücke, die er anhatte. Und seine Jacke. Und natürlich sein Auto.« Von dem Geld, das aus Steves Schreibtisch verschwunden war, sagte sie nichts.

»Das Auto wurde heute früh in der Nähe des Flughafens aufgefunden.«

»Ja«, sagte Deborah mit unsicherer Stimme. »Man hat mir mitgeteilt, es sei Blut auf dem Rücksitz gewesen.«

Wylie nickte und schrieb etwas in sein Notizbuch. Er zeigte weder Erschütterung noch Mitleid, und Deborah war plötzlich wütend auf seine kaltblütige Tüchtigkeit. Und warum war er überhaupt hier?

Er blickte unvermittelt auf. »Ihr Mann hat ungefähr alle zwei Monate seine Schwester im Pflegeheim in Wheeling besucht, nicht wahr?«

»Seine Schwester?« wiederholte Deborah verblüfft. »Ja, das stimmt. Aber was hat das eine mit dem anderen zu tun?«

»Er ist immer am Samstag gefahren und hat die Nacht in Wheeling verbracht.«

»Ja. Es ist eine lange Fahrt, und er hatte die Angewohnheit, sie zweimal zu besuchen – am Samstagnachmittag und am Sonntagmorgen.«

»Haben Sie ihn oft begleitet?«

»Nein. Ich war nur einmal da, direkt nachdem wir geheiratet hatten. Das war vor sieben Jahren.«

»Warum waren Sie nie mehr dort?«

»Steve war dagegen. Er hat gesagt, es sei deprimierend – Emily bewegt sich nicht und spricht nicht. Wenigstens spricht sie nicht viel, obwohl eine Krankenschwester mir gestern abend erzählt hat, daß sie wohl manchmal etwas sagt. Außerdem waren da die Kinder. Ich bin immer mit ihnen zu Hause geblieben.«

»Hat Ihr Mann Sie gewöhnlich am Samstagabend aus Wheeling angerufen?«

»Nein. Also, er hat schon ein paarmal angerufen, vor allem als ich schwanger war.«

»Er hat Sie seit über fünf Jahren am Samstagabend nicht mehr aus Wheeling angerufen? So alt sind doch Ihre Zwillinge, nicht wahr? Fünf?«

Warum wußte FBI-Agent Wylie so viel über ihre Familie und deren Gepflogenheiten? »Ja, meine Kinder sind fünf. Sie werden im April sechs. Und er hat seit ihrer Geburt sehr wohl angerufen.«

»Aber nicht oft.«

»Nun ja, nicht jedesmal, wenn er Emily besuchen fuhr.«

»Haben Sie ihn am Samstagabend, wenn er in Wheeling war, je in seinem Motel angerufen?«

»Vielleicht drei-, viermal. Er ist meistens ziemlich deprimiert, nachdem er seine Schwester besucht hat – er ist nicht in Plauderstimmung. Außerdem steigt er nicht immer im selben Haus ab. Mr. Wylie, wollen Sie mir bitte sagen, warum Sie nach alledem fragen?«

Wylie ignorierte sie und fuhr mit leidenschaftsloser Entschlossenheit fort. »Hat Ihr Mann, wenn er sich in Wheeling aufhielt, auch seine Eltern besucht?«

»Nein. Er und seine Eltern haben sich auseinandergelebt. Er hat sie seit Jahren nicht mehr gesehen.«

»Keine zufälligen Begegnungen im Pflegeheim?«

»Nicht, daß ich wüßte. Die Robinsons wissen, daß er seine Schwester alle zwei Monate am zweiten Samstag und Sonntag besucht, und bleiben dann weg.«

»Was ist der Grund für diese Entfremdung?«

Deborah zögerte. Wylies überhebliche Art ärgerte sie. Was ging es ihn an, warum sich Steve und seine Eltern auseinandergelebt hatten? Aber sie reagierte auf die Autorität in seiner Stimme. »Emily, Steves Schwester, wurde von einem Mann namens Artie Lieber überfallen. Er war bei den Robinsons angestellt, hatte jedoch einen schlechten Ruf und wurde entlassen, als er zu großes Interesse an Emily zeigte.« Deborah merkte, wie steif sie sich ausdrückte, aber sie konnte sich gegenüber diesem Mann mit den kalten Augen nicht natürlich äußern. »Einmal waren sie übers Wochenende verreist, und Steve sollte auf Emily aufpassen, aber er hat für ein paar Stunden das Haus verlassen. Da hat Lieber sie erwischt. Sie wurde vergewaltigt, stranguliert und geschlagen.«

»Wie schwer waren ihre Verletzungen?«

»Lieber hat ihr mit einem Rohrstück einen Schlag auf den Schädel versetzt, und sie hat einen Hirnschaden davongetragen. Glaube ich wenigstens.« Wylie sah sie fragend an. »Ich will sagen: Von Steve weiß ich, daß die Ärzte gesagt haben, es liege ein Hirnschaden vor, der jedoch nicht irreparabel sei. Ihnen zufolge hat Emily ein psychisches, kein physisches Problem. So oder so, auf jeden Fall ist es auf den Überfall zurückzuführen. Aber das wissen Sie längst, nicht wahr?«

»Ich möchte es gern von Ihnen hören.«

Deborah, die von Minute zu Minute immer ärgerlicher und frustrierter wurde, starrte ihn wütend an. »Gut, Sie haben es von mir gehört. Nun möchte ich etwas von Ihnen hören, zum Beispiel, warum Sie hier sind.«

»Dazu kann ich im Augenblick nichts sagen.«

Deborahs Unterkiefer erschlaffte. »Sie wollen, daß ich all diese Fragen beantworte, ohne zu erfahren, wieso?«

»Ich wäre Ihnen für Ihre Kooperation sehr dankbar.«

»Ich kooperiere auf jede nur erdenkliche Art, damit mein Mann gefunden wird, aber ich sehe nicht, wie diese Fragen speziell dazu beitragen sollen, Steve aufzuspüren. Sie wissen doch bestimmt längst von Lieber und seinem Schwur, sich an Steve zu rächen wegen seiner Zeugenaussage, die ihn ins Gefängnis gebracht hat.«

»Lieber weiß, daß er wieder ins Gefängnis müßte, wenn er ihrem Mann nachstellt. Warum soll er das riskieren?«

»Ich weiß es nicht. Er ist verrückt, aber ich sehe nicht ein, warum man sich beim FBI dafür interessiert.«

»Wenn es wirklich so war und wenn Lieber Ihren Mann nicht, wie Mrs. Levine nahegelegt hat, in einen anderen Bundesstaat verschleppt hat, interessiert es uns nicht.«

»Wenn es wirklich so war? Wie soll es denn sonst gewesen sein?«

»Es gibt viele Möglichkeiten.«

»Wofür sich das FBI interessieren könnte?«

»Ja.«

»Nennen Sie mir ein Beispiel«, verlangte Deborah. »Warum sucht das FBI meinen Mann?«

»Ich kann dazu im Augenblick nichts sagen.« Wylie runzelte die Stirn und begutachtete eine Pflanze, die auf dem breiten Sims stand. »Ist das etwa Oleander?«

»Wie bitte?«

»Handelt es sich bei dieser Pflanze um Oleander?«

Deborah sah ihn verblüfft an. »Ja.«

»Wer hat hier den grünen Daumen?«

»Mein Mann.«

»Hat er eine besondere Vorliebe für Oleander?«

»Ja, ich glaube schon. Sie sind in dieser Gegend nicht leicht großzukriegen. Er war immer stolz, daß es ihm gelungen ist.«

»Ich verstehe.«

»Ich nicht. Was um Himmels willen hat das mit –«.

»Sie waren eine große Hilfe«, sagte FBI-Agent Wylie abrupt und stand auf. »Es könnte sein, daß ich mich noch einmal mit Ihnen unterhalten muß.«

Mit Deborahs Toleranz, die er bereits schwer strapaziert hatte, war es auf einmal zu Ende. »Ich beantworte keine Fragen mehr von Ihnen, ehe Sie nicht welche von meinen beantworten.«

»Ich danke Ihnen für Ihre Kooperation, Mrs. Robinson«, sagte Wylie gelassen und mit leerem Blick. »Ich finde selbst hinaus.«

2

Immer noch verblüfft über Wylies Besuch, ging Deborah in die Küche, wo Barbara und Joe am Tisch saßen. Barbara sah sie erwartungsvoll an. »Nun? Was hat er gewollt?«

»Ich weiß nicht«, sagte Deborah ruhig. »Aber Joe weiß es.«

Sie sah Joe an. Er senkte kurz den Blick und trommelte mit seinen gebräunten Fingern auf dem Tisch. »Joe, weißt du was, das wir nicht wissen?« fragte Barbara überrascht.

Joe holte tief Luft, und Deborah befürchtete schon, er könne sich darauf konzentrieren, eine Lüge aufzutischen. Statt dessen sah er sie an, und seine ungewöhnlich stahlblauen Augen verrieten Bedauern. »Deborah, du setzt dich wohl besser hin.«

»Ich glaube, ich möchte lieber stehen bleiben.«

»Meine Mutter hat das immer gesagt, wenn jemand ihr schlechte Nachrichten zu überbringen hatte«, sagte Joe geistesabwesend. »Also. Steve wollte nicht, daß du davon erfährst. Aber er hat Evan und mir davon erzählt, weil er eine Todesangst hatte. Er hat uns um Hilfe gebeten.«

Deborah schluckte. »Was hat er euch erzählt?«

Joe faltete die Hände, und Deborah fiel zum ersten Mal der Ring mit dem Türkis auf, den er trug. Er sah von der Form her indianisch aus, und das Silber reflektierte das schwache winterliche Licht, das hinter dem Tisch zum Fenster hereinströmte. »Du hast bestimmt schon vom *Dark Alley Strangler* gehört, dem ›Gassenwürger‹?«

Deborah blinzelte. »Dem Gassenwürger?«

»Ist das dieser Massenmörder?« fragte Barbara.

»Ja, in den vergangenen drei Jahren hat er acht Frauen in Ohio und Pennsylvania umgebracht. Am Samstag vor einer Woche hat er eine Frau namens Sally Wates in Wheeling überfallen.«

Barbara war ganz still geworden, aber Deborah sah Joe weiterhin baß erstaunt an. »Über Sally Yates habe ich was gelesen. Sie soll im Koma liegen, und man rechnet nicht damit, daß sie es überlebt. Aber ich verstehe nicht recht. Was hat das alles mit Steve zu tun?«

»Alle Frauen wurden im Hundertfünfzig-Kilometer-Umkreis von Wheeling ermordet. Sie wurden geschlagen, vergewaltigt und stranguliert, und das immer an den Wochenenden, an denen Steve nach Wheeling gefahren ist, um Emily zu besuchen.«

Deborah blieb der Mund offen. Dann fing sie an zu lachen. »Willst du damit sagen, das FBI glaubt, daß Steve dieser Würger ist? Das ist ja wohl das Lächerlichste, was ich je gehört habe! Mein Gott, es hört sich an wie ein Einfall von Mrs. Dillman.«

Joe blickte vor sich hin. »Am Freitag morgen hat ein FBI-Agent Steve aufgesucht, Deborah. Wie es scheint, hat sich am Donnerstag ein Zeuge gemeldet. Der Betreffende war in einer Bar namens Kelly's, wo Sally Yates samstags vor dem Überfall gewesen war. Der Zeuge hat zwar nicht den Überfall selbst miterlebt, aber er oder sie, wer immer, hat einen Mann aus der Gasse kommen sehen, kurz nachdem Sally Yates vergewaltigt und geschlagen worden war. Der Mann war vorher ebenfalls in der Bar gewesen und schien es nun sehr eilig zu haben. Er hat vor sich hin geredet und boshaft gekichert. Der Zeuge wußte nichts von dem Überfall, fand aber alles ziemlich seltsam – diesen Typen, der aus der Gasse kam und sich verdächtig benahm – und hat ihn aus reiner Neugier beobachtet. Er ist in ein weißes Auto gestiegen. Der Zeuge konnte die Marke nicht identifizieren, hat aber einen Teil des in West Virginia angemeldeten Nummernschilds entziffern können – 8E-7.« Er hob den Blick. »Steve fährt einen weißen Cavalier, und seine Autonummer lautet 8E-7591.«

Sieben

1

Deborah starrte Joe fassungslos an. Ihr Mund war auf einmal ausgetrocknet, und ihre Hände waren eiskalt. Nach einer Weile flüsterte sie mit kläglicher Stimme: »Das kann nicht dein Ernst sein.«

»War nicht soeben ein FBI-Agent hier?« fragte Joe leise.

»Aber er könnte aus allen möglichen Gründen gekommen sein. Vielleicht dachte er, daß an Steve ein Verbrechen von überregionaler Bedeutung begangen worden ist, oder –«

Joe schüttelte den Kopf. »Nein, Deborah, das denkt man nicht beim FBI.«

Deborah sank ihm gegenüber auf die Sitzbank am Tisch. Der Schock machte sie begriffsstutzig. »Ich kann das einfach nicht glauben.«

»Ich genausowenig«, schloß sich Barbara mit belegter Stimme an.

»Warum hat Steve mir nichts gesagt?« fragte Deborah.

»Er war wie vom Donner gerührt. Und erschrocken.«

»Aber er hat doch mit dir und Evan darüber gesprochen.«

»Er dachte, wir könnten ihm helfen. Deborah, die Beweise gegen ihn sind Indizienbeweise, aber trotz allem, was man in Filmen so zu sehen kriegt, werden Menschen durchaus anhand von Indizienbeweisen verurteilt.«

Barbara beugte sich vor. Ihre Stimme klang wieder kraftvoll und sicher. Sie war nicht mehr die verwirrte Freundin – sie war Anwältin. »Hat dieser Jemand, der behauptet, er hätte einen Mann aus der Gasse kommen sehen, ihn sich genau angesehen?«

»Offenbar gut genug, um ihn als den Mann zu identifizieren, der zuvor in Kelly's Bar war«, antwortete Joe.

»Warum hat der Zeuge so lange gewartet, bis er sich gemeldet hat?« fragte Deborah.

Joe sah sie an. »So was passiert immer wieder. Aus dem einen oder anderen Grund gehen die Leute mit ihren Erkenntnissen erst einmal nicht zur Polizei. Vielleicht haben sie selbst was zu verbergen, oder vielleicht wollen sie einfach nicht in etwas hineingezogen werden. Und dann macht ihnen ihr Gewissen zu schaffen.«

»Und kennt ihr den Namen dieses Zeugen?«

»Die Polizei gibt solche Informationen nicht heraus, um nicht noch ein Leben aufs Spiel zu setzen. Jedenfalls hat der Zeuge gesagt, der Mann sei ungefähr einen Meter achtzig groß mit dunkelbraunem Haar, schlank. Sah wie Ende Dreißig aus, gut in Form. Hatte einen Schnurrbart. Er war kein Stammkunde der Bar.«

»Wie steht es mit der Augenfarbe?« fragte Barbara.

»Er hatte eine getönte Brille auf.«

»Steve trägt keine Brille«, sagte Deborah. »Außerdem hat er weder einen Schnurrbart noch dunkles Haar.«

»Beim FBI glaubt man, er könnte sein Aussehen verändert haben – ein falscher Schnurrbart, ein Brillengestell mit getöntem Fensterglas. Vielleicht hat er, um dunkles Haar vorzutäuschen, obendrein eine Perücke oder eine Farbspülung benutzt.«

»Und die sind absolut sicher, daß der Mann, der Sally Yates angegriffen hat, der Würger ist?«

»Ja. Er zerrt Frauen, die gerade aus einer Bar gekommen sind, in eine dunkle Gasse. Er schlägt, stranguliert und vergewaltigt sie, hat aber noch kein einziges Mal Samenflüssigkeit für eine DNS-Probe hinterlassen.«

»Wie steht es mit Haarproben?«

»Keine.«

Barbara blickte verdutzt drein. »Na gut, wenn er ein Kondom trägt, bleibt vielleicht wirklich kein Samen zurück, aber wie kann es sein, daß bei einer Vergewaltigung keine Haarproben anfallen.«

»Man geht wohl davon aus, daß er für die Vergewaltigung einen Gegenstand benutzt.«

»Du meinst, er tut's nicht wirklich ...«

»Jawohl«, sagte Joe schroff. »Wie sonst kann man absolut sichergehen, daß man weder Samen noch Haare hinterläßt? Es konnte auch noch nie eine Blutprobe vorgenommen werden. Offenbar schlägt dieser Typ die Frauen erst mal bewußtlos, so daß sie nicht viel Zeit haben, sich zu wehren. Alles, was die Spurensuche gefunden hat, sind ein paar Textilfaserproben. Dieser Mörder ist sehr vorsichtig. Und stark. Zu seinem Ritual gehört außerdem, daß er seinem Opfer Schmuckstücke abnimmt und dabei Ohrringe manchmal einfach von den Ohrläppchen reißt.«

Deborah zuckte zusammen, aber Barbara runzelte die Stirn. »Der Wagen«, begann sie. »Könnte sich der Zeuge nicht irren, was das Nummernschild angeht?«

»Vielleicht, aber du mußt zugeben, es wäre ein außerordentlicher Zufall, wenn eine irrtümlich genannte Zahl ausgerechnet mit Steves Nummernschild übereinstimmen würde. Und vergiß nicht, das Auto war weiß wie das von Steve.«

Deborah sah ihn ungläubig und tadelnd an. »Das klingt so, als wärst du überzeugt, daß Steve tatsächlich dieser Würger ist und fähig, jemanden zu ermorden!«

»Wir reden nicht davon, was ich glaube«, sagte Joe ruhig. »Wir reden davon, was das FBI auf der Grundlage einiger ziemlich belastender Indizien glaubt. Es hilft auch nicht gerade, daß die betreffenden Frauen genauso vergewaltigt, stranguliert und geschlagen wurden wie Steves Schwester.«

»O Gott«, keuchte Deborah. »Aber es war doch Lieber, der Emily überfallen hat.«

»Behauptet Steve. Er war der einzige Zeuge.«

Deborah legte den Kopf in die Hände, und das lange Haar fiel ihr ins Gesicht. »Das ist ja furchtbar.«

»Deshalb wollte Steve dir nichts davon sagen.«

Barbara sah ihn aufgebracht an. »Warum müssen Männer immer die großen Helden spielen? Er kann doch nicht gemeint haben, er könnte es für immer vor ihr verbergen.«

»So unglaublich das klingen mag, offenbar hat er genau das gemeint. Deshalb hat er sich an Evan und mich gewandt – er wollte, daß wir ihm helfen, seine Unschuld zu beweisen, ehe Deborah überhaupt etwas erfährt. Aber jetzt, seit er verschwunden ist ...«

»Sein Verschwinden«, sagte Deborah bedächtig. »Das FBI glaubt nicht, daß Artie Lieber etwas damit zu tun hatte, hab ich recht? Die sind der Ansicht, er hätte sein Verschwinden vorgetäuscht, weil er das Gefühl hatte, daß sich das Netz um ihn zusammenzieht.«

Joe sah sie ernst an. »Würdest du als Außenstehender nicht auch so denken? Er erscheint dadurch schuldiger denn je. Die haben sogar angefangen, das Haus zu überwachen.«

»Wenn sie das Haus beobachten, warum haben sie dann nicht mitgekriegt, wo Steve gestern hingefahren ist?«

»Die Überwachung sollte wahrscheinlich erst heute morgen anfangen. Das glaubte Steve jedenfalls. Sieht so aus, als hätte er recht gehabt.«

»O verdammt«, knurrte Barbara. »Wirklich großartig. Steve erzählt dir und Evan, daß er ab Montag mit der Überwachung seines Hauses rechnet, und dann verschwindet er am Sonntag. Das sieht allerdings schlimm aus.«

Joe blickte Deborah immer noch ruhig an. »Die meinen, du wüßtest mehr, als du zugibst. Sie glauben, er könnte anrufen oder sogar hierher zurückkehren.«

Deborahs Stimme wurde heftig. »Wenn er sich angeblich so viel Mühe gemacht hat, sein Verschwinden zu inszenieren, wird er wohl kaum am nächsten Tag zurückkommen. Aber er hat sein Verschwinden nicht inszeniert. Da bin ich ganz sicher. Mein Gott, warum sollte Steve dir und Evan davon erzählen, wenn man ihn verdächtigt, der Würger zu sein? Warum hat er euch um Hilfe gebeten?«

»Wir waren da, als Wylie ins Büro kam und Steve verhört hat. Es war Steves Reaktion auf den Besuch zu entnehmen, daß Wylie nicht in einer Routineangelegenheit dagewesen war. Das FBI würde sagen, er sei der Meinung gewesen, es nicht vor uns verbergen zu können, und so war es auch.«

»Aber er konnte seine Angst vor mir verbergen«, sagte Deborah niedergeschlagen. »Er hat immer alles mögliche vor mir verborgen. Manchmal hatte ich das Gefühl, als würde ich ihn überhaupt nicht richtig kennen.« Sie sah den Blick, den Barbara und Joe wechselten, und ihre Stimme klang verkrampft. »Ich meine damit nicht, daß er ein kaltblütiger Massenmörder gewesen sein könnte, ohne daß ich es gemerkt hätte. Ich will nur sagen, daß er diese oder jene Kleinigkeit vor mir verborgen hat, die Vertraulichkeiten, die zwischen Mann und Frau üblich sind. Zumindest glaube ich, daß sie es sind.«

Joe sah sie eindringlich an. »Deborah, sag bloß dem FBI nicht, daß du das Gefühl hattest, deinen Mann nicht richtig zu kennen. Die stürzen sich bloß darauf und ignorieren die Feinheiten, deine Erklärungen, was du damit gemeint hast.«

»Ich ... natürlich tu ich das nicht«, sagte Deborah und kam sich töricht und unbeholfen vor. Was wäre passiert, wenn sie gegenüber FBI-Agent Wylie so etwas gesagt hätte? Allein schon die Vorstellung machte ihr angst, und sie fing augenblicklich an, die Unterredung mit dem Mann noch einmal in Gedanken durchzugehen. Hatte sie etwas Falsches gesagt? Etwas, das Steve schaden konnte? Sie konnte sich nicht entsinnen. Das ganze Gespräch mit dem FBI-Agenten kam ihr wie ein Traum vor. Ein Alptraum. Steve hätte jetzt im Büro sein müssen, und sie hätte gewissenhaft ihr derzeitiges Projekt tippen müssen, das sterbenslangweilige Manuskript eines ortsansässigen Autors, das sich mit einem unbekannten, mittelmäßigen Dichter befaßte. Statt dessen wurde Steve vermißt, ein Mann, der gedroht hatte, sich an ihm zu rächen, lief in Charleston frei herum, und das FBI war überzeugt, daß Steve ein Massenmörder war. Die Situation war beinahe zu absurd, um sie zu akzeptieren, aber es entsprach alles den Tatsachen, und sie konnte nicht allein damit fertig werden, das stand fest. Sie wandte sich an Joe.

»Hattet ihr euch bereit erklärt, Steve zu helfen?«

»Ja.«

»Dann haben weder du noch Evan auch nur eine Sekunde geglaubt, daß Steve ein Mörder sein könnte?«

»Nein.«

Sie nickte. »Dann bitte ich euch beide, jetzt mir zu helfen. Ich weiß nicht, was ich tun soll. Ich weiß nicht, wie ich Steve helfen soll. Gott, ich weiß nicht einmal, ob er noch am Leben ist.« Tränen stiegen ihr in die Augen. »Überhaupt nichts weiß ich!«

Barbara legte die Hand mit dem schlichten Onyxring – dem einzigen Schmuckstück, das sie je trug – auf Deborahs Schulter. »Es wird alles wieder gut. Irgendwie wird alles wieder gut, und dein Leben mit Steve wird wieder so sein, wie es immer gewesen ist.«

Aber Deborah wußte, daß es nie wieder so sein würde wie früher, ganz egal, wie die Erklärung für Steves Verschwinden lautete.

2

Beißender Dezemberwind biß Kimberly in die Fingerspitzen, als sie in der Pause auf dem Schulhof stand. Sie hatte ihre neuen blauen Handschuhe verloren. Sie hatte schon die roten verloren, und Mami hatte zu ihr gesagt, daß die blauen für dieses Jahr die letzten wären. Sie glaubte nicht so recht, daß die Mami es ernst gemeint hatte, aber sie wollte ihr auch nicht gestehen, daß wieder ein Paar Handschuhe von ihr in der Schule liegengeblieben war, das dann ein anderes Kind an sich genommen hatte. Mami würde sich stundenlang über »Verantwortungsgefühl« auslassen und zu ihr sagen, daß Geld nicht auf Bäumen wächst, was sie längst wußte. Ob die Mami wirklich dachte, daß sie so dumm war, nicht zu wissen, daß die in der »Bank« das Geld machen und es dann Leuten geben, die draußen zur Maschine gehen und den Geheimcode eintippen? Kim schüttelte den Kopf. Die Mami hatte keine Ahnung, wie klug sie wirklich war, selbst wenn sie immer wieder ihre Handschuhe verlor.

Kim steckte ihre kalten Hände in die Manteltaschen. Der Wind zupfte an ihrem langen blonden Haar und erinnerte sie, daß sie ihren kuscheligen Wollschal drinnen gelassen hatte. Sie wollte deswegen aber nicht wieder hineingehen. Sie sah sich nach einer Gruppe ihrer Freunde um, die mit einem Springseil spielten. Sie hatten sie aufgefordert mitzumachen, aber sie hatte keine Lust gehabt. Sie war zu traurig wegen Papa. Die Mami glaubte, daß jemand ihn umgebracht hatte. Sie hatte behauptet, es nicht ernst zu meinen, doch das stimmte nicht. Kim ließ sich nichts vormachen. Aber Mami irrte sich bestimmt. Der Papa würde nicht zulassen, daß ihn jemand umbrachte, schon gar nicht kurz vor Weihnachten. Trotzdem: Die Mami hatte geweint, und Mami weinte sonst nie.

Ihre eigenen Augen füllten sich mit Tränen, und Kim sah sich erneut auf dem Spielplatz um, bis sie Brian entdeckt hatte. Er hing mit dem Kopf nach unten am Klettergerüst. Die Mami erlaubte ihm nicht, auf dem Klettergerüst zu spielen, weil er sich dabei meistens weh tat. Kim wischte sich die Tränen vom Gesicht und marschierte zu ihm hinüber. »Komm da runter«, befahl sie. »Hau ab, du«, entgegnete Brian.

»Du sollst doch nicht auf das Klettergerüst steigen«, fuhr Kim im schönsten Erwachsenenton fort. »Die Mami hat gesagt, du könntest herunterfallen und dir den Kopf aufschlagen.«

Drei andere kleine Buben, die wie die Äffchen herumkletterten, kicherten hämisch. Brian sah seine Schwester finster an. »Wenn du mich nicht in Ruhe läßt, sag ich der Mami, daß du deine neuen Handschuhe verloren hast.«

Kim dachte darüber nach und entschied, daß die Aussicht, verpetzt zu werden, den Erhalt von Brians Schädeldecke nicht wert war. Und wenn er sich den Kopf aufschlug, konnte der Doktor ihn wieder zunähen, wie er es vergangene Weihnachten getan hatte, als Brian die Speichertreppe heruntergefallen war.

Sie schnitt eine Grimasse und schlenderte zu dem großen Baum hinüber, wo nach Angaben ihrer Lehrerin Miss Hart im Frühjahr die Rotkehlchen nisten sollten. Im vergangenen Frühjahr hatte der Papa sie und Brian nacheinander eine große Leiter hochgetragen, damit sie in ein Rotkehlchennest hineinschauen konnten, das er auf einem Baum hinten im Garten entdeckt hatte. Drinnen hatten vier kleine blaue Eier gelegen. Kim war entzückt gewesen, vor allem, als die Eier ausgebrütet waren. Scarlett hatte nur an der Leine hinausgedurft, bis die kleinen Vögel gute Flieger waren, für den Fall, daß einer eine Bruchlandung machte und nicht mehr rechtzeitig hochkam, ehe Scarlett ihn erreicht hatte.

Beim Gedanken an die kleinen Vögel und den Papa hätte sie am liebsten wieder zu weinen angefangen. Sie wandte sich dem Tor im Zaun des Schulhofs zu und erstarrte. Ein Mann stand davor und bedeutete ihr, zu ihm zu kommen. Er trug eine blaue Jacke wie ihr Papa, aber er hatte die Kapuze hochgezogen, und Kim konnte sein Gesicht nicht klar erkennen.

Sie kniff die Augen zu, wie die Mami es manchmal machte. War es der Papa oder nicht? Auf diese Entfernung war sie sich nicht sicher.

Sie ging langsam auf die Gestalt zu. Der Mann war so groß wie Papa. Sein Haar hatte ungefähr die gleiche Farbe wie das von Papa. Aber er hatte eine dunkle Brille auf. Sie konnte seine Augen nicht sehen.

»Kimberly, komm doch mal her.«

Seine Stimme klang leise und freundlich, aber der Wind wehte sie fort, und sie konnte nicht mit Sicherheit sagen, daß es Papas Stimme war. Außerdem stach ihr der Wind in die Augen und machte sie wässrig. Der Mann winkte erneut. Kim zögerte und dachte scharf nach. Wenn es der Papa war und sie ihn fand, würden alle so was von glücklich sein. Aber wenn es der Papa war, warum ging er dann nicht einfach nach Hause? Ihr Daumen schoß wie von selbst hoch in ihren Mund. Sie war durcheinander. Er sah dem Papa furchtbar ähnlich, aber der Papa wäre nicht zur Schule gekommen und hätte sich vors Tor gestellt, mit einer Kapuze auf dem Kopf, die so fest zugezogen war, daß sie kaum etwas von seinem Gesicht sehen konnte. Es sei denn ...

Der Daumen löste sich aus ihrem Mund und sank herab, als ihr eine Sendung im Fernsehen einfiel, die sie einmal gesehen hatte, über einen Mann, der vergessen hatte, wer er war. Mami hatte gesagt, der Mann würde unter ... wie hieß es noch? *Am*- und dann noch was. Egal. Er hatte einen Schlag auf den Kopf gekriegt und wußte nicht mehr, wie er hieß und wo er wohnte. Vielleicht hatte sich der Papa weh getan und wußte auch nicht mehr, wo sein Zuhause war.

»Kimberly, bitte komm her zu mir«, rief der Mann wieder. »Komm schon, mein Schatz. Ich möchte dir ein verfrühtes Weihnachtsgeschenk geben.«

Kim lächelte. »Papa!« Sie rannte los, auf das Tor zu, wo der Mann sich vorbeugte und die Arme ausbreitete.

Sie war nur noch Zentimeter vom Tor entfernt, als Miss Hart auf einmal »Kim! Nein!« schrie.

Das Kind verlangsamte erschrocken seine Schritte. Der Mann richtete sich abrupt auf. Sein Kopf fuhr herum, dorthin, wo die Lehrerin stand.

»Kim, halte dich von ihm fern«, rief Miss Hart. Ihr junges Gesicht war bleich, und ihre Augen waren weit aufgerissen.

Kimberly blieb verwirrt stehen. Miss Hart schien sich zu fürchten, der Mann auch, und dennoch streckte er weiter die Arme aus, um nach ihr zu greifen. Jähe, instinktive Angst durchfuhr Kim, als die Fingerspitzen des Mannes ihren Mantel berührten. Sie wich strauchelnd zurück. »Komm her«, zischte er und hörte sich auf einmal gar nicht mehr freundlich an. Kim wimmerte, stolperte über ein Büschel hartes, verdorrtes Fingergras. Sie fiel rücklings zu Boden, und der Mann hastete auf sie zu. Er hatte sie fast erreicht, als Miss Hart sich herabbeugte und Kim in die Arme nahm. »Lassen Sie die Finger von ihr«, schrie sie. »Hilfe! Ist denn da niemand, der mir hilft?«

Der Mann machte kehrt und floh die Straße hinunter. Er rannte so schnell, daß seine Kapuze herabglitt, aber sein Gesicht war von ihnen abgewandt. Kim brach in Tränen aus, während eine Schar aufgeregter Kinder sich um sie versammelte.

3

Die Polizisten hatten Deborahs Haus verlassen, und Joe hatte es auf einmal eilig, ihnen zu folgen. »Muß mal eben was erledigen«, sagte er schroff, »bin aber rechtzeitig wieder da, um die Kinder von der Schule abzuholen.«

»Was das wohl jetzt sollte?« fragte Barbara.

Deborah zuckte die Achseln. »Ich weiß es nicht, aber wir bringen seinen Alltag gründlich durcheinander. Vielleicht muß er kurz zu sich nach Hause.«

Zwanzig Minuten später klingelte das Telefon, und Deborah meldete sich hastig.

»Mrs. Robinson?«

Die Frauenstimme kam ihr vage bekannt vor, klang aber zittrig. Nicht wie eine Reporterin oder Polizistin.

»Ja, ich bin Mrs. Robinson«, sagte Deborah vorsichtig.

»Hier spricht Lois Hart, Kims und Brians Lehrerin.«

Panik überflutete Deborah. »Was ist?« fragte sie laut. »Ist alles in Ordnung mit den Kindern?«

»Wir hatten heute in der Pause einen Vorfall –«

»O Gott, hat sich eines der beiden weh getan?«

»Nein, es geht ihnen gut. Kim ist nur ein bißchen aus der Fassung. Also, da war ein Mann ... Ich hab mich kurz nach zwei zankenden kleinen Jungen umgesehen und erst gar nichts bemerkt ... Nur ein paar Minuten hab ich nicht hingesehen ... und dann –«

»Sie jagen ihr doch bloß einen Heidenschrecken ein. Lassen Sie mich mit ihr sprechen.« Deborah erkannte die dröhnende Stimme von Howard Morton, dem Rektor. Ihr Herz hämmerte, während vorübergehend Stille eintrat. Dann meldete er sich mit falscher Munterkeit zu Wort. »Mrs. Robinson, der Mann, der heute die Kinder zur Schule gebracht hat, Pierce hieß er, glaube ich, hat mich über Ihre mißliche Lage aufgeklärt. Ich möchte Ihnen mein Mitgefühl aussprechen. Er hatte gebeten, daß wir besonders auf Kimberly und Brian aufpassen, und natürlich haben wir seiner Bitte entsprochen. Ich habe sofort Miss Hart informiert. Und in der Pause ist dann ein Mann ans Tor des Schulhofs gekommen und hat versucht, Kimberly fortzulocken.«

»Was?« rief Deborah mit schriller Stimme.

»Ich versichere Ihnen, es ist alles in Ordnung. Miss Hart hat gesehen, was vorgeht, und hat Kimberly gerade noch rechtzeitig erreicht.«

»Rechtzeitig?« wiederholte Deborah wie betäubt.

»Gerade noch rechtzeitig, bevor der Mann Kimberly packen und sie wegzaubern konnte.«

Wer anders als der großspurige Rektor Morton hätte »wegzaubern« gesagt? überlegte Deborah, sosehr sie sich auch ängstigen mochte. »Ist Kim verletzt?« fragte sie mit bebender Stimme.

»Nein, nein, nicht im geringsten, Mrs. Robinson. Sie hat nur einen leichten Schock erlitten, aber wir halten es unter den gegebenen Umständen dennoch für das beste, wenn sie und Brian für heute nach Hause gehen.«

»Ich bin in zehn Minuten da.«

»Das genügt. Und ich darf Ihnen mitteilen, daß wir die Polizei angerufen haben. Miss Hart wird der Polizei eine ausführliche Beschreibung des Mannes geben.«

»Hat sie ihn erkannt?«

»Nein, aber Kimberly hat gesagt, sie hätte ihn erst für ihren Vater gehalten. Jetzt ist sie nicht mehr so sicher. Miss Hart hat Ihren Mann nie kennengelernt, darum kann sie nichts dazu sagen.«

Deborah legte langsam auf. Ein Mann hatte versucht, ihre Tochter zu entführen, ein Mann, den das kleine Mädchen für Steve gehalten hatte. Könnte er es gewesen sein? Oder war ein anderer darauf aus, ihren Kindern Schaden zuzufügen?

4

Artie Lieber saß an die Kissen gelehnt da, die er am Kopfende des Bettes hochgestellt hatte, und starrte unverwandt auf das körnige Schwarzweißbild des tragbaren Fernsehers an der gegenüberliegenden Wand. Es war zwölf Uhr zwanzig, und die mittägliche Nachrichtensendung ging ihrem Ende zu. Verschiedene Wetterkarten flackerten vor ihm über den Schirm. Es solle am nächsten Tag wärmer werden, mit Höchsttemperaturen um drei Grad, gab der Meteorologe freudig bekannt. Na prima, dachte Artie verdrießlich. Fast so schön wie in Miami Beach. Ein echter Grund zum Feiern, dieses Wetter.

Die Nachrichtensprecher kamen wieder ins Bild. Sie fragten den Star einer neuen Serie aus. Der Star erklärte Schauplatz, Besetzung und Drehbuch der Serie nacheinander für märchenhaft, wunderbar und fantastisch. Es sei ihm eine Ehre, darin mitwirken zu dürfen. Wieso sagen die nie, daß sie wegen der Kohle in einer miesen Schundserie mitwirken? »Weil sie dann aus der Sendung raus wären und nicht mehr das große Geld verdienen würden«, beantwortete Artie seine eigene Frage. Nun plauderten die beiden Sprecher munter miteinander, und beide schienen von ihrem leeren Gewäsch begeistert zu sein. Zum Abschluß versprachen sie eine weitere spannende Nachrichtensendung um sechs Uhr abends und gaben den Bildschirm frei für eine Seifenoper. Artie legte den Kopf in den Nacken und blickte zur Decke. Er ignorierte einfach die schöne, perfekt geschminkte und frisierte Blondine, die mit hängenden Schultern in angeblichem seelischem Aufruhr durch ihr üppig eingerichtetes Haus schlich.

In den Nachrichten war Steve Robinson nicht erwähnt worden. Artie schob sein kantiges Kinn vor. Er konnte noch nicht einmal in Gedanken den Namen des Mannes aussprechen, ohne daß Abscheu in ihm aufbrandete und seinen mageren Körper erschütterte, den er im Gefängnis mit mindestens zwei Stunden Training pro Tag bei Kräften gehalten hatte. Robinson war die ganze Nacht fortgewesen, und an diesem Morgen war die Polizei bei ihm zu Hause aufgetaucht. Aber es war noch zu früh, um ihn offiziell für vermißt zu erklären. Deshalb war es in den Nachrichten nicht erwähnt worden.

Artie atmete heftig und dachte daran, was er morgens in der Umgebung des Hauses gesehen hatte. Außer der Polizei waren noch andere Leute dagewesen. Eine Frau mit kurzem dunklem Haar war ihm aufgefallen. Keine besondere Schönheit. Außerdem hatte er zwei Männer gesehen. Robinsons Frau mußte sie zu Hilfe gerufen haben.

Artie hatte auch die zwei Kinder gesehen. Brian und Kimberly. Er kannte ihre Namen, als wären es seine eigenen Kinder. Sie hatten einen bedrückten Eindruck gemacht, als einer der Männer sie in einen Jeep Cherokee gesetzt hatte und mit ihnen davongefahren war. Arties Tochter, die kleine Pearl, hatte auch manchmal so dreingeschaut. Genau wie Kimberly hatte sie dreingeschaut, als er sie vor dem Antritt seiner Gefängnisstrafe das letzte Mal gesehen hatte. Damals hatte seine Frau – die bei ihm jetzt nur noch die Schlampe hieß – Pearl in den Gerichtssaal mitgenommen, um seiner Verurteilung beizuwohnen. Nie würde er die Verwirrung und Angst in Pearls großen braunen Augen vergessen, als man ihn schreiend und fluchend aus dem Saal gezerrt hatte. Pearl war inzwischen zweiundzwanzig, aber er hatte sie seither nicht mehr zu sehen bekommen. Die Schlampe hatte sie nach Florida verfrachtet. Er hatte in Erfahrung gebracht, daß Pearl verheiratet war und selbst ein Kind hatte – einen Jungen. Na so was, er war Großvater! Er hatte mit ihr Kontakt aufgenommen, als er aus dem Gefängnis kam, aber sie hatte immer aufgelegt, nachdem sie ihm einmal mitgeteilt hatte, daß sie ihn nicht als ihren Vater anerkenne.

Anfangs war er deshalb am Boden zerstört gewesen, aber dann war er zu dem Schluß gelangt, daß Pearl nichts weiter als Zeit brauchte. Er gehörte nicht zu denen, die leicht aufgeben. Vielleicht würde es ihm mit Geduld gelingen, den Schaden wiedergutzumachen, den ihre Mutter angerichtet hatte, als sie das Kind gegen ihn aufgehetzt und seinen Kopf mit allem möglichen Unsinn vollgestopft hatte. Und wenn er mit Pearl im reinen war und seinen Enkel kennengelernt hatte, wollte er es der Schlampe heimzahlen.

Aber erst einmal galt sein Hauptinteresse Steve Robinson. Was, zum Teufel, ging bei ihm zu Hause vor? Sie wußten, daß er verschwunden war, das stand fest. Aber er wollte jedes kleine Detail wissen. Was war ihrer Meinung nach mit ihm passiert? Sie hatten seinen Wagen gefunden. Gingen sie davon aus, daß er ermordet worden war? Wußten sie, daß er, Artie, in Charleston war? War er ein Verdächtiger im Fall Robinson? Hatte jemand bei seinem Bewährungshelfer nachgefragt und erfahren, daß er morgens seinen Termin versäumt hatte? Zum Teufel, was gäbe er nicht darum, eine Wanze im Haus versteckt zu haben. Dann hätte er die ganze Situation wesentlich besser im Griff. Er wollte wissen, wieviel sie über ihn wußten. Er mußte es wissen, zu seiner eigenen Sicherheit. Er hatte gar nicht so lange in Charleston bleiben wollen, hatte nicht vorgehabt, auch nur einen Bewährungstermin zu versäumen. Und auf keinen Fall war es in seinem Sinn gewesen, daß er am Samstag gesehen worden war, als man ihm den Strafzettel verpaßt hatte. Warum war er da nicht einfach nach Hause gefahren? Warum hatte er sich von seinen Zwangsvorstellungen leiten lassen und nicht auf seinen Instinkt gehört, daß dies nicht der rechte Zeitpunkt war, es Steve Robinson heimzuzahlen? Nun konnte er nicht mehr weg. Die Polizei hätte ihn hopsgenommen, ehe er auch nur in die Nähe von Wheeling kam.

Seine Gedanken bewegten sich im Zickzack wie eine Maus, die mit einer Katze in einem Zimmer eingesperrt ist. Plötzlich fiel ihm Robinsons junge Frau ein, Deborah. Er hatte einen Blick auf sie erhascht, als sie auf die Veranda getreten war, um den Kindern zum Abschied zuzuwinken. Also, die sah nach was aus, nicht wie die ältere Frau mit dem kurzen Haar. Dieser Mistkerl. Robinson hatte ihm sein kleines Mädchen ge-

116

nommen und ihn fünfzehn gottverdammte Jahre in den Knast geschickt, während er selbst groß Karriere gemacht und ein junges, attraktives Weibsstück geheiratet hatte. Als hätte er es mit seinem guten Aussehen, das selbst das Gefängnis nicht hatte verderben können, nicht auch weit bringen können.

In plötzlicher Wut sprang Artie vom Bett und schaltete den Fernseher aus. Er hatte einen anstrengenden Morgen hinter sich und war nur knapp entkommen. Und doch mußte er die Überwachung fortsetzen, immer vorausgesetzt, daß die Bullen nicht mehr dort herumkrochen. Die Idioten würden ihn unter dem Knast begraben, wenn sie ihn irgendwo in der Nähe von Robinsons Haus erwischten. Es war unsinnig gewesen, herzukommen, aber jetzt konnte er nicht mehr fort. Andererseits schaffte er es nicht, den ganzen Nachmittag in diesem trostlosen Motelzimmer zu hocken. Sein ganzer Körper schien zu prickeln. Er konnte nicht mehr als zehn Minuten stillhalten. Sein rechtes Auge fing an zu zucken, ein Tick, den er seit dem vergangenen Jahr hatte. Seine Nerven und seine Gefühle brannten.

Er schraubte eine Flasche Wodka auf, die auf dem angekokelten Nachttisch stand, und goß etwas davon in das Glas, aus dem er seit einer Stunde trank. Noch einen Schuß zur Beruhigung, dann wollte er noch einmal an Robinsons Haus vorbeifahren. Im Mantel mit hochgeschlagenem Kragen, mit diesem blöden Hut und der Sonnenbrille, die er am Vortag gekauft hatte, war er nicht zu erkennen. Schon gar nicht, wenn er in der weißen Schrottkiste vorbeifuhr, die er vor ein paar Stunden »ausgeliehen« hatte, als er sie in der unverschlossenen Garage eines leerstehenden Hauses in der Nähe der Schule der Kinder gefunden hatte. Jedenfalls hoffte Artie, daß man ihn nicht erkennen würde. Außerdem hoffte er, daß das Auto nicht inzwischen als gestohlen gemeldet war. Damit herumzufahren war riskant, aber es war ein Risiko, das er hatte eingehen müssen. Er konnte es nicht ertragen, nicht zu wissen, was bei Robinson zu Hause vorging. Verflixt noch mal, er konnte es einfach nicht ertragen.

117

Acht

1

Barbara war nach Hause gefahren, um eine Tasche zu packen –
sie hatte darauf bestanden, bei Deborah zu bleiben, bis »wir
was Genaueres wissen«, wie sie taktvoll gesagt hatte. Die Kinder waren hinten im Garten und spielten Ball mit Joe und
Scarlett. Deborah saß zusammengesunken am Küchentisch
und fühlte sich in ihrer Angst allein gelassen und voller Selbst-
mitleid. Warum hatte Steve das mit dem Massenmörder verheimlicht? Warum hatte er ihr nicht von Artie Lieber erzählt?
Er hatte sich ohne weiteres Evan und Joe anvertraut, aber
nicht ihr, seiner eigenen Frau. Und es war ihr gleich, wie oft
die anderen ihr versicherten, es habe daran gelegen, daß Steve
sie nicht habe beunruhigen wollen, sie fühlte sich verletzt und
ausgeschlossen. Sie schimpfte sich unreif und selbstsüchtig,
wo doch Steve längst tot sein konnte, aber es half auch nichts.
Es änderte nichts daran, wie sie über die Heimlichtuerei ihres
Mannes dachte. Sie war ihr zutiefst zuwider. Aus ihrer Sicht
erschien sie ihr weniger als Maßnahme zum Schutz ihres See-
lenfriedens – eher als eine von mehreren Möglichkeiten, die
Steve genutzt hatte, um sie während ihrer gesamten Ehe auf
Distanz zu halten.

Sie seufzte, fuhr sich wohl zum hundertsten Mal mit den
Händen durchs Haar, sehnte sich nach einer Zigarette und sah
nach den Spaghetti, die auf dem Herd kochten. Daneben blub-
berte ein Topf Spaghettisoße aus der Dose. Sie war an sich dagegen, auf diese Art das Kochen abzukürzen, aber die Kinder
liebten einfaches »lustiges« Essen. In Steves Abwesenheit
würden sie vermutlich einen Wettbewerb darum austragen,
wer das längste Nudelstück aufsaugen und dabei das lauteste
Geräusch von sich geben konnte. An diesem Abend war es ihr

egal, wie unordentlich sie aßen, solange sie dadurch von ihrem vermißten Vater und dem Vorfall in der Schule abgelenkt wurden. Kimberly hatte, nachdem sie wieder zu Hause waren, eine ganze Stunde lang unaufhörlich davon erzählt. Mal hatte sie behauptet, der Mann, der sie zu packen versucht hatte, sei ihr Papa gewesen, und im nächsten Augenblick hatte sie gesagt, er habe wie der Papa ausgesehen, sei aber überhaupt nicht wie der Papa gewesen. Dann war sie nach oben gegangen, um mit ihren Puppen zu spielen, und hatte kein Wort mehr über den Mann verloren.

Deborah ging hinüber zum Eßzimmerfenster, das auf den Hintergarten hinausblickte. Die Kinder lachten, als Joe den Ball warf. Kimberly fing ihn wiederholt, während Brian immer danebengriff, selbst dann, als Joe ihm den Ball direkt zuwarf. Deborah konnte die Enttäuschung in seinem Gesichtchen wachsen sehen. Vielleicht brauchte er ja eine Brille. Sie hatte, was sein Sehvermögen anging, seit ein paar Monaten Bedenken und wollte ihn demnächst untersuchen lassen. Sie war nicht sicher, wie er reagieren würde, wenn sich herausstellte, daß er tatsächlich eine Brille brauchte. Schließlich war er erst fünf. Sie selbst war zehn Jahre alt gewesen, als sie eine Brille zu tragen begann – ein gräßliches pfauenblaues Ding, das ihre Mutter ausgesucht hatte – und sich vor den Hänseleien gefürchtet hatte, dem neuen Spitznamen »Brillenschlange« und der Verachtung eines »Freundes«, der ihr mitteilte, er möge keine Mädchen, die nicht gut sehen konnten und blöde Brillen aufsetzen mußten. Aber Brian ließ sich nicht leicht unterkriegen. Er würde derartige Gehässigkeiten wahrscheinlich ignorieren. Beide Kinder besaßen ein Selbstvertrauen, das sie als Kind nie gehabt hatte, eine Zuversicht, die sie jetzt noch nicht aufbrachte.

Sie ging vom Fenster zu der Wand, wo auf einem Regal die Pflanzen standen, die Steve drinnen im Haus hochpäppelte. Sie liebte die üppigen Usambaraveilchen, die unter seiner Pflege gediehen. Fünf Töpfe davon standen auf dem obersten Brett, und sie überlegte, ob sie gegossen werden mußten oder nicht. Steve würde enttäuscht sein, wenn er nach Hause kam und feststellen mußte, daß sie sie hatte verdorren lassen. Wenn er nach Hause kam ...

Deborah erschauerte. Sie sah die zwei Töpfe Oleander neben den Veilchen stehen, hoch droben außer Reichweite der Kinder. Warum war FBI-Agent Wylie wegen des Oleanders so neugierig gewesen? Vielleicht war er auch Hobbygärtner, aber Deborah bezweifelte es.

Ihr Blick wanderte hinunter zu dem winterharten Philodendron mit den herzförmigen Blättern, dem englischen Efeu, den Jadepflanzen und natürlich dem riesigen Weihnachtsstern. Den schickten Steves Eltern immer zu Weihnachten. Sie kamen nie zu Besuch und riefen selten an, aber der Weihnachtsstern kam garantiert jedes Jahr, von einem Blumenladen zugesandt, bei dem sie einen Dauerauftrag hatten. Deborah war aufgefallen, daß dies die einzige Pflanze war, um die sich Steve nicht gewissenhaft kümmerte. Im März war der Weihnachtsstern gewöhnlich eingegangen.

Beim Anblick der Pflanze fiel ihr wieder ein, daß seine Eltern immer noch nichts von Steves Verschwinden wußten. Vor ein paar Stunden hatte sie, einer Eingebung folgend, im Pflegeheim angerufen. Sie hatte sich gedacht, daß sie bestimmt die Adresse ihres Hotels hinterlassen hatten, für den Fall, daß Emily etwas passierte. Und sie hatte recht gehabt. Deborah hatte in dem Hotel angerufen, aber auf dem Zimmer hatte sich niemand gemeldet. Am Empfang hatte man ihr mitgeteilt, daß sie auf einem Bootsausflug rund um die Hawaii-Inseln seien und erst in zwei oder drei Tagen zurückerwartet wurden. Sie hatte überlegt, daß es richtig wäre, die Nachricht von Steves Verschwinden im Hotel zu hinterlassen. Freunde seiner Eltern würden bestimmt in den Nachrichten davon hören und sie damit überfallen, sobald sie zurückkamen. Ihr Verstand hatte ihr gesagt, daß es grausam war, wenn sie auf diesem Weg davon erfuhren, aber emotional hatte sie nicht viel Verständnis für sie aufgebracht. Sie hatten Steve völlig ungerechtfertigt jahrelang ausgeschlossen. Nun waren sie an der Reihe, Schmerz zu fühlen, falls sie dafür überhaupt noch genug für ihn empfanden.

Joe und die Kinder stürmten zur Küchentür herein und brachten den Geruch des frostigen Wintertages ins Haus. »Wann gibt's Abendessen?« fragte Brian und schlüpfte aus seinem Mantel.

»In fünf Minuten. Wascht euch schon mal die Hände.«

»Komm, Joe«, sagte Brian. »Wir gehen zum Händewaschen nach oben.«

Joe bedachte Deborah mit einem schiefen Lächeln, das sie erwiderte. Er wurde so gut mit den Kindern fertig, viel besser als sie. Sie hätte nie vermutet, daß er so geduldig sein konnte. Sie wußte, daß er noch nie verheiratet gewesen war und keine eigenen Kinder hatte. Vielleicht hatte er ja Nichten und Neffen, denn er konnte gut mit Kindern umgehen. Jetzt stieg er pflichtbewußt hinter Brian und Kim die Treppe hoch, während Scarlett vor ihnen hertollte. Es war ein Wunder, daß sich keines der Kinder mehr nach Steve erkundigt hatte. Die Frage »Ist der Papa schon zu Hause?« war mindestens schon zwanzigmal gestellt worden, seit sie mittags aus der Vorschule nach Hause gekommen waren.

Als sie wieder da waren, setzte Deborah jedem einen dampfenden Teller Spaghetti vor und holte einen Laib italienisches Brot aus dem Backofen. Wie erwartet veranstalteten die Kinder einen Wettbewerb, und Joe schlürfte so lange mit ihnen gemeinsam Spaghetti, bis selbst Deborah amüsiert war. Nachdem sie den Wettbewerb gewonnen hatte, verkündete Kim: »Ich eß gern Sghetti. Und dein Haar gefällt mir auch, Mami. Du siehst aus wie Rapunzel.«

Deborah lächelte. »Ich glaube, mein Haar ist noch nicht lang genug, um es aus einem Turmfenster bis zum Boden herabhängen zu lassen. Und ich wollte auch nicht, daß jemand dran hochklettert. Aua!«

Kim kicherte. »Das wär kein Aua, wenn ein Prinz dran hochklettern würde.« Traurigkeit machte sich in ihrem Gesicht breit. »Oder der Papa.«

»Dein Papa braucht nicht an ihrem Haar hochzuklettern, um reinzukommen«, warf Joe rasch ein. »Er hat einen eigenen Türschlüssel.«

Nun blickte Kim angstvoll drein. »Was ist, wenn der Mann heute in der Schule Papa war und einen Schlüssel hat und hier reinkommt und mich mitnimmt?«

»Das war nicht dein Papa«, versicherte Joe. »Der würde dir nie so einen Schrecken einjagen. Der Mann hat nur ausgesehen wie er.«

»Ganz sicher?«

»Ja, ganz sicher. Aber du mußt dich in Zukunft von so jemandem fernhalten.«

»Mach ich«, versprach Kim eifrig.

»Und keine Sorge: Dein Papa wird bald wieder zu Hause sein.«

»Hoffentlich.«

Brian legte seine Gabel hin. »Er ist nur schon furchtbar lange weg.«

»Nicht in Wirklichkeit«, sagte Deborah. »Es kommt uns nur lange vor, weil wir ihn vermissen. Aber er kommt bestimmt zurück.«

Brians Gesicht nahm einen kummervollen, beängstigend reifen Ausdruck an. »Ich glaub nicht dran. Ich glaub nicht, daß der Papa je zurückkommen wird.«

2

Pete Griffin ging an der offenen Tür zum Schlafzimmer seines Sohnes vorbei und spähte hinein. Der gutaussehende Junge mit dem etwas zu langen schwarzen Haar, dem schmalen Gesicht und den blauen Augen saß auf dem Bett und hielt einen Goldrahmen in der Hand. Er sah wehmütig aus. Pete fühlte die vertraute Resignation in seinem Herzen aufsteigen. Auch nach drei Jahren hatte der Junge Hope noch nicht vergessen, seine Mutter, die ihn aus dem Foto mit blauen Augen wie den seinen und lächelnd, mit Grübchen im Gesicht ansah. »Wir haben lange nichts mehr von ihr gehört«, sagte Pete.

Adam zuckte zusammen, blickte schuldbewußt drein und schenkte seinem Vater dann ein charmantes Lächeln, das in völligem Gegensatz zu dem verletzten Blick stand, der sich, wenn er sich unbeobachtet glaubte, manchmal in seine fröhlichen Augen einschlich. »Sie sieht irgendwie Deborah Robinson ähnlich, findest du nicht auch?«

Pete sah sich das Bild kritisch an. »Na ja, sie war erst dreiundzwanzig oder so, als das Foto aufgenommen wurde. Sie war lebhafter als Deborah und meines Erachtens viel hübscher, aber ihre Farben sind tatsächlich vergleichbar. Eine leichte Ähnlichkeit ist auszumachen. Vielleicht ist das der Grund, warum du Deborah immer so gern hattest.«

»Möglich. Ich hab noch nie darüber nachgedacht.«

Pete bezweifelte es. Er hatte sich schon oft gefragt, ob der Junge nicht insgeheim in Deborah verknallt war. Er hatte nichts dagegen – Deborah war dreizehn Jahre älter als Adam und nicht der Typ, der einem Jugendlichen schöne Augen machte. Aber er fand es rührend, daß sein Sohn so nonchalant geleugnet hatte, je an Deborah zu denken. Adam war von seiner eigenen Schwärmerei peinlich berührt.

Adam studierte das Foto. »Sie sieht nicht wie jemand aus, der seine Familie im Stich läßt, findest du nicht?«

»Sie hat vieles anders gesehen als andere Leute«, sagte Pete leichthin und setzte sich neben seinen Sohn auf die Bettkante. »Sie war sehr sanftmütig – sie hat Blumen geliebt, Gedichte, Tiere –« Er verstummte und lächelte. »Und Judy Collins. Hast du je von der gehört?«

»Klar. Die Sängerin. Ich hab drunten ein paar alte Platten entdeckt und sie abgespielt. Das Lied ›Suzanne‹ hat mir besonders gut gefallen.«

Pete warf ihm einen überraschten Blick zu. »Das war auch das Lieblingsstück deiner Mutter. Ich hab nicht im Traum daran gedacht, daß du diese Art Musik mögen könntest.«

Adam zuckte die Achseln und antwortete in scherzhafter Selbstüberhebung: »Was soll ich dazu sagen, Papa? Ich bin eben ein vielseitiger Mensch.«

»Ganz offensichtlich. Ein Renaissancemensch. Jedenfalls war Hope auf ihre Art eine durch und durch gute Frau. Sie wollte hoch hinaus in der Welt. Du weißt schon, sich einen Namen machen. Und sie hat sich leidenschaftlich für alles mögliche engagiert – für die Umwelt, Wale, kleine Seehunde –«

»Und jetzt sind es die Wölfe.« Pete und Adam lächelten einander an. »Meinst du, ich könnte nach Montana fahren und sie besuchen?«

Besorgnis flackerte in Petes Gesicht auf. Seine Zunge fuhr nervös über seine Lippen. »Ich denke, um diese Jahreszeit wäre das nicht ratsam.«

»Ich meine nicht jetzt. Nächsten Sommer.«

Petes Augen schweiften durchs Zimmer, wie auf der Suche

nach einer Eingebung. Er faltete die Hände, wie er es immer tat, wenn ihm unbehaglich war. Er trug noch immer seinen Ehering.

»Papa, was ist denn?«

»Also, weißt du, ich bin mir nicht sicher, ob sie sich überhaupt noch in Montana aufhält.«

Adam starrte ihn an. »Was meinst du damit? Sie schickt mir zum Geburtstag und zu Weihnachten Karten. Sie schreibt nie was anderes als ›Alles Liebe, Mama‹, aber wenigstens denkt sie dran. Und ich schreibe ihr alle paar Monate einen Brief.«

Pete ließ die Augen sinken. »Ich wußte ja, daß irgendwann dieser Augenblick eintritt. Ich dachte, ich könnte besser damit umgehen, aber Diplomatie war nie meine Stärke. Ich kann nur immer unverblümt sagen, was los ist. Deine Briefe kommen seit Jahren mit dem Vermerk ›Empfänger unbekannt‹ zurück. Ich hab es immer geschafft, sie abzufangen.«

Adam bekam den Mund nicht mehr zu. »Aber die Karten –«

»Ich hab schon vor Jahren eine Freundin von ihr in Montana gebeten, sie dir zu schicken. Du warst so jung, und ich wollte nicht, daß du dich kränkst.« Petes Augen baten um Verständnis und um Verzeihung. »Es tut mir furchtbar leid, mein Sohn.«

Adams Hände verkrallten sich im Bilderrahmen, während er auf das lächelnde Gesicht seiner Mutter herabblickte. Dann sah er auf und wandte sich wieder seinem Vater zu. »Ich komm mir vor wie ein Idiot, aber ich verstehe, was du damit bezweckt hast, Papa. Du hast versucht, mich zu beschützen. Aber was wäre, wenn sie tot ist?«

»Wenn sie ihre Ausweise nicht unbrauchbar gemacht hat, würde ich es erfahren. Ihre Eltern würden mir Bescheid gesagt haben, damit ich die Bestattungskosten übernehme. Ich glaube nicht, daß sie tot ist. Ich glaube, ich würde es spüren, falls dem so wäre, wenn du verstehst, was ich meine.«

»Du hast sie sehr geliebt, nicht wahr?«

»Ich hab sie angebetet. Ich glaube nicht, daß es umgekehrt genauso war. Ich glaube, sie war damals auf der Suche nach Stabilität. Es hatte in ihrer Familie viele Schwierigkeiten gegeben. Eine Schwester hatten die Eltern verstoßen, weil sie jemand von außerhalb der katholischen Kirche geheiratet hatte. Und ihr Vater war chronisch krank.«

»Seit wann ist sie nicht mehr in Montana?«

»Seit fast zwei Jahren. Es war im Grunde meine Schuld. Ich hatte ihr geschrieben, ich wollte dich zu einem Besuch bei ihr vorbeibringen. Ich hab versprochen, keinen Druck auf sie auszuüben, damit sie nach Hause zurückkommt – ich wollte nur, daß sie sieht, was für einen prachtvollen Sohn sie hat.« Pete lachte reumütig. »Und hab damit nichts weiter erreicht, als sie ganz zu verscheuchen.«

»Sie will uns also nie wiedersehen«, sagte Adam mit tonloser Stimme. Seine Augen glänzten hinter unvergossenen Tränen. »Ich versteh das einfach nicht. Ich erinnere mich, daß es solchen Spaß gemacht hat, mit ihr zusammenzusein. Alle fanden, daß ich die coolste Mama von der Welt habe – sie war so hübsch, hat viel gelacht und nie genörgelt, nicht wie die anderen Mütter, die immer wegen der blödesten Sachen gemekkert haben. Und sie schien mich wirklich liebzuhaben.« Seine Gesichtszüge verhärteten sich. »War aber wohl doch nicht so.«

Pete verzog leicht das Gesicht und sagte mit gebrochener Stimme: »Ich kann dich nicht in dem Glauben lassen, daß sie dich nicht liebgehabt hat, und ich denke, du bist inzwischen alt genug, um die Wahrheit zu erfahren. Natürlich nur, wenn du sie hören willst.«

Adam schwieg zunächst und blickte furchtsam drein, dann nickte er.

Pete wandte die Augen ab. »Es ist so unerquicklich und klischeehaft, daß es peinlich ist – also gut. Sie hatte sich schon einige Monate besonders verschlossen aufgeführt. Als nächstes kamen die Anrufe, bei denen immer aufgelegt wurde, wenn ich mich meldete. Nie, wenn sie ans Telefon ging. Eines Tages kam ich mittags heim, um Papiere zu holen, die ich vergessen hatte, und ich wußte gleich, daß etwas nicht stimmte. Sie lag im Bett, äußerst nervös und ... Na ja, ohne weiter ins Detail zu gehen: Es war klar ersichtlich, daß sie mit einem Mann im Bett gewesen war.«

Adams Augen weiteten sich. »Mit wem?«

»Ich weiß es nicht. Sie hat es mir nie gesagt, obwohl sie den Seitensprung selbst gebeichtet hat. Ich war am Boden zerstört, aber nachdem wir viel geredet und viele Tränen vergossen hatten, haben deine Mutter und ich beschlossen, es noch mal miteinander zu versuchen. Schließlich wollte der Mann – den sie, wie sie behauptete, wahnsinnig liebte und der ihr ebenfalls seine Liebe beteuert hatte – nichts mehr mit ihr zu tun haben, als er erfuhr, daß ich von der Affäre wußte. Die Illusionen, die sie seinetwegen gehegt hatte, zerbrachen. Er machte sich nicht das geringste aus ihr. Warum sollte sie unter diesen Umständen also nicht bei dem guten alten Pete bleiben?«

Erbitterung schlich sich in seine Stimme ein, aber er beeilte sich, sie zu beherrschen. »Tut mir leid. Ich hab mich vor langer Zeit entschieden, kein haßerfülltes Großmaul zu werden, das sich ununterbrochen über seine treulose Frau ausläßt. Außerdem steckte hinter Hopes Verhalten viel – es war keine bloße Indiskretion. Ich war einfach nicht der richtige Mann für sie. Ich war zu gesetzt, nicht einfallsreich genug für sie.«

Adam sagte nichts. »Dann stellte sie fest, daß sie schwanger war«, fuhr Pete mit tonloser Stimme fort. »Mein Baby konnte es nicht sein. Wir waren seit Wochen nicht mehr ... miteinander intim gewesen. Ich war zu beschränkt, um auf die Idee zu kommen, daß ihr Mangel an ... romantischem Interesse darauf zurückzuführen war, daß sie in einen anderen verliebt war und nicht wollte, daß ich sie anfasse. Das Problem war nur, daß sie nichts von Abtreibung hielt, und ich auch nicht.«

»Deshalb hast du sie gezwungen, fortzugehen.«

»Gott, nein! Ich behaupte nicht, daß ich die Angelegenheit gnädig zur Kenntnis genommen habe. Ich hab gewettert und sie beschimpft und mich insgesamt wie das Stereotyp des betrogenen Ehemanns aufgeführt. Aber ich schaffte es nicht, sie rauszuschmeißen, schwanger, ohne Ausbildung, mit einer Familie, die ihre Not niemals begriffen hätte, der sie aber doch schließlich die Wahrheit gesagt haben würde. Ihre Mutter hätte sie aus ihr herausgeprügelt und sie dann vor die Tür gesetzt. Deine ach so christlichen Großeltern mütterlicherseits sind nicht die versöhnlichsten Menschen dieser Welt, nicht so wie meine Großmutter. Außerdem habe ich Hope immer noch geliebt, und sie war deine Mutter. Du brauchtest sie. Es schien auch einen Monat lang alles so gut zu gehen, wie man es erwarten durfte, aber sie war ungewöhnlich still.« Pete sah bedrückt aus. »Also gut, still ist eine ziemliche Untertreibung.

Sie saß bloß da und hat vor sich hin gestarrt. Ich hab davon geredet, psychologische Beratung für sie zu organisieren, was sie total in Panik versetzt hat. Und dann ist sie auf einmal gegangen. Wieder kam ich eines Tages von der Arbeit nach Hause und erlebte eine große Überraschung – sie war einfach ausgezogen.«

»Ich erinnere mich an den Tag«, sagte Adam leise. »Du hast mir erzählt, sie wäre Großmama und Großpapa LeBlanc in Quebec besuchen gefahren, aber ich hab dir nicht geglaubt. Ich hab Großmama angerufen, und sie wußte überhaupt nicht, wovon ich rede. Mir war aufgefallen, wie komisch es seit Wochen bei uns zuging – sie hatte sogar angefangen, im Gästezimmer zu schlafen –, und ich hab mir in den Kopf gesetzt, daß du Mama gezwungen hättest fortzugehen. Ich bin wie ein Wahnsinniger auf meinem Fahrrad überall in der Stadt herumgefahren und hab nach ihr gesucht.«

Tiefes Elend leuchtete in Petes Augen. »Du bist um zehn Uhr abends zurückgekommen und im Vorgarten zusammengebrochen, zu erschöpft, um auch nur eine Träne zu vergießen. Ich mußte dich hineintragen. Es hat Wochen gedauert, bis du mir endlich geglaubt hast, daß ich sie nicht weggejagt habe. Du warst noch nicht einmal bereit, mir ins Gesicht zu sehen.«

»Ich war ganz schön blöd.«

»Du warst ein gekränkter Junge, der nicht wußte, was vorging. Ich hatte Verständnis dafür. Ich hab um deinetwillen versucht, sie zu finden, Adam, um unser beider willen, aber nach sechs Monaten hab ich es aufgegeben. Die Rechnungen des Privatdetektivs waren enorm hoch. Ungefähr ein Jahr, nachdem sie fortgegangen war, erhielt ich dann auf einmal eine Karte von ihr. Sie war in Montana. Sie schrieb, das Baby, ein Mädchen, sei tot auf die Welt gekommen, worin ihrer Ansicht nach Gottes Wille zum Ausdruck kam. Das klang so gar nicht nach ihr. Sie war nicht nur eine vom Glauben abgefallene Katholikin, die behauptete, Zweifel zu haben – sie war eine echte Atheistin. Ich war überzeugt, daß sie eine Art Zusammenbruch erlitten hatte. Und ich hab seitdem nicht wieder von ihr gehört.«

»Und du hast auch nicht noch mal versucht, dich mit ihr zu treffen?«

»Nein, Adam, hab ich nicht. Vor zwei Jahren ist sie schon bei dem Gedanken davongerannt, uns zu sehen. Wenn es ihr so viel bedeutet, sich von ihrem Mann und Sohn fernzuhalten, halte ich es für das beste, sie in Ruhe zu lassen.« Pete holte tief Luft. »Weißt du, mein Sohn: Ich hab die Hoffnung aufgegeben. Ich weiß, sie ist längst nicht mehr die Frau, die ich geheiratet habe. Sie ist schon so lange fort, hat so wenig Interesse an ihrem eigenen Kind gezeigt, daß ... Na ja, ich hoffe, du verstehst mich, aber ich will endlich anfangen, mich mit anderen Frauen zu verabreden. Wenn ich sie ausfindig machen kann, laß ich mich von ihr scheiden.«

Adam blieb die Puste weg. Er starrte einen Augenblick lang die Wand an, und sein Gesicht nahm die harten Züge eines erwachsenen Mannes an. Nun wird er nie wieder wie ein Fünfzehnjähriger aussehen, dachte Pete.

»Ich bin froh, daß du dich von ihr scheiden lassen willst«, sagte Adam schließlich mit steinerner Miene. Seine Stimme klang rauher und tiefer denn je. Adam zog seine Nachttischschublade auf und ließ den Rahmen mit dem Bild nach unten hineingleiten. Das schöne Lächeln seiner Mutter verschwand. »Ich denke, es wird Zeit, daß wir beide aufhören, an alten Erinnerungen zu hängen.«

3

Barbara warf Kleidungsstücke in einen abgewetzten Koffer, während Evan auf dem Bett saß und sie beobachtete. »Willst du wirklich bei Deborah bleiben, bis alles vorbei ist?« fragte er.

Barbara sah ihn überrascht an. »Aber natürlich. Sie ist meine beste Freundin. Warum nicht?«

»Weil es gefährlich ist, sich dort im Haus aufzuhalten.«

»Du meinst wegen Lieber?«

Evan nickte. Sein blondes Haar glänzte im grellen Licht der Deckenlampe. »Er hat Steve aus dem Weg geräumt, aber ich glaube nicht, daß er sich damit zufrieden gibt.«

Barbara ließ einen weißen Kurzunterrock aus Nylon in den Koffer fallen. »Warum bist du so sicher, daß er sich an Deborah und die Kinder ranmachen wird?«

»Ich hab seine Akte gelesen. Vor dem Überfall auf Emily Robinson hat seine Frau einmal eine einstweilige Verfügung erwirkt, um ihn von sich fernzuhalten, nachdem er sie verprügelt hatte, weil sie zu spät von der Arbeit nach Hause gekommen war. Die Nase und zwei Finger hat er ihr gebrochen. Er hat, was Gewalttätigkeit angeht, eine Vorgeschichte.«

»Dann dürfen Deborah und die Kinder doch erst recht nicht allein gelassen werden.«

»Und was willst du unternehmen, wenn Lieber auftaucht? Ihn erschießen? Du hast im Leben noch keine Schußwaffe benutzt. Ihn zusammenschlagen, mit der ganzen Wucht deiner hundertzwölf Pfund Körpergewicht? Deborah braucht einen Mann im Haus.«

»Joe ist bei ihr.«

»Joe!« spottete Evan. Er stand auf und ging hinüber zu Barbaras unaufgeräumter Kommode. Er begann an dem abgewetzten braunen Teddybär namens Boo herumzuzupfen, den sie als Kind von ihrer Großmutter bekommen hatte. Diese Großmutter hatte Barbara ermutigt zu sein, was sie zu sein wünschte, selbst wenn sie keine Hausfrau werden wollte. Boo saß immer aufrecht an Barbaras Spiegel gelehnt, als Andenken an die alte Dame, die ihr so viel Liebe gegeben hatte, während ihre Mutter immer zu beschäftigt oder zu müde gewesen war. »Ich traue Joe in etwa so, wie ich Lieber trauen würde«, sagte Evan.

Barbara sah ihn böse an. »Mein Gott, Evan, wie furchtbar, was du da sagst!«

»Das ist mir egal. Weißt du, warum er seine Stelle bei der Polizei in Houston gekündigt hat? Er hat mit einer Prostituierten geschlafen, die dann mit aufgeschlitzter Kehle gefunden wurde.«

»Sie war keine Prostituierte, sondern ein Callgirl.«

»Ach, entschuldige, das ist natürlich was anderes.«

»Und er hat nicht bloß mit ihr geschlafen. Er war in sie verliebt.«

»Hat er jedenfalls behauptet. Außerdem hat er behauptet, nichts mit dem unseligen und blutigen Mord an ihr zu tun zu haben, obwohl sie überall herumerzählt hatte, daß sie Angst vor ihm habe.«

»Sie hat viel Kokain genommen und alles mögliche gesagt. Außerdem hatte er ein Alibi. Schon mal was davon gehört?«

»Das Alibi war wacklig, ausgesprochen wacklig.«

»Die Polizei in Houston hat ihm geglaubt.«

»Die haben bloß einen der Ihren geschützt.«

»Ach Evan.« Barbara trat zu ihm, schlang ihm die Arme um die Taille und schmiegte den Kopf an seinen Rücken. »Evan, warum bist du so aufgeregt? Was soll denn deiner Meinung nach passieren? Meinst du im Ernst, Joe wird Deborah umbringen, oder mich?«

»Ich halte es für möglich, und ich kann mir ums Verrecken nicht vorstellen, wie ihr zwei es eine ganze Nacht in seiner Gegenwart aushaltet. Gott, der Typ sorgt regelmäßig dafür, daß mir das kalte Grausen kommt.«

Barbara runzelte die Stirn. »Ich glaube nicht, daß in bezug auf ihn sonst noch jemandem das kalte Grausen kommt. Und was soll Deborah deiner Meinung nach tun?«

»Mich dort übernachten lassen, was denn sonst? Glaubst du etwa, daß es Steve recht wäre, wenn dieser Typ in seinem Haus, in nächster Nähe seiner Kinder schläft?«

»Joe und Steve waren befreundet. Außerdem hast du zu arbeiten.«

»Du doch auch.«

»Aber Joe hat sich noch Urlaub vom letzten Jahr genommen. Er kann den ganzen Tag dasein, wir dagegen nicht.«

Evan ließ die ausgefranste Tatze des Teddybären los und wandte sich ihr zu. »Das ist es ja, was mir Sorgen macht. Barb, hast du je erlebt, daß sich Joe Pierce für jemanden ein Bein ausreißt?«

»Was willst du damit sagen?«

»Ich will sagen, daß er ein Einzelgänger ist. Er mischt sich nicht ein. Und nun ist er auf einmal Deborahs tapferer Ritter. Warum?«

Barbara hob die Schultern. »Warum? Weil er Steve gern hat. Weil er Deborah und die Kinder schützen möchte.«

»Weil er Deborah schützen möchte oder weil er sich selbst schützen möchte?«

Barbara zog die Brauen zusammen. »Sich selbst schützen? Was meinst du damit?«

Evan holte tief Luft. »Barbara, wir wissen, daß ein Massenmörder frei herumläuft, nicht wahr?«

»Ja.«

»Und wir wissen auch, daß dieser Mörder nicht Steve ist.«

»Natürlich ist er es nicht. Und hör auf, mit mir zu reden, als wäre ich zwölf.«

»Allerdings«, fuhr Evan unbeirrt fort, »hat jemand ganze Arbeit geleistet, Steve in Verdacht zu bringen. Und wer könnte ihn mit diesen Verbrechen besser belasten als jemand, der mit Steve zusammenarbeitet, der seinen Tagesablauf kennt?«

Barbara starrte ihn ungläubig an. »Du willst doch wohl nicht behaupten, daß Joe der Würger ist? Das ist absoluter Wahnsinn. Außerdem bist du auch mit Steve befreundet. Du arbeitest auch im Büro der Staatsanwaltschaft.«

»Ich bin aber schon lange Steves Freund. Bei Joe ist das anders. Ich meine, was wissen wir schon von ihm, außer daß er bei der Polizei in Houston gekündigt hat, weil er eine Affäre mit einer Frau hatte, die eines gewaltsamen Todes gestorben ist, daß er erst zwei Monate eng mit Steve zusammengearbeitet hatte, als die Mordserie anfing, daß er untypisch große Sorge um Deborah und die Kinder an den Tag legt und daß er verdammt gut über den Würger Bescheid weiß?« Er sah ihr tief in die Augen. Seine eigenen Augen waren ernst und von Besorgnis verdunkelt, so daß sie schieferblau erschienen. »Du bist eine logisch denkende Frau. Also denk darüber nach, Barb. Denk scharf nach, und dann sage mir, ob mein Verdacht immer noch Wahnsinn ist.«

Neun

Joe erbot sich, nach dem Abendessen beim Aufräumen zu helfen, aber Deborah lehnte ab. »Es wäre mir lieber, wenn du mit den Kindern ins Wohnzimmer gehen und mit ihnen fernsehen könntest. Alles, bloß nicht die Abendnachrichten. Es ist zwar noch nicht wahrscheinlich, aber vielleicht wird doch schon über Steve berichtet.«

»Aber sonst sehen sie sich die Nachrichten an?« fragte Joe ungläubig.

»Sie wechseln dauernd den Kanal.«

Joe nickte. »Keine Sorge. Ich werd die Fernbedienung nicht aus der Hand geben.«

Als sie fünfzehn Minuten später den letzten Topf abtrocknete, den sie für ihr einfaches Abendessen benutzt hatte, erschien Joe in der Küche. »Pete Griffin und sein Sohn sind im Wohnzimmer.«

Deborah blickte auf ihren weiten Pullover herab und dachte an ihr Haar, das sie achtlos hinter die Ohren zurückgenommen hatte. Sie hatte im Leben noch nie so ungepflegt ausgesehen wie in den letzten paar Tagen. Plötzlich fühlte sie sich emotional so außer Kontrolle wie physisch. »Ich mache noch eine Kanne Kaffee«, sagte sie. »Pete trinkt am liebsten Kräutertee mit Süßstoff. Beides hab ich nicht im Haus. Und Coca-Cola für Adam hab ich auch nicht. Oder hat er lieber Pepsi?« Sie merkte, daß sie banales Zeug redete, verstummte jäh und wurde rot.

Joe lächelte. »Keine Sorge. Die Kinder zeigen ihm gerade die Eisenbahn unter dem Baum und ich finde mich gut genug hier in der Küche zurecht, um Kaffee und ein Erfrischungsgetränk zu servieren. Geh und unterhalte dich mit deinen Gästen.«

Deborah gab nach und ging aus der Küche ins Wohnzimmer, wo Kim dabei war, Adam jedes einzelne Stück Weihnachtsschmuck zu zeigen, und dabei feierlich erklärte: »Das ist ein Rentier und das eine Kirche und das ein Schaukelpferd ...«

Adam hörte ihr gebannt zu, als ginge es um Geheimnisse, die er von allein nie hätte ergründen können. Brian sah Deborah an und rollte die Augen. Sie verbiß sich ein Grinsen. Irgendwie wirkte er so viel älter und reifer als seine Schwester.

»Das ist wirklich ein toller Baum«, sagte Adam, als Kim endlich leerlief, wie ein Spielzeug zum Aufziehen. »Aber ich hab was, damit er noch besser wird.« Aus seiner Jackentasche zog er ein Glasornament, in das ein Engel mit goldenen Flügeln eingeschlossen war. »O wie schön!« rief Kim atemlos.

Adam hängte das Ornament in die Mitte des Baumes. Während Kim entzückt und mit weit aufgerissenen Augen Adam ein Kompliment nach dem anderen machte, starrte Deborah das Objekt nur an. Sie erkannte es wieder. Ihr Blick schweifte zu Pete, der mit glasigen Augen fast wie in Trance den zarten, im Lichterschein glänzenden Engel anstarrte. Die Kugel, so erlesen, so offensichtlich sündhaft teuer, hatte Hope Griffin gehört. Deborah hatte auf einmal das Gefühl, daß sich alles um sie herum zu drehen anfing. Etwas Beunruhigendes tat sich zwischen Pete und Adam, und es betraf Hope. Gütiger Himmel, hatten sie nach so langer Zeit von ihr gehört? War sie tot? Hope und Steve sind beide verschwunden und beschäftigen doch die Gedanken aller, grübelte sie. Warum war es so leicht, jemanden als selbstverständlich hinzunehmen, solange er da war, und so unmöglich, ihn zu vergessen, wenn der Betreffende nicht mehr da war?

Joe kam aus der Küche. Er hatte sich ein völlig verbeultes Tablett ausgesucht, um unbeholfen eine Kaffeekanne, eine Dose Cola und Tassen hereinzubringen, die sich aus reiner Willenskraft im Gleichgewicht zu halten schienen. Deborah eilte ihm zu Hilfe, nahm das Tablett entgegen und stellte es rasch auf dem Couchtisch ab. »Ich hab, glaube ich, nicht viel im Haus, aber wenigstens ist genug zu trinken da. Ich hab auch was Härteres anzubieten, wenn jemand Lust hätte.«

Daraufhin meldete sich Adam tiefernst zu Wort: »Ich hätte gern einen Scotch. Einen doppelten. Ohne Eis.«

»Nach Hause und ins Bett mit dir«, sagte Pete. »Du bringst uns nur Schande.«

Sie lächelten einander an, und Deborah spürte, wie sich ihre Bauchmuskeln entkrampften. Sie wußte immer noch nicht, warum Adam Hopes liebsten Weihnachtsschmuck mitgebracht hatte, der angeblich vor über hundert Jahren in Frankreich hergestellt worden war, aber offensichtlich war zwischen Pete und Adam alles in Ordnung.

Während Deborah Kaffee und Tee servierte, trafen Barbara und Evan ein. »Wir haben nicht vorher angerufen, weil wir wußten, daß das Telefon abgehört wird«, sagte Evan. »Hat doch keinen Sinn, daß wegen nichts und wieder nichts alle durchdrehen.«

Barbara sah Deborah ernst an. »Hat es denn schon irgendwelche ... wichtigen Anrufe gegeben?«

Sie wollte wissen, ob Kidnapper angerufen hatten oder Steve selbst, hatte ihre Frage in Anwesenheit von Kim und Brian vorsichtig formuliert. Deborah schüttelte den Kopf. Sie hatte nicht damit gerechnet und war darum auch nicht enttäuscht. Seit Steves Wagen aufgefunden worden war, hatte sie eine endlose Stunde nach der anderen auf die Nachricht gewartet, daß man endlich auch seine Leiche entdeckt habe.

Sie hatte das sichere Gefühl, daß sie im Lauf des Abends noch verschiedentlich auf Steve zu sprechen kommen würden, darum sah Deborah nun demonstrativ auf die Uhr. »Kinder, wie wär's, wenn ich den Videorecorder bei mir im Schlafzimmer anschließe und euch das *Aladin*-Band anschauen lasse, das der Papa für euch gekauft hat? Ihr habt vor dem Schlafengehen gerade noch Zeit, es euch anzusehen.«

»Müssen wir dafür nach oben, ohne die anderen?« fragte Kim.

»Also, hier drinnen könnt ihr das Band jedenfalls nicht anschauen. Ihr könntet nichts hören, weil wir alle durcheinanderreden.«

Brian sah noch einen Augenblick hin- und hergerissen aus, aber Deborah wußte, wie gern er sich den Film anschauen wollte, der ein vorweihnachtliches Geschenk gewesen war. »Dürfen wir oben in deinem Zimmer Cola trinken?« fragte er.

»Heiße Schokolade, aber nur, wenn ihr achtgebt, nichts zu verschütten.«

Die Kinder sahen sich an und kommunizierten auf ihre

134

wortlose, ausdruckslose Art, die Deborah jedesmal verblüffte. »Ja, gut«, sagte Brian.

»Ich schließe den Videorecorder an«, erbot sich Adam und zog auch schon die Stecker der Verbindungskabel zum Fernsehgerät im Wohnzimmer heraus.

Deborah stand auf. »Während ihr damit zu tun habt, bereite ich die heiße Schokolade zu.«

Fünfzehn Minuten später saßen die Kinder und Scarlett in Deborahs Schlafzimmer auf dem Boden, und der Film fing an. Sie schloß die Schlafzimmertür und ging nach unten. »Alle sind zufrieden«, sagte sie auf die Blicke der anderen hin, als sie wieder ins Zimmer kam. »Steve hatte ihnen versprochen, daß wir den Film heute abend gemeinsam anschauen würden.«

Sie bemerkte das Zittern in ihrer Stimme und schluckte. Barbara sah sie mitleidig an. Die Männer blickten unbehaglich drein. »Entschuldigt bitte«, sagte sie. »Ich muß ständig an Steve denken.«

»Schon gut«, sagte Pete. »Ich glaube nicht, daß es einem von uns anders ergeht. Aber ich mache mir genauso große Sorgen um dich und die Kinder, schon gar nach den Schwierigkeiten heute in der Schule.«

Deborah sah ihn fragend an. »Woher weißt du davon?«

»Hast du vergessen, daß Howard Morton der Große, seines Zeichens Rektor, bei mir im Nachbarhaus wohnt? Ich hab einen vollständigen Bericht über mich ergehen lassen, der den Vorfall allerdings, glaube ich, leicht verzerrt dargestellt hat. Morton zufolge hat er persönlich die Situation gerettet.«

Deborah schüttelte den Kopf. »Die Lehrerin der Kinder, eine Miss Hart, hat sie gerettet.«

»Das hab ich mir schon gedacht. Aber wer in der Welt kann dieser Mann gewesen sein? Doch bestimmt nicht Steve.«

»Kimberly ist sich nicht sicher. Er hatte eine Kapuze auf und dunkle Brillengläser.«

»Na, warum sollte Steve auf die Idee kommen, seine Tochter vom Schulhof zu locken?«

»Mir fällt kein vernünftiger Grund ein.«

»Dann war es auf keinen Fall Steve«, sagte Pete forsch. »Steve würde nie etwas so Unvernünftiges und für ein kleines Mädchen so Beängstigendes tun.«

»Bestimmt nicht«, stimmte Barbara mit ein.

Deborah lächelte müde und setzte sich auf die Couch. »Ich kann mir auch nicht vorstellen, daß er so etwas tun würde, egal unter welchen Umständen. Ich bin nur immer noch so erschüttert, daß zu Steves Verschwinden auch noch die Sache mit dem FBI hinzukommt. Gott sei Dank ist das mit dem Massenmörder noch nicht bis in die Fernsehnachrichten vorgedrungen.«

»Das FBI versteht sich bestens auf Geheimhaltung«, sagte Evan. »Die würden so eine Information nie herausgeben.«

»Was höre ich da von wegen FBI?« fragte Pete.

Deborah warf Evan einen Blick zu. Sie hatte vergessen, daß Pete und Adam nichts vom Verdacht des FBI, daß Steve der geistesgestörte Mörder mit dem Spitznamen »Gassenwürger« sein könnte, wußten. Sie zerbrach sich den Kopf, wie sie ihre Worte zurücknehmen konnte, entschied jedoch dann, daß es lächerlich gewesen wäre, Pete anzulügen. Er war Steves ältester Freund. So knapp und leidenschaftslos, wie es ihr möglich war, und mit gelegentlichen Einwürfen von Evan und Joe erzählte sie Pete die Geschichte. Seine erste Reaktion war genau wie die ihre – er lachte. Als ihm jedoch klar wurde, daß niemand übertrieben hatte, blickte er ungläubig drein.

»Das ist nicht zu fassen«, rief er aus. »Wie kann jemand auf so eine absurde Idee kommen?«

»Steve Robinson, Staatsanwalt bei Tag, Würger der finsteren Gassen bei Nacht«, warf Adam ein.

Pete warf ihm einen strengen Blick zu. »Adam!«

»Er hat recht«, sagte Deborah. »Es ist verrückt.«

»Warum setzen sie dann ihre Ermittlungen fort?« fragte Pete.

»Es gibt so viele Indizien«, ergriff Evan das Wort. »Wenn ich Steve nicht kennen würde, wäre ich überzeugt, daß sie damit recht haben. Man braucht sich nur die Tatsachen anzusehen – das Datum der Überfälle stimmt jeweils mit Steves Besuchen bei Emily überein, die Morde sind alle in der Umgebung von Wheeling passiert, und dann ist da noch der Zeuge, der sich die Farbe des Wagens und einen Teil der Autonummer des Mannes gemerkt hat, den er nach dem Überfall auf die Frau namens Yates aus der Gasse kommen sah. Beide Angaben passen zu Steves Auto. Da müßte man schon sehr leichtgläubig sein, um anzunehmen, daß das alles bloß Zufall ist.«

»Demnach glaubst du, daß Steve schuldig ist?« fragte Pete.

»Nein. Aber er ist in verdammt großen Schwierigkeiten.«

»Wenn er überhaupt noch am Leben ist«, sagte Deborah. »Ich glaube nicht, daß er freiwillig so komplett von der Bildfläche verschwinden würde, egal in was für Schwierigkeiten er ist. Wenn schon sonst nichts, war er immerhin in die Kinder verschossen. Er würde sie nie verlassen.«

Adam murmelte: »Vielleicht wollte er es ihnen ersparen, ihren Vater unter Mordanklage zu sehen.«

»Adam!« fuhr Pete ihn erneut an.

Deborah holte tief Luft. »Er hat nicht gesagt, daß Steve ein Mörder ist, nur daß man ihn unter Mordanklage stellen könnte. Und es stimmt. Steve würde das auf keinen Fall wollen. Andererseits hat er sich bei der Bewältigung schwieriger Situationen immer als stark erwiesen. Viele Leute hätten an seiner Stelle davor zurückgescheut, Emily öfter als ein-, zweimal im Jahr zu besuchen, wenn überhaupt. Er dagegen war alle zwei Monate bei ihr.«

»Was für eine Ironie, daß diese Besuche mit schuld daran sind, daß das FBI ihn verdächtigt«, sagte Joe. »Verdammt noch mal, die glauben sogar, daß er es vielleicht selbst gewesen ist, der versucht hat, Emily umzubringen.«

»Was?« fragte Pete, nach Luft schnappend.

Deborah nickte. »Das hab ich vergessen zu erwähnen.«

Pete blickt bestürzt drein. »Na ja, es war davon die Rede, nach dem Überfall auf Emily, vorwiegend deshalb, weil Lieber sich nicht davon abbringen ließ zu behaupten, es sei Steve gewesen, der ihr weh getan habe.«

»Das wußte ich nicht«, sagte Deborah erstaunt.

Pete sah sie ernsthaft an. »Gütiger Himmel, Deborah, das ist Jahre her, und niemand hat ihm geglaubt.«

»Da bin ich mir nicht so sicher«, wandte Evan ein. »Seht ihr, alle Opfer aus neuerer Zeit wurden vergewaltigt, stranguliert und geschlagen wie Emily. Das FBI sieht da einen Zusammenhang.«

»Aber im Gegensatz zu Emily waren alle Opfer des Würgers verheiratet«, sagte Joe.

Ein eigentümlicher Ausdruck huschte über Petes Gesicht. Er senkte den Blick. »Was ist?« fragte Deborah nervös.

»Es ist nur ... also, weißt du, Emily war verheiratet.«

Der Schock ging Deborah durch Mark und Bein. »Wie bitte?«

»Hat Steve dir nicht davon erzählt?« Deborah schüttelte sprachlos den Kopf. »O Gott, ich hatte gewiß nicht vor, Geheimnisse auszuplaudern«, stammelte Pete. »Sie war ja erst sechzehn. Es war nicht legal. Aber es hatte eine Zeremonie stattgefunden. Ich denke, sie wird in bezug auf ihr Alter gelogen haben. Wie es scheint, wollte sie die ganze Sache für sich behalten, aber an dem Wochenende, am Wochenende, als der Überfall auf sie stattfand, hat Steve mit angehört, wie sie sich am Telefon kichernd mit dem Typen – ihrem Ehemann – darüber unterhalten hat. Deshalb hat Steve sie an dem Tag allein gelassen. Er ist wutentbrannt losgerannt, um sich den Mann vorzuknöpfen, der seine kleine Schwester geheiratet hatte.«

»Ich fand es von Anfang an unglaublich, daß der pflichtbewußteste Mann, den ich je kennengelernt habe, einfach so seine Schwester allein gelassen haben soll, obwohl er wußte, daß ihr von jemandem wie Lieber Gefahr droht«, sagte Barbara.

Pete nickte. »Er hat mir erzählt, er sei so entsetzt und so wütend gewesen, daß er mehrere Stunden lang nicht klar denken konnte.«

»Aber ausgesagt hat er, er wäre bei seiner Freundin gewesen«, sagte Deborah mit undeutlicher Stimme. »Warum hat er nicht die Wahrheit gesagt?«

»Weil die Robinsons die Heirat geheimhalten wollten. Abgesehen davon, daß sie illegal und Emily viel zu jung war, hieß es, der Mann sei eine zwielichtige Gestalt.« Pete bemerkte Deborahs Blick und fügte hastig hinzu: »Das ist etwas, das Steve mir nie anvertraut hat – wer der Mann war. Ich weiß nur, daß er älter als Emily war.«

»Das müßte sich nachprüfen lassen«, sagte Evan.

»Wenn ihr wüßtet, wo die Zeremonie stattgefunden hat. Auch das habe ich nie erfahren.«

»Aber hat nicht Steves Freundin sein Alibi bestätigt? Hat sie nicht gesagt, sie wäre um die Zeit des Überfalls auf Emily mit ihm zusammengewesen?« fragte Barbara.

»Ja, das hat sie«, antwortete Pete widerstrebend. »Und Steve zufolge ist er damals auch tatsächlich bei ihr vorbeigegangen, um festzustellen, ob sie von dem ganzen Durcheinander mit der Heirat gewußt hatte. Aber er ging anschließend nicht direkt nach Hause. Er hat noch eine Adresse ausprobiert, an der er den Mann vermutet hat. Er war aber nicht da, und niemand hat Steve gesehen. Lieber dagegen hat lauthals verkündet, es sei Steve gewesen, der Emily vergewaltigt und geschlagen hat. Steve hatte kein Alibi, und er war der einzige Belastungszeuge gegen Lieber. Es hätte so leicht umgekehrt laufen können, so daß er als der Vergewaltiger dagestanden hätte, darum hat seine Freundin ihm zuliebe gelogen.«

»Ihm zuliebe gelogen«, sagte Deborah leise vor sich hin. »Steve – mein Steve – hat ein junges Mädchen dazu angehalten, ihm zuliebe zu lügen?«

»Er hat sie nicht dazu angehalten – sie hat es einfach getan, und er hat es durchgehen lassen. Du mußt bedenken, Deborah, daß Steve damals ein achtzehnjähriger Junge war, nicht der Mann, den du geheiratet hast. Er war verängstigt und unschuldig. Außerdem haben seine Eltern gesagt, er könne, wenn er seine Schwester schon nicht vor der leiblichen Gefahr beschützt habe, doch zumindest ihren guten Ruf schützen. Er hat unter so viel Angst und Schuldgefühlen gelitten, daß er meines Erachtens nicht wußte, was er tat. Du darfst ihn nicht dafür kritisieren, daß er sich von jemandem aus einer furchtbaren Situation heraushelfen ließ, die er nicht verursacht hatte.«

Aber das ändert nichts an den Tatsachen, dachte Deborah bedrückt. Tatsache ist, daß Steve jemandem erlaubt hat, ihm zuliebe zu lügen. Und besonders schlimm war, daß er für den Zeitraum, als Emily beinahe ermordet worden wäre, wirklich und wahrhaftig kein Alibi hatte.

Zehn

Nachdem der Videofilm gelaufen war, brachte Deborah die Kinder ins Bett, obwohl beide lautstark protestierten, daß sie kein bißchen müde seien. »Ihr werdet schon müde, wenn ihr euch hinlegt«, versicherte sie.

»Ich nicht«, beharrte Brian.

Deborah seufzte. »Ich will mich nicht mit euch streiten. Es ist Zeit, schlafen zu gehen, und damit basta.«

»Aber es ist doch schon fast Weihnachten«, argumentierte Kim und unternahm einen letzten Versuch, ihre Mutter zur Vernunft zu bringen.

»Um so mehr Grund für euch beide, gut ausgeruht zu sein. Los jetzt, ins Bett, und keinen Mucks mehr.«

»Na gut, aber laß die Tür auf«, sagte Kim. »Ich kann nicht einschlafen, wenn die Tür zu ist.«

Da sie wußte, daß das kleine Mädchen sich nach seiner Begegnung mit dem Mann in der Schule immer noch fürchtete, willigte Deborah ein, obwohl sie eigentlich der Meinung war, daß das Stimmengewirr von unten geeignet war, die Kinder wachzuhalten. Sie küßte beide, wünschte ihnen gute Nacht und blieb am Ende des Flurs noch einen Augenblick stehen, um zuzuhören, wie sie meckerten. »Ich bin kein bißchen müde«, wiederholte Brian. »Es ist ungerecht, daß wir ins Bett müssen, wenn wir kein bißchen müde sind.« »Und es ist fast schon Weihnachten«, fügte Kim auch diesmal gereizt hinzu.

Wieder unten angekommen, gab sich Deborah alle Mühe, ihr emotionales Gleichgewicht zu bewahren und das Gespräch in Gang zu halten, aber sie schaffte es nicht. Alles, woran sie denken konnte, war der Strudel aus Lügen und Unterlassungen, der den Fall Emily Robinson umgab, Lügen und Unterlassungen, die ihr Mann gebilligt hatte. Das Gefühl, Steve nicht wirklich gekannt zu haben, vertiefte sich dramatisch.

Pete, der offensichtlich ihre Qual spürte und großes Unbehagen darüber empfand, daß er sie aus der Fassung gebracht hatte, entschuldigte sich verlegen und ging kurz darauf mit Adam nach Hause. Deborah blieb bei Joe, Barbara und Evan sitzen und versuchte die neuen Informationen zu verarbeiten, die Pete ihr gegeben hatte. »Warum hat Steve mir nur nie davon erzählt? Aus welchem Grund hat er mir verheimlicht, warum er Emily an dem Tag alleingelassen hat?«

»Weil er dir dann hätte erzählen müssen, daß seine Freundin ihm zuliebe die Polizei angelogen hat«, sagte Barbara tonlos. »Das wollte er sicher vor dir verbergen.«

»Wie Pete schon gesagt hat: Er hatte Angst«, fügte Evan hinzu. »Er mag damals jung gewesen sein, aber dumm war er nicht. Er wußte, wie schlimm es für ihn werden konnte.«

»Wer hätte denn geglaubt, daß er sich über seine eigene Schwester hermachen konnte?« fragte Deborah. »Welchen Grund sollte jemand gehabt haben, so etwas Ungeheuerliches zu unterstellen?«

»Vielleicht gab es einen Grund, vielleicht nicht«, sagte Joe leise. »Vielleicht ging es ihm nur darum, was Pete erzählt hat – die Tatsache, daß Emily geheiratet hatte, aus dem ganzen Schlamassel herauszuhalten.«

Deborah schüttelte langsam den Kopf. »Emily war mit jemandem verheiratet. Wer könnte es gewesen sein? Warum fand ihn die Familie, wie Pete es genannt hat, so ›zwielichtig‹?«

»›Zwielichtig‹ ist ein ziemlich unbestimmter Begriff«, warf Joe ein. »Darunter kann man alles mögliche verstehen. Wahrscheinlich stammte er aus einer Familie, die die Robinsons nicht guthießen. Oder er könnte in Schwierigkeiten gewesen sein. Auch in diesem Fall wissen wir es nicht, und da Pete nicht weiß, wer der Typ war, kann er es uns auch nicht sagen.«

»Wo der Mann wohl jetzt ist?« überlegte Deborah. »Ob er Emily wohl je besuchen kommt?«

»Ich bezweifle, daß die Robinsons das erlauben würden«, sagte Barbara. »Dadurch, daß du feststellst, wer Emily im Pflegeheim besucht, wirst du bestimmt nicht dahinterkommen, wer er ist.«

»Ich wüßte es trotzdem gern. Wie war ihm zumute, als das

mit Emily passiert ist und er sich nicht zu erkennen geben konnte?«

Evan zog die Brauen hoch. »Wer sagt, daß er sich nicht zu erkennen geben konnte? Die Robinsons hätten ihn nicht daran hindern können.«

»Nein, das stimmt«, antwortete Deborah nachdenklich. »Vielleicht wollte er nur mit der ganzen Schweinerei nichts zu tun haben. Keine sehr romantische Vorstellung.«

Gegen neun Uhr erklärte Evan, er habe noch eine Tonne Arbeit zu erledigen und müsse nach Hause fahren. Barbara brachte ihn zur Tür und gab ihm einen Gutenachtkuß. Ehe er sich entfernte, rief er noch: »Sollte es irgendwelche Probleme geben, ruft mich an. Ich kann in zehn Minuten dasein.«

»Machen wir«, versprach Deborah. »Aber solange Barbara und Joe hier sind, werden wir sicherlich klarkommen.«

Joe zog eine Grimasse und raunte, so daß es Evan nicht hören konnte: »Nach Evans Ansicht kommt niemand klar, wenn er nicht dabei ist.«

»Warum seid ihr zwei nur so giftig miteinander?« fragte Deborah traurig.

»Ich kann ihn nicht ausstehen, und er haßt mich.«

»Du nimmst aber auch nie ein Blatt vor den Mund, wie?«

Joe zuckte die Achseln. »Warum soll ich versuchen zu verbergen, was offensichtlich ist?«

Eine halbe Stunde später legte Deborah den Kopf schief und horchte. Kim hatte zu husten angefangen, den losen, rasselnden Husten, den sie jeden Winter bekam. Mehrere Arztbesuche hatten sie überzeugt, daß das Kind in diesem Stadium nichts weiter brauchte als Hustensaft. Deborah ging hinauf zum Medizinschrank und stellte fest, daß sie nur noch einen Löffel Hustensaft übrig hatte. Das genügte für die nächsten paar Stunden, aber manchmal hatte das Kind mitten in der Nacht heftige Hustenanfälle, die eine zweite Dosis erforderlich machten. »Na prima«, murrte sie. »Was für ein gelungener Abend.« Sie ging wieder nach unten und informierte Joe und Barbara über das Problem.

»Ich geh mal eben eine neue Flasche Hustenmedizin holen«, sagte Barbara und erhob sich von der Couch. »Der Drugstore ist noch bis zehn Uhr offen.«

»Nein, du bleibst hier«, widersprach Joe. »Um diese Zeit sollte eine Frau nicht nachts allein rumirren.«

Barbara warf ihm einen sarkastischen Blick zu. »Ob du's glaubst oder nicht, Joe: Frauen irren nicht bloß herum. Wir sind fähig, ein Ziel zu erreichen und nach Hause zurückzukehren, ohne den Weg zu verfehlen.«

»Ach, zum Teufel, Barbara, hör doch auf, dich auf jedes Wort zu stürzen, das ich sage!« schoß Joe gereizt zurück. »Ich hab das nicht so gemeint. Ich fände es nur unklug, wenn du oder Deborah jetzt noch aus dem Haus ginget. Außerdem ist es kalt. Sag mir, was für eine Sorte Hustensaft du brauchst, Deborah, dann geh ich ihn holen.«

Als er fort war, wandte sich Deborah an Barbara. »Warum kehrst du in seiner Gegenwart immer die leidenschaftliche Feministin raus?«

Barbara seufzte. »Ich weiß es nicht. Ich rechne bloß ständig damit, daß er anfängt, mich ›kleine Frau‹ oder so ähnlich zu nennen. Ich glaube, er hat was gegen starke Frauen.«

»Ich glaube, da irrst du dich. Aber manchmal ist es Zeit, aufzuhören, deine Unabhängigkeit hervorzukehren, und ein wenig Vorsicht zu üben. Artie Lieber könnte da draußen warten. Ich jedenfalls würde es lieber Joe überlassen, sich mit ihm anzulegen, als dir.«

Barbara lachte. »Du hast recht. Evan hat auch schon darauf hingewiesen, daß ich in Sachen Selbstverteidigung keine gute Figur mache. Na gut, ich steige hiermit für die Dauer dieser Krise offiziell von der Rednertribüne.«

»Wunderbar. Ich bin dir sehr dankbar.«

Deborah ging nach oben, um noch einmal nach Kim zu sehen. »Darf ich runterkommen?« fragte sie.

»Nein, ich möchte, daß du im Bett bleibst und dich warm hältst.«

»Ich bin kein bißchen müde«, begehrte sie auf.

»Dann lieg still und ruh dich aus.«

Kim hustete wieder und bedachte sie mit dem trotzigen, schmollenden Blick, den sie oft aufsetzte, wenn es ihr nicht gutging. Es war, als mache sie Deborah für ihre Beschwerden verantwortlich. Deborah ging zur Tür. »Nicht zumachen!« kommandierte Kim.

»Mach ich nicht. Ich hab es dir doch vorhin versprochen. Nun beruhig dich wieder.«

»Alles in Ordnung da oben?« fragte Barbara, als Deborah ins Wohnzimmer zurückkehrte.

»Kim ist im unreinen mit der Welt. Ich hoffe nur, Joe kommt bald mit dem Hustensaft.«

»Müßte er nicht längst zurück sein?«

»Vielleicht hat im Laden Hochbetrieb geherrscht.«

»Um diese Zeit?«

»Es ist fast schon Weihnachten«, meinte Deborah und fand, daß sie daherredete wie Kim. »Viele Leute gehen abends noch schnell Weihnachtsschmuck und Geschenke kaufen. Der Drugstore hat ein Angebot wie ein kleines Kaufhaus.«

Ein Schreckensschrei drang von oben herab. Deborah und Barbara erstarrten. Dann stürmte Deborah durchs Wohnzimmer und die Treppe hinauf, ohne so richtig die Stufen unter ihren Füßen zu spüren.

Sie erreichte das Zimmer der Kinder, blieb einen Augenblick an der Tür stehen und sah Kimberly an. Das kleine Mädchen lag heulend bäuchlings auf dem Boden. Brian saß aufrecht im oberen Bett und starrte mit Verblüffung und Entsetzen auf seine Schwester herab. Scarlett berührte Kimberly mit der Pfote. Die Haare des Tieres standen zu Berge und verrieten seine instinktive Reaktion auf drohende Gefahr.

Deborah eilte zu Kimberly, schob Scarlett beiseite, nahm ihr zitterndes Kind in die Arme und hob es auf. »Kimmy, was ist denn?«

Das kleine Mädchen plapperte immer noch weinend etwas Unverständliches. Über ihren Köpfen ging grelles Licht an, und Deborah spürte, daß Barbara hinter sie getreten war. »Schatz, ich kann kein Wort von dem verstehen, was du erzählst«, sagte Deborah. »Du bist in Sicherheit. Barbara und ich sind da. Du bist außer Gefahr, Kim. Nun sag der Mami, was los ist.«

Kim wich zurück und sah Deborah an, als würde sie sie nicht erkennen. Ihre grünen Augen hatten einen blinden, benommenen Ausdruck genau wie bei ihrer Tante Emily. Eisige Furcht rührte an Deborahs Herz. »Kim, ich bin's, die Mami«, sagte sie mit fester Stimme. »Sieh mich an. Die·Mami ist hier, und du bist in Sicherheit.«

Allmählich erwachte Kim aus ihrer Erstarrung, und der Ausdruck ihrer Augen wurde vertrauter. »Mami?«

»Ja, Kim, natürlich, ich bin die Mami. Hab keine Angst.«

Kimberly warf auf einmal die Arme um ihre Mutter und vergrub ihr Gesicht an Deborahs Hals. Deborah hielt sie fest umschlungen und wiegte sie hin und her. Sie blickte zu Brian auf, der immer noch verkrampft im Bett saß und seine Decke umklammerte. »Was ist passiert?«

»Weiß nicht«, antwortete Brian defensiv. »Ich war fast eingeschlafen. Ich hab ihr nichts angetan.«

»Das weiß ich doch, Brian.« Deborah entfernte Kimberlys Arme von ihrem Hals und hielt das Kind ein Stück von sich weg. »Kim, ich möchte, daß du mir erzählst, was dir so einen Schrecken eingejagt hat.«

Kim schnüffelte und sagte dann mit leiser, zittriger Stimme: »Ich bin aufgestanden, um aus dem Fenster zu gucken, und da hab ich gesehen ...«

»Was hast du gesehen?«

»Ein Untier«, keuchte Kim. »Ein Untier mit großen leuchtenden Augen. Silbernen Augen: Und es hat mich angesehen. Es war drauf und dran, zu kommen und mich zu holen, Mami!«

Elf

1

Mrs. Dillman bearbeitete das Stück Seife mit den Händen, so daß tüchtig Schaum entstand, und fing an, sich das Gesicht zu schrubben. Als nächstes spritzte sie kaltes Wasser ins Gesicht und tupfte es mit einem ausgebleichten Handtuch trocken. Sie hatte in einer Frauenzeitschrift gelesen, daß man fürs Gesicht keine Seife nehmen sollte – weil es davon austrocknet. Unsinn. Sie hatte neunzig Jahre lang Seife benutzt, und es hatte ihr nicht geschadet. Sie beugte sich näher an den Spiegel heran und beäugte die fahle, pergamentene Haut, die einst so weich gewesen war, daß Alfred sie mit den Blütenblättern einer Rose verglichen hatte. Na gut, vielleicht hatte die Seife ihrem Teint doch nicht gutgetan, aber es war zu spät, um dagegen noch etwas zu unternehmen.

Sie ging in ihr Schlafzimmer und begann an den Knöpfen ihrer Strickjacke herumzunesteln. Sie hängte sie auf einem Bügel innen an die Tür und schlüpfte aus dem Baumwollkleid, das für den kalten Tag viel zu dünn gewesen war. Als nächstes kam ein Baumwollunterrock dran, dessen Spitzenbesatz schon recht ausgefranst war.

Nur mit Büstenhalter und Unterhose bekleidet sank sie an ihrem Bett in die Knie und faltete die Hände. »Müde bin ich, geh zur Ruh«, begann sie und runzelte dann die Stirn. »Ach, wie dumm von mir. Das ist doch ein Kindergebet. Was ich sagen wollte, Gott, war, danke, daß du mir wieder einen Tag beschert hast. Segne meine Kinder, auch wenn sie mich nicht besuchen kommen. Und Alfred kannst du auch segnen und ihn wissen lassen, daß ich ihn lieb habe.« Sie hielt inne. »Aber er darf trotzdem nicht nach Hause kommen. Sieh zu, daß er das erfährt. Ich laß ihn nicht wieder rein, wenn er gekrochen kommt, und ich bin sicher, du nimmst mir das nicht übel.« Sie verstummte und runzelte noch heftiger die Stirn als zuvor. »Ach ja, jetzt fällt es mir wieder ein. Segne die arme Frau von nebenan und diese kleinen Kinder. Ich weiß, er hat sie verlassen. Ich hab ihn den ganzen Tag nicht gesehen, aber dafür hab ich die Polizei gesehen. Was für eine Schande. Das haben sie nicht verdient. Männer! Also, ehrlich! Ich weiß nicht, warum du es nicht schaffst, sie dazu zu kriegen, daß sie sich besser benehmen.« Sie schüttelte kummervoll den Kopf. »Nun ja, erst mal schönen Dank und gute Nacht.«

Sie ächzte beim Aufstehen. Dann fiel ihr Blick auf ihre Unterwäsche. »Gott erbarm dich! Ich hab so gut wie nackt mein Gebet gesprochen. Wo hab ich nur mein Nachthemd gelassen? Wo hab ich nur meinen Kopf gelassen?« Sie blickte zur Decke auf. »Lieber Gott, noch ein Nachsatz. Bitte mach, daß mein Gedächtnis besser wird. Diese Vergeßlichkeit ist erniedrigend.«

Sie machte sich auf den Weg zur Kommode. Als sie am Fenster vorbeikam, dessen Vorhänge sie vorzuziehen vergessen hatte, nahmen ihre immer noch scharfsichtigen Augen einen Lichtblitz wahr. Ihr Kopf fuhr nach rechts herum, und sie sah ihn. Er war vom Licht scharf umrissen und starrte sie an. Ihr Herz hämmerte gegen ihre zarten Rippen. Der Mann von nebenan, der verschwundene Mann beobachtete sie dabei, wie sie halb bekleidet in ihrem Schlafzimmer herumlief. Als sie wie gelähmt stehenblieb und ihr die Röte in die eingesunkenen Wangen schoß, warf er den Kopf in den Nacken und lachte.

2

»Du hast geträumt«, sagte Barbara, als sie zusammen auf der Couch Platz nahmen. Kims Kopf ruhte auf Deborahs Schoß.

»Nein«, widersprach Kim. »Ich hab ja nicht mal geschlafen.«

»Sie neigt nicht zu Alpträumen«, bestätigte Deborah.

»Aber nach dem heutigen Tag ...« Barbara ließ den Satz in der Luft hängen. Sie meinte offensichtlich den Vorfall in der Schule.

147

»Ich hab nicht geschlafen«, versicherte Kim.

Barbara ließ nicht locker. »Vielleicht war es ein Tier, dessen Augen das Licht reflektiert haben.«

»Nee«, erwiderte Kim eigensinnig. »Kein Tier. Ein Untier.«

Deborah zeigte Barbara mit einem Kopfschütteln an, daß sie die Befragung abbrechen sollte. Sie selbst glaubte nicht, daß Kim geträumt hatte. Es war möglich, daß eine Katze auf einen Baum geklettert war und daß ihre Augen gespenstisch das Licht zurückgeworfen hatten, aber auch in dieser Hinsicht war sie sich nicht sicher, obwohl Kim stur behauptete, daß die Augen »in der Luft geschwebt« hätten.

Kim fing wieder zu husten an. »Wo bleibt bloß Joe mit der Medizin?« fragte Barbara.

»Ich weiß es auch nicht«, antwortete Deborah müde. »Ich überlege gerade, ob ich mit ihr zur Notaufnahme fahren soll.«

»Ich geh nicht raus«, erklärte Kim.

Deborah seufzte. Es wäre wohl tatsächlich töricht gewesen, zum Krankenhaus zu fahren. Der Husten war ein bekanntes Symptom, und er würde nur schlimmer werden, wenn sie Kim in die kalte Nacht hinauszerrte. So blieben sie zu dritt schweigend auf der Couch sitzen und sahen durch die hauchdünnen Vorhänge hinaus auf die weihnachtlichen Lichter in den Büschen am Pfad, der zum Haus führte.

»Gütiger Himmel, da kommt Mrs. Dillman«, sagte Barbara auf einmal. Einen Augenblick später wurde heftig an die Vordertür geklopft. Barbara erhob sich. »Ich mach auf.«

Sekunden später stand die Frau im Wohnzimmer. Deborah starrte sie mit offenem Mund an, verblüfft über die Verfassung, in der sie sich befand. Ihr langes weißes Haar fiel ihr in einem dünnen Schleier über die Schultern, und ihre Augen blickten irre. Sie trug rosa Pantoffeln aus brüchigem Leder unter einem Wintermantel, der offenstand und den Blick auf ein geblümtes Nachthemd freigab.

»Mrs. Dillman, kommen Sie, setzen Sie sich hin«, sagte Deborah. »Stimmt was nicht?«

»Ich denke nicht daran, mich hinzusetzen«, verkündete Mrs. Dillman. Ihre verblaßten blauen Augen traten aus den Höhlen. »Ich bin wegen Ihres Mannes hier.«

»Was ist mit Steve?« fragte Deborah verwirrt.

»Ihr Mann hat mich beobachtet, als ich mich zum Zubettgehen fertiggemacht habe. Ich war in meiner Unterwäsche! O gütiger Himmel, noch nie in meinem Leben ...« Sie klopfte sich auf die Brust und atmete angestrengt.

»Mrs. Dillman, bitte setzen Sie sich, ich hole Ihnen etwas Warmes zu trinken«, sagte Deborah, als ihr die nackten, bleichen, gänsehäutigen Beine der Frau auffielen. »Mein Mann ist nicht hier.«

»Ich weiß, daß er nicht hier ist. Er ist draußen, Leute beobachten und ausspionieren.«

Kim richtete sich auf. »Der Papa ist hier?«

»Pst, mein Schatz«, sagte Deborah und wünschte sich, daß das Kind nicht dabei wäre. Zunächst jedoch versuchte sie, daraus schlau zu werden, was die Frau meinte. »Mrs. Dillman, ich verstehe Sie nicht. Wann war das?«

»Wie gesagt, ich hab mich gerade zum Zubettgehen zurechtgemacht und hab mein Gebet gesprochen. Das ist gerade mal zehn Minuten her.«

»Ich dachte, Ihr Schlafzimmer ist im Obergeschoß«, wandte Deborah ein.

»Ist es auch. Dieser Teufel! Und mit den glühenden Augen konnte er mich nicht täuschen.«

»Glühende Augen?« wiederholte Deborah.

»So sah es erst aus. Hat mich fast zu Tode erschreckt.«

»Mrs. Dillman, ich weiß, Sie haben sich über einen Voyeur beklagt, aber wie kommen Sie plötzlich darauf, daß dieser Mann Steve ist? Es ist stockdunkel.«

»Weil hinter ihm Licht gebrannt hat, wie denn sonst«, entgegnete Mrs. Dillman mit vernichtendem Blick, so als sei Deborah besonders schwer von Begriff. »Sie wissen doch von dem Licht.«

»Von welchem Licht?«

»Ach, um Himmels willen, Sie nehmen ihn in Schutz! Aber ich laß mir das nicht gefallen. Sagen Sie es ihm! Ich hab eine Flinte im Haus und scheue mich nicht, davon Gebrauch zu machen!«

Deborah holte tief Luft. »Mrs. Dillman, mein Mann wird seit Sonntag vermißt –«

»Das liegt daran, daß er rumstreunt und arglosen Frauen

nachspioniert. Dieser dreckige, perverse Mensch! Ich finde, Sie sollten augenblicklich die Scheidung einreichen. Ich werde dem Richter alles über ihn erzählen, dann dürften Sie keine Schwierigkeiten mehr haben, ihre Freiheit zurückzuerlangen.«

Deborah schloß kurz die Augen. Sie konnte bei allem, was an diesem Abend vorgefallen war, nicht auch noch das hysterische Gehabe der Frau ertragen. »Mrs. Dillman, vielleicht haben Sie eine Spiegelung in ihrem Fenster gesehen«, sagte sie müde. »Ich versichere Ihnen, daß mein Mann Sie nicht beim Ausziehen beobachtet hat.«

»Sie benehmen sich genau wie ich, als es damals um meinen Alfred ging«, sagte Mrs. Dillman wehmütig. »Ich wollte immer nur das Beste von ihm annehmen. Aber als er mit dieser Opernsängerin nach Europa durchgebrannt ist, mußte ich der Wahrheit ins Auge sehen.«

Der arme Alfred Dillman, dachte Deborah. Erst wurde er beschuldigt, Brot holen gegangen und in Las Vegas gelandet zu sein, und nun war er mit einer Opernsängerin in Europa. Deborah hatte den Verdacht, daß die größte Aufregung, die der gütige alte Pfarrer je erlebt hatte, in Wirklichkeit eine harte Runde Golf gewesen war.

»Mrs. Dillman, können sie mir sonst noch etwas über diesen Mann sagen?« fragte sie. Höchstwahrscheinlich litt die Frau unter Wahnvorstellungen, aber sie hielt es dennoch für nötig, jedesmal nachzufragen, wenn es hieß, Steve sei irgendwo gesichtet worden, solange auch nur die geringste Möglichkeit bestand, daß er es gewesen sein könnte. »Hat er bei Ihnen auf dem Rasen gestanden?«

»Er war nicht unten auf dem Boden«, erwiderte Mrs. Dillman verärgert. »Vom Boden aus hätte er nicht direkt in mein Schlafzimmer hineinschauen können.«

»Er war also nicht unten auf dem Boden? Wo war er dann?«

»Ach, Sie sind unmöglich. Einfach unmöglich!« brach es aus der alten Dame hervor. Sie wirbelte herum und machte sich unverzüglich auf den Heimweg.

»Mrs. Dillman, warten Sie«, rief Deborah. »Ich bring Sie nach Hause.«

»Ich finde mich schon selbst zurecht, vielen Dank!«

Die Frau hastete den Pfad hinunter, und Deborah sah Barbara an, die ins Wohnzimmer zurückgekehrt war. »Offenbar hat Steve gelernt, in der Luft zu schweben wie ein Vampir«, sagte Deborah trocken, aber ihre Hände zitterten leicht.

»Außerdem hat er neuerdings das Verlangen, neunzigjährigen Frauen beim Ausziehen zuzusehen«, ergänzte Barbara.

»Sie hat das Untier gesehen«, meldete sich Kim mit unheilschwangerer Stimme zu Wort. Sie zitterte am ganzen Leib. »Ich hab euch doch gesagt, es war nicht unten am Boden.«

Deborah biß sich auf die Unterlippe und spürte ein Kribbeln im Nacken. Wie wahrscheinlich war es, daß ein fünfjähriges Mädchen und eine zweiundneunzigjährige Frau, die in getrennten Häusern wohnten, alle beide mitten in der Nacht etwas sahen? Ein Etwas mit glühenden Augen hoch über dem Boden?

Zwanzig Minuten später war Joe wieder da. »Ich hatte eine verdammte Reifenpanne«, murmelte er, noch ehe Deborah und Barbara dazu kamen, Fragen zu stellen. »Wir haben null Grad da draußen, und ich kriege einen Platten. Dann war der Hustensaft, den du haben wolltest, in eurem Drugstore ausverkauft, und ich mußte zu allem Überfluß deswegen in die Innenstadt.«

»Tut mir leid«, sagte Deborah kläglich. Joe wirkte nervös und aufgebracht. »Aber du hättest anrufen und uns wegen der Panne Bescheid sagen sollen. Wir haben uns Sorgen gemacht.«

»Entschuldige. Darauf bin ich gar nicht gekommen. Ich hab wohl zu lange allein gelebt.« Er reichte Deborah die Flasche. »Wenn du mir jetzt sagst, es ist die falsche Sorte, fluch ich endgültig drauflos.«

»Spar dir den Atem. Es ist die richtige Sorte. Und gerade rechtzeitig«, sagte Deborah, als Kim einen weiteren Hustenanfall bekam. »Ich gebe ihr sofort noch einen Löffel voll.«

Während sie Kim in die Küche führte, hörte sie Barbara mit gespielter Gleichgültigkeit fragen: »Hast du den Reifen selbst gewechselt, Joe?«

»Ja. Es hat niemand angehalten, um mir zu helfen. Wieso?«

»Ach, nichts. Du siehst nur so sauber aus. Ich dachte, Reifenwechsel sind eine schmutzige Angelegenheit.«

Was ist nur in sie gefahren? dachte Deborah. Und am Ton von Joes mürrischer Antwort erkannte sie, daß er darüber ebenfalls verwundert war.

Zwölf

1

Am folgenden Morgen wurde Deborah davon geweckt, daß Scarlett hinten im Garten wie rasend bellte. Sie schlug die Augen auf, die sich körnig anfühlten, weil sie zu wenig geschlafen hatte, und sah auf die Uhr neben dem Bett: sechs Uhr zehn. Normalerweise ging Scarlett nicht so früh nach draußen, ehe die Kinder gegen sieben aufwachten. Hier stimmte etwas nicht.

Deborah schoß aus dem Bett und griff auf dem Weg hinaus nach einem Morgenmantel. Joe lag nicht auf der Couch, als sie das Wohnzimmer betrat. Sie rannte in die Küche, wo die Hintertür offenstand. Schwaches Dämmerlicht begann die Schwärze der Nacht aufzuhellen. Sie trat auf die Veranda und entdeckte Scarlett in Mrs. Dillmans Garten, wo sie neben einem Objekt hin- und herrannte, das im Halbdunkel wie ein Bündel Lumpen wirkte. Dann sah sie Joe über den Zaun setzen und neben den Lumpen auf dem Boden landen. Er bückte sich, berührte sie vorsichtig und blickte dann hoch, zu Deborah hinüber. »Es ist Mrs. Dillman«, rief er. »Ruf einen Krankenwagen.«

»Ist sie tot?« fragte Deborah atemlos.

»Nein, aber nicht mehr weit davon entfernt. Schnell.«

Die nächsten paar Minuten verstrichen für Deborah wie im Flug. Sie erledigte den Anruf und war überrascht, wie ruhig sie sich anhörte. Dann riß sie eine Decke von der Couch, auf der Joe geschlafen hatte, und trat wieder hinten hinaus in den Garten, wo Joe immer noch neben der Frau kniete. »Was, um Himmels willen, ist nur passiert?«

»Du bist barfuß«, stellte Joe fest und breitete die Decke über Mrs. Dillman.

»Ich laufe neuerdings immer barfuß hier draußen rum«, entgegnete Deborah geistesabwesend. »Ich hab dich gefragt, was passiert ist.«

»Ich weiß es auch nicht. Scarlett ist nach unten gekommen und hat mich geweckt. Sie ist ständig in Richtung Küche gerannt und dann zurückgekommen. Ich dachte, sie muß vielleicht dringend raus, deshalb hab ich ihr die Tür aufgemacht. Dann bin ich wieder in die Küche gegangen und hab eine Kanne Kaffee aufgesetzt. Ich dachte, sie wird schon bellen, wenn sie wieder rein will. Und wie sie gebellt hat. Ich hab rausgeschaut und hab sie wie eine Wilde graben sehen, um in diesen Garten zu gelangen. Bis ich draußen war, hatte sie's geschafft. Sie hat Mrs. Dillman das Gesicht abgeleckt und weiter gebellt. Ich wollte mich nicht erst mit der Klemme abmühen, die ihr am Gartentor habt, deshalb bin ich über den Zaun gesprungen. Und da bist du dazugekommen.«

»Was hat sie denn?«

»Eine ziemliche Beule und eine Platzwunde oben auf der Schädeldecke. Und ich weiß nicht, wie lange sie schon hier draußen in der Kälte liegt.«

»Mein Gott. Ich hab gewußt, daß sie eines Tages noch schwer stürzen wird.«

Joe blickte zu ihr auf. »Deborah, diese Beule kommt nicht von einem Sturz. Ich bin kein Pathologe, aber ich würde sagen, sie wurde von etwas Ähnlichem wie einer Keule verursacht – vielleicht von einem Baseballschläger. Die Frau ist überfallen worden.«

»Überfallen?« wiederholte Deborah begriffsstutzig.

»Ich denke schon.«

Später konnte sich Deborah kaum noch erinnern, daß sie ins Haus gerannt war, um Joes Jacke zu holen. Sie zitterte vor Kälte und konnte nicht aufhören, an den mageren, schlaffen Körper von Mrs. Dillman auf dem eiskalten Boden zu denken, nur mit einem Bademantel und den gleichen Pantoffeln aus brüchigem Leder bekleidet, in denen sie am vorangegangenen Abend zur Tür gekommen war und behauptet hatte, von Steve beobachtet worden zu sein.

Was mag da passiert sein? überlegte Deborah, während sie erneut ins Haus eilte und nach oben rannte, wo sie Jeans, einen

Pullover und ein Paar bequeme Halbschuhe überzog. Mrs. Dillman war furchtbar mitgenommen und fest überzeugt gewesen, daß sie beobachtet wurde. War sie hinausgegangen, um Nachforschungen anzustellen und ... und was? Joe konnte nicht sicher sein, daß sie niedergeschlagen worden war. Vielleicht war sie doch nur hingefallen. Aber wie, wenn Joe recht hätte? Wie, wenn es tatsächlich einen Beobachter gegeben hatte und er ihr einen Schlag auf den Schädel versetzt hatte?

Einen Schlag auf den Schädel versetzt. Die Worte hallten in Deborahs Kopf wider. Einen Schlag auf den Schädel wie Emily? Einen Schlag auf den Schädel wie alle anderen Opfer des Würgers? Aber die waren außerdem alle stranguliert und vergewaltigt worden. Sie hatte Mrs. Dillmans Hals nicht gesehen. War sie stranguliert worden und hatte es überlebt? War sie vergewaltigt worden? Eine Menge Leute glaubten, Vergewaltigung sei ein Akt der Lust, aber Deborah wußte, daß sie in Wahrheit ein gewaltsamer Akt der Dominanz war. Mrs. Dillmans fortgeschrittenes Alter konnnte sie vor solcher Brutalität nicht unbedingt schützen.

Sie wollte soeben den Flur entlanggehen, da öffnete sich Barbaras Tür. Sie sah Deborah mit verquollenen Augen an. »Was geht hier vor?«

»Mrs. Dillman ist verletzt. Sie liegt hinten in ihrem Garten. Joe ist bei ihr, und der Krankenwagen ist unterwegs.«

»Mein Gott! Was ist denn passiert?«

»Wir wissen es nicht. Joe denkt, daß jemand ihr einen Schlag auf den Schädel versetzt hat.«

Barbaras Augen weiteten sich. »Wer sollte so etwas tun? Glaubst du etwa, daß sie recht hatte und wirklich von jemandem beobachtet wurde?«

»Irgendwas war da draußen. Sowohl Kim als auch Mrs. Dillman haben es gesehen.«

»Es? Du meinst, es war ein es?«

»Ich weiß nicht mehr, was ich denken soll«, erwiderte Deborah verzweifelt. »Ich muß wieder da raus.«

»Ich zieh mich an«, sagte Barbara. »Kann ich dir irgendwie helfen?«

»Sieh zu, daß die Kinder nicht nach draußen kommen, falls sie auch aufwachen«, antwortete Deborah, während sie nach unten rannte, ausnahmsweise dankbar für den Teppich, der ihre Schritte dämpfte. Sie hoffte inständig, daß die Kinder diese Notsituation verschlafen würden. Sie hatten schon viel zuviel durchgestanden.

Fünfzehn Minuten später kam der Krankenwagen. Zusammen mit seiner Jacke hatte Deborah Joe Scarletts Leine über den Zaun gereicht, und nun brachte er sie zurück in ihren eigenen Garten. Deborah schloß sie, obwohl sie winselte und an der Leine zog, im Haus ein. Wieder draußen angelangt, beobachtete sie, wie die Sanitäter Mrs. Dillmans Puls fühlten und untersuchten, ob sie sich etwas gebrochen oder außer am Kopf sonstwo verletzt hatte. Deborah wagte kaum zu atmen, bis sie erfuhr, daß sie ansonsten unverletzt war. Die Frau war nicht stranguliert worden. »Aber sie steht unter Schock«, sagte die Sanitäterin. »Wir müssen sie in den Krankenwagen schaffen, damit sie die Beine hochlegt, und dann versuchen, ihren Kreislauf in Gang zu bringen.« Sie sah Joe und Deborah an. »Könnte einer von Ihnen mit ins Krankenhaus fahren?«

»Ich fahre mit«, sagte Deborah. »Ihr Sohn hat mir vor ein paar Monaten einen Schlüssel zu ihrem Haus dagelassen. Ich hole eben ihre Versicherungsunterlagen. Bin gleich wieder da.«

»Ich fahr dich hin«, sagte Joe.

»Geht nicht. Barbara muß ins Büro und jemand muß bei den Kindern bleiben.«

Joe runzelte die Stirn. »Es gefällt mir nicht, daß du allein losziehen willst.«

»Es ist hellichter Tag, Joe. Und ich fahre direkt ins Krankenhaus.«

»Erst mal gehe ich mit dir in ihr Haus. Es ist zwar nicht sehr wahrscheinlich, aber es könnte jemand dort warten. Und ich glaube nicht, daß du den Schlüssel brauchen wirst. Ich glaube nicht, daß sie im Nachthemd hier herausgekommen ist und hinter sich abgeschlossen hat.«

Joe hatte recht. Die Hintertür stand offen. »Na gut, nun wissen wir, daß sie sich nicht selbst ausgeschlossen hatte«, sagte Deborah. »Sie muß was gehört oder gesehen haben und herausgekommen sein.«

Sie betraten die Küche, wo immer noch das Deckenlicht brannte, und gingen ins Wohnzimmer. Das Zimmer war ordentlich aufgeräumt, aber die Möbel waren alt und abgewetzt und verströmten einen leichten Modergeruch. »Zirka 1955?« fragte Joe und zeigte auf einen breiten Sessel mit Spitzendeckchen auf den Armlehnen.

»Wahrscheinlich früheren Datums.«

»Das sieht ja hier furchtbar runtergekommen aus. Es müßte dringend frisch gestrichen werden. Fehlt es ihr an Geld?«

»Ich bin sicher, daß sie nicht wohlhabend ist, aber sie leidet auch keine Not. Sie ist bloß überfordert damit, die Handwerker zu bestellen. Steve hat ihr ein wenig geholfen, aber letztes Jahr hat sie zu ihm gesagt, es sei Aufgabe ihres Mannes Alfred, sich um so was zu kümmern, und hat ihn nach Hause geschickt. Steve hat einen ihrer Söhne, der in Huntington wohnt, auf die Notwendigkeit angesprochen, entweder jemanden einzustellen, der mit im Haus wohnt, oder sie in einem Altersheim unterzubringen. Aber der Sohn hat nichts unternommen, außer daß er den Hausschlüssel bei uns hinterlegt hat. Das war vor drei Monaten. Seither war niemand mehr da, um nach ihr zu sehen.«

»Das ist eine verdammte Schande«, sagte Joe. »Hast du die Telefonnummer ihres Sohnes, damit du ihm Bescheid sagen kannst, was passiert ist?«

»Nein, aber ich bin sicher, daß ich sie in Mrs. Dillmans Adreßbuch auf dem Tisch neben dem Telefon finde. Er heißt Fred Dillman. Würdest du sie heraussuchen, während ich nach ihrer Handtasche schaue? Ihre Versicherungskarte steckt vermutlich in ihrem Geldbeutel. Hoffe ich wenigstens.«

Deborah war erst ein paarmal bei Mrs. Dillman im Haus gewesen, war aber jedesmal baß erstaunt, daß die Frau trotz ihrer zunehmenden Vergeßlichkeit und ihrer wilden Phantasien ihre Papiere in bester Ordnung hielt. Sie bezahlte Rechnungen prompt und verschickte unzählige Glückwunschkarten, die Fred Dillman zufolge immer zum richtigen Zeitpunkt eintrafen.

»Ich hab die Karte«, rief sie und war erleichtert, sie so schnell gefunden zu haben.

»Und ich hab die Telefonnummer.«

»Prima. Würde es dir was ausmachen, von uns aus Fred anzurufen, damit du gleichzeitig ein Auge auf die Kinder haben
kannst, während Barbara sich zur Arbeit fertigmacht? Ich
möchte sofort ins Krankenhaus fahren.«

»Ja, gut. Das erspart Mrs. Dillman die Kosten für ein Fern-
gespräch.«

Zwanzig Minuten später füllte Deborah, so gut sie konnte,
Krankenhausformulare aus, war jedoch gezwungen, vieles
leerzulassen, weil sie Mrs. Dillman so gut doch nicht kannte.
Ein Angehöriger mußte die Formulare später vervollständi-
gen. Während sie darauf wartete, etwas über das Befinden der
Frau zu erfahren, rief sie Joe an. Er erzählte ihr, er habe Fred
Dillman erreicht, der versprochen habe, nachmittags dazu-
sein. »Nachmittags?« wiederholte Deborah. »Er wohnt nur
eine Stunde entfernt.«

»Tut mir leid. Mehr konnte ich nicht tun. Er wirkte nervös,
und ich hab im Hintergrund eine Frau meckern hören.«

»Ich hoffe, Steve und ich werden besser behandelt, wenn wir
alt sind.«

Joe schwieg, und Deborah hatte auf einmal ein seltsam
flaues Gefühl im Magen. Er glaubt nicht, daß sich Steve noch
darum sorgen muß, was passieren wird, wenn er alt ist, dachte
sie traurig.

Sie stürzte gerade den dritten Becher bitteren Kaffee aus
dem Automaten herunter, als ein Arzt erschien. »Mrs. Dillman
leidet unter Schock und Unterkühlung«, teilte er Deborah mit.
»Und das war ein ziemlicher Schlag auf den Kopf. Sie hat eine
Gehirnerschütterung und ist immer noch bewußtlos.«

»Wird sie sich wieder erholen?«

»Da bin ich mir offen gestanden zum jetzigen Zeitpunkt
nicht sicher. Die Computertomographie hat keinen Hinweis
auf eine Gehirnblutung ergeben, ein ermutigendes Zeichen.
Außerdem scheint sie für eine Frau in ihrem Alter außerge-
wöhnlich gesund zu sein. Andererseits hat sie für eine Zweiundneunzigjährige viel durchgemacht. Wissen Sie, was vorgefallen ist?«

»Nein. Wir haben sie bei sich im Garten auf dem Boden liegend vorgefunden.« Deborah zögerte. »Jemand meinte, sie sei
von einer Keule oder etwas ähnlichem getroffen worden und

hätte sich nicht bloß beim Hinfallen den Kopf aufgeschlagen.«

»Die Wunde ist tatsächlich oben auf ihrem Kopf. Kopfverletzungen, die man sich bei einem Sturz zuzieht, sind gewöhnlich an den Schläfen zu finden, an der Stirn und am Hinterkopf. Außerdem haben wir in der Platzwunde Holzsplitter entdeckt.«

»Sie war nicht in der Nähe von etwas Hölzernem«, sagte Deborah langsam. »Könnte sie aufgestanden sein, sich den Kopf gestoßen haben und dann in den Garten hinausgegangen sein?«

Der Arzt schüttelte den Kopf. »Ich glaube nicht. Die Kopfverletzung ist schwer und hat vermutlich zu sofortiger Bewußtlosigkeit geführt.«

Demnach hatte Joe doch recht, dachte Deborah und schauderte. Jemand hatte die gebrechliche alte Dame überfallen und sie dann zurückgelassen, wo sie ohne weiteres hätte erfrieren können.

2

Als Deborah nach Hause kam, fand sie die Kinder und Joe mit einem großteiligen Puzzle beschäftigt vor. Kim hustete immer noch, aber nicht mehr so oft wie in der vorangegangenen Nacht. Brian sah sie an. »Ist Mrs. Dillman tot?« fragte er.

»Er hat den Krankenwagen abfahren sehen«, erklärte Joe.

»Nein Schatz, sie ist nicht tot. Sie hat nur eine Beule am Kopf, und dann hat sie sich verkühlt, weil sie draußen herumgelegen hat.«

Kim war ganz aufgeregt. »Joe hat erzählt, daß Scarlett sie gefunden hat.«

»Das stimmt.«

»Mrs. Dillman mag Scarlett«, informierte Brian Joe. »Sie mag nur Pierre Vincent nicht.«

»Wer ist Pierre Vincent?« fragte er.

»Das ist der Pudel der Familie Vincent«, erwiderte Deborah.

Brian sah Joe an. »Sie nennt ihn einen kleinen Schädling. Mami sagt, das ist so was wie eine Ratte.«

»Er hat vor drei Jahren ihre Blumenbeete aufgebuddelt. Das hat sie ihm nie verziehen«, sagte Deborah.

»Scarlett hat ein Loch unter dem Zaun durchgebuddelt«, warf Kim besorgt ein. »Vielleicht mag sie sie jetzt auch nicht mehr.«

Deborah legte Kim die Hand aufs Haar. »Ich denke schon, mein Liebling. Sie wird wissen, daß Scarlett nur versucht hat, ihr zu helfen.«

Die Kinder schienen mit dieser Antwort zufrieden zu sein und wandten sich wieder dem Puzzle zu, das sie bald darauf fertig hatten. Dann wollten sie nach draußen gehen, aber Deborah bestand darauf, daß Kim wegen ihres Hustens im Haus blieb. Sie beschlossen, statt dessen im Keller zu spielen, wo in dem großen Raum neben Waschmaschine und Wäschetrockner auch Kims Puppenküche und Brians »Schreinerwerkstatt« aufgebaut waren.

Joe erkundigte sich genauer nach Mrs. Dillman. »Der Arzt meint auch, daß sie einen Schlag auf den Schädel erhalten hat«, erzählte Deborah ihm. »In der Platzwunde waren Holzsplitter. Aber wir haben doch weder eine Keule noch sonst etwas im Garten gefunden.«

»Wer sie damit geschlagen hat, war nicht so blöd, die Tatwaffe zurückzulassen.«

»Jedesmal, wenn ich dran denke, daß jemand der Frau absichtlich einen Schlag auf den Kopf versetzt hat ...« Deborah schloß die Augen. »Warum? Warum sollte jemand ausgerechnet sie überfallen?«

»Vielleicht hat sie jemanden herumschleichen sehen wie du in der Nacht nach eurem Fest. Vielleicht hat sie aus dem Fenster geschaut und jemanden bei sich im Garten gesehen.«

»Und ist hinausgegangen, um ihn zu stellen? Das ist doch absurd. Sie ist zweiundneunzig Jahre alt.«

»Deborah, sie handelt nicht immer vernünftig. Sie war überzeugt, daß Steve ihr auflauert und nachspioniert, hat sich aber deshalb nicht davon abhalten lassen, im Nachthemd hier rübergestürmt zu kommen.«

»Du hast recht. Aber ich bin sicher, daß sie etwas gesehen hat. Kim auch, obwohl beide behaupten, dieses Etwas sei nicht unten auf dem Boden gewesen.«

»Ich weiß. Barbara hat sich heute morgen so richtig in dieses Detail verbissen. Sie sagte, sie hätte eine Idee, was Mrs. Dillman gemeint haben könnte, und wollte es nachprüfen.«

»Sie hat aber nicht gesagt, was das für eine Idee war?«

»Nein. Ich nehme an, wir werden es heute abend erfahren.«

3

Barbara bog auf den Parkplatz der Firma Capitol Immobilien ein. Drinnen schenkte eine junge Empfangsdame ihr ein strahlendes Lächeln. »Auf Haussuche?«

»Sozusagen.« Das Lächeln der jungen Frau verriet leichte Unsicherheit bei Barbaras vager Antwort. »Ist Roberta Mitchell zu sprechen?«

»Ich werde nachsehen. Sagen Sie mir Ihren Namen?«

»Barbara Levine.«

»Schön.« Sie rief in Robertas Büro an und verkündete nach einigen Augenblicken gedämpfter Unterhaltung, daß Roberta noch ein Gespräch auf einer anderen Leitung habe, aber in zehn Minuten soweit sein werde, Barbara zu empfangen. »Nehmen Sie doch solange Platz, Mrs. Levine«, forderte sie sie, wieder strahlend lächelnd, auf.

Barbara betrat eine kleine Wartezone mit graubraunem und hellblauem Dekor. An einer Wand hing ein großes Anschlagbrett mit Fotografien von Häusern, die zum Verkauf standen. Barbara studierte sie, fand aber nicht, wonach sie suchte. Sie setzte sich und fing an, nervös mit dem Fuß zu wippen. Es lag an diesem Tag noch viel Arbeit vor ihr. Hoffentlich würde dies hier nicht zu lange dauern.

Es waren weniger als zehn Minuten vergangen, da sah die Empfangsdame strahlend zu ihr hinüber. »Mrs. Mitchell ist jetzt soweit, Sie zu empfangen. Den Flur entlang, drittes Büro rechts.«

Barbara klopfte an die Tür, ehe sie eintrat. Roberta saß hinter einem schönen handgefertigten Schreibtisch aus Walnußholz. Sie war eine attraktive schwarze Frau, die wesentlich jünger als ihre fünfzig Jahre aussah. Bei Barbaras Anblick lächelte sie breit und erhob sich. »Barbara Levine! Seit über einem Jahr hab ich dich nicht mehr gesehen. Willst du etwa endlich aus diesem spartanischen Apartment in ein anständiges Haus ziehen?«

»Bedaure, nein. Wenigstens jetzt nicht.«

»Leute wie du machen mir die Arbeit schwer.«

»So wie es hier aussieht, würde ich sagen, daß du sehr gut zurechtkommst.«

»Ich hatte schlechte Jahre, aber ich hab es immer geschafft, mich über Wasser zu halten. Nun, was kann ich für dich tun?«

»Ich brauche Informationen.«

»Gut. Hättest du vorher gern eine Tasse Kaffee?«

»Liebend gern.«

Während Roberta sich an einer Kaffeemaschine zu schaffen machte, bewunderte Barbara ihr tannengrünes Wollkostüm und den topasfarbenen Seidenschal, den sie mit gekonnter Achtlosigkeit um den Hals geschlungen hatte. Ich könnte einen Schal nie mit solcher Selbstsicherheit tragen, überlegte Barbara. Das höchste der Gefühle sind bei mir ein Paar schlichte Ohrringe. »Sahne? Zucker?« fragte Roberta.

»Sahne.«

Roberta schenkte den Kaffee ein und reichte ihn ihr in einer Porzellantasse mit Goldrand. Mal zur Abwechslung kein Styropor, dachte Barbara.

Roberta nahm auf dem Rand ihres Schreibtischs Platz. »Also gut, was willst du wissen?«

»Es gibt ein Haus in Woodbine Court, das früher bei euch auf der Liste stand. Ein schönes Gebäude – zweistöckig, Erkerfenster –«

»Das O'Donnell-Haus«, sagte Roberta sogleich.

»Ja. Ich weiß, daß es fast drei Jahre bei euch zum Verkauf stand, aber dann ist euer Schild verschwunden, und das Haus wird auch nirgends mehr gezeigt. Was ist damit?«

»Ist das eine offizielle Anfrage?«

»Nein, aber es ist für mich und eine sehr gute Freundin, die im Haus gegenüber wohnt, sehr wichtig, etwas darüber in Erfahrung zu bringen. Ich hab das Gefühl, daß dort was Ungewöhnliches vorgeht.«

Roberta sah sie prüfend an. »Ich kenne dich gut genug, um sicher zu sein, daß du nicht aus reiner Neugier fragst. Und offen gestanden hat mir das Haus zuletzt selber Sorgen bereitet.«

»Das Haus?«

»Na ja, nicht das Haus. Der Bewohner. Oder vielmehr der angebliche Bewohner.«

Barbara stellte ihre Tasse samt Untertasse auf den Schreibtisch. »Du weißt jedenfalls, wie du die Leute dazu kriegen kannst, dir zuzuhören.«

Roberta lächelte. »Du hattest mir doch längst zugehört.«

»Also, erzähl mir, was ist da los.«

Roberta zog sich hinter ihren Schreibtisch zurück und nahm Platz. »Ich war für das Haus zuständig. Vor ungefähr vier Monaten ist ein Mann mit dem Wunsch an mich herangetreten, es für sechs Monate zu mieten. Ich sagte ihm, daß es zum Verkauf, nicht zur Miete angeboten werde. Er forderte mich auf, den Besitzern dennoch sein Angebot zu unterbreiten. Zu meiner Überraschung haben die sich einverstanden erklärt. Natürlich war das Haus da schon eine ganze Weile auf dem Markt, und ich weiß auch, daß die O'Donnells das Geld brauchen, aber eine Bedingung, die der Mann gestellt hatte, war die, daß das Haus während seiner Mietzeit nicht besichtigt werden durfte. Ich habe den O'Donnells von dem Geschäft abgeraten, aber sie haben darauf beharrt. Das Haus wurde im September vermietet.«

»Roberta, es gibt keinerlei Anzeichen dafür, daß das Haus bewohnt ist.«

»Ich weiß. Das ist es ja, was mir Sorgen macht. Wer mietet so ein Haus, um es dann gar nicht zu bewohnen? Es war nicht billig, das kann ich dir sagen.«

Barbara beugte sich vor. »Und wie hieß der Mann?«

Roberta zögerte. »Edward J. King.«

»Weißt du, was er von Beruf ist?«

»Er sagte, er sei Freiberufler. Ich hatte so meine Zweifel. Ich wollte seine Kreditwürdigkeit überprüfen, aber als er die ganzen sechs Monate Miete im voraus bezahlt hat, waren die O'Donnells überglücklich und haben mich davon abgehalten. Sie haben eingewandt, daß er das Haus vielleicht am Ende kaufen würde, und wollten ihn mit einer Prüfung seiner Finanzlage nicht vergrätzen.«

»Wie könnte er darauf vergrätzt reagieren? Ist die Überprüfung der Kreditwürdigkeit im Geschäftsleben nicht üblich?«

»Doch, aber die O'Donnells sind in Geschäftsangelegenheiten nicht gerade ausgebufft. Sie erinnern mich in dieser Hinsicht stark an zwei Dreizehnjährige.«

»Wie hat Edward King bezahlt?«

»Mit einem Scheck auf ein Konto bei einer Bank in Charleston.« Roberta legte den Kopf schief. »Barbara, was geht in diesem Haus vor? Handelt er dort mit Drogen?«

»Wenn ja, dann hat er wenig Kundschaft. Meine Freundin hat noch nie jemanden in dem Haus gesehen.«

»Worum geht es denn dann?«

»Eine alte Dame, die nebenan wohnt, und die fünfjährige Tochter meiner Freundin haben beide letzte Nacht etwas gesehen. Nach ihrer Beschreibung glaube ich, daß sie jemanden im Obergeschoß des Hauses gesehen haben.«

»Wenn es Mr. King war, hat er jedes Recht, dort zu sein.«

»Der Mann meiner Freundin wird seit ein paar Tagen vermißt. Ihr kleines Mädchen hat etwas gesehen, das sie als *Untier* mit großen silbernen Augen bezeichnete. Die alte Dame behauptet, gesehen zu haben, daß der Mann meiner Freundin sie direkt anstarrte. Und er soll glühende Augen gehabt haben.«

»Willst du mir eine Gruselgeschichte aufbinden?«

»Nein. Ich glaube, sie haben Lichtspiegelungen in einem Fernglas gesehen.«

Roberta lehnte sich in ihrem Sessel zurück. »Meinst du, es war der verschwundene Ehemann? Oder hab ich das Haus einem Perversen vermietet, der es als Beobachtungsstation benutzt?«

»Ich hab keine Ahnung, aber ich möchte über diesen Mr. King Bescheid wissen. Erzähl mir von ihm.«

Roberta wirkte beunruhigt. »Ich hatte seinetwegen gleich ein ungutes Gefühl. Er hat nichts Falsches gesagt oder getan, aber ich hab dennoch gespürt, daß irgendwas mit ihm nicht stimmt. Ist dir das schon mal bei jemandem passiert?«

»Schon oft. Wie sah er aus?«

»Ich erinnere mich an ihn, weil ich mich aus unerfindlichem Grund in seiner Gegenwart so unwohl gefühlt habe.« Roberta schloß die Augen und konzentrierte sich. »Er war hochgewachsen, ungefähr einsachtzig groß und schlank. Er war gut, aber nicht teuer gekleidet. Er hatte dunkelbraunes Haar und einen Schnurrbart. Er trug eine Brille mit dunklen Brillengläsern. Ich schätze ihn auf Ende Dreißig oder Anfang Vierzig. Nichts Ungewöhnliches.«

Barbara kramte in ihrer Tasche nach einem Polaroidfoto, das sie, Evan, Deborah und Steve im vergangenen Sommer zeigte. Sie hielt es Roberta hin. »Ist Edward King hier dabei?«

Roberta hielt das Foto in dem ohnehin schon hellen Büro unter ihre Schreibtischlampe. Sie biß sich auf die Lippen. »Ich bin nicht sicher, aber mit Sonnenbrille, dunklerem Haar und Schnurrbart könnte er es ohne weiteres sein.«

Dreizehn

1

Artie Lieber saß auf der Kante seines Bettes, holte tief Luft, hielt den Atem an, bis er bis zehn gezählt hatte, und atmete dann aus. Vor langer Zeit hatte ihm einmal ein Arzt gesagt, daß diese Methode gegen das Hyperventilieren helfen könne, unter dem er in Streßsituationen litt. Und im Augenblick spürte er den Streß. Reichlich Streß.

Er hatte sich nicht beherrschen können, sondern war an diesem Morgen wieder an Robinsons Haus vorbeigefahren, aber die Bullen, die in einem nicht gekennzeichneten, am Straßenrand geparkten Auto saßen und das Haus beobachteten, hatten ihn entdeckt. Er wußte, daß es sich um die Bullen handelte. Er konnte Bullen geradezu riechen. Der auf dem Beifahrersitz hatte sich aufgerichtet und sein Auto genau begutachtet. Er war in Panik geraten, war sicher gewesen, daß sie anfahren und ihn verfolgen würden. Er konnte sich gerade noch davon abhalten, das Gaspedal durchzudrücken und wie der Teufel davonzurasen. Aber er hatte die Ruhe bewahrt und war fünfundzwanzig Stundenkilometer gefahren, bis er aus der Seitenstraße heraus war. Nur seine Augen hatte er nicht kontrollieren können, die waren ständig zum Rückspiegel geschweift. Die Bullen waren ihm nicht gefolgt, aber Artie hatte trotz der kalten Witterung stark geschwitzt und gekeucht wie eine Dampflok, bis er sein schäbiges Hotel erreichte.

So, das war's, dachte er und nahm den fünften tiefen Atemzug. Es war das dritte Mal gewesen, daß er langsam an Robinsons Haus vorbeigefahren war, seit der verschwunden war und die anderen Verdacht geschöpft hatten. Vermutlich ließen sie gerade sein Auto überprüfen. Auf jeden Fall hatten sie sich das Nummernschild genau angesehen. Natürlich hatte er seines gegen das eines anderen Autos ausgewechselt, aber sie würden trotzdem bald dahinterkommen. Er hatte den alten weißen Buick Regal vier Straßen weiter auf einem Parkplatz stehengelassen und wußte, daß er am Abend ein anderes Auto stehlen mußte. Das war relativ einfach. Es war nicht zu fassen, wie viele Leute in ihren Autos unbesorgt den Zündschlüssel steckenließen. Was aber war, wenn die Bullen ihn selbst deutlich gesehen hatten? Er schenkte sich einen Schluck Wodka ein und trank ihn auf einen Zug aus. Na und, dann hatten sie ihn eben deutlich gesehen. Er hatte sich im Lauf des letzten Monats einen Bart wachsen lassen, und er hatte die blöde Mütze aufgehabt, die bis über die Ohren reichte. Es hatte ihm nie zugesagt, sein dichtes dunkles Haar unter irgendwelchen Kopfbedeckungen zu verbergen, aber die Mütze hatte gute Dienste geleistet, indem sie dazu beitrug, ihn zu tarnen.

Dennoch war er bei der heutigen Begegnung zu knapp davongekommen, überlegte er und schenkte sich noch einen Wodka ein. Er mußte den nahezu unwiderstehlichen Impuls zügeln, der ihn zu Robinsons Haus hinzog. Er hatte eine Woche lang auf der Lauer gelegen, aber nun war es Zeit, damit aufzuhören. Die Bullen suchten bereits nach ihm – anders konnte es nicht sein, nachdem sie erfahren hatten, daß Robinson vermißt wurde. Er hatte sich am Montag nicht wie vorgesehen bei seinem Bewährungshelfer gemeldet, und er war in Charleston gesehen worden. Am besten wäre es gewesen, wenn er zur Polizei gegangen wäre, statt es der Polizei zu überlassen, ihn zu finden. »Ich werd ihnen alles erklären«, sagte er zu seinem leicht verzerrten Spiegelbild. »Ich bin ein guter Lügner – die werden mir glauben.« Als er jedoch tief in seine eigenen brennenden Augen blickte, wußte er, daß er sich selbst etwas vormachte. Er konnte nicht mit einer lahmen Begründung, warum er in Charleston gewesen war, zur Polizei gehen. Und er konnte auch nicht weg. Noch nicht.

2

Die Kinder spielten immer noch im Keller, als es an der Tür klingelte. Deborah machte auf und fand draußen auf der Veranda FBI-Agent Wylie vor. Sie versteifte sich, als seine kühlen blauen Augen sie musterten. »Mrs. Robinson, ich muß mit Ihnen sprechen. Dürfte ich hereinkommen?«

Deborah trat wortlos zurück und bedeutete dem FBI-Agenten einzutreten. Als sie ins Wohnzimmer kamen, blickte Joe von einer Zeitschrift auf. »Wylie? Was ist?«

»Ich möchte mit Mrs. Robinson allein sprechen.«

»Mr. Wylie, könnte Joe nicht vielleicht dabeisein?« fragte Deborah, deren Nerven bis zum Zerreißen gespannt waren. Es konnte sich nur um schlechte Nachrichten handeln.

»Es wäre mir lieber, er geht.«

»Na gut, Wylie«, sagte Joe mit kampfeslustigem Blick. »Wie Sie wollen, aber sie wird mir alles erzählen, was Sie gesagt haben, sobald Sie fort sind.«

»Das bleibt ihr überlassen«, entgegnete Wylie trocken.

Er stand starrköpfig und tiefernst da. Joe zuckte die Achseln und verließ den Raum. Deborah nahm auf der Couch Platz. »Was ist los, Mr. Wylie. Haben Sie Steve gefunden?«

Wylie setzte sich ihr gegenüber auf einen Sessel. »Nein, aber wir haben etwas von Belang erfahren. Wir haben Ihre Bankkonten überprüft.«

»Unsere Bankkonten?«

Er nickte, holte sein kleines Notizbuch aus seiner Tasche und blätterte es auf. Er warf einen Blick darauf und sagte dann: »Sie haben eintausenddreiunddreißig Dollar und fünfundvierzig Cent auf ihrem Girokonto. Stimmt das in etwa?«

»Ich kenne unseren Kontostand nicht auf den Dollar genau, aber ja, das müßte in etwa stimmen. Wieso ist das von Belang?«

»Ist es nicht.« Er verstummte. »Das dagegen schon: Ihr Sparkonto ist auf ›Steven J. Robinson oder Deborah A. Robinson‹ ausgestellt. *Oder* statt *und* bedeutet, daß Sie nicht beide unterschreiben müssen, um Geld abzuheben.«

»Das ist mir bekannt«, sagte Deborah, um Geduld bemüht. »Worauf wollen Sie hinaus?«

»Ich will darauf hinaus, daß bei Geschäftsschluß am Freitag der Kontostand siebentausenddreiundzwanzig Dollar und einundfünfzig Cent war.« Er blickte zu ihr auf. »Und am Samstag hat Ihr Mann sechstausend Dollar abgehoben.«

Deborah starrte ihn an. »Sechstausend?«

»So ist es.«

»Das kann nicht sein.«

»Ich fürchte schon. Haben Sie von der Abhebung nichts gewußt?«

»Nein«, sagte sie mit schwacher Stimme.

»Das Geld war also nicht für Reparaturen am Haus oder etwas in der Art bestimmt?«

»Nein. Wir wollten diesen Sommer den Lagerraum herrichten, hatten aber keine anderen Arbeiten geplant, schon gar nicht um diese Jahreszeit.« Deborah versuchte, die ganze Bedeutung von Wylies Bekanntgabe zu erfassen, fragte aber doch zur Sicherheit: »Was kann das zu bedeuten haben?«

»Wie es scheint, hat Ihr Mann Geld abgehoben, weil er auf die Schnelle viel Bargeld brauchte.«

»Und Sie meinen, er hätte es getan, um seine Flucht zu ermöglichen.«

»Es sieht ganz danach aus.«

Deborah drehte ihren Ehering um und um und würdigte Wylie keines Blickes, spürte jedoch, daß er sie eindringlich beobachtete. »Es ist mir egal, wonach es aussieht. Das ist nicht der Grund, warum er das Geld abgehoben hat.«

»Warum dann? Er ist erst am Sonntag verschwunden. Warum hat er Ihnen nichts von der Abhebung erzählt? Oder hat er Finanzangelegenheiten in der Regel für sich behalten?«

»Manchmal.« Wylie hatte die Augen unentwegt auf sie gerichtet, und sie erinnerte sich, daß Joe ihr eingeschärft hatte, sich in Gegenwart des FBI-Manns keine Zweifel anmerken zu lassen. »Ich will damit sagen, daß er mir nicht wegen jedem ausgegebenen Dollar Rede und Antwort gestanden hat. Aber größere Ausgaben haben wir immer besprochen. Warum er mir nichts von der Abhebung erzählt hat, weiß ich nicht. Ich weiß nur, daß er einen guten Grund gehabt haben muß und daß es nicht darum ging, ihm die Flucht zu ermöglichen. Mein Mann würde so etwas nicht tun.«

»Sie sind sich da ganz sicher.«

»Absolut sicher.«

Wylie klappte sein Notizbuch zu. »Na ja, wenigstens wissen Sie jetzt, daß Sie sechstausend Dollar weniger haben als am Freitag.«

Deborah konnte nicht erkennen, ob er nur leichtfertig dahinredete oder ob es sich um eine neue Masche handelte, ihre Reaktion zu ergründen. »Wir kommen schon durch«, sagte sie kurz angebunden. »Wir kommen durch, bis Steve wieder nach Hause kommt.«

Nachdem FBI-Agent Wylie gegangen war, blieb Deborah noch einen Augenblick im Hausflur stehen, erschüttert und tief besorgt. Sie hatte dem FBI-Agenten gegenüber darauf beharrt, daß ihr Mann kein Bankkonto leeren und die Flucht ergreifen würde. Aber bis zum vergangenen Abend hätte sie auch nicht geglaubt, daß er einem jungen Mädchen erlauben würde, ihm zuliebe zu lügen, damit er ein Alibi hatte. Nun fragte sie sich, ob sie überhaupt noch sicher wissen konnte, was der Mann, mit dem sie sieben Jahre verheiratet gewesen war, tat oder nicht tat.

3

»Ich hab ein Geheimnis«, verkündete Kim, als Deborah ihr das Pyjamaoberteil zuknöpfte.

»Verrätst du es mir?« fragte Deborah.

»Nee.«

Brian machte ein verdrießliches Gesicht. »Nicht mal mir sagt sie, was es ist.«

»Kannst du mir einen Hinweis geben, Schatz?« hakte Deborah geistesabwesend nach, während sie einen Teelöffel Hustensaft abmaß.

»Ich kann das Zeug nicht ausstehen«, sagte Kim. »Brian muß es auch nicht nehmen.«

»Brian hat auch keinen Husten.« Kim schluckte den Sirup und zog wilde Grimassen.

»Ach, komm schon, Kimberly. So schlimm ist es nicht.«

»Ist es schon.«

»Zwing sie, uns das Geheimnis zu verraten«, forderte Brian sie auf.

»Wenn Kim ein Geheimnis hat, darf sie es ruhig behalten.« Kimberly blickte enttäuscht drein. »Vielleicht erzähl ich es euch morgen.«

Deborah blinzelte Brian zu. »Wie du willst«, sagte sie unbekümmert.

»Es ist nämlich ein tolles Geheimnis«, griff Kim das Thema noch einmal auf, während sie ins Bett stieg und Deborah ihr die Decke bis zum Kinn hochzog. »Ein ganz tolles Geheimnis.«

»Das ist es bestimmt, Schatz.« Sie küßte Kim auf die Stirn und sah zu, wie Brian die Leiter hoch und in die obere Koje kletterte. Er hatte vor zwei Monaten entschieden, daß er zum Küssen zu alt sei, daher fuhr ihm Deborah, um ihm seinen Willen zu lassen, lediglich durchs Haar. »Ich laß heute nacht wieder die Tür auf, damit ich Kim hören kann, falls sie wieder zu husten anfängt. Nun schlaft gut.« Sie sah zu Scarlett hinüber, die es sich auf ihrem Hundebett bequem machte. »Ihr drei.«

Als sie nach unten kam, machte Joe soeben Evan und Barbara die Tür auf. »Ich hab euch vorfahren gesehen«, sagte er.

Barbara streifte ihren Mantel ab. »Wir wollten eigentlich schon viel früher hier sein, aber wir waren zum Essen aus, und die Bedienung war unglaublich langsam. Evan wollte schon das Restaurant verlassen.«

Deborah fiel auf, daß Evan müde und gereizt aussah und eine tiefe Falte zwischen den Augenbrauen hatte. Sie überlegte, inwieweit seine schlechte Laune darauf zurückzuführen war, daß Barbara so viel Zeit ohne ihn verbrachte.

»Irgendwas Neues heute?« fragte er, als Deborah alle ins Wohnzimmer bat.

Sie und Joe wechselten einen Blick. »Ja. FBI-Agent Wylie war da. Wie es scheint, hat Steve am Samstag vormittag sechstausend Dollar von unserem Bankkonto abgehoben. Er hat es fast ganz leergemacht.«

»O mein Gott«, sagte Barbara atemlos. »Das ist ja furchtbar! Das sieht ja so aus, als hätte er das Geld genommen, um seine Flucht zu ermöglichen.«

»Das hat Wylie auch gesagt. Und ich bin nicht sicher, ob er mir abgenommen hat, daß ich nichts davon wußte. Vielleicht wäre es besser für Steve gewesen, wenn ich gelogen hätte. Ich hätte behaupten können, daß ich davon wußte – daß er das Geld für etwas ausgegeben hat.«

»Nein, es wäre nicht besser gewesen, wenn du gelogen hättest«, sagte Evan mit Nachdruck. »Wylie hätte wissen wollen, wofür es ausgegeben wurde, und dann würdest du über die nächste Lüge stolpern und alles noch schlimmer machen. Aber das heißt noch lange nicht, daß Steve das Geld nicht für etwas anderes als seine Flucht abgehoben hat.«

»Wofür zum Beispiel?« fragte Joe.

»Zum Beispiel für ein extravagantes Weihnachtsgeschenk.«

»Am Sonntag, ehe er verschwunden ist, hat er gesagt, er könnte nicht mit ins Einkaufszentrum, weil er sich um eine Überraschung zu Weihnachten kümmern müsse«, warf Deborah ein. »Aber ich hab ihm damals nicht geglaubt und glaube es jetzt noch nicht. Es war eine Ausrede. Und ich kann dir garantieren, daß er nicht fast unsere ganzen Ersparnisse für ein Weihnachtsgeschenk ausgeben würde. Aber wofür sonst?«

»Vielleicht hat er beschlossen, seinen Wagen abzuzahlen.«

»In einer Zeit, in der mehr Schwierigkeiten auf ihn zukommen, als er bewältigen kann, darunter auch die Möglichkeit, einen Anwalt bezahlen zu müssen, falls er verhaftet und unter Anklage gestellt wird, soll er beschlossen haben, sein Auto abzubezahlen?« fragte Joe ungläubig. »Auf keinen Fall.«

Evan warf ihm einen bitterbösen Blick zu, fügte sich jedoch mit einem knappen Nicken Joes logischer Argumentation. »Deborah, fällt dir noch irgendwas ein, wofür er das Geld verwendet haben könnte?«

»Nein. Absolut nichts.«

»Verdammt«, murmelte Evan. »Das ist übel. Richtig übel.«

Nachdem einen Augenblick lang Stille geherrscht hatte, sagte Barbara langsam: »So ungern ich das sage: Vielleicht hat er doch die Flucht ergriffen. Vielleicht hat ihn das Ganze so überwältigt, daß er abgehauen ist.«

»Vor ein paar Tagen hätte ich dir geantwortet, daß das unmöglich ist«, sagte Deborah. »Jetzt weiß ich es nicht mehr.«

Jemand klopfte leise an die Vordertür. Deborah machte auf. Pete Griffin stand mit Lebensmitteltüten in beiden Armen auf der vorderen Veranda. »Ich hab nicht geklingelt, weil ich dachte, daß die Kinder vielleicht schlafen. Aber ich hab gemerkt, daß du gestern abend mit Mühe und Not ein paar Erfrischungen zusammengekratzt hast. Da ist mir klargeworden, daß du im Trubel der letzten paar Tage wahrscheinlich keine Gelegenheit hattest, Lebensmittel einzukaufen. Deshalb hab ich dir ein paar Vorräte mitgebracht.«

»Ach, Pete, wie nett von dir!« rief Deborah aus.

»Im Auto sind noch mehr Tüten. Vielleicht könnte Joe mir helfen.«

»Bin schon unterwegs«, sagte Joe und zog seine Jacke über.

Fünfzehn Minuten später hatte Deborah fünf Tüten Lebensmittel verstaut und mit einem Lächeln registriert, daß Pete auch an Kräutertee und Süßstoff gedacht hatte. Nun gesellte sie sich zu den anderen im Wohnzimmer. Barbara erzählte Pete gerade von Mrs. Dillman.

»Gütiger Himmel, wer tut einer alten Dame so etwas an?« rief Pete. »Wenn ich dran denke, daß jemand meiner Großmutter so weh tun könnte, wird mir ganz schlecht. Ist sie schon wieder bei Bewußtsein?«

»Bis vor zwei Stunden nicht«, sagte Deborah. »Es kann sein, daß sie das Bewußtsein nie wiedererlangt, Pete. Der Arzt schien ihretwegen keine großen Hoffnungen zu haben.«

Pete runzelte die Stirn. »Sie wird uns also nicht sagen können, wer sie angegriffen hat.«

»Nun ja, selbst wenn sie wieder aufwacht, kann sie uns möglicherweise nicht viel sagen. Sie ist nicht ganz klar im Kopf. Gestern abend hat sie uns weismachen wollen, Steve habe ihr nachspioniert und dabei nicht unten auf dem Boden gestanden.«

»Vielleicht hatte sie ja doch recht, zumindest damit, daß ihr jemand nachspioniert hat, der nicht auf ebener Erde stand«, warf Barbara aufgeregt ein. »Ich mußte immer wieder daran denken, was sie und Kimberly angeblich gesehen haben. Und dann ist es mir eingefallen. Derjenige, der sie beobachtet hat, war tatsächlich nicht unten auf dem Boden, sondern an einem Fenster im ersten Stock.«

»Daran haben wir auch gedacht, aber keines der Fenster hier im Haus blickt auf das Schlafzimmer von Mrs. Dillman hinaus«, widersprach Deborah.

»Ich meine nicht dieses Haus. Das O'Donnell-Haus. Es ist zweistöckig, direkt gegenüber von Mrs. Dillman, und Mrs. Dillmans Schlafzimmer liegt, wie du mir gesagt hast, im vorderen Teil des Hauses. Ein Fenster im ersten Stock des O'Donnell-Hauses hätte demnach direkten Einblick in Mrs. Dillmans Schlafzimmer. Ein Fernglas könnte das Licht einer Straßenlaterne reflektiert haben, so daß die Linsen wie zwei große silberne Augen aussahen.«

»Aber das Haus steht doch leer«, wandte Deborah ein.

»Stimmt nicht. Ich hab heute einige Nachforschungen angestellt. Du hattest vor einiger Zeit erwähnt, daß das Schild der Immobilienfirma dort endlich vom Rasen verschwunden sei. Ich kenne die Besitzerin der Immobilienfirma, die damals das Haus zum Verkauf angeboten hat, und ich war heute bei ihr. Sie hat mir erzählt, daß die Besitzer verzweifelt waren, weil sich kein Käufer fand, und deshalb beschlossen, das Haus zu vermieten. Das Schild wurde vor vier Monaten entfernt, weil das Haus für sechs Monate an einen Mann namens Edward King vermietet wurde.«

Deborah sah sie verblüfft an. »Aber es ist nie jemand eingezogen. Wer mietet solch ein großes schönes Haus und läßt es dann leerstehen? Wer ist dieser Mann?«

Barbara zuckte die Achseln. »Meine Freundin Roberta hat keine Ahnung. Aber die sechs Monate Miete wurden im voraus mit einem Scheck auf ein Bankkonto in Charleston bezahlt.«

»Du machst Witze«, sagte Pete. »Konnte sie dir etwas über diesen Typen erzählen?«

»Nur daß er behauptet hat, Freiberufler zu sein.« Barbara zögerte. »Außerdem wußte sie noch, daß er wahrscheinlich Ende Dreißig, Anfang Vierzig ist, schlank und dunkelhaarig.«

Deborah schluckte. »Genau wie Steve.«

Vierzehn

1

Um neun Uhr dreißig verabschiedete sich Pete, und auch Barbara und Evan gingen bald darauf. Barbara wollte bleiben, aber Deborah hatte sie beiseite genommen. »Evan ist nervlich so angespannt wie eine Klaviersaite.«

»Na klar«, hatte Barbara gesagt. »Er sorgt sich zu Tode wegen Steve, und jetzt kommt auch noch das mit dem Bankkonto und Mrs. Dillman hinzu.«

»Das ist mir alles klar. Aber ich denke, du fehlst ihm auch. Verbring die Nacht mit ihm – sieh zu, daß er das Ganze eine Weile vergißt.« Barbara wollte widersprechen. »Keine Widerrede. Uns geht es gut. Die Polizei oder das FBI oder vielleicht beide sind draußen, und Joe ist hier drinnen bei uns.«

»Ja – Joe ...«, hatte Barbara irgendwie beunruhigt gesagt.

»Was ist?«

»Bloß etwas, das Evan über Joe gesagt hat.«

»Was hat er gesagt?«

»Nichts Definitives. Nur daß er Joe nicht über den Weg traut. Du weißt schon – wegen der Affäre in Houston.«

»Steve hat mir davon erzählt. Joe wurde von jeglichem Fehlverhalten freigesprochen. Wo liegt da das Problem?«

»Ich weiß auch nicht.« Barbara hatte ausgesehen, als tue es ihr leid, etwas gesagt zu haben. »Ich denke, die zwei können sich nur nicht ausstehen. Vergiß, was ich gesagt habe.«

Deborah ärgerte sich und hätte am liebsten zu Barbara gesagt, daß es nicht fair von ihr sei, den Mann, den sie ständig im Haus hatte, in ein zweifelhaftes Licht zu rücken und dann zu verlangen, sie solle die Sache auf sich beruhen lassen. Doch sie verkniff sich die Äußerung, als Evan mit Barbaras Mantel hinzukam.

»Wir können beide bleiben«, sagte er zu Deborah, und seine blauen Augen blickten ernst. »Du brauchst nur ein Wort zu sagen, dann hast du zwei weitere Wachhunde.«

Einen Augenblick lang spielte Deborah mit dem Gedanken, ja zu sagen. Barbaras Gerede hatte sie aus der Fassung gebracht, aber nur leicht. Sie war nicht bereit, ihr zunehmendes Vertrauen zu Joe durch Evans und Joes persönliche Differenzen ins Wanken bringen zu lassen. Wenn sie jetzt anfing, jedem zu mißtrauen, würde sie in dieser gefährlichen Situation die Kontrolle verlieren. Und die Kontrolle durfte sie auf keinen Fall aus der Hand geben – sie hatte die Kinder zu beschützen.

Allerdings erinnerte sie sich, daß ihr Vater ihr vor vielen Jahren einmal mangelnden Instinkt in bezug auf andere vorgeworfen hatte. »Du hast, wenn es um andere Leute geht, noch nicht mal das Gespür, das Gott einer Gans gegeben hat«, hatte er wütend gebrüllt, als ihre beste Freundin Mary Lynn wegen Ladendiebstahl verhaftet worden war. »Ich wußte gleich, daß die nichts taugt, sobald ich sie zu Gesicht gekriegt hab. Du aber wieder mal nicht. Denkst immer das Beste über die Leute. Eines Tages, Mädel, wirst auch du schlau werden.« Sie hatte Steve vertraut, nur um jetzt anzuzweifeln, daß sie ihren Mann überhaupt richtig gekannt hatte. Derzeit vertraute sie Joe. War das ein ebenso großer Fehler?

2

Evan stand am Fenster von Barbaras Apartment im zweiten Stock und starrte hinaus in die kalte Dezembernacht. »Wir sollten einen Weihnachtsbaum aufstellen«, sagte er.

»Hast du vergessen?« Barbara trat hinter ihn und schlang ihm die Arme um die Taille. »Ich feiere Weihnachten nicht.«

»Würdest du in die Hölle kommen, wenn du einen Weihnachtsbaum aufstellst?«

»Ich bin Jüdin – wir glauben nicht an die Hölle.«

»Und wo kommt dann eurer Meinung nach jemand wie der Gassenwürger hin, nachdem er gestorben ist?«

Barbara zwang ihn, sich umzudrehen, und blickte stirnrunzelnd zu ihm auf. »Was hat dich bloß in die Stimmung versetzt? Wir sind seit fast einem Jahr zusammen und haben noch nie über Religion gesprochen.«

»Es ist unser erstes gemeinsames Weihnachtsfest, und unter den Umständen ...«

»Unter was für Umständen?«

»Die Sache mit Steve.«

»Was hat Steve mit einem Weihnachtsbaum zu tun?«

»Ich weiß auch nicht. Nichts.«

Barbara legte ihm die Hände auf die Schultern und sah ihm in die Augen. »Hat es wohl, ich seh es dir an. Sag's mir.«

»Ich hab wohl, weil alles so durcheinander ist, das Bedürfnis, die eine oder andere Tradition hochzuhalten.«

»Meinst du, Steve ist tot?«

»Nein. Ich fürchte, er ist schuldig.«

»Evan! Wie kannst du so was sagen?«

»Wie ich es sagen kann? Sieh dir die Indizien an. Und jeden Tag kommen neue hinzu.«

»Alles bloß Zufall.«

»Klar. Ein Zufall nach dem anderen. Ich glaub nicht dran.«

»Erst hast du Joe verdächtigt. Jetzt verdächtigst du Steve?« Sie nahm die Hände von seinen Schultern. »Evan, ich weiß, du kannst Joe nicht leiden, und ich gebe zu, daß du mich wegen seiner plötzlichen überwältigenden Fürsorglichkeit gegenüber Deborah nachdenklich gemacht hast. Aber ich kann nicht glauben, daß du Steve seit ewigen Zeiten kennst und trotzdem so daherredest. Wie kannst du annehmen, daß Steve Robinson nicht nur eines Mordes, sondern gleich mehrerer brutaler Morde fähig ist?«

»Er ist nicht über jeden Zweifel erhaben, Barbara. Sieh dir nur die Ereignisse im Zusammenhang mit dem Überfall auf seine Schwester an.«

»Er war damals noch ein Junge.«

»Er war längst kein Junge mehr. Er war achtzehn.«

»Und wie reif warst du mit achtzehn?«

»Offensichtlich reifer als Steve.«

»Da bin ich mir nicht so sicher. Er hatte Angst, Evan. Und er stand unter entsetzlichem Druck von seiten seiner Eltern.«

Evan hob ungeduldig die Hand, fast so, als wolle er sie verscheuchen wie eine Fliege, und ging hinüber zur Couch mit dem braunen Kunststoffbezug. Die Polster quietschten, als er sich setzte. »Wann wirst du dir endlich ein paar anständige Möbel kaufen?« fragte er gereizt.

»Ich hab das Apartment möbliert gemietet, Evan.«

»Warum suchst du dir dann nicht eine Wohnung, die unmöbliert ist, und richtest sie her? Sorgst dafür, daß sie warm und einladend wirkt, nicht wie ein Büro, das mit Mobiliar aus dem Ausverkauf eines Billigkaufhauses eingerichtet ist.«

Barbaras Lippen verkniffen sich. »Du weißt, es ist mir egal, wie das Apartment aussieht, solange es sauber ist. Wieso möchtest du, daß ich umziehe? Weil du mit mir zusammenziehen willst?«

Evan machte einen erschrockenen Eindruck. »Nein.«

»Dacht ich's mir doch.«

»Barb, es ist im Augenblick einfach nicht möglich, daß wir zusammenleben oder heiraten.«

»Warum nicht?« Barbara war sich bewußt, daß ihre Stimme eine gewisse Schärfe angenommen hatte, aber sie konnte nicht anders. Immerhin nahm sie wahr, daß Evan immer aufgebrachter wurde. »Wir müssen doch für den Fall vorausplanen. Wir haben nie auch nur darüber gesprochen.«

»Eine kirchliche Trauung braucht Zeit.«

»Evan, ich heirate nicht in einer Kirche.«

»Ach, um Himmels willen«, explodierte er. »Was ist das für ein religiöser Eifer, der dich auf einmal gepackt hat?«

»Religiöser Eifer, der mich gepackt hat? Und wie steht es mit dir? Ich hab noch nie erlebt, daß du in die Kirche gegangen bist. Du machst dir bloß Sorgen wegen deiner Eltern. Du weißt, daß sie eine standesamtliche Trauung nicht gutheißen würden. Dabei wäre es doch unsere Hochzeit.«

»Sie sind alt, Barb. All das bedeutet ihnen viel.«

»Es bedeutet meiner Familie auch viel.«

»Und dann müssen wir uns über das Thema Kinder unterhalten. Ich meine, wenn wir ein Kind haben wollten, müßte es bald sein. Du hast nicht mehr viel Zeit.«

»Vielen herzlichen Dank, daß du mich daran erinnert hast«, sagte Barbara bissig.

Evan rollte mit seinen blauen Augen. »So hab ich das nicht

gemeint. Wenn mich dein Alter stören würde, hätte ich erst gar nichts mit dir angefangen. Aber um die Tatsachen kommt man nun mal nicht herum.«

»Ja. Und Tatsache ist, daß du nicht daran interessiert bist, mich zu heiraten.«

»Wir müssen vorher noch alles mögliche durchsprechen. Im Augenblick wäre es für uns beide nicht ratsam.«

Barbara legte die Hände auf die Hüften. »Und zu welchem Zeitpunkt wäre es ratsam?«

Evan starrte sie an. »Du siehst aus wie eine starrsinnige Gouvernante. Hat das Bürschchen sich wieder mal danebenbenommen? Hast du das Gefühl, dafür sorgen zu müssen, daß er nicht aus der Reihe tanzt? Willst du ihn zwingen, auf deine ältere, weisere Stimme zu hören?«

Barbaras Gesicht rötete sich. »Wie kannst du es wagen, so mit mir zu reden.«

Evan ließ nicht locker. »Hör dir doch mal beim Reden zu. Du klingst wie meine Mutter, nicht wie meine Geliebte.«

»Das stimmt nicht.«

»Doch.« Evan griff nach seiner Jacke, die auf der Armlehne der Couch lag. »Ich denke, es wird Zeit, daß ich gehe.«

»Gehen? Evan, du wolltest doch über Nacht hierbleiben.«

»Na ja, du hast nicht unbedingt für romantische Stimmung gesorgt. Da verzichte ich lieber dankend.«

»Dankend! Mußt du so anmaßend daherreden?«

»Ich könnte noch ganz anders daherreden als anmaßend.«

Barbaras Wut verflog, und sie machte einen versöhnlichen Schritt auf ihn zu. »Evan, ich hab Deborah allein gelassen, damit wir ein bißchen Zeit füreinander haben.«

»Sie ist nicht allein. Sie hat das Rauhbein Joe Pierce bei sich.«

»Evan, ich bitte dich«, flehte Barbara und folgte ihm zur Tür. »Du kannst doch jetzt nicht so gehen.«

»Ich halte es für besser, so zu gehen, als zu bleiben und alles noch schlimmer zu machen.«

Barbara umklammerte seinen Arm. »Evan –«

»Hör auf, an mir zu zerren«, knurrte er und entriß ihr seinen Arm. »Wir sehen uns morgen. Gute Nacht.«

Barbara schloß hinter ihm die Tür und lehnte sich dann dagegen. Tränen füllten ihre Augen. Was war nur passiert? Was hatte sie getan, ihm den Abend so zu verderben? Oder hatte Evan nur eine Ausrede gesucht, um fortzugehen?

3

Evan verließ Barbaras Apartmenthaus und marschierte zu seinem roten Toyota Camry. Er blieb einen Augenblick im Wagen sitzen, die Hand fest ums Steuer geschlossen. Er rechnete mehr oder weniger damit, daß Barbara aus der Tür stürmen würde, um ihm nachzusetzen. Wenn sie ihn jetzt aus dem Wohnzimmerfenster sah, würde sie es bestimmt tun. Er ließ hastig den Wagen an und fuhr vom Parkplatz.

Er stellte das Radio auf den Klassiksender ein. Barbara haßte klassische Musik, und das war nur eine ihrer Differenzen. Sie hatte auch kein Interesse an Kunstfilmen, Feinschmeckerlokalen und Pferden. Als er sie in das elegante Zwanzigzimmerhaus seiner Eltern auf seinem sechs Hektar großen Grundstück in Fairfax, Virginia, mitgenommen hatte, war sie völlig verloren gewesen. Sie hatte nicht gewußt, worüber sie sich mit seiner zarten, künstlerisch begabten Mutter oder seiner im gesellschaftlichen Umgang so gewandten Schwester unterhalten sollte. Und mitten in dem Kreis, in dem er früher verkehrt hatte, dem Kreis der jungen wohlhabenden Paare und alleinstehenden Frauen, denen trotz Berufstätigkeit verschiedenster Art die Patina alten Geldes und alter Privilegien anhaftete, war ihm Barbara wie ein wilder, robuster Löwenzahn zwischen lauter zarten Teerosen erschienen.

Er hatte sich geschämt, daß er so dachte, geschämt darüber, wieviel es ihm ausmachte, daß seine Freunde, auch wenn sie sich sonst gut benommen hatten, angesichts seiner Freundin offen ihr Erstaunen bekundet hatten. Und seine Eltern hatten zwar kein Wort gesagt, ihre Mißbilligung jedoch nicht verbergen können.

Hatten sie überhaupt versucht, sie zu verbergen? fragte er sich. Seine Eltern waren Meister, wenn es darum ging, negative Emotionen zum Ausdruck zu bringen, ohne ein Wort zu sagen. Zum Beispiel hatten sie ihm nie gesagt, daß sie entsetzt waren, als er Staatsanwalt geworden war, anstatt in die Kanzlei einzutreten, die sein Urgroßvater gegründet hatte, aber sie hatten es ihn dennoch wissen lassen. Und wenn er sie schon mit seiner Berufswahl enttäuscht hatte, konnte man doch wenigstens von ihm erwarten, daß er eine »passende« Frau heiratete, eine Frau aus wohlhabenden Verhältnissen, die Europa bereist hatte, die richtigen Schulen besucht hatte und wußte, wie man die Arbeit im Büro zurückläßt, um im eigenen Haus die charmant plaudernde Gastgeberin zu spielen. Und vor allem eine Frau, die jung genug war, um mehrere Kinder zu haben, die den Namen Kincaid weiterleben ließen. Schließlich war Evan der einzige Sohn. Die dynastische Linie würde mit ihm enden, wenn er nicht selbst einen Sohn bekam.

»Gütiger Himmel«, sagte er laut. »Das klingt ja, als wären wir eine Art Königsfamilie.« Aber so lächerlich es klang, war er doch im Bewußtsein dessen aufgewachsen, was von ihm erwartet wurde, genau wie vor ihm sein Vater. Und sein Vater hatte getan, was von ihm erwartet wurde. Er war der Rebell der Familie, aber er war nicht sicher, ob er sich in der Rolle des Rebellen so wohl fühlte, wie er angenommen hatte.

Mit einem Fluch schaltete er das Radio aus. Was er jetzt brauchte, war eine hell beleuchtete, schäbige Bar, wo der Zigarettenqualm, der Alkohol und der Lärm vorübergehend den schmerzlichen Konflikt lindern würden, in dem er sich befand.

4

Der bringt mich um, dachte Toni Lee Morris, als sie aus der Bar trat. Sie blieb einen Augenblick am Straßenrand stehen, hielt sich eine Locke ihres langen dunklen Haars unter die Nase und roch daran. Igitt! Sie stank nach Zigarettenrauch. Kleider ließen sich ausziehen. Sie konnte sogar rasch in die Dusche hüpfen, ehe sie zu Daryl ins Bett kroch, aber sie hätte nicht erklären können, warum sie sich um Mitternacht das Haar gewaschen hatte. Und es würde ihm mit Sicherheit auffallen, dachte sie verdrossen. Sobald sie in die Wohnwagensiedlung zurückgekehrt und ins Bett gekrochen war, würde Daryl, der immer wie ein Toter schlief, aufwachen und sich über sie hermachen. Schließlich war er erst den dritten Abend wieder zu Hause, nachdem er mit dem Schwerlaster Chemikalien aus Nitro wer weiß wohin verfrachtet hatte. Und am kommenden Morgen würde er wieder losfahren. Ja, es würde ihm auffallen, und sie konnte den Geruch nicht auf die paar Zigaretten schieben, die sie geraucht hatte, während sie auf die Kinder ihrer Schwester Brenda aufgepaßt hatte.

Dann war da noch das Problem mit dem Geld. Brenda bezahlte sie immer fürs Kinderhüten. Sie hatte versprochen zu lügen, falls Daryl anrief (»Ja, Daryl, ich bin früher zurückgekommen, aber ich bin völlig erledigt und hab Toni gebeten, daß sie mir eine Pizza holt. Ich sorge dafür, daß sie dich anruft, sobald sie zurück ist.«), und Toni Lee dann in der Bar Bescheid zu sagen. Das Problem war nur, daß Toni Lee für das abendliche »Kinderhüten« kein Geld vorzuweisen hatte. Vielleicht würde Daryl danach fragen. Ja, klar, dachte Toni Lee. Am Morgen würde er sie um einen Fünfer für Zigaretten angehen, und sie hatte, nachdem sie am Abend ihre Drinks bezahlt hatte, nur noch ein paar Dollar übrig. Sie mußte sich was ausdenken. Wie wäre es, wenn sie behauptete, Brenda hätte kein Geld im Haus gehabt und würde sie später bezahlen? Nicht schlecht. Aber eine gute Ausrede war es auch nicht.

Scheiße. Es war ihr größter Fehler gewesen, Daryl direkt nach der Schule zu heiraten. Sie war hübsch. Mehr als nur hübsch. Das sagten alle. Sie hätte jeden haben können. Vielleicht sogar einen reichen Playboy. Vielleicht wäre sie dann auch ins Fernsehen gekommen, in eine Sendung wie *Lifestyles of the Rich and Famous* zum Beispiel. Aber sie hatte Daryl Morris geheiratet, weil sie glaubte, schwanger zu sein. Sie war es nicht, aber nun saß sie in der Falle. Er würde sie niemals gehenlassen. Er war verrückt nach ihr. Außerdem hatte sie noch nie einen festen Job gehabt. Was hätte sie tun können, um ihren Lebensunterhalt zu verdienen?

Sie hatte ihr Auto in einer Sackgasse geparkt, nur für den Fall, daß Daryl mißtrauisch wurde und sich auf die Suche nach ihr machte. Das war vielleicht eine blöde Idee, dachte sie, als sie in die breite, aber spärlich beleuchtete Gasse einbog. Ich hätte mit dem Ausgehen bis morgen warten sollen, nachdem Daryl wieder losgefahren ist. Aber sie hatte am Montag der vergangenen Woche in der Bar so einen süßen Vertreter kennengelernt, und er hatte gesagt, er sei gewöhnlich montags da. Nicht jedoch, wie es sich herausstellte, an diesem Montag. Sie hatte wegen nichts und wieder nichts ein großes Risiko auf sich genommen. Sie hatte noch nicht einmal jemand anderen entdeckt, der ihr interessant erschien. Nun ja, da war dieser eine Typ an der Bar gewesen, aber der hatte irgendwie schüchtern gewirkt. Er war gegangen, nachdem sich die Frau mit dem buschigen hellblondgebleichten Haar an ihn rangemacht hatte. Er hatte gewartet, bis sie aufs Klo ging, und war dann abgehauen. Kein Wunder, dachte Toni Lee. Die sah aus, als wäre sie schon mit vielen um den Block gegangen. Mit vielen Hunderten.

Sie lächelte über ihren eigenen geistreichen Gedanken und kramte in ihrer Tasche nach dem Wagenschlüssel. Da war er auch schon mit seinem Anhänger, den ein rosa Pompon zierte. Andere Frauen lachten immer über diesen Schlüsselanhänger, aber sie lachte stets zuletzt, wenn sie ihre Schlüssel wieder mal sofort gefunden hatte, während die andern unendlich lang ihre Taschen nach einem albernen kleinen Anhänger durchwühlten, der geschmackvoll sein mochte, aber keineswegs praktisch war.

Von einem leeren Lieferwagen abgesehen, der am Seiteneingang der Bar stand, war Tonis blauer Ford Escort das einzige Fahrzeug in der Gasse. Ihre hohen Absätze klapperten hohl über den Asphalt. Ihre Füße taten schrecklich weh, aber sie hatte den ganzen Abend gestanden, weil sie ihren kurzen schwarzen Rock und die hohen schwarzen Pumps anhatte, die ihre Klassebeine besonders gut zur Geltung brachten. Natürlich würde sie, nachdem sie eingestiegen war, den Rock und die Schuhe gegen Jeans und Laufschuhe aus weißem Leder vertauschen. Sollte Daryl zufällig wach sein, wenn sie nach Hause kam, würde er ihr bestimmt nicht glauben, daß sie in Minirock und hochhackigen Schuhen Kinder gehütet hatte. Es war also vielleicht ganz gut, daß die Gasse menschenleer war, auch wenn es sie ein wenig gruselte. Aber wenigstens konnte sie sich unbeobachtet umziehen.

Sie hatte soeben den Schlüssel in die Wagentür gesteckt, als aus den Schatten um den Lieferwagen ein Mann hervortrat.

Toni Lee erstarrte. Er kam auf sie zu, lässig, alles andere als bedrohlich. »Hallo«, sagte er mit freundlicher Stimme. »Eine ziemlich gefährliche Stelle zum Parken, finden Sie nicht?«

»Nicht, wenn man wie ich eine Schußwaffe dabei hat«, antwortete Toni Lee und ärgerte sich über das Zittern in ihrer Stimme.

»Sie sind doch wohl nicht etwa Polizeibeamtin oder Privatdetektivin?«

»Häh?« murmelte Toni und kramte in ihrer Tasche, als wäre sie auf der Suche nach ihrer Waffe.

»Man braucht eine Lizenz, um eine Schußwaffe mit sich zu führen.«

»Ach so, ja. Ich bin Polizeibeamtin. Von der Kripo.«

Der Mann lächelte. Es war ein offenes, argloses Lächeln. »Ich glaub Ihnen nicht. Ich glaub, Sie haben bloß Angst. Aber das ist unnötig. Ich hab Sie in der Bar gesehen.« Toni kniff im schwachen Licht die Augen zusammen, bis sie ihn wiedererkannte. »Ich wollte grade den Mut aufbringen, Sie anzusprechen, als sich diese Blondine an mich rangemacht hat.« Er schüttelte lachend den Kopf. »Was war das bloß für eine Aufmachung? Dolly Parton oder Madonna?«

Toni Lee entspannte sich ein wenig. »Die Beleuchtung bei ihr zu Hause muß wirklich schlecht sein, wenn sie glaubt, wie die Parton oder Madonna auszusehen.«

»Vielleicht zieht sie sich bei Kerzenschein an.«

»Ja, das wär wahrscheinlich am besten. Wieso verstecken Sie sich hier in der Sackgasse?«

»Ich versteck mich überhaupt nicht. Es ist nur so eine schöne klare Nacht, daß ich auf die Idee kam, noch eine Zigarette zu rauchen. Und um ehrlich zu sein: Ich hab den Ausgang der Bar im Auge behalten wollen. Ich dachte, falls die Wasserstoffblondine vor Ihnen rauskommt, könnte ich wieder reingehen und noch ein bißchen mit Ihnen plaudern. Ich hab mir nie erträumt, ich könnte das Glück haben, daß Sie zu mir kommen.«

Toni Lees freudiges Erröten fiel im Halbdunkel nicht auf. »Ich verstehe. Und warum wollen Sie sich mit mir unterhalten?«

»Haben Sie je in den Spiegel gesehen? Außerdem haben Sie

nicht den Eindruck gemacht, als gehörten Sie in so ein Lokal. Die Bar ist wohl gut genug für die meisten Leute, nicht jedoch für Sie. Sie sahen aus wie eine Rose unter Dornen.«

Toni Lee war begeistert. »Eine Rose unter Dornen?«

»Ja. Sie sind zu gut für dieses Lokal. Ich stelle Sie mir eher im TriBeCa Grill oder so vor.«

»Was ist das denn?«

»Ein Restaurant in Manhattan, das Robert De Niro gehört.«

»Ich liebe Robert de Niro«, antwortete Toni, obwohl ihr im Augenblick kein Film einfallen wollte, in dem er die Hauptrolle gespielt hatte. Aber sie wußte, daß er was Besseres war.

»Waren Sie selbst schon mal dort?«

»Ein paarmal.«

»Kennen Sie ihn etwa persönlich?«

»Wir haben hallo zueinander gesagt, aber er ist ziemlich distanziert. Menschenscheu, nehme ich an.«

»Es muß toll sein, einen Filmstar kennenzulernen.« Mensch, der Typ sieht recht gut aus, dachte Toni Lee. Er war ein paar Jahre älter als sie – vielleicht zehn –, und man konnte nicht viel von seinem Körperbau erkennen, weil er einen gefütterten Regenmantel trug, aber er hatte schönes braunes Haar, und sein Lächeln gefiel ihr. Irgendwie jungenhaft, aber erotisch. Er erinnerte sie an jemanden. Wenn sie seine Augen gesehen hätte, hätte sie gewußt, an wen, aber sie waren hinter einer Hornbrille mit getönten Brillengläsern verborgen, die selbst im Dunkel der Gasse ein wenig dunkler blieben. »Sind Sie aus New York?«

»Nein, aber ich reise viel.«

»Sind Sie Handelsreisender?«

Er lachte. »Nein, Gott sei Dank nicht. Ich bin nicht aggressiv genug, um Vertreter zu sein. Ich bin Arzt – Kinderarzt, um es genau zu sagen –, aber meine Eltern sind letztes Jahr gestorben und haben mir ein wenig Geld hinterlassen, darum hab ich beschlossen, mir eine Weile freizunehmen und einfach das Leben zu genießen. Es ist schön, mal nicht jeden Tag kranke Kinder sehen zu müssen.«

Ein Arzt, schrie Toni Lee in Gedanken. Ein Arzt, der obendrein vermögend war und gut aussah. Nachdem sie wußte, daß er Geld hatte, entschied sie, daß er eigentlich ganz hervor-

185

ragend aussah, trotz der altmodischen Brille. Ob er wohl verheiratet war? Sie warf einen verstohlenen Blick auf seinen Ringfinger, aber er hatte Handschuhe an. Er ertappte sie beim Hinsehen und sagte: »Ich bin geschieden. Seit zwei Jahren. Und wie steht es mit Ihnen?«

Sie überlegte, ob sie ihm erzählen sollte, daß sie auch geschieden sei, wählte jedoch statt dessen die Formulierung: »Demnächst geschieden. Wir leben getrennt.«

»Verstehe. Es tut mir leid.«

»Mir nicht. Es war von Anfang an ein großer Fehler.« Sie hatte Lust, noch irgendwo hinzugehen und sich stundenlang mit ihm zu unterhalten, aber sie mußte an Daryl denken. Daryl, der Ehemann, von dem sie nicht getrennt lebte. Sie landete unsanft wieder auf dem Boden der Tatsachen.

»Also, ich muß jetzt wirklich nach Hause.«

»Sie müssen furchtbar frieren.«

»Ja, es ist schon ziemlich kalt heute abend, aber ich würde mich gern ein andermal mit Ihnen treffen.«

Er lächelte. »Das wäre großartig. Haben Sie hier in der Gegend ein Lieblingslokal?«

»Äh, also, es gibt ein Restaurant, das mir gefällt. Es heißt The Fifth Quarter«, sagte sie zögernd. Sich in einem Restaurant mit ihm zu treffen war riskant, aber von Daryls Freunden ging dort niemand hin. »Das ist gegenüber vom Einkaufszentrum in der Stadtmitte –«

»Ich weiß, wo es ist«, sagte er. »Eine gute Wahl. Wann?«

»Wie wär es mit morgen?«

»Abgemacht, morgen. Gegen acht?«

Toni Lee aß gewöhnlich um fünf Uhr dreißig vom Tablett zu Abend, während im Fernsehen die Talkshow *Geraldo* lief. Sie würde bis acht halb verhungert sein, sagte aber dennoch prompt: »Hervorragend.« Sie konnte jederzeit eine Kleinigkeit essen, während sie badete und sich anzog. Aber nicht viel. Sie wollte nicht, daß sich ihr Bauch in dem engen grünen Kleid abzeichnete, das sie bereits zu tragen beschlossen hatte.

»Wunderbar«, sagte er enthusiastisch. »Wir sehen uns morgen.«

»Ja, morgen.« Sie wünschte sich, daß ihr etwas Schlaues zu sagen einfiele, aber sie war nun mal kein schlauer Mensch. Sie mußte sich damit begnügen, ihn mit einem strahlenden Lächeln zu beeindrucken.

Als Toni Lee erneut den Schlüssel ins Türschloß steckte, fiel ihr ein, daß sie den Namen des Mannes nicht kannte. »Ach, übrigens«, sagte sie und drehte sich nach ihm um, »ich bin Toni Lee. Und Sie sind –«

Eine Schnur legte sich um ihren Hals und zerrte so fest an ihr, daß sie wegen ihrer hochhackigen Schuhe von den Beinen gerissen wurde. Ein einziges jämmerliches Quieken entfuhr ihr, ehe die Schnur in ihren Hals schnitt. Sie trat um sich und versuchte vergebens, das grausige Ding zu packen, das ihr den Atem nahm. Aber es schnitt so tief in ihre Kehle, daß es ihr noch nicht einmal gelang, ihre langen Fingernägel darunterzuschieben. Sie griff hinter sich, bemühte sich, dem Mann das Gesicht zu zerkratzen, aber er wich ihren tastenden Fingern aus. Ihre Hände fielen herab, strichen an den Ärmeln seines Mantels entlang. Etwas traf ihre Schläfe. Weißes Licht blitzte hinter ihren Augen auf. Ihre Hand sauste hoch, um ihr Gesicht zu schützen, aber da traf bereits ein zweiter Schlag ihre Wangenknochen. Sie hörte den Knochen brechen.

Während sie unter der Wucht der Schläge taumelte, fing er ihre Hände ein, die immer noch nach ihm krallten, und schnürte sie unerträglich fest hinter ihrem Rücken zusammen. Dann schleppte er sie vom Auto weg. Sie gab krächzende, erstickte Laute von sich, als sie sich abmühte zu atmen. Doch sie bekam keine Luft.

Die Gasse wirkte immer verschwommener. Einen Augenblick lang glaubte sie, sich in ihrer Wohnwagensiedlung zu befinden. Ihre Lippen formten lautlos das Wort »Daryl«, aber Daryl war nicht da. Der dicke, ungehobelte, eifersüchtige Daryl, der ihr nie auch nur eine Ohrfeige verpaßt hatte, war nicht da, um denjenigen zu verdreschen, der seiner Frau ein Leid anzutun versuchte. Der wird so was von wütend auf mich sein, dachte Toni Lee. Er wird wissen, was ich gemacht hab. Trotz der intensiven Schmerzen, die sie litt, wurde sie auf einmal unendlich traurig, und die Tränen quollen ihr aus den Augen, als sie sich plötzlich nach dem Mann sehnte, der ihr noch vor kurzem unerträglich erschienen war. Was für ein Zeitpunkt, um dahinterzukommen, daß sie etwas übrig hatte für diese

Null. Daryl, hilf mir, schrie sie lautlos. Ach, Daryl, bitte, bitte hilf mir.

Der Mann zog sie, die immer noch schwach um sich trat, hinter den Lieferwagen und verabreichte ihr einen letzten, vernichtenden Schlag auf die Kinnlade. Sie schrie innerlich vor Schmerzen, als er ihren gebrochenen Kiefer auseinanderzwang und ihr etwas in den Mund stopfte, das nach kleinen Ästen und totem Laub schmeckte. Dann streifte er ihr den Rock hoch und begann an ihrer Strumpfhose zu ziehen. Tut mir leid, Daryl, dachte sie dumpf, ehe ihr Bewußtsein anfing, sich dem unerträglichen Schmerz und der bevorstehenden Greueltat zu verweigern. Daryl, es tut mir schrecklich, schrecklich leid.

5

Deborah ließ ihre Taschenbuchausgabe der Biographie von Michael Caine sinken und sah auf die Uhr: ein Uhr zwanzig. Sie seufzte und legte das Buch weg. Sie war so müde, daß die Worte vor ihren Augen verschwammen, hatte aber nicht das Bedürfnis zu schlafen, obwohl sie wach gewesen war, seit Scarlett frühmorgens Mrs. Dillman gefunden hatte. Sie sah immer noch den zarten Leib der Frau auf dem frostglitzernden Gras liegen. Außerdem mußte sie ständig an das Sparkonto denken, das Steve am Tag vor seinem Verschwinden so gut wie leergeräumt hatte. Ihr ruhiges Leben war am Sonntag abend auf den Kopf gestellt worden, und sie hatte das Gefühl, daß ihr Gehirn mit den unzähligen seltsamen und beängstigenden Ereignissen der letzten paar Tage überlastet war. Sie war sich nicht sicher, wieviel sie noch ertragen konnte.

Rastlos warf sie die Decke von sich und zog ihren Morgenmantel an. Vielleicht würde ein Glas heiße Milch ihr helfen. Heiße Milch mit einem großzügigen Schuß Bourbon. Dieses Erlebnis wird noch eine Alkoholikerin aus mir machen, dachte sie. Noch etwas, das Vater meiner unüberlegten Heirat anlasten kann. Hätte ich Billy Ray Soames geheiratet, wie er wollte, wäre wahrscheinlich nie ein Tropfen Alkohol über meine Lippen gekommen.

Die Tür zum Gästezimmer stand offen. Deborah hoffte, daß Barbara ihre Nacht mit Evan genießen konnte. Er hatte so nervös gewirkt. Sosehr ihm darum zu tun war, behilflich zu sein, ärgerte er sich doch, meinte Deborah, über die viele Zeit, die Barbara bei ihr zubrachte. Und an Barbaras Kräften zehrte sie gewiß auch. Schließlich arbeitete sie wie sonst ihre zehn Stunden am Tag und bekam hier bei ihr kaum das, was man eine ruhige abendliche Atmosphäre nennen konnte.

Sie warf einen Blick ins Zimmer der Kinder. Beide schliefen fest. Scarlett öffnete schlaftrunken die Augen, schien aber nicht geneigt zu sein, ihr zu folgen.

Deborah ging auf Zehenspitzen nach unten. Noch vor einer Woche hätte sie es nicht für möglich gehalten, daß sie sich Joe Pierce je im Nachtgewand zeigen würde. Nun wäre ihr solche Scheu albern vorgekommen.

Joe hatte das Angebot abgelehnt, in Barbaras Abwesenheit im Gästezimmer zu schlafen. »Ich muß unten sein«, hatte er gesagt. »Wenn hier jemand rumschleicht, höre ich ihn.« Aber als Deborah am Wohnzimmer vorbeikam, sah sie, daß die Couch unbesetzt war. Mehr noch: Sie sah aus, als hätte bis jetzt niemand auf ihr geschlafen. Deborah ging mit der Erwartung in die Küche, Joe am Tisch sitzen und Kaffee trinken zu sehen. Doch der Raum war leer. Besorgnis durchfuhr sie. Hatte Joe etwas gehört und war nachsehen gegangen?

Ihre Hände begannen zu zittern. Sie atmete tief ein und trat an die Hintertür. Sie war abgeschlossen, genau wie die Tür zur Garage. Sie blickte aus dem Küchenfenster, konnte aber nichts erkennen. Dann eilte sie zur Vordertür. Auch sie war verschlossen und verriegelt. Sie zog die Spanngardine beiseite und spähte hinaus in den Vorgarten. Leer, genau wie die Straße, und das, obwohl mit Sicherheit irgendwo in der Nähe ein Überwachungsfahrzeug lauerte. Aber dieses Wissen sorgte auch nicht dafür, daß sie sich sicherer fühlte.

Wo war Joe? Nun, sie konnte nicht gut hinausgehen und nach ihm suchen, aber seelenruhig wieder ins Bett gehen konnte sie auch nicht. Sie kehrte in die Küche zurück, goß Milch in einen Becher und schaltete den Mikrowellenherd an. Die Milch, wußte sie jetzt, würde ihr zwar nicht helfen, aber die Zubereitung gab ihr etwas zu tun.

Die Uhr am Mikrowellenherd klingelte gleichzeitig mit dem Telefon. Sie hob in der Küche ab und erwartete, Joes vertraute heisere Stimme zu hören. Statt dessen sagte eine rauhe, dramatisch verzerrte Männerstimme: »Deborah?«

Sie zögerte. »Ja?«

»I love the way you look tonight. Du siehst schön aus heute abend.«

Verblüfft hielt sie einen Augenblick lang den Hörer in der Hand, ehe sie hastig auflegte. Sengende Panik durchfuhr sie. Ihre Augen huschten zum Fenster über dem Spülbecken. Die Jalousie war heruntergezogen. Niemand konnte hereinsehen. Und doch glaubte sie Blicke voll boshafter Belustigung zu spüren.

Sie verschränkte die Arme und kam sich klein und verletzlich vor. Was sollte sie tun? Zu dem Überwachungsfahrzeug hinrennen? Der Gedanke, in die Nacht hinauszueilen, machte ihr angst. Dort draußen war jemand, der sie beobachtete.

»Oder vielleicht auch nicht«, sagte sie laut, nur um die Stille in der Küche zu durchbrechen. »Er hat sich nicht im einzelnen dazu geäußert, wie ich aussehe. Vielleicht konnte er mich gar nicht sehen.« Es war also zwecklos, die Polizei zu rufen. Die würde die Sache wahrscheinlich als den harmlosen Anruf eines Spinners abtun. Sie wußte natürlich, daß das Telefon abgehört wurde, aber der Anruf hatte weniger als dreißig Sekunden gedauert. Das war nicht lange genug, um ihn zurückzuverfolgen. Es war töricht von ihr gewesen, nicht länger dranzubleiben.

Deborah holte den Becher Milch aus dem Mikrowellenherd. Die Milch war inzwischen lauwarm, doch sie machte sich nicht die Mühe, sie neu zu erhitzen. Statt dessen holte sie die Flasche Bourbon aus dem Schrank und goß ein wenig davon in die Milch. Dann setzte sie sich immer noch zitternd an den Tisch und starrte unverwandt zum Telefon hinüber. Wie aufs Stichwort fing es wieder zu klingeln an.

Deborah blieb sitzen, starr vor Unsicherheit. Sollte sie es klingeln lassen? Sollte sie sich melden und den Mann dazu bringen, daß er ein paar Minuten dranblieb? Sie schloß die Augen. Es klingelte noch einmal. Und noch einmal.

Sie sprang auf, rannte zum Apparat und hätte es fast nicht geschafft, sich mit ruhiger Stimme zu melden. »Hallo?«

»Du scheinst unter Druck zu stehen«, sagte die Stimme. »Machst du dir Sorgen, weil du mit deinen Kindern allein im Haus bist?«

»Wer ist da?« fragte Deborah lahm. Wie oft hatte sie sich über Figuren im Film beschwert, die so eine blöde Frage stellten? Aber sie war ihr instinktiv herausgerutscht.

»Sagen wir mal: ein Bewunderer.«

Die Verbindung brach ab.

Mit zitternden Händen kauerte Deborah am Tisch und wartete auf den nächsten Anruf. Zehn Minuten vergingen. Sie trank die Milch aus, ohne etwas davon zu schmecken. Dann überlegte sie, ob sie sich noch etwas zu trinken einschenken sollte, war aber zu verängstigt, um überhaupt aufstehen zu können. Das ist es also, was man lähmende Angst nennt, dachte sie.

Der Türknopf an der Hintertür drehte sich. Deborah atmete keuchend ein, unterließ jede Bewegung und blieb wie angewurzelt auf ihrem Stuhl sitzen. Ihr Blick war starr auf den Türknopf gerichtet. Ein Knirschen. Dann schwang die Tür auf.

Joe kam herein. Die angehaltene Luft strömte aus ihren Lungen. »Wo um Himmels willen bist du gewesen?« krächzte sie.

»Draußen.«

»Das ist mir klar«, fuhr sie ihn an, und ihre Angst verwandelte sich in Wut, weil Joe sie derart erschreckt hatte. »Wo draußen?«

Joe machte die Tür hinter sich zu und schloß sie wieder ab. »Ich dachte, ich hätte im O'Donnell-Haus Licht gesehen. Ich bin rübergegangen, um nach dem Rechten zu sehen.«

»Und?«

»Und nichts. Bis ich drüben war, war das Licht verschwunden. Wenn überhaupt je eines gebrannt hat. Ich bin mir im nachhinein nicht mehr sicher. Vielleicht war es nur eine Spiegelung.«

»Ich hab zwei Anrufe entgegengenommen, während du weg warst. Ein Mann hat gesagt: ›I love the way you look tonight.‹«

Joe runzelte die Stirn, und ihr fiel auf, daß seine Augen an ihr herabblickten und ihr zerzaustes Haar und den dicken

Frotteemantel zur Kenntnis nahmen. »Was hat er, zum Teufel, damit gemeint?«

Obwohl sie gerade noch Todesängste ausgestanden hatte, konnte sich Deborah ein schiefes Lächeln nicht verkneifen. »Offenbar bist du nicht seiner Meinung.«

»Tut mir leid. Das wollte ich nicht –«

»Schon gut. Ob du's glaubst oder nicht, ich sehe nicht immer so aus.« Sie verstummte und fuhr sich mit der Hand über die Stirn. »Was rede ich da? Also, der erste Anruf kam vor ungefähr fünfzehn Minuten. Ich hab den Hörer aufgelegt, was ich nicht hätte tun dürfen.«

Joe nahm ihr gegenüber Platz, immer noch in seine Lederjacke gehüllt. »Hast du die Stimme erkannt?«

»Nein. Sie war tief, rauh, absichtlich verzerrt. Beim zweiten Mal hat er gesagt, ich würde wohl unter Druck stehen und daß ich mir bestimmt Sorgen mache, weil ich mit den Kindern allein im Haus bin. Er hat sich als mein Bewunderer bezeichnet.« Sie hielt inne. »Joe, glaubst du, er hatte wirklich Einblick ins Haus?«

»Nein«, sagte Joe nachdenklich. »Aber er wußte, daß du allein warst, und hat den Zeitpunkt gewählt, um dir einen fürchterlichen Schrecken einzujagen. Er mag nicht in der Lage gewesen sein, durch die Fenster hereinzuschauen, aber ich möchte mein Leben drauf verwetten, daß er das Haus beobachtet hat.«

»Von wo aus?«

»Er mußte in der Nähe eines Telefons sein, um hier anzurufen, bevor ich wieder zurück war, und dies ist jetzt das einzige bewohnte Haus an dieser Straße. Er könnte in jedem der anderen gewesen sein. Oder er könnte mit einem Handy telefoniert haben. Mit anderen Worten: Er hätte überall in der näheren Umgebung sein können. Und ist es vielleicht immer noch. Heutzutage genügt ein Augenblick, um festzustellen, woher ein Anruf kommt. Mal sehen, ob ich es rauskriegen kann.«

Und er kriegte es heraus. Der Anruf war von einem Münzfernsprecher auf dem Parkplatz einer Selbstbedienungstankstelle an der nächsten Querstraße gekommen. Niemand an der Tankstelle erinnerte sich, gesehen zu haben, wer der Anrufer war.

Ich hatte es nicht anders erwartet, dachte Deborah betrübt. Trotz aller Polizeitechnik schien niemand in der Lage zu sein, ihr zu helfen. Sie war in diesem Alptraum im Grunde auf sich allein gestellt.

Später, nachdem Deborah wieder ins Bett gegangen war und unter einer zusätzlichen Decke liegend versuchte, die Schauer zu lindern, die ihr immer wieder über den Rücken liefen, überlegte sie, warum Joe durch die hintere statt durch die vordere Tür hereingekommen war und woher er einen Schlüssel hatte.

Fünfzehn

1

Am nächsten Morgen erwachte Deborah früh und ging nach unten, wo Joe bereits an einem Becher Kaffee nippte. »Schläfst du eigentlich auch mal?« fragte sie. »Egal, wann ich aufstehe, du bist immer schon wach.«

»Ich mußte als Junge auf der Ranch jeden Morgen um fünf Uhr aufstehen«, antwortete er.

»Um die Kühe zu melken?«

Joe lächelte. »Es handelt sich um eine Pferde- und Baumwollranch, Deborah.«

»Ja, stimmt. Das hast du mir erzählt. Ich hab sehr wohl zugehört – ich bin nur neuerdings so geistesabwesend.« Sie schenkte Kaffee ein und setzte sich. »Züchtet ihr Vollblüter?«

»›Quarter horses‹, Pferde für Sprintrennen über eine Viertelmeile. Hast du je eines geritten?«

»Ich hab in meinem Leben noch auf keinem Pferd gesessen. Ich schaff es noch nicht einmal, mir das Kentucky Derby anzusehen, aus Angst, daß eines der Pferde hinfällt und sich eines seiner schlanken Beine bricht und erschossen werden muß.«

»Heute werden sie nicht mehr gleich erschossen.«

»Das freut mich. Diese schönen Geschöpfe einfach niederzuknallen ist mir immer wie ein Sakrileg vorgekommen.«

Joe grinste. »Meine Mutter würde dich ins Herz schließen. Ihr seid verwandte Geister.«

»Ach, wirklich? Erzähl mir von ihr.« Erzähl mir, was du willst, dachte Deborah verzweifelt, nur nicht von meinem verschwundenen Mann.

Joe lehnte sich auf seinem Stuhl zurück. »Meine Mutter heißt Amanda und stammt aus Massachusetts. Mein Vater ist gestorben, als ich neun Jahre alt war, und nach seinem Tod haben alle angenommen, daß sie die Ranch verkaufen würde. Dazu mußt du wissen: Ich hab einen jüngeren Bruder namens Bob und zwei jüngere Schwestern. Die Leute haben sich gedacht, mit der Brut und ganz wenig Erfahrung im Führen einer Ranch würde meine Mutter einfach aufgeben und nach Massachusetts zurückziehen. Aber sie hat durchgehalten. Die erste Zeit war schwer. Wir mußten einige Hektar verkaufen – im Augenblick sind noch hundertzwanzig übrig –, aber die Ranch läuft gut.«

»In Texas zu leben muß für sie nach Massachusetts eine ganz hübsche Umstellung bedeutet haben.«

»Gelinde gesagt. Sie stammt aus einer dieser vornehmen Bostoner Familien – alle äußerst korrekt, äußerst fein. Wie aus einem Roman von Henry James.« Deborah verbarg ihr Erstaunen darüber, daß Joe mit Henry James vertraut war. Er wäre bestimmt tiefbeleidigt gewesen, wenn er erfahren hätte, daß sie ihm als Lektüre nur einen Western von Zane Grey zutraute. »Ihre Eltern waren der Ansicht, sie solle heimkehren und bis an ihr Lebensende Tee nachschenken und literarische Soireen geben. Sie aber nahm das harte Leben auf einer Ranch auf sich, woraufhin sie sich weigerten, sie finanziell zu unterstützen.«

»Eine beeindruckende Frau.«

Stolz leuchtete aus seinem Gesicht. »Das ist sie, wenn auch nicht an der Oberfläche. Die Leute sind immer wieder von ihr überrascht, weil sie so zart aussieht, leise spricht und nach wie vor eine vollendete Dame ist. Aber ich erinnere mich an eine Gelegenheit, als mein Bruder Bob zehn war und allein losgeritten ist, auf Erkundung. Er wurde unterwegs von einer Klapperschlange gebissen, und obwohl man uns beigebracht hatte, wie wir mit Schlangenbissen umzugehen hatten, geriet er in Panik und kam wie der Teufel nach Hause geritten. Das war eine Strecke von anderthalb Kilometern. Wir hatten an dem Tag Gäste. Alle saßen auf der Veranda, als Bob auf seinem Pferd angesaust kam, ›Ma, ich glaub, ich sterbe‹, schrie und zu Boden fiel. Die anderen Damen fingen zu kreischen an. Selbst die Männer sind blindlings herumgetappt wie eine verängstigte Viehherde. Aber meine Mutter schickte seelenruhig unsere Haushälterin nach drinnen, um den Arzt zu rufen, nahm ein Messer zur Hand, brachte an seinem Bein einen sauberen Einschnitt an und begann, das Gift auszusaugen.«

»Und Bob hat sich wieder erholt?«

»Na klar. Er lebt heute noch auf der Ranch, mit seiner Frau und ihrem kleinen Mädchen.«

»Deine Mutter scheint eine erstaunliche Frau zu sein. Ich fürchte, ich hätte mit den übrigen Gästen gekreischt und wäre blindlings herumgetappt.«

Joe sah sie nachdenklich an. »Nein, das glaub ich nicht. Du hast viel mehr Schneid, als du denkst, Deborah Robinson.«

»Gestern nacht hab ich nicht viel Schneid bewiesen.«

»Diese Anrufe hätten jeden aus der Fassung gebracht. Tut mir leid, daß ich nicht da war.«

Sie fuhr mit den Fingern am Rand ihres Kaffeebechers entlang. »Joe, woher hattest du einen Schlüssel für die Hintertür?«

»Vom Haken neben der Tür«, sagte er beiläufig. »Hast du vergessen, daß da einer hing?«

»Ja, das hatte ich tatsächlich vergessen«, sagte sie peinlich berührt.

»Und du warst mißtrauisch.«

»Ein wenig. Entschuldige.«

»Du brauchst dich nicht zu entschuldigen. Du hattest allen Grund, dich zu fragen, woher ich das Recht nehme, mit einem eigenen Schlüssel zu kommen und zu gehen.«

»Du sagst das nur, damit ich mich besser fühle.«

»Evan Kincaid wäre der erste, der dir mitteilte, daß ich nie etwas sage, nur damit die Leute sich besser fühlen. Ich sage, was ich denke, und ich denke, daß du die Situation ziemlich gut im Griff hast.«

»Also gut, recht herzlichen Dank für das Kompliment«, sagte Deborah und fand sich albern und mädchenhaft. Sie war wütend auf sich. Der Mann wollte nicht mit ihr flirten. Er war lediglich nett zu ihr. Dennoch suchte sie in Gedanken verzweifelt nach einem neuen Gesprächsthema. »Da ist noch was, das ich dich schon immer fragen wollte. Wie bist du zu der Narbe auf deiner Stirn gekommen?«

Er berührte die schmale Narbe über seiner Augenbraue.

196

»Bob war nicht der einzige, der vom Pferd gestürzt ist. Ich hab sie mir geholt, als ich auf den einzigen Felsbrocken in einem Kilometer Umkreis aufgeschlagen bin. Hinterher war ich richtig stolz drauf. Ich fand, daß ich damit knallhart aussehe.«

»Warum bist du nicht bei deiner Familie auf der Ranch geblieben?«

Joe warf ihr einen Blick zu, der fast ein wenig scheu wirkte. »Bevor mein Großvater die Ranch gekauft hat, war er Texas Ranger. Ich bin mit Geschichten über seine Heldentaten großgeworden. Kennst du das Motto der Rangers?« Deborah schüttelte den Kopf. »›Eine Straßenschlacht, ein Ranger.‹ Ich hab es mir zu Herzen genommen. Ich wollte der Ranger sein, der allein besteht und das Gute vor dem Bösen schützt.« Er lachte bitter auf. »Statt dessen hab ich mich mit einem Callgirl abgegeben und den Polizeidienst in Unehren verlassen.«

Deborah sah ihn einen Augenblick lang eindringlich an. »Joe, würde es dir etwas ausmachen, mir von dieser Frau in Houston zu erzählen?«

»Hat Steve dich nicht informiert?«

»Nur in groben Zügen. Er sagte, du wärst von jeglichem Fehlverhalten freigesprochen worden.«

Er begann zu erzählen, ohne sie anzusehen. »Schon auf der Schule war ich verrückt nach einem Mädchen namens Lisa. Zwei Jahre sind wir miteinander gegangen. Dann im letzten Schuljahr haben sich ihre Eltern getrennt, und ihre Mutter nahm sie mit an die Ostküste. Wir schrieben uns noch eine Weile, dann kamen keine Briefe mehr von ihr. Ich war hin und weg, als ich ihr zehn Jahre später in Houston über den Weg lief. Wir fingen wieder an, uns regelmäßig zu sehen. Sie erzählte mir, sie sei Finanzberaterin.«

»Und du hast ihr geglaubt.«

»Ich hatte keinen Grund, ihr nicht zu glauben. Sie war immer klug gewesen, und sie war offensichtlich erfolgreich. Sie hatte schöne Kleider, eine hübsche Wohnung.« Er lächelte ironisch. »Nach ein paar Wochen fiel mir auf, daß sie nie von ihrer Arbeit erzählte. Als ich sie danach fragte, wich sie mir aus. Und in der Wohnung fehlte jeder Hinweis auf ihre berufliche Tätigkeit – keine Papiere, kein Computer, nicht einmal ein Aktenkoffer. Und sie schien zu Stimmungsschwankungen zu neigen, manchmal auch zu Hyperaktivität. Ich begann mich zu fragen, ob sie wohl Drogen nahm.«

»Du hast also Verdacht geschöpft.«

Joe nickte. »Es hat nicht lange gedauert, bis ich dahinterkam, in welchem Geschäft sie wirklich tätig war. Ich hätte mich davonmachen müssen, aber ich war in sie verliebt. Ich hab versucht, sie mit Überredung dazu zu bringen, ihren Lebenswandel zu ändern. Ich bot ihr sogar meine Unterstützung an, falls sie studieren wollte. Darüber hat sie herzlich gelacht. Dann hab ich tiefer gegraben und festgestellt, daß einer ihrer Kunden ein einflußreicher Drogenhändler war, hinter dem wir seit Monaten her waren. Ich war nicht für den Fall zuständig, aber mir wurde schlagartig bewußt, wie oft sie sich bei mir nach polizeilichen Angelegenheiten erkundigt hatte. Sie bearbeitete mich, um an Informationen zu kommen. Ab da hatte ich keine Ausrede mehr, warum ich mich nicht vollkommen von ihr fernhielt. Aber ich beschloß statt dessen, den Befreier zu spielen. Ich setzte sie unter Druck, diesen Händler fallenzulassen – er war höllisch gefährlich. Sie reagierte darauf sehr, sehr unfreundlich. Im Rückblick denke ich: Sie wußte, daß ihr die Sache längst über den Kopf gewachsen war. Man erwartete von ihr, Informationen zu liefern, und drohte ihr, wenn sie es nicht tat. Aus irgendeinem Grund fing sie an, allen möglichen Leuten anzuvertrauen, daß sie Angst vor mir hätte. Vielleicht hatte sie wirklich Angst davor, daß ich sie ausnutzen könnte, so wie sie mich ausgenutzt hat, oder daß ich bereits zuviel herausgefunden hatte. Jedenfalls hab ich mich endlich dazu durchgerungen, sie zu verlassen. Ich hatte sie ungefähr zwei Wochen nicht mehr gesehen, als sie mit durchschnittener Kehle aufgefunden wurde.«

Seine Stimme war kühl und teilnahmslos, aber Deborah sah das leise Zittern seiner Hand. »Hat man herausbekommen, wer es war?« fragte sie.

»Nachdem man mich bereits gründlich in die Mangel genommen hatte, was ich wohl auch verdiente, wurde ein armer Wicht festgenommen, der von ihr besessen war und ihr seit einiger Zeit nachgestellt hatte. Dabei weiß ich genau, daß er es nicht war – der Drogenhändler war es, weil sie zuviel Kokain schnupfte und zuviel redete.«

»Aber er wurde nie verhaftet.«

»O nein. Er hatte seine Spuren zu gut verwischt. Lisas Mörder läuft immer noch frei herum, und ich habe den Polizeidienst, wie man so schön sagt, unter zweifelhaften Umständen quittiert. Ende der tragischen, dummen Geschichte.«

»Dumm?«

»Wie sie ihr Leben gelebt hat, war dumm. Und wie ich meine Laufbahn beendet habe, war dumm. Aber so ist wohl das Leben.«

»Es tut mir leid.«

»Ja, mir auch.«

Unbehagliches Schweigen setzte ein. »Hast du die Zeitung mit hereingebracht?« fragte sie rasch, um ihre Gefühle zu verbergen.

»Nein. Ich geh sie gleich holen.«

Joe stand vom Tisch auf und ging zur Vordertür, während Deborah eine Tasse Kaffe einschenkte. Als sie sich wieder gesetzt hatte, kam Joe mit bleichem Gesicht und angstvollen Augen langsam in die Küche zurück. »O mein Gott«, rief Deborah aus. »Sie haben Steve gefunden.«

»Nein. Wenn dem so wäre, würde man dich informieren, ehe es in die Zeitung kommt.«

»Was ist denn dann?«

»Der Würger hat gestern nacht wieder einen Mord begangen, diesmal direkt hier in Charleston.«

2

Deborah starrte Joe an und hatte dabei das Gefühl, daß ihr alles vor den Augen verschwamm. »Lies mir den Artikel vor.«

Während Joe las, prasselten die Einzelheiten über Deborah herein. Das Opfer hieß Toni Lee Morris. Sie war zweiundzwanzig Jahre alt und Hausfrau. Sie war neben einer Vorortbar in einer Gasse überfallen worden – vergewaltigt, geschlagen und stranguliert. Sie war nicht so gut davongekommen wie Sally Yates. Sie war schon tot, als sie gegen ein Uhr nachts von einem Penner gefunden wurde, der über ihren Leichnam gestolpert war. Jemand hatte ihr die Ohrringe aus den Ohrläppchen gerissen. Der Polizeipathologe hatte als Todeszeit den Zeitraum von elf bis zwölf Uhr festgelegt. Diverse Kunden der Bar hatten ausgesagt, sie sei dort Stammgast gewesen und gegen elf Uhr dreißig gegangen. Sie hinterließ ihren Mann Daryl und eine Schwester namens Brenda Johnson.

Joe blickte zu ihr auf. »Der Würger hat seine Taktik geändert. Bisher hat er bis zum nächsten Mord immer mehrere Monate gewartet, und er hat immer am Samstagabend zugeschlagen.«

»Aber diesmal ist er weniger als zwei Wochen nach dem letzten Überfall wieder aktiv geworden und an einem Wochentag. Warum?«

»Das kommt manchmal vor bei Massenmördern. Sie fangen ganz langsam, ganz vorsichtig an. Dann werden sie selbstsicherer. Sie bereiten sich nicht mehr so gründlich vor wie anfangs. Und sie steigern das Tempo.«

»Steigern das Tempo?«

»Sie morden mit größerer Häufigkeit.«

»Warum? Weil sie erwischt werden wollen?«

Joe lächelte betrübt. »Manche Mörder wollen vielleicht wirklich erwischt werden, Deborah, aber dieser Typ ist ein Psychopath, und Psychopathen haben kein schlechtes Gewissen. Allerdings kann es vorkommen, daß sie die Kontrolle verlieren.«

Steve, der hemmungslos eine junge Frau nach der anderen ermordete und dabei immer mehr außer Kontrolle geriet? Ihnen die Ohrringe herunterriß und die Gesichter zu Brei schlug, sie vergewaltigte und strangulierte?

Deborah drehte sich der Magen um. Sie atmete tief durch und beruhigte sich wieder. »Es ist Lieber«, sagte sie grimmig. »Artie Lieber ist in Charleston, und er hat gestern nacht die Frau umgebracht. Nicht Steve. Nicht Steve!«

3

Sie hatte den Artikel über Toni Lee Morris im Lauf des Vormittags noch zweimal durchgelesen, und jedesmal war ihr bei dem Gedanken, daß der Würger seine Morde nun in Charleston beging, ein Angstschauer über den Rücken gelaufen. Schließlich nahm Joe ihr die Zeitung weg. »Das reicht, Deborah. Immer wieder die Einzelheiten durchzugehen ändert nichts, und du wirst jedesmal bleicher, wenn du den Artikel liest. Es tut mir fast schon leid, daß ich dich darauf aufmerksam gemacht habe.«

»Und du glaubst, er wäre mir nicht selbst aufgefallen? Außerdem mußte ich darüber Bescheid wissen. Ich muß so gut wie möglich Bescheid wissen. Schließlich stecke ich, was das FBI angeht, mitten in der ganzen Sache drin. Ich glaube, FBI-Agent Wylie ist fest überzeugt, daß ich meinen massenmordenden Ehemann schütze.«

Joe hatte nichts gesagt, und sie wußte, daß es für ihn nichts zu sagen gab. Nicht nur Wylie war überzeugt, daß Steve der Würger war. Sie hatte allmählich das Gefühl, daß auch Joe dieser Meinung war.

Als sie später den letzten Teller abspülte, den sie beim Mittagessen benutzt hatten, und ihn auf den Abtropfständer stellte, klingelte das Telefon, und sie nahm mit feuchter Hand den Hörer auf.

»Deborah?« fragte eine Frauenstimme.

Sie erkannte die harte, irgendwie gebieterische Stimme nicht und befürchtete schon, daß es sich um eine Reporterin handeln könne. »Deborah Robinson am Apparat«, sagte sie vorsichtig.

»Hier spricht Lorna Robinson, Steves Mutter.«

Deborah hatte immer wieder überlegt, wie sie reagieren würde, wenn Steves Eltern aufs Geratewohl anriefen. Nun wußte sie es: Sie war sprachlos. »Sind Sie noch da?« wollte die Frau wissen.

»Ja. Guten Tag, Mrs. Robinson.«

»Guten Tag. Mein Mann und ich sind in Hawaii. Wir haben gestern abend von Freunden erfahren, daß Steve seit Tagen vermißt wird. Warum haben Sie uns nicht Bescheid gesagt?«

»Ich hab's versucht«, entgegnete Deborah und ärgerte sich, daß Mrs. Robinson sie zurechtgewiesen hatte, noch ehe sie sich erkundigt hatte, ob es Neuigkeiten wegen Steve gebe. »Sie waren auf einer Rundfahrt auf den Inseln.«

»Sie hätten doch eine Nachricht hinterlassen können.«

»Mrs. Robinson, ich wollte nicht, daß Sie ins Hotel zurückkehren und aus einer Nachricht davon erfahren. Ich war ja noch nicht einmal sicher, ob Sie mich zurückrufen würden«, fügte sie unwillkürlich hinzu, »ich hatte nicht das Gefühl, daß Sie sich große Sorgen machen würden.«

»Das ist aber nicht nett von Ihnen, so etwas zu sagen.«

Zwei Minuten am Telefon, und schon liegen wir uns in den Haaren, dachte Deborah. Es wurde Zeit, dem Gespräch ein Ende zu machen. »Es ist eine schwere Zeit für mich, Mrs. Robinson. Wir haben nach wie vor keine Ahnung, was Steve passiert ist, aber wir befürchten das Schlimmste, schon allein deshalb, weil Artie Lieber sich hier herumtreibt.«

»Lieber! Gütiger Himmel, ich wußte nicht, daß er was damit zu tun hat!«

»Wie gesagt, er ist hier. Oder war es zum Zeitpunkt von Steves Verschwinden.«

»Ich verstehe. Dann hat die Polizei also weder ihn noch Steve gefunden?«

»Keinen von beiden.«

Nun schlich sich doch Besorgnis in die unangenehme Stimme ein. »Halten Sie es für möglich, daß Lieber versuchen wird, Emily etwas anzutun?«

Die Sorge der Frau um ihre Tochter war natürlich, aber Deborah wurde nur noch ärgerlicher. Sie schien wegen Emily, die in Sicherheit war, beunruhigter als wegen Steve, der seit Tagen vermißt wurde. »Ich habe das Pflegeheim von der Situation in Kenntnis gesetzt. Man hat mir versprochen, besondere Vorkehrungen zu Emilys Schutz zu treffen. Und ich hätte davon gehört, wenn dort etwas nicht in Ordnung wäre.«

»Das beruhigt mich. Dennoch werden mein Mann und ich sobald wie möglich die Heimreise antreten. Leider hat er sich eine Art Virus eingefangen. Er ist im Moment zu krank, um zu fliegen.« Ihr Tonfall war empört und anklagend. Deborah empfand Mitleid mit dem Mann, der die nächsten Tage mit ihr in einem Hotelzimmer festsaß.

»Könnten Sie nicht vorausfliegen?« fragte sie.

»Ich komme allein auf Reisen nicht gut zurecht«, antwortete Mrs. Robinson steif. »Außerdem braucht mich mein Mann.«

Und dein Sohn ist verschwunden, wahrscheinlich tot, aber

du kommst nicht nach Hause, weil du weißt, daß deiner Tochter keine Gefahr droht, und nur darauf kommt es dir an, dachte Deborah erbittert.

»Sie sagen mir Bescheid, wenn Steve gefunden wird, nicht wahr?«

»Natürlich«, entgegnete Deborah und fragte sich, wie es Mrs. Robinson schaffte, so zu tun, als sei Steve nur mal eben für den Tag verreist, und sich beiläufig nach seiner Rückkehr zu erkundigen.

»Und Deborah: Ich hoffe doch, Sie sprechen nicht mit der Presse. Unsere Familie hat wegen der negativen Berichterstattung schon genug durchgemacht.«

Nun wußte Deborah, was die Leute meinten, wenn sie behaupteten, so wütend zu sein, daß sie rot sahen. Sie fühlte derart intensive Wut in sich aufsteigen, daß es sie fast blind machte. Wie platt und dumm, sich in einer Zeit wie dieser ausgerechnet darum zu sorgen. »Ich werde mit Reportern sprechen, wenn ich das Gefühl habe, es könnte helfen, Steve ausfindig zu machen.«

Mrs. Robinson seufzte. »Nun ja, daran kann ich Sie nicht hindern, bitte Sie aber noch einmal als Steves Mutter.« Deborah rollte die Augen über die unversehens weich gewordene Stimme, die um Gnade flehte. Deborah antwortete nicht, und nach einer Weile fuhr Mrs. Robinson fort. »Wenn ich in den nächsten Tagen nichts von Ihnen höre, melde ich mich, sobald ich wieder in Wheeling bin. Dann können wir entscheiden, was zu tun ist.«

Wir können entscheiden, was zu tun ist? dachte Deborah. Was um Himmels willen gab es da zu entscheiden? Ob man die Suche nach Steve fortsetzen sollte oder nicht?

Mrs. Robinson verabschiedete sich schroff, und als Deborah auflegte, fiel ihr ein, daß die Frau kein einziges Mal nach ihren Enkelkindern gefragt hatte.

4

Schwester Linda Amato sah auf die Uhr und seufzte müde und erleichtert. Noch fünfundvierzig Minuten, dann konnte sie nach Hause gehen. Natürlich waren, wenn sie dort ankam, erst noch mindestens zwei Ladungen Wäsche zu waschen, damit die Kinder tags darauf etwas Sauberes anzuziehen hatten, und sicher würde sie ein Becken voll mit schmutzigem Geschirr vorfinden. Sie konnte das Geschirr bis morgen stehenlassen, aber bis dahin waren die Essensreste bestimmt steinhart. Nein, es war besser, gleich abzuwaschen und es hinter sich zu bringen. Bei allem, was sie noch zu tun hatte, konnte sie sich glücklich schätzen, wenn sie um Mitternacht ins Bett kam. Diese Doppelschichten machten sie kaputt, aber es blieb ihr nichts anderes übrig, als durchzuhalten, bis ihr geschiedener Mann mit den längst fälligen Unterhaltszahlungen überkam.

Der alte Mr. Havers auf Zwei Null Eins hatte sich glücklicherweise beruhigt, nachdem man ihm ein Valium verabreicht hatte, und Mrs. Weston war es von allein müde geworden, alle fünfzehn Minuten Hilfe für ihre völlig überflüssigen Klobesuche zu verlangen. Seither war es auf dem Flur der Intensivstation still geworden. Komisch, dachte Linda. In einer schlimmen Nacht trieb der Lärm alle fast zum Wahnsinn, aber wenn es dann plötzlich ruhig wurde, wirkte das Schweigen gespenstisch.

Sie öffnete leise die Tür zu Sally Yates' Zimmer und ging hinüber zu der reglosen Gestalt auf dem Bett. Jedesmal, wenn sie Sally ansah, war ihr zum Weinen zumute. Als Sally vor sechs Monaten hier im Krankenhaus eingestellt worden war, hatte Linda gleich gedacht, daß sie die schönste Frau war, die sie je gesehen hatte. Nun waren Sallys Kiefer verdrahtet, die linke Seite ihres Gesichts war gräßlich blau geschwollen und immer noch entstellt durch die Stiche, dort wo ihr Kieferknochen die zarte Haut durchbohrt hatte. Wo dieser Wahnsinnige auf ihre Schädeldecke eingeschlagen und ein massives Hämatom verursacht hatte, war ein Teil ihres Haars wegrasiert worden, und ihre Arme waren von unzähligen Einstichen verfärbt, wo man ihr Schmerzmittel gespritzt oder Blut abgenommen hatte. Ein intravenöser Schlauch hing neben dem Bett, und außerdem war Sally katheterisiert. Wie durch ein Wunder war die Schwellung von dem Seil, das um ihren Hals geschlungen war, bereits abgeklungen, und man hatte die künstliche Beatmung aussetzen können. Den Ärzten zufolge hatte der Täter nicht richtig versucht, sie zu erdrosseln. Sie war wohl nur der Schau halber stranguliert worden. Offenbar waren die Schläge auf den Kopf dazu gedacht gewesen, sie zu töten. Und hätten es beinahe auch getan.

Man wußte inzwischen, daß es der Gassenwürger gewesen war, der Sally überfallen hatte. Das war das grausigste Ereignis, mit dem Lindas enttäuschende, stumpfsinnige Welt je in Berührung gekommen war, und es löste einen Ingrimm in ihr aus, den sie nie für möglich gehalten hätte. Zum ersten Mal in ihrem Leben hatte sie das Gefühl, jemanden umbringen zu wollen, ohne dabei auch nur eine Spur von Reue zu empfinden. Na, wenigstens hatte das Schwein ein Kondom getragen, als es Sally vergewaltigt hatte. Das Aidsrisiko war damit verringert, obwohl sie auch über jede ihrer zahlreichen Schürfwunden mit infiziertem Blut in Kontakt gekommen sein konnte.

Sallys Mutter behauptete, daß Amy, ihre kleine Tochter, ständig nach ihrer Mama schrie. Aber man hätte ihr nicht erlaubt, sie zu besuchen, selbst wenn sie älter als acht Monate gewesen wäre. Sally war kein geeigneter Anblick für ein Kind, egal wie jung. Aber Amy war in guten Händen. Sallys Mutter mochte scharfzüngig und überkritisch sein, aber sie war ihrer Tochter und ihrer Enkelin treu ergeben. Obwohl sie zu stoisch war, um zu weinen, wenn sie Sally zu sehen bekam, verriet doch die Qual in ihren Augen die Tiefe ihrer Gefühle. Bei Sallys Mann war das anders. Jack Yates war am Tag nach dem Überfall ins Krankenhaus marschiert gekommen, hatte sie mit seinem stumpfen, einfältigen Gesicht und den ausdruckslosen Augen gemustert und dann gebrummt: »Kommt sie durch?«

»Wir hoffen es«, hatte der junge Dr. Healy gesagt. Linda hielt viel von Dr. Healy. Er sah gut aus, war gescheit und schrie niemals das Pflegepersonal an, was unter Ärzten selten vorkam. Jack Yates hatte weiter seine gewaltsam zusammengeschlagene, bewußtlose Frau angestarrt, ohne sich ihr zu nähern, und Dr. Healy hatte mit sanfter Stimme hinzugefügt:

»Ich muß Ihnen allerdings sagen, Mr. Yates, daß es, obwohl wir alles tun, was wir können, im Augenblick nicht gut aussieht.«

Yates hatte ihm seine kalten Augen zugewandt. »Was der Mensch sät, das wird er ernten«, erklärte er mit salbungsvoll unheilverkündender Stimme. »Sie ist ein Flittchen, so in einer Bar herumzuhängen. Wenn sie überlebt, laß ich mich von ihr scheiden. Und ich sag Ihnen noch was – ich zahl weder Ihnen noch dem Krankenhaus einen roten Heller. Soll doch ihre Mama die Rechnung übernehmen. Wenn sie sie besser erzogen hätte, wär Sally jetzt nicht hier.«

Als er daraufhin hinausstolziert war, hatte ihm Dr. Healy mit Feuer in seinen sonst so milden blauen Augen nachgeblickt und vernehmlich »Hundesohn« gesagt. Yates war zusammengezuckt, hatte aber sonst nicht auf die Äußerung des Arztes reagiert. Allerdings hatte er Sally nie wieder besucht.

Linda schüttelte bei der Erinnerung wieder aufgebracht den Kopf und beugte sich über Sally. Sie hob ihr rechtes Handgelenk an, um ihr den Puls zu messen. Fast hätte sie geschrien in der gespenstischen Stille des Zimmers, als Sally auf einmal »Linda?« zischte.

»Gütiger Himmel, Sally!« rief Linda atemlos. Sie blickte auf die junge Frau herab. »Sally, wachst du etwa auf?« Sie beugte sich noch tiefer hinab, bis dicht vor ihr Gesicht. »Schatz, kannst du die Augen aufmachen?«

Zunächst geschah nichts. Sally lag gänzlich still, und Linda fing schon an zu glauben, daß sie sich Sallys Stimme nur eingebildet hatte, war aber nicht bereit, so leicht aufzugeben. Sie faßte Sallys schlaffe, kalte Hand und sagte beruhigend: »Schatz, du lebst. Du bist im Krankenhaus. Alle haben dich lieb und beten für dich.« Alle außer deinem blöden Ehemann, dachte sie. »Sally, bitte sag was.«

Schließlich ging Sallys rechtes Auge einen Spalt weit auf. Das andere war noch zugeschwollen. »Amy?«

Linda strahlte und blickte gen Himmel. »O Gott, ich danke dir für dieses Wunder!« Sie sah Sally an. »Amy ist bei deiner Mutter. Es geht ihr gut, obwohl sie dich sehr vermißt. Keine Sorge, wir lassen Jack erst gar nicht in ihre Nähe«, fügte sie hinzu, da sie wußte, daß sich Sally immer um das Kind sorgte, wenn es sich in Jacks Obhut befand. »Hör zu, Sally, es wird alles gut. Du lebst, Gott sei Dank.«

Sally atmete mühsam ein. »Wie lange?«

»Wie lange du im Koma warst? Ach, ein paar Tage«, antwortete Linda munter. Hätte sie Sally gesagt, daß es elf Tage gewesen waren, wäre das Mädchen nur furchtbar erschrocken. Patienten, die mehr als drei Tage im Koma waren, blieben es gewöhnlich.

Sally atmete wieder mühsam ein. »Finger?«

»Finger?« wiederholte Linda verständnislos, ehe ihr Sallys Ringfinger einfiel, der fast vollständig abgetrennt gewesen war. »Du hast deinen Finger noch. Die haben ihn dir wieder angenäht. Wahrscheinlich wirst du ihn nicht mehr so richtig bewegen können, aber das ist doch egal, oder? Er sieht jedenfalls prima aus. Eine kleine Narbe, mehr nicht«, versicherte sie fröhlich.

»Haben sie ihn erwischt?«

Linda empfand Ernüchterung. Sie hätte so gern gesagt: »Ja, man hat das Monster erwischt, das dir so was angetan hat.« Aber das wäre eine eklatante Lüge gewesen, nicht nur eine kleine Ausrede. Linda hielt nichts von Lügen. »Nein, Schatz, man hat ihn nicht erwischt.« Angst sprach aus Sallys schönem offenem Auge. »Aber das ist nur eine Frage der Zeit. Die Polizei macht ein Riesentrara darum, und wie ich höre, gibt es einen Zeugen.« Sally sah sie weiter ängstlich an, und Linda fügte hinzu: »Ich werde dich jetzt ein paar Minuten allein lassen und einen Arzt holen. Healy hat heute abend Dienst. Du würdest es nicht glauben, wie der Mann sich um dich gekümmert hat. Ich hab immer gewußt, daß er eine Schwäche für dich hat. Du liebe Güte, wird der sich aber freuen!«

Sallys Hand umklammerte auf einmal die ihre. »Nein! Kein Arzt.«

»Kein Arzt? Aber, Schatz, wovon redest du, um Himmels willen? Du mußt von einem Arzt untersucht werden.«

Sally drückte noch fester zu. »Nein!« krächzte und zischte sie um die Drähte herum, die ihren Kiefer stabilisierten. Nun sah sie richtig entsetzt aus. »Nicht erwischt.«

»Nein, man hat den Mann, der dich überfallen hat, nicht erwischt, aber jetzt, nachdem du wach bist, kannst du ihn identifizieren. Du kannst ihn doch identifizieren, oder?«

»Nicht sicher.« Sie fuhr sich mit trockener Zunge über die trockenen Lippen. Linda schenkte Wasser aus einem Krug in einen Kunststoffbecher, hielt ihn Sally vors Gesicht und schob ihr den Strohhalm in den Mund. Sally nahm einige Schlucke und fing zu husten an. Linda brachte den Becher in Sicherheit. »Na ja, du könntest es doch wenigstens versuchen. Den Mann zu identifizieren, meine ich.«

»Nein!« Linda wich vor dem Nachdruck in Sallys Stimme zurück.

»Ich versteh nicht ganz. Warum nicht?«

»Vielleicht unmöglich. Aber wenn er denkt, ich könnte ...«

»Wenn er denkt, du könntest was?«

Sallys zerschlagenes Gesicht brachte einen Ausdruck restloser Frustration zustande. »Er ist immer noch frei. Mich verfolgen.«

»Ach so«, sagte Linda bedächtig. »Aber du bist doch hier in Sicherheit.«

»Nein! Nicht vor ihm!«

»Schatz, er ist kein Übermensch. Hier sind unentwegt Leute zugange.«

»Hör mal.«

Linda sah sie völlig verwirrt an. »Was soll ich hören? Ich hör gar nichts.«

»Wo sind die vielen Leute?«

Verständnis dämmerte auf Lindas schmalem, faltigem Gesicht. War ihr nicht vorhin selbst die enervierende Stille aufgefallen? Wirkten die Flure nachts nicht manchmal wirklich verlassen? Natürlich waren sie es nie für lange. Aber manchmal war das Pflegepersonal in den Krankenzimmern beschäftigt oder saß im Schwesternzimmer an Schreibarbeiten. Es war möglich, nicht wahrscheinlich, aber möglich, daß sich jemand ins Zimmer eines Patienten einschlich.

»Was soll ich denn deiner Meinung nach tun, Sally?« fragte Linda hilflos.

»Nichts sagen. So tun, als wär ich noch im Koma.«

»Ach, Sally, wie könnte ich so tun, als wärst du noch im Koma? Du mußt dich von einem Arzt anschauen lassen!«

208

»Nein! Wenn der Arzt Bescheid weiß, wissen es bald alle. Dann kommt es in die Nachrichten. Er ist immer noch frei. Er wird es erfahren. Linda, bitte!«

Linda schloß die Augen, ohne auf Sallys Hand zu achten, die immer noch die ihre umklammerte. Es war nicht recht, Dr. Healy nichts zu verraten. Überhaupt nicht recht. Aber sie liebte Sally wie eine jüngere Schwester, und sie hatte soviel durchgemacht. Außerdem regte sie sich fürchterlich auf.

»Na gut«, sagte sie schließlich. »Ich finde es zwar nicht richtig, aber ich sag erst mal nichts.«

»Ehrenwort?«

»Ehrenwort«, antwortete Linda widerstrebend.

Eine Träne rann über Sallys bläulichlila verfärbte Wange. Dann schien ihr die Luft auszugehen. Sie war erschöpft. »Danke dir.«

»Gern geschehen, mein Schatz.« Linda beugte sich herab und gab Sally einen leichten Kuß auf die Stirn. Doch als sie das Zimmer verließ, war sie zutiefst beunruhigt. Sie wußte, sie war eine Frau mit wenig Phantasie. Deshalb hielt sie sich immer an die Regeln. Kein Abweichen vom gewohnten Ablauf, kein Verlassen auf das eigene Urteilsvermögen. Sie traute sich selbst nicht über den Weg. Und man brauchte sich nur anzusehen, was sie jetzt tat – sie verbarg die Tatsache, daß ein schwerverletzter Patient aus dem Koma erwacht war. Nein, so ging es nicht. Der Schuß würde nach hinten losgehen, das wußte sie genau. Sie konnte darüber ihre Stelle verlieren. Schlimmer noch: Sally konnte darunter leiden. Lindas Finger verschränkten sich nervös. Vielleicht sollte sie sich doch nicht an ihr Versprechen gegenüber Sally halten. Schließlich konnte die Frau kaum klar denken. Sie war nach einer brutalen Vergewaltigung eben erst aus dem elftägigen Koma erwacht. Wahrscheinlich war ihr die volle Bedeutung dessen, was sie sagte, nicht bewußt. Sie setzte ihre Gesundheit aufs Spiel, ihr Leben, und das bloß wegen einer paranoiden Angst.

Irgendwo in Lindas Kopf meldete sich eine Stimme zu Wort, eine Stimme, die sie gewöhnlich zu ignorieren versuchte, weil sie grundsätzlich beunruhigende Möglichkeiten und Komplikationen ansprach. Normalerweise schaffte sie es, sie zu überhören, nicht jedoch diesmal. Diesmal sagte sie ein ums andere

Mal: »Vielleicht spricht aus Sally keine paranoide Angst. Wenn du sie jetzt verrätst, wirst vielleicht du diejenige sein, die Sallys Gesundheit aufs Spiel setzt, ihr Leben.« Und Linda spürte ein eisiges Kribbeln im Nacken, als ihr Sallys gequälte, entsetzte Worte einfielen – »Er ist immer noch frei.«

Sechzehn

1

Obwohl die Kinder immer noch alle paar Stunden fragten, ob sie schon etwas vom Papa gehört habe, merkte Deborah, daß die Hoffnung in ihren Augen verblaßt war. Am schmerzlichsten empfand sie ihre gekränkte Hinnahme der Tatsache, daß Steve nicht mehr nach Hause kam. Sie hätte sie gern aufgemuntert – damit, daß der Papa zu Weihnachten wahrscheinlich wieder dasein würde –, aber das wäre grausam gewesen. Wenn Steve dann nicht auftauchte – und sie war zunehmend sicher, daß nicht mehr mit ihm zu rechnen war –, wären sie am Boden zerstört. Und sie selbst litt unter einer ständigen Kälte tief in ihrem Innern. Egal wie viele Pullover sie übereinander anzog, egal wie hoch sie die Heizung drehte: Die Kälte blieb.

Sie regulierte soeben zum dritten Mal, seit sie aufgewacht war, den Thermostaten, als jemand an der Tür klingelte. Sie erstarrte und blieb unschlüssig stehen. Joe war für ein paar Stunden nach Hause gefahren, um seinen Anrufbeantworter abzuhören und frische Kleidung zu holen. Es war ein wechselhafter, windiger Tag, und sie hatte sich schon ein paarmal von den nackten Zweigen einer Forsythie erschrecken lassen, die ans Fenster schlugen. Die Kinder, die sich den Morgen über fast ununterbrochen gestritten hatten, spielten jetzt ruhig im Keller, und es war unangenehm still im Haus.

Es klingelte wieder, und Deborah ging mit sich selbst ins Gericht, weil sie so schreckhaft war. Es war elf Uhr morgens. Artie Lieber würde nicht am hellichten Tag zur Vordertür kommen und klingeln, solange das Überwachungsfahrzeug vor dem Haus postiert war.

Sie machte die Tür auf. Fred Dillman, Mrs. Dillmans Sohn, stand zerzaust und frierend auf der vorderen Veranda. »Mrs.

Robinson? Ich hoffe, ich komme nicht ungelegen. Ich hätte erst angerufen, aber ich war im Krankenhaus –«

»Kommen Sie doch herein«, sagte Deborah. »Ich hab mir ja um Ihre Mutter solche Sorgen gemacht. Wie geht es ihr?«

»Unverändert«, sagte Fred zu ihr. Er war ein vierschrötiger Mann, mindestens einsfünfundachtzig groß mit dichtem braunem Haar, durch das sich feine Silberfäden zogen. Im vergangenen Jahr hatte Mrs. Dillman ihr mitgeteilt, ihr Fred sei Testpilot. Tatsächlich war er Optiker. »Ich glaub nicht, daß meine Mutter sich wieder erholen wird.«

Fred sah ehrlich traurig aus, und Deborah überlegte, warum er seine Mutter so vernachlässigt hatte, wenn er so an ihr hing. Als würde er ihre Gedanken lesen, sagte er: »Wäre meine Mutter nur nach Florida zu meiner Schwester gezogen, wäre das nicht passiert.«

»Sie hätte doch auch zu Ihnen ziehen können«, warf Deborah ein, unfähig, der Versuchung zu widerstehen.

Er wurde vor Verlegenheit puterrot. »Das hätte meine Frau nicht geduldet. Sie und meine Mutter sind nie miteinander ausgekommen. Sie wissen ja, wie das läuft mit angeheirateter Verwandtschaft.« Allerdings wußte sie es. »Außerdem kann man jemanden wie meine Mutter nicht zwingen zu wohnen, wo sie nicht wohnen will. Sie würde schlicht davonlaufen.«

»Mag sein.«

»Sie ist bis jetzt ziemlich gut zurechtgekommen, mit reichlich Hilfe von Ihnen und Ihrem Mann. Ich weiß Ihre Freundlichkeit zu schätzen. Ich konnte nicht oft vorbeikommen – ich hab soviel zu tun. Außerdem hatte sie es sich in den Kopf gesetzt, daß ich sie zu vergiften versuche. Können Sie sich so was Abwegiges vorstellen?«

»Davon hatte ich keine Ahnung. Sie hat mir gegenüber nie von diesem speziellen Hirngespinst gesprochen, aber ich hab andere zu hören bekommen.«

Fred grinste. »Dabei ging es ohne Zweifel um die wilden Eskapaden meines armen Vaters.«

»Er scheint in seinen letzten Jahren tatsächlich ein abwechslungsreiches Leben gehabt zu haben.« Deborah merkte auf einmal, daß sie immer noch im Vorraum standen. Sie bat Fred herein, doch er lehnte ab. »Eigentlich bin ich gekommen, um Sie noch mal um einen Gefallen zu bitten. Ich habe bis jetzt in einem Motel gewohnt, werde aber wohl heute ins Haus umziehen, weil ich doch noch ein paar Tage hierbleiben muß. Und auch wenn meine Mutter nicht bei Bewußtsein ist, kann ich es nicht ertragen, sie in dem dünnen Krankenhaushemd daliegen zu sehen. Ich möchte ihr einen Morgenmantel bringen, Pantoffeln, ein paar Toilettenartikel – was immer Frauen brauchen, wenn sie im Krankenhaus sind. Ich wollte fragen, ob es Ihnen etwas ausmachen würde, mit mir nach drüben ins Haus zu gehen und das eine oder andere einzupacken. Sie wissen sicher besser Bescheid als ich, was ich mitnehmen muß.«

So sympathisch Fred sein mochte, hatte Deborah doch gute Lust, ihm zu sagen, daß er mit dem Vorhaben, seiner bewußtlosen Mutter eine Haarbürste und Lippenstift vorbeizubringen, viel zu wenig tat, und vor allem viel zu spät. Aber es schien ihr nicht der richtige Zeitpunkt zu sein, um ungefragt moralische Urteile abzugeben. »Wäre es Ihnen recht, wenn ich meine Kinder mitnehme? Wir hatten einige Schwierigkeiten –«

»Ich weiß Bescheid.« Freds Wangen röteten sich erneut. Daß er so leicht in Verlegenheit geriet, machte sie nervös, aber Deborah führte sich vor Augen, wie leicht die Leute in dieser Situation die Fassung verloren. »Es war überall in den Nachrichten«, fügte er hastig hinzu. »Es tut mir sehr leid. Sie haben inzwischen noch nichts von ihm gehört?«

»Nichts Gutes«, erwiderte Deborah vorsichtig. Es fiel ihr schwer, immer daran zu denken, daß die Öffentlichkeit nicht wußte, daß das FBI Steve im Verdacht hatte, ein Massenmörder zu sein. In den Nachrichten waren nur die Einzelheiten seines Verschwindens erwähnt worden. Nachdem ihr das wieder eingefallen war, wurde sie ein wenig lockerer. »Ich hoffe immer noch, daß es meinem Mann gutgeht, aber er ist spurlos verschwunden.«

»Was für eine furchtbare Situation. Meinen Sie, daß das, was Ihrem Mann passiert ist, etwas mit dem Überfall auf meine Mutter zu tun hatte?«

Sie zögerte wieder, beschloß jedoch, offen mit ihm zu sprechen. »Ich weiß nicht, ob ein Zusammenhang besteht, aber es gibt etwas, das Sie wissen müssen. An dem Abend, an dem

Ihre Mutter überfallen wurde, kam sie mit der Behauptung hier an, daß mein Mann sie bei den Vorbereitungen zum Schlafengehen beobachtet habe. Sie sagte, er habe nicht unten auf dem Boden gestanden und sei von hinten angestrahlt gewesen.«

»Das ist doch lächerlich«, sagte Fred.

»Das haben meine Freundin Barbara und ich zunächst auch gedacht. Aber nachdem wir Ihre Mutter gefunden hatten, wurde Barbara den Gedanken nicht mehr los, daß jemand ihr tatsächlich aus dem Haus gegenüber nachspioniert haben könnte. Es steht seit Jahren leer, dachten wir wenigstens, aber Barbara hat herausgefunden, daß es vor einigen Monaten an einen Mann vermietet wurde, den wir hier nie gesehen haben.«

Fred blickte ungläubig drein. »Wollen Sie damit sagen, daß der Mann, der dort wohnt, meine Mutter beobachtet und dann überfallen hat?«

»Wir wissen es nicht mit letzter Sicherheit, aber es wäre möglich, von einem Zimmer im Obergeschoß des Hauses durchs Fenster ins Schlafzimmer Ihrer Mutter zu blicken, und derjenige, der es gemietet hat, macht wirklich ein Geheimnis um seine Person.«

»Weiß die Polizei davon?«

»Ja.«

»Hat sie das Haus durchsucht?«

»Ja, aber nichts gefunden.« Was sie ihm nicht erzählte, war die Tatsache, daß sie nur deshalb einen Durchsuchungsbefehl bekommen hatten, weil sie überzeugt waren, daß Steve der geheimnisvolle Mieter sein mußte.

»Kann jeder in das Haus gelangen?«

»Nein. Es ist ein privates Anwesen, ob es leersteht oder nicht. Aber ein Privatdetektiv, ein Freund der Familie, der bei mir und den Kindern übernachtet hat, hat sich eines Nachts rübergeschlichen und durch die Fenster hineingeschaut. Er hat niemanden gesehen.«

»Na ja, wieviel ist schon mitten in der Nacht zu sehen? Warum ist er nicht tagsüber dort vorbeigegangen?«

»Wie gesagt, mein Haus wird überwacht. Die Polizei beobachtet jede unserer Bewegungen, und ich glaube nicht, daß sie

Joe eine illegale Durchsuchung durchgehen ließen. Er durfte sich dabei nicht sehen lassen.«

»Und wer meine Mutter überfallen hat, hat es genauso gemacht. Er ist bei Nacht gekommen. Aber warum um Himmels willen sollte jemand ihr weh tun wollen? Sie ist doch harmlos.«

»Vielleicht ist sie so harmlos nun auch wieder nicht«, entgegnete Deborah. »Sie ist sehr wachsam, auch wenn sie nicht immer fähig ist, eine genaue Beschreibung dessen abzugeben, was sie gesehen hat. Ich glaube jedenfalls fest daran, daß in dem Haus was Seltsames vorgeht und daß Ihre Mutter vielleicht etwas mit angesehen hat, das sie nie hätte sehen sollen.« Sie zuckte die Achseln und lächelte verlegen. »Ich weiß, das hört sich an, als hätte ich zu viele Alfred-Hitchcock-Filme gesehen, aber ich halte es nun mal für eine reale Möglichkeit.«

Fred runzelte die Stirn. »Ich finde, es hört sich gar nicht so abwegig an. Vielleicht ist es ganz gut, wenn ich drüben im Haus übernachte. Vielleicht krieg ich von ihrem Schlafzimmerfenster was Interessantes zu sehen.«

Zehn Minuten später, nachdem sie die Kinder zum Schutz gegen den bitterkalten Wind warm angezogen hatte, schloß Fred die Tür zum Haus seiner Mutter auf. Ein leicht feuchter, modriger Geruch zog an ihnen vorbei. Kim rümpfte die Nase und machte den Mund auf, um etwas zu sagen, aber Deborah versetzte ihr einen Rippenstoß. »Ich habe neulich den Thermostat heruntergedreht«, sagte sie zu Fred. »Ihre Mutter macht sich Sorgen wegen der Heizkostenrechnung, und solange das Haus leersteht ...«

Fred nickte. »Schon gut. Der Geruch kommt von der Einrichtung. Ich weiß auch nicht, warum sich meine Eltern in all den Jahren nicht mal was Neues gekauft haben. Es ist schließlich nicht so, daß es sich um wertvolle Antiquitäten handelt – diese Möbel sind eine Ansammlung von Gerümpel.«

Die Kinder gingen zu einem mit Fotos beladenen Tisch. »Wir wissen, von wem die alle sind«, sagte Brian. »Onkel Robert, Oma Daisy –«

»Seht ihr euch die Bilder an, während ich mit Mr. Dillman nach oben gehe«, sagte Deborah. »Bin gleich wieder da.«

Fred folgte ihr nach oben, stand aber bloß herum, während Deborah im Schrank und in den Kommodenschubladen

215

wühlte. Sie entdeckte einen hübschen dunkelblauen Morgenmantel mit weißem Rüschenkragen, der aussah, als sei er noch
nie getragen worden, jämmerlich zerschlissene Unterwäsche
mit ausgeleiertem Gummizug, ein anständiges Paar Pantoffeln, einen leicht angetrockneten roten Lippenstift und eine
ungeöffnete Flasche Kölnisch Wasser, die Fred, wie er sagte,
seiner Mutter zum Geburtstag geschickt hatte. Zuletzt legte
sie Mrs. Dillmans zerlesene Bibel oben auf die Kleidung in den
Koffer, den sie von zu Hause mitgebracht hatte. »Ich denke,
das war's«, sagte sie.

Fred nahm den Koffer und machte sich auf den Weg nach
unten. Deborah blieb im Schlafzimmer zurück. Sie schlenderte hinüber zu einer Zedernholztruhe unter dem Fenster.
Das übrige Mobiliar mochte heruntergekommen sein, doch
diese Truhe war, so schien es, liebevoll poliert worden. Sie
konnte nicht widerstehen und hob den Deckel an. Sie war offensichtlich handgezimmert, und drinnen war eine Inschrift
ins Holz gebrannt: »Für Virginia von Mutter und Vater, 1922.«
Virginia. Es wollte Deborah nicht gelingen, unter einem anderen Namen als »Mrs. Dillman« an sie zu denken.

Sie schloß den Deckel und spähte durch die durchsichtigen
Gardinen nach draußen. Der Wind hatte eine Papiertüte er-
faßt und wehte sie die Straße entlang wie getrocknete Büschel
Steppengras auf der Prärie. Auf der anderen Straßenseite
streunte eine Katze über den Rasen vor dem O'Donnell-Haus.
Sie blieb stehen und hob den Kopf. Deborah folgte ihrem
Blick und erstarrte, als sie einen Augenblick lang an einem
Fenster im Obergeschoß ein bleiches Gesicht entdeckte, das
sie ansah.

Sie rannte die Treppe hinunter und zur Vordertür hinaus.
Sie erhaschte einen kurzen Blick auf Fred, der mit offenem
Mund dastand, während die Kinder wie verspielte Welpen
hinter ihr hertollten. Draußen auf dem Gehsteig sah sich Deborah nach allen Seiten nach einem Personen- oder Lieferwagen um, der als Überwachungsfahrzeug in Frage kam, und
sah keinen. Sie wußte, daß er irgendwo sein mußte, versteckt,
um nicht aufzufallen. Nur half ihr das jetzt nicht. Die Straße
war menschenleer, genau wie das Fenster im Obergeschoß
des O'Donnell-Hauses.

2

Seit sie aus dem Koma aufgewacht war, hatte Sally versucht, nicht zu schlafen, vor allem nicht nachts, und erst recht nicht, seit Linda Dr. Healy verraten hatte, daß sie wieder bei Bewußtsein war. Sie nahm es mit trauriger Resignation hin, daß Linda ein derart wichtiges Geheimnis nicht für sich behalten konnte. Linda glaubte, daß sie damit tat, was am besten war, um sie am Leben zu erhalten. Sally aber wußte, daß sie ohne böse Absicht genau das getan hatte, was aller Wahrscheinlichkeit nach zu ihrem Tod führen würde.

Sie hatte weder eine Armbanduhr noch eine Wanduhr im Zimmer, aber der Fernseher war ausgeschaltet worden, und das geschah immer um elf Uhr abends. Sie war vor mindestens einer Stunde während des Neun-Uhr-Films eingeschlafen. Vielleicht waren seither mehrere Stunden vergangen. Sie wußte einfach nicht, wieviel Zeit vergangen war.

Ihre Augen schweiften durchs Zimmer. Wenigstens war es klein und sparsam eingerichtet, und sie konnte bei dem Licht, das durch die offene Tür hereinfiel, alles gut erkennen. Keine unförmigen Schatten, die nicht hierhergehörten. Keine ungewöhnlichen Geräusche. Nur das übliche undeutliche Geschwätz aus dem Schwesternzimmer und hin und wieder ein Aufschrei des Mannes am Ende des Flurs, der glaubte, sich im Zweiten Weltkrieg auf den Philippinen zu befinden. Normal. Alles war normal.

Ein Gähnen bereitete sich vor und blähte, da es durch ihren verdrahteten Kiefer nicht entkommen konnte, ihre Nasenflügel, bis sie schmerzten und ihr die Tränen in die Augen stiegen. Sie war erstaunt, daß sie, nachdem sie so lange im Koma gelegen hatte, derart müde werden konnte. Sie wußte natürlich, daß das auf ihre schweren Verletzungen zurückzuführen war. Außerdem hatte sie es geschafft, wach zu bleiben, nachdem sie am vergangenen Abend mit Linda gesprochen hatte. Vierundzwanzig Stunden lang war sie hellwach gewesen. Und wie grauenvoll enttäuscht war sie gewesen, als am Nachmittag ein strahlender Dr. Healy mit der feigen Linda im Gefolge hereinspaziert war. Die Tränen waren Sally bei ihrem Anblick übers Gesicht gelaufen, und sie hatte es in den ersten paar Minuten nicht über sich bringen können, mit Linda zu sprechen. Aber sie hatte nie ernsthaft damit gerechnet, daß Linda es geheimhalten konnte, daß sie bei Bewußtsein war. Wenn sie nur aufgewacht wäre, als niemand im Zimmer war, hätte niemand davon gewußt.

Ihre Lider fühlten sich bleischwer an. Ich darf nicht wieder einschlafen! dachte sie grimmig. Wenn ich nur eine Tasse starken schwarzen Kaffee trinken könnte. Aber ich bin hier nicht im Hotel. Die geben mir um diese Zeit keinen Kaffee. Da könnte ich sie ja gleich um Speed angehen. Das würde ihnen genug Gesprächsstoff fürs Schwesternzimmer geben.

Noch während sie innerlich lächelte, schlossen sich ihre Augen. Sie kämpfte dagegen an, doch die dunklen Wogen des Schlafs überwältigten sie.

Sie war wieder in der Gasse, über den Mann gebeugt, der sich ein blutiges Taschentuch an die Stirn hielt. Er ließ es sinken, richtete sich auf, um ihr den Arm um die Schultern zu legen, und sie sah, daß er keine Schnittwunde am Kopf hatte – nur einen roten Fleck, vermutlich einen Tropfen Lebensmittelfarbe. Seine Hand griff in seine Tasche und dann schlang sich blitzartig ein Seil um ihren Hals. Er rammte ihr die Faust ins Gesicht, und sie taumelte, er riß sie von den Beinen und zerrte sie –

Ihre Augen öffneten sich ruckartig. Ihr Herz pochte mit kräftigen, schmerzhaften Schlägen gegen ihre Rippen. Wie lange hatte sie geschlafen? Und warum war jetzt die Tür zu?

Sie nahm einen schwachen Duft wahr – kein Parfüm, nur den Geruch eines anderen Menschen. Ein Wimmern entrang sich ihrem verdrahteten Kiefer. Sie reckte sich verzweifelt nach dem Klingelknopf, um eine Schwester herbeizurufen, aber eine Hand schloß sich um die ihre. »Na, das willst du doch wohl nicht tun, Sally?«

Sie atmete ein, um zu schreien, doch eine andere Hand verschloß ihr den Mund, packte brutal ihren gebrochenen Kiefer. »Du siehst so zart aus, bist aber nicht leicht umzubringen«, fuhr die leise, heisere Stimme mit beängstigender Sanftheit fort. »Ein paar haben's mir leicht gemacht, andere nicht. Aber keine war wie du. Nun sage mir, wo nimmst du deine Kraft her, Sally? Das interessiert mich? Warum bist du so stark?«

Die Angst wütete in ihr. Sie trat unter dem Laken und der Decke um sich, trat um sich, so fest sie konnte. Er kicherte. »Temperamentvoll bis zum Schluß, wie? Willst wohl kämpfend untergehen, wie man es von Straßengesindel wie dir erwartet? Also, weißt du, obwohl es die Angelegenheit für mich schwieriger macht, bewundere ich dich doch. Aber nur wegen deiner Stärke. Nicht wegen deiner Moral. Frauen wie du wissen nicht, was Moral ist.«

Der Schmerz in Sallys Kiefer nahm zu, und dann schob sich die Hand nach oben und blockierte ihre Nase. Sie rang lautstark nach Luft und wimmerte wieder hinter der Hand. »Die Neuigkeit, daß du wieder bei Bewußtsein bist, hat sich in Windeseile im Krankenhaus rumgesprochen, und ich hab Gott sei Dank dafür gesorgt, daß ich in dieser Stadt Kontaktleute habe. Sonst hätte es zur Katastrophe kommen können. Ja, ja, ich weiß, du hast dich bisher geweigert, mit der Polizei zu sprechen«, fuhr die grausige zärtliche Stimme fort. »Ich weiß, daß sie schon mal da waren, doch du willst nicht aussagen. Aber die machen dich mürbe. Oder würden dich mürbe machen, wenn du noch am Leben wärst. Nur leider ist es mit deinem Glück am Ende.«

Er zwang ihren Kopf in den Nacken. Sie blickte zu ihm auf, konnte seine Gesichtszüge aber nicht genau erkennen. Alles, was sie sah, war die blitzende Klinge des Springmessers direkt vor ihren Augen. »Ist sonst nicht mein Stil, aber unter diesen Umständen –«

Sally trat heftig um sich und bemühte sich zu schreien, brachte aber nur ein kehliges Krächzen zustande. Im selben Augenblick flog die Tür auf, Licht flutete ins Zimmer und eine Krankenschwester rief: »Was, um Himmels willen –«

Sally sah eine Gestalt im weißen Kittel durchs Zimmer hasten. Die Schwester breitete die Arme aus, griff nach den Schultern des Mannes. Da schoß sein Arm vor und vergrub die Klinge im Bauch der Schwester. Mit einem leisen Stöhnen sank sie in sich zusammen. Der Mann rannte aus dem Zimmer. Sally erwartete einen großen Aufruhr im Flur, aber es blieb bis auf die gewohnten Geräusche ruhig. Benommen und keuchend starrte Sally einen Augenblick lang die zusammengesunkene Krankenschwester an. Sie war wie betäubt, aber nur so lange, bis sie unter dem Körper der Frau hervor Blut über den Boden rinnen sah. Dann drückte Sally den Klingelknopf, wieder und immer wieder, bis endlich Hilfe eintraf.

Siebzehn

Der Weihnachtsabend kam in einem Wirbel von Schneeflokken, die die Kinder vor Freude jauchzen ließen. »Weiße Weihnachten, weiße Weihnachten!« sang Kimberly. »Papa hat gesagt, daß wir weiße Weihnachten kriegen!«

Deborah hatte die Geschenke von ihr und Steve bereits unter den Weihnachtsbaum gelegt, und ihre Kehle war beim Anblick der Anhänger mit der Aufschrift »Von Mami und Papa« wie zugeschnürt. Der schwarzweiße Wollpullover, den sie für Steve gekauft hatte, blieb uneingepackt in ihrer Pulloverschublade liegen. Sie hatte keine Ahnung, was Steve ihr besorgt hatte, wenn er überhaupt dazu gekommen war. Vielleicht hatte er vorgehabt, direkt vor Weihnachten etwas zu kaufen, und dann war es zu spät gewesen.

Entschlossen, den Abend trotz Steves Abwesenheit festlich zu gestalten, hatte sie sowohl Pete und Adam als auch Barbara und Evan eingeladen, mit der Familie zu feiern. Die Familie, dachte sie, schien jetzt aus ihr, den Kindern und Joe zu bestehen. Noch vor einer Woche wäre ihr diese Möglichkeit lächerlich erschienen.

Sie verdrängte den Gedanken und knöpfte die rote Satinbluse zu, die sie vor zwei Wochen zusammen mit dem weißen Kleid für das Fest gekauft hatte. Ehe sie nach unten ging, vergewisserte sie sich, daß ihre schwarze Wollhose frei von Fusseln und Hundehaaren war, und legte sich eine dünne Goldkette um. Als sie sich im Spiegel betrachtete, sah sie die schwachen Schatten unter ihren Augen, die der Deckstift nicht verbergen konnte, und Wangenknochen, die sich schärfer abzeichneten als sonst. Sie hatte seit Samstagnacht vier Pfund Gewicht verloren. Trotzig holte sie ein Paar goldener Hängeohrringe mit roten Glitzersteinen aus ihrer Schmuckschatulle, befestigte sie und freute sich über die auffällige

Fröhlichkeit, die sie verbreiteten. Sie war es den Kindern schuldig, Steve einige Stunden zu vergessen und den schönsten Abend des Jahres zu einem glücklichen Abend zu machen.

Als sie unten ankam, holte sie tief Luft und lächelte. Das Haus roch nach Tannengrün, Kirschkuchen und dem Lebkuchenhaus, an dem sie den Nachmittag über angestrengt gearbeitet hatte und das sie mit weißem Guß und bunten Geleebonbons geschmückt hatte. Sie zündete mehrere dicke Kerzen an und verteilte sie im Wohnzimmer. Dann ging sie in die Küche, um ein Tablett mit Erfrischungen zusammenzustellen und nachzusehen, ob genug Eis da war. War es wirklich weniger als eine Woche her, seit Steve sich beschwert hatte, daß sie kein Eis mehr hätten, und sie hinaus in die Garage zur Tiefkühltruhe gegangen war, um einen Beutel zu holen? Sie erinnerte sich, wie sie zurückgekommen war und Steve bleich und mit zitternden Händen vorgefunden hatte, während er sich kurz angebunden am Telefon unterhielt. Deborah schloß die Augen. »Nicht heute abend«, flüsterte sie. »Denk heute abend nicht daran.«

Zehn Minuten, nachdem alle da waren, wurde Deborah mit einer Mischung aus Bestürzung und Ärger klar, daß Evan und Barbara wütend aufeinander waren. Barbara war übertrieben fröhlich, beinahe ausgelassen. Evans gezwungenes Lächeln wirkte wie eine Grimasse. Sie mieden jeden Körperkontakt, sahen sich nicht in die Augen. Wunderbar, dachte Deborah mißgelaunt. Offenbar war die Spannung, die sie gespürt hatte, als sie Barbara nach Hause geschickt hatte, weiter eskaliert. Alle Anwesenden außer den Kindern merkten es. Joe beobachtete die beiden mit ausdruckslosem Gesicht, Pete warf ihnen vorsichtige Blicke zu, und Adam sah sie mit einem hämischen Glitzern in den Augen direkt an. Er schien zu denken, daß diese langweilige Versammlung am Ende doch noch interessant zu werden versprach.

Der Abend schleppte sich hin. Die Erwachsenen gaben sich große Mühe, liebenswürdig miteinander zu plaudern, wurden aber immer wieder von Barbara unterbrochen. Sie ließ ihren unerträglich geistreichen Einwürfen schrilles Gelächter folgen, das jedoch sofort abbrach, wenn Evan eine seiner scharfzüngigen Bemerkungen machte. Nach der ersten halben Stunde wechselte Joe einen Blick mit Deborah und zwinkerte. Sie mußte sich zwingen, nicht zu lachen, obwohl sie sich zunehmend über das zerstrittene Liebespaar ärgerte.

Die Kinder spielten, ohne die Spannung wahrzunehmen, die in der Luft lag. Sie ließen den Zug unter dem Baum durchfahren, zeigten den anderen ihre roten Strümpfe, die Deborah am Kaminsims aufgehängt hatte, und fragten alle Anwesenden besorgt, ob sie auch sicher seien, daß der Kamin breit genug war, damit der Weihnachtsmann darin landen konnte. »Der ist nämlich richtig dick«, sagte Kim ernsthaft zu Pete, der ihr jedoch mit ähnlichem Ernst versicherte, daß der Weihnachtsmann sehr gelenkig sei und in jeden beliebigen Kamin einfahren oder gar zur Vordertür hereinkommen konnte.

Sie und Steve hatten den Kindern immer erlaubt, schon am Weihnachtsabend je ein Geschenk auszupacken. Kim wählte ein langes, rot eingewickeltes Paket mit goldener Schleife und quiekte selig, als sie eine schöne goldhaarige Brautpuppe hervorholte, die fast so groß war wie sie selbst. »Sie heißt Angie Sue Robinson«, verkündete sie augenblicklich. »Sie heiratet einen reichen Mann mit vielen Herrenhäusern und einem Flugzeug.« Brian suchte sich ein etwas kleineres Paket aus, schien aber mit seinem »Strobo-Robot« ebenso glücklich zu sein. »Meine Großmutter hat mir immer Lakritz geschenkt«, erinnerte sich Pete. »Ich hasse Lakritz.«

Deborah lachte. »Wo ist eigentlich deine Großmutter dieses Jahr?«

»Ihre liebste Freundin Ida ist gestürzt und hat sich die Hüfte gebrochen. Oma ist überzeugt, daß Ida nie wieder auf die Beine kommt, wenn sie nicht da ist, um ihre ärztliche Betreuung zu überwachen. Ich habe vorgeschlagen, daß Adam und ich bei ihr Weihnachten feiern, aber Adam hatte am ersten Feiertag schon etwas vor. Wir fahren nächstes Wochenende hin.«

Adam schien über die Aussicht nicht gerade glücklich zu sein. Deborah wußte, daß er seine Großmutter liebte, doch für einen Fünfzehnjährigen waren Wochenenden viel zu wichtig, um sie damit zu vergeuden, daß man im Haus seiner Großmutter herumsaß.

Kim krabbelte unter dem Baum herum, bis sie ein verpacktes Geschenk für Scarlett gefunden hatte. Die Kinder lachten, als der Hund eifrig das Geschenkpapier zerfetzte und triumphierend einen großen Kauknochen mit Rindfleischaroma herausholte. »Damit dürfte sie eine Weile beschäftigt sein«, kommentierte Adam, als der Hund sich in die Zimmerecke zurückzog und laut und heftig zu nagen anfing.

»Jetzt du, Mami«, sagte Brian.

»Wollt ihr nicht, daß ich bis morgen warte?«

»Nee. Wir haben Geschenke für heute abend und morgen.«

Sie brachten ihr zwei unbeholfen eingewickelte Päckchen, deren jedes mit ungefähr einer halben Rolle Klebeband gesichert war. Von Brian bekam sie eine mit weihnachtlichen Aufklebern geschmückte und oben mit Löchern versehene Coladose.

»Ein Bleistifthalter«, erläuterte er.

»Wie schön!« rief Deborah.

»Wir mußten was basteln, weil eigentlich der Papa mit uns gehen wollte, deine Geschenke einkaufen«, fuhr Brian traurig fort.

»Das hier gefällt mir viel besser als ein Geschenk aus dem Laden«, versicherte Deborah ihm.

Kim hatte roten Filz um ein Stück Schaumgummi gewickelt und ihn mit Alleskleber befestigt. »Nadelkissen«, sagte sie schlicht.

Deborah äußerte sich begeistert über die Geschenke, und die anderen taten es ihr gleich. Die Kinder wirkten fröhlicher als in den letzten Tagen, und als Deborah sie später ins Bett brachte, erlaubte Brian ihr sogar, ihm einen Kuß zu geben.

Bevor alle aufbrachen, verteilte Deborah unter dem erfreuten Protest der anderen Geschenke. »Keine Angst, sie sind alles andere als extravagant. Nur kleine Andenken. Außerdem scheint ihr zu denken, ich hätte nicht gesehen, wie ihr heimlich eure Geschenke unter meinen Baum gelegt habt.«

»Wir haben alle Teekuchen mitgebracht«, behauptete Evan, seine erste freundliche Bemerkung an diesem Abend.

»Prima«, lachte Deborah. »Im Gegensatz zu vielen anderen Leuten esse ich liebend gern Teekuchen.«

Pete und Adam waren die ersten, die gingen. Pete erinnerte

sie noch einmal daran, sie solle ihn anrufen, wenn sie etwas brauche. Wenige Minuten später fragte Barbara halbherzig an, ob Deborah wolle, daß sie dableibe. »Das ist doch nicht nötig«, sagte Deborah und sehnte sich danach, einen Augenblick mit Barbara allein zu sein, damit sie sie fragen konnte, was zwischen ihr und Evan vorgefallen war. »Joe paßt vorbildlich auf uns auf.«

Barbara wirkte erleichtert, und Deborah merkte, daß sie zutiefst bekümmert war. Sonst hätte sie sie nicht noch eine Nacht allein gelassen. Zwar verband sie nicht die intensive, enge Freundschaft, die manche Frauen miteinander haben, aber es herrschte unverbrüchliche Loyalität zwischen ihnen.

Fünf Minuten später waren Evan und Barbara wieder da. »Das Auto springt nicht an«, sagte Evan. »Es bleibt uns nichts anderes übrig, als ein Taxi zu rufen.«

Nach drei Telefonaten gab er bekannt, daß sie frühestens in einer Stunde ein Taxi bekommen konnten. »Ich bringe euch nach Hause«, erbot sich Joe. »Das heißt, natürlich nur, wenn es Deborah nichts ausmacht, eine halbe Stunde allein zu sein.«

Deborah warf einen Blick auf Barbaras und Evans verkniffene, ärgerliche Gesichter und wußte gleich, daß es binnen einer Stunde zu offenen Kampfhandlungen kommen würde. »Ich werd es überstehen. Es ist ja auch noch nicht sehr spät.«

Schweigend marschierten die drei hinaus zu Joes Wagen. Deborah schloß hinter ihnen die Tür ab und machte sich daran, Papier, Schleifen und Klebeband aufzuheben, das auf dem Boden liegengeblieben war, und dann das Geschirr abzuwaschen, das ihre Gäste hinterlassen hatten. Schließlich schenkte sie sich einen Schwenker Cognac ein, nahm am Kaminfeuer Platz und fragte sich, ob in diesem Haus je wieder alles seinen normalen Gang gehen würde. Selbst ihr Versuch, den Weihnachtsabend angenehm zu gestalten, war wegen Barbara und Evan fehlgeschlagen. Normalerweise wäre sie davon beunruhigt gewesen, aber an diesem Abend ärgerte sie sich nur, daß die beiden ihren Kummer hierher mitgebracht hatten. Als hätte sie nicht schon genug Sorgen ...

Das Telefon neben ihrem Sessel klingelte. Steves Mutter, zurück aus Hawaii? überlegte sie. Oder Schlimmeres: Die Polizei mit schlechten Nachrichten? Sie nahm den Hörer ab. »Hallo?«

Sie hörte ein langgezogenes Seufzen, und dann sagte die vertraute, heiser verzerrte Stimme: »Fröhliche Weihnachten.«

Ihre Hände wurden eiskalt, aber diesmal legte sie nicht sofort auf. »Wer ist da?« fragte sie mit zittriger Stimme.

»Du weißt genau, wer dran ist. Hast du dich gut amüsiert heute abend? Du hattest jedenfalls genug Männer um dich versammelt.«

»Männer?«

»Na ja, einer war wohl noch kein richtiger Mann. Aber du weißt ja, wie das ist, wenn in der Jugend die Hormone in Wallung geraten. Er hätte vermutlich nichts dagegen, mit dir ins Bett zu steigen.«

Obwohl sie allein war, färbten sich Deborahs Wangen leuchtend rot. Die Hand, die den Hörer festhielt, schoß ruckartig in Richtung Gabel, doch sie zwang sich, der Bewegung Einhalt zu gebieten. Sie schluckte. »Sie meinen wohl Adam.«

»Kann schon sein.« Er schwieg einen Augenblick. »Ich muß jetzt auflegen. Fröhliche Weihnachten.«

Er legte auf, und Deborah blieb kaum atmend mit dem Hörer in der Hand sitzen. Schließlich legte sie ebenfalls auf. Starr vor Angst starrte sie auf die ruhig tickende Wanduhr über der Couch, bis Joe endlich zurückkam.

»Wo, zum Teufel, bist du so lange gewesen?« fuhr sie ihn an.

Joe riß die Augen auf. »Barbara und ihr Goldjunge wollten nicht zusammen übernachten. Ich mußte jeden in seine eigene Wohnung bringen. Gott, sind die sauer aufeinander.« Er nahm sie genauer in Augenschein. »Was ist denn passiert?«

»Ich bin wieder angerufen worden. Fröhliche Weihnachten hat er mir gewünscht.«

»Ist das alles, was er gesagt hat?«

»Nein. Er hat auch gesagt, daß ich den Abend bestimmt genossen habe, weil ich so viele Männer um mich herum hatte, und daß selbst der Junge wahrscheinlich bereit wäre, mit mir ins Bett zu steigen.«

»Ach du Scheiße.« Joe ließ seine Jacke auf die Couch fallen. Er setzte sich, beugte sich vor und ließ die Hände zwischen den Knien herabbaumeln. »Der Anruf kam wahrscheinlich von einem Münzfernsprecher, aber nicht dem von gestern abend. Der steht nämlich unter Beobachtung.«

»Aber die Polizei kann doch nicht gut jede Telefonzelle in der Stadt beobachten. Das aber heißt, daß ich weiter mit diesen Anrufen rechnen muß.«

»Hast du die Stimme erkannt?«

»Nein, aber sie war stark verzerrt. Ich konnte lediglich feststellen, daß es ein Mann war.«

»Irgendwelche Sprechmuster?«

»Ich habe von Steve nie den Ausdruck ›ins Bett steigen‹ gehört, aber ich kenne auch sonst nur Figuren in Büchern oder Filmen, die so was sagen. Mehr ist mir nicht aufgefallen.«

Joe beobachtete sie einen Augenblick schweigend. Dann sagte er: »Ich hole dir noch einen Cognac und mir selbst einen Whisky mit Wasser. Bin gleich wieder da.«

Während er draußen in der Küche war, ging Deborah zum Flurschrank und holte einen dicken Pullover hervor. Ihre Hände zitterten, und sie kam sich vor, als hätte sich ein Eisblock in ihrem Magen festgesetzt.

Joe kam rasch mit den Getränken zurück. Sie nahm einen Schluck Cognac und legte den Kopf gegen die Rücklehne des Sessels. »Gütiger Himmel, wird das denn niemals enden?«

»Es sind erst ein paar Tage, aber es kommt mir vor wie ein Leben lang.«

»Er hat uns wieder beobachtet, vermutlich vom O'Donnell-Haus aus.«

»Vielleicht, aber er hat nicht von dort aus angerufen. Das wäre zu leicht zurückzuverfolgen. Außerdem hat die Polizei ein Auge auf das Haus, seit du jemanden am Fenster gesehen hast. Ich glaube nicht, daß jetzt dort jemand so leicht kommen und gehen kann wie vorher.«

»Wie steht es mit dem Mann, der das Haus gemietet hat? Wer ist er? Wo ist er?«

»Die Polizei weiß es immer noch nicht. Oder sie geben die Information nicht weiter.« Es klingelte an der Tür. »Na prima«, knurrte Joe. »Was ist denn jetzt schon wieder?«

»Joe, wer kommt denn um die Zeit noch vorbei? Es ist zehn Uhr abends.«

Joe sah sie an. »Einen Augenblick.« Er verließ das Zimmer, und als er zurückkam, hatte er seine Schußwaffe in der Hand. »Bleib du hinter mir. Ich mache auf.«

Deborahs Handflächen wurden unversehens feucht. Es kam ihr völlig absurd vor, daß die Tür von einem bewaffneten Mann aufgemacht wurde. Aber sie hätte es nicht über sich gebracht, sie selbst zu öffnen, nicht nach diesem Anruf.

Sie blieb im Vorraum zurück, während Joe durch die geschlossene fensterlose Tür »Wer ist da?« rief.

»Zustellung«, rief eine junge Männerstimme zurück.

»Wer hat Sie geschickt?«

»Dale Sampson, Spedition Dale Sampson«, antwortete die junge Männerstimme. »Ich bin es selbst, Dale.«

»Den Namen kenn ich«, flüsterte Joe Deborah zu.

»Was liefern Sie?« rief er durch die Tür.

»Weiß ich doch nicht, Mann. Ist in Weihnachtspapier verpackt. Wiegt drei bis vier Pfund. Und es ist kalt hier draußen.«

»Lassen Sie es auf der Veranda stehen«, ordnete Joe an.

»He, liebend gern, aber ich hab gewisse Geschäftsverfahren. Jemand muß dafür unterschreiben.«

»An wen ist das Paket adressiert?«

»Herrgott noch mal«, sagte Dale Sampson aufgebracht. »Einen Augenblick. Hier ist ein Anhänger. Ich kann ihn kaum erkennen. Haben Sie je daran gedacht, eine stärkere Birne in diese Verandabeleuchtung zu schrauben? Deborah Robinson. So steht's auf dem Anhänger.«

Joe sah Deborah an. »Willst du das Risiko eingehen?«

»Er hört sich viel zu jung an, um Artie Lieber zu sein.«

Joe nickte und schloß die Tür auf, die Schußwaffe hinter dem Rücken. Ein dünner junger Mann von ungefähr neunzehn Jahren stand bibbernd auf der vorderen Veranda. Er hielt Joe ein mittelgroßes Paket hin. »Falls das eine Bombe oder so ist, wär es mir lieb, wenn Sie sich mit der Abnahme beeilen.«

»Ich kann kein Ticken hören«, sagte Joe seelenruhig. »Tut mir leid, daß ich es Ihnen so schwer gemacht habe, aber das ist nun mal eine ungewöhnliche Zeit, um Weihnachtsgeschenke auszuliefern.«

»Sie sagen es. Deshalb hab ich den Auftrag gekriegt. Die großen Firmen in der Stadt liefern um diese Zeit nicht mehr an Privathaushalte. Nicht kostendeckend, heißt es da.« Er grinste. »Deshalb kriegen junge Unternehmer wie ich die zusätzliche Arbeit.«

Joe stellte das Paket auf den Tisch im Vorraum und nahm von Dale das Klemmbrett entgegen. »Wer hat denn den Auftrag für diese Sonderlieferung erteilt?«

»Keine Ahnung. Ich bin Student, und meine Freundin nimmt die Anrufe entgegen, wenn ich Seminare hab. Heute abend hat sie mir gesagt, daß dieses Paket um punkt zehn Uhr abzuliefern ist. Ich dachte, die zehn hat vielleicht symbolische Bedeutung. Viele Leute sind dafür zu haben, verstehen Sie. Für Symbolik, meine ich.«

»Ich weiß, was Sie meinen. Wissen Sie, wer das Paket geschickt hat?«

»Sie sagte, irgendein Typ.«

»Haben Sie eine Ahnung, auf was für einen Namen?«

Dale rollte die Augen. »Vielleicht hat sie ihn aufgeschrieben. Wenn die Leute bar bezahlen, tut sie es manchmal nicht. Sie vergißt es.« Dale zuckte die Achseln. »Schlampig, ich weiß, aber sie arbeitet umsonst.«

»Hat sie denn gar nichts über den Absender gesagt?« fragte Deborah. »Das ist für uns sehr wichtig.«

Dale seufzte. »Na gut. Lassen Sie mich nachdenken.« Er stampfte einige Augenblicke mit den Füßen und starrte nach rechts ins Leere. »Ach ja, ich erinnere mich, daß sie doch was über ihn gesagt hat. Er hieß ... Travis. Mal sehen ... ja, Travis McGee. Der Name kam mir irgendwie bekannt vor – deshalb ist er mir auch wieder eingefallen.« Joe warf Deborah einen Blick zu. Auch er hatte offensichtlich erkannt, daß es sich um den Namen von John D. MacDonalds berühmtem Privatdetektiv handelte. »Ach, übrigens: Sie kommen mir auch irgendwie bekannt vor«, sagte Dale zu Joe. »Kenne ich Sie?«

»Sie haben schon das eine oder andere Mal ins Büro der Staatsanwaltschaft geliefert, wo ich arbeite«, antwortete Joe und gab ihm das Klemmbrett zurück.

»He, na klar! Sie sehen aber nicht wie ein Anwalt aus.«

»Bin ich auch nicht. Hören Sie, Dale, könnte Ihre Freundin uns weitere Informationen über diesen Travis McGee geben?«

»Geht es etwa um einen großen Fall?« fragte Dale aufgeregt.

»Möglich. Das kann ich erst dann mit Sicherheit sagen, wenn ich eine Beschreibung des Mannes vorliegen habe, der das Paket geschickt hat.«

»Also, meine Freundin achtet darauf, wie die Typen aussehen. Mich stört es, aber Ihnen könnte es vielleicht helfen.«

»Ihnen hat sie jedenfalls nicht erzählt, wie der Mann aussieht?«

»Nein, aber wenn es so wichtig ist, könnten Sie sie nachher
anrufen. Sie heißt Marcy. Mich finden Sie im Branchenver-
zeichnis. Spedition Dale Sampson. Hab sogar einen kleinen
Eckladen. Den hat mir mein Papa finanziert. Meine Wohnung
ist im Obergeschoß. Marcy lebt mit mir zusammen, und sie erzählt Ihnen gern alles, was sie weiß.«

Er lächelte gewinnend, machte aber keine Anstalten, zur
Tür zu gehen. Joe griff in die Tasche und holte einen Fünfdol-
larschein hervor. »Vielen Dank, daß Sie sich die Mühe gemacht
haben, so spät noch auszuliefern, Dale. Und ich werde später
Ihre Freundin anrufen. Es macht Ihnen doch hoffentlich
nichts aus, oder?«

»Aber nein. Sie sind viel zu alt für sie.«

Der Situation zum Trotz unterdrückte Deborah ein Lächeln
über die unschuldig gemeinte Bemerkung des Jungen, aber Joe
machte nicht den Eindruck, als sei er beleidigt. »Ja, ich bin
wahrscheinlich alt genug, ihr Vater zu sein. Danke, mein Sohn.
Nun sehen Sie zu, daß Sie wieder in Ihr Auto kommen, heraus
aus dieser Kälte.«

Als Dale abgefahren war, wandte sich Joe Deborah zu. »Das
ist kein gewöhnliches Weihnachtsgeschenk. Hast du vielleicht
ein Paar Gummihandschuhe im Haus?«

»Handschuhe?«

»Ich weiß nicht, wie viele Leute dieses Paket schon angefaßt
haben, aber ich wette, daß es mehr waren als Dale, Marcy, ich
und der Absender. Es sieht frisch eingepackt aus – keine abge-
stoßenen Ecken, die Schleife nicht zerdrückt. Vielleicht ge-
lingt es mir, wenn ich es untersuche, ein paar handfeste Indizien zu finden.«

»Ich verstehe. Ich hab Handschuhe in der Küche.«

Joe blieb im Vorraum stehen, während sie in der Küche ihre
Gummihandschuhe hervorholte und sie abspülte. Dann fiel
ihr ein, daß sie vor ein paar Wochen ein neues Paar gekauft
hatte. Sie kramte im Schrank und entdeckte es in seiner Pla-
stikverpackung. Sie ging damit in den Vorraum. »Nagelneu.«

230

»Großartig. Mir werden sie allerdings zu klein sein. Zieh du sie an, und mach das Paket auf.«

»Du hast bloß Angst, daß wirklich eine Bombe drin sein könnte«, sagte Deborah mit bemüht unbekümmerter Stimme, aber ihre Hände zitterten.

»Ich geh mal eben nach draußen, während du es aufmachst.«

»Sehr komisch. Bleib gefälligst, wo du bist. Ich weigere mich, allein in die Luft gejagt zu werden.«

Nachdem sie ihre kalten Hände in die Handschuhe gesteckt hatte, nahm sie das Paket vom Tisch. Es war in Silberpapier eingewickelt, das mit grünen und roten Kränzen geschmückt war. Die Schleife war rot, groß und offenbar im Laden gekauft, nicht mit der Hand gebunden.

»Du mußt es sehr vorsichtig öffnen und dabei so wenig wie möglich berühren.«

»Ich mache meine Pakete immer so auf. Meine Mutter war eine echte Fanatikerin, wenn es um das Retten von Weihnachtspapier ging. Ich durfte meine Geschenke nie einfach aufreißen.«

Sie fuhr mit der Hand unter eine umgefaltete Seite und löste behutsam das Klebeband. Als sie einen Blick hineinwarf, sah sie eine braune Schachtel. Sie steckte die Hand in den entstandenen Papiertunnel und schaffte es, die Schachtel herauszuziehen, ohne das Papier zu zerreißen.

»Gute Arbeit«, lobte Joe leise. Er betrachtete die Schachtel, auf der stand: »Der Küchenpionier. Kombinationsschneider für Fleisch und Gemüse.«

»Das kann doch unmöglich ein Fleischwolf sein.« Deborahs Stimme zitterte. Die Worte beschworen eine entsetzliche Vorstellung herauf.

»Ich glaube nicht, daß es ein Fleischwolf ist«, antwortete Joe beruhigend. »Mach den Deckel auf.«

So behutsam wie zuvor löste Deborah das Klebeband, das den Deckel geschlossen hielt. Als sie die Schachtel geöffnet hatte, sah sie nichts als Styroporschnitzel. Sie blickte zu Joe hinüber. »Es muß was Zerbrechliches sein. Soll ich einfach in diesem Verpackungsmaterial wühlen?«

»Ja. Los.«

Deborah versenkte die Hände in den Styroporschnitzeln,

bis ihre Finger mit etwas Hartem in Berührung kamen. Sie holte es heraus und betrachtete einen Kasten aus Kirschholz mit kunstvollen Schnitzereien an den Kanten. Ein kleiner Goldverschluß hielt den Deckel. Sie drehte den Verschluß zur Seite und hob den Deckel an. Leises Geklimper erfüllte den Vorraum.

»Es ist eine Spieluhr.«

»Und eine ziemlich hübsche dazu«, bestätigte Joe. »Was spielt sie da?«

Deborah runzelte die Stirn. »Das kenn ich. Das ist ein altes Lied.«

»Ich kenn es auch, krieg es aber nicht richtig hin.«

»Irgendwas von wegen ›Glühen‹ ... ach, Himmel, warum kann ich mich nicht erinnern?«

»Mach die Augen zu und konzentrier dich eine Minute.«

Deborah gehorchte. Sie standen beide ganz still und mit geschlossenen Augen da, und Deborah hielt die schöne Spieluhr in ihren gelb behandschuhten Händen. Sie lauschten mindestens dreißig Sekunden lang, und Deborah wollte soeben sagen, daß sie sich einfach nicht erinnern könne, als ihr auf einmal eine Szene einfiel. Fred Astaire. Fred Astaire, der Ginger Rogers ansang, deren Haar naß und voller Shampoo war. »›The Way You Look Tonight‹!« sagte sie triumphierend.

»Das ist es!« strahlte Joe. »Wie geht das noch?«

»Ich kann mich nicht an den ganzen Text erinnern. Bruchstücke. »›Some day when I'm awfully low ... a glow.‹ Nein, Moment mal. Ich glaube, ich hab's.« Sie schloß wieder die Augen, und die Worte entschwebten ihrem Mund – Worte, die aus dem Nirgendwo zu kommen schienen. »›Some day when I'm awfully low/When ... the world is ... cold/I will feel a glow ... just thinking of you/And the way you look tonight.‹«

»Großartig!« gratulierte Joe ihr.

Deborah lächelte einen Augenblick, ehe sie wieder ernst wurde. »Joe, der Mann neulich am Telefon hat auch was von ›the way you look tonight‹ gesagt. Was hat das zu bedeuten? Warum sollte mir jemand anonym eine Spieluhr schicken, die dieses Lied spielt?«

Joe spähte in die Schachtel. »Vielleicht ist es kein anonymes Geschenk. Da ist noch ein Umschlag.«

Deborah stellte die Spieluhr ab und blickte ebenfalls in die Schachtel. Unten am Boden lag ein roter Umschlag. Sie nahm ihn zur Hand. Er war nicht zugeklebt, aber es steckte eine Karte drin. Sie zog die Karte heraus, auf deren glänzender Vorderseite ein schöner Weihnachtsbaum abgebildet war. Auf ihrer Innenseite stand schlicht: »Frohes Fest«. Sie war nicht unterschrieben, doch da fiel ein einfaches Blatt weißes Papier heraus auf den Tisch. Deborah hob es auf. Joe sah ihr über die Schulter, so daß sie die getippten Worte nicht laut vorlesen mußte, bei deren Anblick ihr eiskalt wurde:

Meine geliebte Frau,
Dir zur Gesellschaft das ganze Jahr
Eine Spieluhr mit deinem Lieblingslied.

Achtzehn

»Ist ›The Way You Look Tonight‹ dein Lieblingslied?« fragte
Joe leise.

»Nein. Mein Lieblingslied ist ›Greensleeves‹.«

»Wußte Steve das?«

Deborah hatte das Gefühl, kaum atmen zu können. »Ich bin
nicht sicher. Vielleicht hab ich es ihm gegenüber mal erwähnt,
aber ich kann mir nicht denken, daß er sich daran erinnern
würde.«

»War ›The Way You Look Tonight‹ Steves Lieblingslied?«

»Ich glaube nicht, daß er ein Lieblingslied hatte. Er hat auf
Musik nie so richtig achtgegeben.« Sie hielt inne. »Jedenfalls
soweit ich weiß. Aber ich scheine insgesamt nicht viel über
meinen eigenen Mann zu wissen.«

»Wie findest du die Travis-McGee-Krimis?«

»Ganz toll.«

»Wußte Steve das?«

»Ich weiß es nicht«, antwortete sie kläglich. »Wenn er gelesen hat, waren es meistens Geschichtswerke. Er hat sich nie
danach erkundigt, was ich lese.«

»Na, Artie Lieber kann jedenfalls nicht gewußt haben, daß
du was für John D. MacDonalds Werke übrig hast.«

»Nein ...«

Joe warf ihr einen aufmerksamen Blick zu. »Was ist?«

»Mir ist nur eingefallen, daß ich mehrere Kartons voller Bücher oben in dem Abstellraum habe. Die ganze Travis-McGee-
Reihe ist in diesen Kartons untergebracht. Wer in dem Zimmer
war, könnte ohne weiteres die Bücher durchgesehen haben.
Ach, Joe, ich hab solche Angst.«

»Das ist dein gutes Recht. Und das Unangenehmste ist, daß
wir, glaube ich, nichts über dieses Paket in Erfahrung bringen
werden. Der Gruß ist mit der Maschine geschrieben, und ich

wette meinen letzten Dollar, daß der Absender Handschuhe getragen hat, als er das hier anfassen mußte.«

»Aber dieser Absender kann nicht Steve sein«, brach es wie ein Klagelaut aus ihr hervor. Sie schluckte und nahm sich zusammen. »Ich meine: Warum? Warum sollte Steve, warum sollte Artie Lieber mir eine Spieluhr und einen Gruß schicken, der keinen Sinn ergibt?«

Joe betrachtete nachdenklich die Schachtel. »Ich glaube schon, daß der Gruß einen Sinn ergibt«, sagte er bedächtig. »Und ich denke, daß das Lied eine Bedeutung hat, nicht für dich, sondern für den, der es dir geschickt hat.«

»Was für eine Bedeutung?«

»Das kann alles mögliche sein. Etwas so Abwegiges, daß wir es nie begreifen würden.«

»Welchen Sinn hat es dann, es mir zu schicken, wenn ich es doch nicht begreife?«

Joes rechte Hand ballte sich zur Faust und entspannte sich wieder. Sie hatte gelernt, darin ein Zeichen zu erkennen, daß er tief nachdachte. »Du hast recht. Warum sollte er dir etwas schicken, mit dem du nichts anzufangen weißt? Der Gruß muß eine offensichtlichere Bedeutung haben.« Er runzelte die Stirn. »*The Way You Look Tonight*.«

Deborah blickte auf ihre rote Bluse und die schwarze Hose herab. »Heute abend bin ich etwas feiner angezogen, aber neulich nicht, als er mich angerufen hat. Da hatte ich meinen alten Morgenmantel an.«

»Nein, warte. Versuchen wir es so rum: Wie du aussiehst heute abend.« Deborah sah ihn fragend an. »Vielleicht ist damit nicht die vorübergehende Erscheinung gemeint, was du gerade anhast, sondern deine Gestalt. Dein Körperbau, deine Gesichtszüge. Das könnte es sein, worauf es ankommt.«

»Und was ist mit meiner Gestalt? Ich verstehe nicht ganz.«

Joes Augen blickten erst verwundert, dann bestürzt. »Ach, zum Teufel, ich schon, fürchte ich.« Er eilte ins Wohnzimmer und kam mit einem Notizbuch zurück. »Nachdem das FBI vor ein paar Tagen bei Steve zu Besuch war, hab ich eine Liste der Opfer des Würgers mit ihrer jeweiligen Beschreibung aufgestellt.«

»Wozu?«

»Wie jeder andere hatte ich das Treiben dieses Mörders verfolgt, aber nicht in allen Einzelheiten. Als Steve mir erzählte,
daß das FBI ihn verdächtigt, und mich um Hilfe bat, hab ich
beschlossen, gegen den Würger zu ermitteln, als wäre ich ein
Beamter der Mordkommission und mit der Bearbeitung des
Falls beauftragt.«

»Und wie bist du an deine Informationen gekommen?«

»Ich hab immer noch Kontakte«, sagte Joe geistesabwesend.
»Also, ich möchte, daß du dir die Liste anhörst, damit du verstehst, worauf ich mit meinen Argumenten hinauswill, ja?«
Deborah nickte. »Los geht's. Das erste Opfer wurde im August
1991 ermordet. Mandy Lambert aus Waynesburg, Pennsylvania. Zweiundzwanzig Jahre alt. Bankangestellte. Einsdreiundsiebzig groß, sechzig Kilo, langes dunkelbraunes Haar,
blaue Augen. Das zweite Opfer wurde im Februar 1992
ermordet. Jane Kawalski aus Bellaire, Ohio. Hausfrau. Sie
war neunundzwanzig, einssiebzig groß, neunundfünfzig Kilo
schwer. Langes schwarzes Haar, braune Augen. Als nächstes
war die Geschäftsführerin eines Lebensmittelladens dran,
eine gewisse Margaret Snyder, im Juni 1992. Margaret lebte
in Washington im Bundesstaat Pennsylvania. Sie war dreiundzwanzig, einsfünfundsiebzig groß, zweiundsechzig Kilo
schwer und hatte langes, dunkelbraunes Haar und grüne
Augen. Im Oktober 1992 hat unser Mann Patricia Latta umgebracht, vierundzwanzig Jahre alt, aus Cambridge, Ohio. Sie
war Kellnerin und hatte langes, schwarzgefärbtes Haar und
graue Augen. Sie war einssiebzig groß, achtundfünfzig Kilo
schwer. Im August 1993 war Karen Macy aus Zanesville, Ohio,
das Opfer. Sie studierte an der Universität des Staates Ohio
und verbrachte die Semesterferien zu Hause. Sie war zwanzig,
einssiebzig groß, siebenundfünfzig Kilo schwer, mit langem
dunkelbraunem Haar und braunen Augen. Im Oktober 1993
wurde Leona Chesbro aus Bethel Park, Pennsylvania ermordet. Sie war Aerobic-Trainerin, einsachtundsiebzig groß,
neunundzwanzig Jahre alt, neunundfünfzig Kilo schwer, mit
langem braunem Haar und blauen Augen. Das siebte Opfer
war Sally Yates, eine Einundzwanzigjährige aus Wheeling. Sie
war Krankenschwester. Einssiebzig groß, siebenundfünfzig
Kilo schwer, und sie hatte langes schwarzes Haar und grüne

Augen. Sally ist nicht gestorben, liegt aber im Koma, und man rechnet nicht damit, daß sie es überleben wird. Das letzte Opfer war Toni Lee Morris, Hausfrau, einsdreiundsiebzig, neunundfünfzig Kilo, langes dunkelbraunes Haar und blaue Augen.« Joe sah Deborah an. »Und was haben sie alle gemeinsam?«

»Langes Haar.«

»Langes, dunkles Haar, überdurchschnittlich groß, schlank.« Deborahs Blick huschte unwillkürlich zum Spiegel über dem Tisch im Vorraum. »Ich habe auch langes dunkles Haar.«

»Körpergröße und Gewicht?«

»Ich bin einsdreiundsiebzig groß. Mein Körpergewicht schwankt zwischen siebenundfünfzig und neunundfünfzig Kilo.«

»Und du bist unter dreißig.«

»Ich bin achtundzwanzig.« Deborah schluckte. »Du willst also sagen, daß der Mörder seine Opfer nach ihrem Aussehen und Alter aussucht?«

Joe sah sie geradeheraus an. »Und danach, ob sie verheiratet sind. Deborah, du entsprichst genau dem Profil.«

Neunzehn

1

Deborah stand, so schien es, eine Ewigkeit lang nur da und starrte Joe an. Ein Rauschen füllte ihre Ohren, und sie hatte ein unwirkliches Gefühl. Schließlich schaffte sie es, mit kaum wiedererkennbarer rauher Stimme zu sagen: »Joe, das muß ein Zufall sein.«

»Das hast du auch gesagt, als die Frau Steves Nummernschild entdeckt hat.«

»Du sagst also, daß deiner Meinung nach Steve der Mörder ist und ich ein potentielles Opfer bin?«

Joe sah sie ernst an. »Ich glaube in der Tat, daß du ein potentielles Opfer bist.«

»Und wie steht es mit Steve?«

»Das macht mir sehr zu schaffen.«

Deborah zögerte. »Warum?«

Er legte ihr beruhigend die Hand auf den Arm und lächelte. »Komm, setz dich neben mich auf die Couch, dann erklär ich es dir.«

Er ging voraus, und Deborah folgte ihm nahezu blind. In diesem Augenblick brauchte sie jemanden, der das Heft in die Hand nahm, der ihr versicherte, daß alles gut werden würde.

Sie setzte sich nicht auf die Couch, sondern brach darauf zusammen. Joe nahm in gebührendem Abstand von ihr Platz.

»Ich gründe meine Ansicht nicht auf das, was ich persönlich für Steve empfinde«, begann er langsam. »Eindrücke können täuschen. Ich sehe mir die Tatsachen an. Ich weiß nicht genau, was vorgeht. Ich glaube sehr wohl, daß du zur Zielscheibe erkoren wurdest, und das macht mir höllische Angst. Aber von Steve auserkoren, dem Mann, mit dem du sieben Jahre zusammengelebt hast? Das ergibt keinen Sinn. Wenn er dieser Mann ist, der Würger, warum hat er bis jetzt damit gewartet, dich aufs Korn zu nehmen? Was ist anders an dir? Nichts. Außerdem muß er wissen, daß du unter Beobachtung stehst. Du gehst nicht allein aus, besuchst keine Bars. Hinzu kommt die FBI-Theorie, daß er seinen eigenen Tod inszeniert haben soll, weil sich das Netz um ihn zu schließen begann. Warum sollte er dann ausgerechnet hier in Charleston wieder auftauchen, nur wenige Tage nach seinem dramatischen Verschwinden, um seine eigene Frau in Angst und Schrecken zu versetzen? Das ist nicht die schlauste Methode, den Anschein zu erwecken, als sei man von einem Exsträfling um die Ecke gebracht worden.«

Deborah dachte nach. »Nein, es wäre nicht das Klügste, was ein rational denkender Mensch tun könnte, aber der Würger denkt eben nicht rational.«

»Nicht? Vielleicht denkt er nicht so wie du und ich, aber er hat einen ganz eigenen, sehr ausgeprägten Begriff von Vernunft. Das ist bei solchen Menschen immer so. Und er ist verdammt raffiniert. Oder kommt dir dieser Gag mit der Spieluhr vor wie die Tat eines erschreckend berechnenden Mannes, eines Mannes, der vorsichtig und klug genug ist, um sich dem Zugriff der Polizei so viele Jahre zu entziehen?«

»Demnach meinst du, es wäre ein schlechter Scherz?«

»Kann sein. Aber das paßt auch nicht so ganz. Ich denke, daß der Mann, der dir die Spieluhr geschickt hat, gefährlich ist und nach eigenen Regeln vorgeht, die uns verrückt vorkommen würden, in seinen Augen jedoch vollkommen vernünftig sind.«

»Das wird mir jetzt zu kompliziert«, sagte Deborah eigensinnig. »Ich versteh diesen ganzen verhaltenspsychologischen FBI-Kram nicht.«

»O doch, du verstehst es, sonst hättest du nicht gewußt, daß ich ›verhaltenspsychologischen FBI-Kram‹ von mir gebe.«

»Ich sehe auch manchmal fern.«

Joe grinste. »Deborah, laß gut sein. Versteck dich nicht hinter deiner angeblichen Unwissenheit, bloß weil du Angst hast. Wir reden von den Gedankengängen eines Mannes mit einer krankhaften, aber unglaublich komplizierten Logik.«

Deborah ließ die Augen sinken. »Von den Gedankengängen

des Würgers«, sagte sie tonlos und blickte wieder auf. »Die möglicherweise die Gedankengänge meines eigenen Mannes sind.«

2

Deborah schlief unruhig in dieser Nacht. Zweimal ging sie auf Zehenspitzen nach den Kindern sehen, und einmal ging ihr auf, daß sie seit zwanzig Minuten an ihrem Schlafzimmerfenster stand und durch die Jalousie nach draußen spähte. Die Nacht war kalt und klar. Eine steife Brise war am früheren Abend aufgekommen, und die Tannenzweige bewegten sich rastlos vor einem sternenbesetzten Himmel. Deborah dachte an die Vögel, die vermutlich zwischen den dicken nadelbewehrten Zweigen Schutz vor der Kälte gesucht hatten. »Diese Bäume sind besser als Nistkästen«, hatte Steve den Kindern im vergangenen Sommer erzählt, als er sie zurechtgestutzt hatte, um Verkrüppelungen infolge ihres konischen Zuschnitts als Weihnachtsbaum zu vermeiden. »Die Vögel bleiben zwischen diesen Zweigen warm und sicher, selbst wenn es schneit.« War es einem Mann, der solches Engagement für Pflanzen und Tiere – bis hin zu Vögeln – bewies, wirklich zuzutrauen, daß er all diese jungen Frauen schlug, vergewaltigte und strangulierte? Es war kaum zu glauben – nein, unmöglich zu glauben. Das FBI lag in dieser Hinsicht voll daneben. Ihr Mann wurde vermißt und war vermutlich tot. Aber war er im Leben ein Mörder gewesen? Auf keinen Fall.

Dennoch konnte sie nicht aufhören, an die Opfer des Würgers zu denken. Emily kam Deborah in den Sinn, Emily mit dem langen dunkelbraunen Haar und der schlanken Gestalt. War sie hochgewachsen? Deborah hatte sie nur im Sitzen gesehen. Aber verheiratet war sie.

Sie dachte auch an alles, was Steve ungesagt gelassen hatte. Warum hatte er ihr nicht gesagt, daß Emily heimlich geheiratet hatte und daß er kopflos davongestürmt war, um den Mann zu suchen, als Emily überfallen wurde? Lag es daran, daß er wußte, daß Deborah nie die Gerüchte zu Ohren gekommen waren, nach denen er Emily überfallen haben sollte, und daß er deshalb nicht in der Defensive war? Und was war mit der Spieluhr? Auf der Karte hatte gestanden: »Meine geliebte Frau.« Sicher, jeder hätte diese Anrede benutzen können. Aber was sollte man davon halten, wie Dale Sampsons Freundin Marcy den Absender beschrieben hatte? Zirka einsachtzig, Anfang dreißig, schlank, braunhaarig, Brille mit getönten Gläsern. Das konnte Steve sein. Aber genausogut konnten es tausend andere Männer in der Stadt sein.

Immerhin galt es, die Plünderung des Sparkontos zu bedenken. Wie war es zu erklären, daß Steve am Tag vor seinem Verschwinden sechstausend Dollar abgehoben hatte? War das Geld für ein aufwendiges Weihnachtsgeschenk bestimmt? Nein. Steve neigte zum Praktischen, nicht zur Extravaganz. Er hätte nie eine solche Summe für ein Geschenk ausgegeben, schon gar nicht, wenn das bedeutet hätte, ihr Sparkonto zu dezimieren.

Nervös und unerträglich frustriert vom endlosen Tumult ihrer Gedanken stellte sich Deborahs Lust auf eine Zigarette wieder ein. Ich bin im Augenblick zu schwach, um zu widerstehen, dachte sie und trat an ihren Nachttisch, wo zwei alte Salem-Zigaretten in einer zerknitterten Packung warteten. Sie zündete eine davon an, inhalierte tief und spürte, wie sich ihr der Magen umdrehte. Die Zigarette schmeckte nach verbrannten Lumpen. Sie nahm noch zwei Züge, und als ihr auf gefährliche Art das Wasser im Mund zusammenzulaufen begann, drückte sie die Zigarette aus. Alle hatten ihr versichert, daß die erste Zigarette, nachdem sie lange nicht geraucht hatte, gräßlich schmecken würde, aber sie war davon ausgegangen, daß sie übertrieben. Sie hatten nicht übertrieben.

Tränen stiegen ihr in die Augen. Verflixt, sollte ihr nun zu allem Überfluß auch noch der einfache Genuß einer Zigarette verwehrt bleiben? Sie ging ins Bad und begutachtete ihre geröteten Augen. Sie wußte, daß sie sich so kindisch und weinerlich aufführte, wie Kim und Brian es manchmal taten. »Reiß dich zusammen«, sagte sie streng zu ihrem Spiegelbild. »Alles ist außer Kontrolle, aber du darfst dich nicht auch noch gehenlassen. Du mußt stark bleiben, der Kinder wegen.«

Sie schneuzte sich in ein Papiertaschentuch und nahm, um ihren Magen zu beruhigen, schuldbewußt einen Schluck *Pepto*

Bismol direkt aus der Flasche (wie oft hatte sie nicht den Kindern eingeschärft, was für eine schlechte Angewohnheit das war?) und bürstete sich die Zähne.

Als sie zurück ins Schlafzimmer ging, schmeckte ihr Mund angenehm nach Minze. Es kam ihr besonders still vor im Haus. Vorher hatte sie unten den Fernseher gehört, aber Joe mußte ihn wohl ausgeschaltet haben und auf der Couch eingeschlafen sein. Sonst wäre sie hinuntergegangen, um ein wenig Gesellschaft zu haben. Unglücklich kletterte sie wieder ins Bett und zog die Decke hoch. Sie fröstelte trotz der Wärme. Was hatte ihre Mutter immer gesagt, wenn jemand unerklärlich zitterte? Sie hatte mit Grabesstimme verkündet, daß einem soeben jemand übers Grab gelaufen sei. »Also, so was Lächerliches«, sagte Deborah laut. »Niemand kann mir übers Grab laufen, solange ich nicht drin liege.« Sie fröstelte wieder. »Solange ich noch nicht drinliege.«

3

Eine Gestalt stand im Schatten und winkte. Deborah bemühte sich, im Dunkeln etwas zu sehen. Sie trat einen Schritt vor. Etwas stieß gegen ihre Schulter. Sie versuchte es abzustreifen, aber die Stöße setzten sich fort. Sie stöhnte, und dann wurde ihr allmählich bewußt, daß jemand »Mami?« sagte.

Sie schlug die Augen auf. Brian stand neben dem Bett und tippte ihr ununterbrochen auf die Schulter. »Mami, aufstehen!«

»Was ist los?« rief Deborah und war augenblicklich auf der Hut.

»Kim und Scarlett sind weg.«

Sie richtete sich ruckartig auf. »Weg? Was meinst du mit weg?«

Brian blickte verwirrt drein und ein wenig ängstlich. »Sie sind weg, Mami, wo es doch draußen noch dunkel ist.«

Deborah warf einen Blick auf die Uhr: halb vier Uhr früh. Sie schlug mit klopfendem Herzen die Decke zurück. »Kim wird unten sein«, sagte sie und war bemüht, trotz ihrer Angst ruhig zu wirken.

»Nee, da hab ich schon nachgesehen.«

»Du hast überall nachgesehen?«

»Ja. Sie ist nicht da.«

»Wo ist Joe?«

»Schläft auf der Couch.«

Deborah griff nach ihrem Morgenmantel. »Hast du ihn geweckt?«

»Nee.«

Nein, natürlich nicht, dachte Deborah. Brian war noch ein kleiner Junge, der in einer schwierigen Lage instinktiv zu seinen Eltern rannte. »Hast du im Abstellraum nachgesehen?«

Brian schüttelte den Kopf. »Kim würde da nie reingehen. Sie hat Angst, daß da der tote Junge umgeht.«

Deborah hastete den Flur entlang und stieß die Tür zum verstaubten Abstellraum auf. Kalte Luft traf ihr Gesicht. Sie legte den Schalter um, und die nackte Birne ging an. Ihre Blicke suchten den Raum ab. »Kimberly, bist du da?« Schweigen. Nichts außer Kartons und den großen Fußabdrücken von Joe und den Polizisten. Von einem kleinen blonden Mädchen keine Spur. Dennoch ging Deborah einmal den ganzen Raum ab und sah in jeder Ecke und hinter jedem Karton nach.

»Mami, ich hab dir doch gesagt, daß sie hier nicht reingeht«, beharrte Brian.

»Ja, schon gut«, entgegnete Deborah geistesabwesend. Sie schaltete das Licht aus und eilte, ohne die Tür zuzumachen, ins Gästezimmer. Es war ebenfalls leer.

Drunten angekommen rüttelte sie Joe wach. Er sah benommen zu ihr auf und murmelte: »Hau ab.«

»Joe, wach auf«, sagte Deborah atemlos. »Kim ist verschwunden.«

»Scarlett auch«, fügte Brian hinzu.

In Joes Augen erwachte langsam das Verständnis. Er warf seine Decke von sich. Er trug ein T-Shirt und eine graue Trainingshose. Deborah hatte ihn noch nie in etwas anderem als Jeans gesehen. »Kim, verschwunden? Das kann nicht sein. Sie muß irgendwo im Haus sein.«

»Kim? Scarlett?« rief Brian. Er spitzte die Lippen und bemühte sich vergebens zu pfeifen. »Hierher, Scarlett! Hierher, mein Mädchen!«

Alle drei verharrten einen Augenblick lang stumm, aber es kam keine Antwort. »Wo kann sie nur sein?« fragte Joe.

Deborahs Mund bewegte sich, doch es kam nichts heraus. Sie konnte an nichts anderes denken als an den Mann, der versucht hatte, Kim von der Schule wegzulocken.

»Verdammt, ich hab doch sonst so einen leichten Schlaf«, brach Joe wütend das Schweigen. »Ich hab wohl in letzter Zeit zu wenig Schlaf gehabt, und das hat sich ausgerechnet jetzt ausgewirkt. Trotzdem kann ich nicht glauben, daß Kim zur Vordertür hinausgegangen sein soll, ohne daß ich es gehört habe.«

»Da hab ich schon nachgesehen«, antwortete Deborah. »Der Riegel ist vorgeschoben. Der Riegel läßt sich nicht ohne Schlüssel von außen vorschieben, und Kim hat keinen Schlüssel.«

Joe stieg mit bloßen Füßen in seine Stiefel. »Deborah, such du in allen Zimmern im Erdgeschoß nach ihr. Ich seh im Garten nach.«

Das Haus war nicht groß. »Alle Zimmer im Erdgeschoß« bedeutete Wohnzimmer, Eßzimmer, Steves Arbeitszimmer und Küche, und die waren leer. Außer sich rannte Deborah zur Hintertür. »Schon was gefunden?« rief sie Joe zu, der mit einer Taschenlampe um die Tannen herumging.

»Keine Spur«, rief er zurück.

»Verflixt«, schimpfte Deborah. Sie wollte soeben hinausgehen und sich Joe anschließen, als ihr auf einmal ein schrecklicher Gedanke kam. Einen Augenblick lang erstarrten ihre Muskeln vor Entsetzen. »O Gott, nein«, flüsterte sie.

»Was ist, Mami?« fragte Brian.

Sie antwortete nicht. Sie drängte sich an ihm vorbei und rannte zu der Tür, die zur Garage führte. Sie hatte auch diesmal vergessen, Pantoffeln anzuziehen, und der kalte Betonboden sorgte dafür, daß sie eine Gänsehaut an den Beinen bekam.

»Bitte, bitte, lieber Gott, laß mich unrecht haben«, murmelte sie verzweifelt, als sie die große Kühltruhe erreicht hatte, in der sie am Abend, ehe Steve verschwunden war, Brians Spielzeugfeuerwehr gefunden hatte. Jetzt fiel ihr wieder ein, daß sie vergessen hatte, ein Vorhängeschloß dafür einzukaufen. »Bitte laß sie nicht hier sein.«

Mit zitternden Händen und geschlossenen Augen zog sie am Griff und hob langsam den Deckel an. Sie atmete tief ein und schlug die Augen auf.

Ihr Schrei zerriß die frostige Stille der Garage.

Zwanzig

1

Deborah war nicht sicher, wieviel Zeit vergangen war, bis sie merkte, daß sie in Joes Armen lag. »Was ist denn?« fragte er ein ums andere Mal. »Deborah, was ist denn?«

Ihr Körper zitterte unkontrolliert, und sie konnte nicht klar sehen. Auch sprechen konnte sie nicht. Sie zeigte stumm auf die Kühltruhe, deren Deckel ihr aus den Händen geglitten und wieder zugegangen war.

Joe hielt kurz inne, dann ließ er sie los. Er hob den Deckel der Kühltruhe an, während Deborah zitterte und wimmerte. Sie war sich undeutlich bewußt, daß Brian starr vor Angst an der Tür stand und sie anstarrte. Joe spähte in die Kühltruhe. Er tat einen scharfen Atemzug. Dann griff er hinein.

»O Gott«, klagte Deborah. »Mein kleines Mädchen.«

»Es ist gut«, erwiderte Joe leise. »Es ist nur eine Puppe.«

Deborahs Ohren dröhnten, und sie war überzeugt, nicht richtig gehört zu haben. »Was?« krächzte sie. »Was hast du gesagt?«

»Es ist Kims Brautpuppe.« Er hielt sie ihr hin. »Ihre Puppe.«

Deborah sah die große Puppe mit der goldenen Mähne, die der von Kimberly so ähnlich war. Das Haar war steif gefroren, und das schöne Gesicht der Puppe war mit einem Frostschleier überzogen. Die Puppe war in Kims rosa Wolltuch gehüllt, so daß das Brautkleid kaum zu sehen war.

Deborah starrte die Puppe an, als sich auf einmal ihr Blickfeld verdunkelte, und sie glaubte, in Ohnmacht zu fallen. Dann stellte sich ihr Sehvermögen zusammen mit ihrer Atmung wieder ein. Unmittelbar darauf brach sie in Tränen aus.

Joe schloß die Tiefkühltruhe, legte die Puppe auf dem Deckel ab und nahm dann erneut Deborah in die Arme. »Eine Sekunde war ich auch überzeugt, daß es Kim ist. Mit dieser Decke sieht die Puppe viel größer aus. Aber es ist nicht Kim.«

»Ich hab mich in meinem Leben noch nicht so erschreckt«, schluchzte Deborah. »Wenn sie es gewesen wäre ...«

»Sie ist es nicht. Aber du mußt dich wieder in den Griff kriegen. Wir müssen sie immer noch finden.«

»Ich bin doch hier.«

Deborah und Joe wirbelten beide herum und standen dem kleinen Mädchen gegenüber, das Scarlett fest am Halsband hielt. Der Schwanz des Hundes wedelte munter, als wäre er hocherfreut über die Versammlung in der Garage. Ein junger Mann im Anzug stand neben Kimberly. »Hab sie die Straße entlangrennen sehen«, sagte er. »Deakins, FBI.«

»Mann, wird das Ärger geben«, sagte Brian mit ehrfürchtiger Stimme zu Kim. »Ich wette, du mußt ins Gefängnis.«

Deborahs entsetzliche Angst und Erleichterung schlugen in Wut um. »Was auf Erden hast du dir dabei gedacht?« schrie sie Kim an.

Das Kind greinte. »Nix.«

»Nix? Du warst draußen wegen nix?«

Kims Gesicht verzog sich, und Tränen flossen. »Ich hab gedacht, ich hör den Weihnachtsmann«, heulte sie.

»Den Weihnachtsmann!« brach es aus Deborah hervor. »Nach allem, was passiert ist, gehst du raus, um den Weihnachtsmann zu suchen?«

Joe legte eine Hand auf ihren Arm. »Ruhig, Deborah. Sie ist doch nur ein kleines Mädchen. Du machst ihr eine Höllenangst.«

»Sie hat mir eine Höllenangst gemacht«, begehrte Deborah auf. Dann sah sie das zitternde Kind an, das sie wenige Minuten zuvor tot geglaubt hatte. Ihre Wut verrauchte. Sie eilte auf Kim zu und umfing sie mit beiden Armen. »Ach, Kimmy, es tut mir leid, daß ich dich angeschrien habe. Wir haben uns alle solche Sorgen um dich gemacht.« Kim schnüffelte jämmerlich. »Schatz, warum bist du den Weihnachtsmann suchen gegangen?«

»Ich hab die Schlittenglocken gehört.«

»Glocken?«

»Ja.« Kim wischte sich mit dem Handrücken das tränen-

247

feuchte Gesicht. »Ich dachte, der Weihnachtsmann und Rudolph das Rentier wären bei uns im Garten.«

»Aber Joe hat doch im Garten nach dir gesucht.«

»Ich hab ein bißchen Angst gehabt, deshalb hab ich Scarlett mitgenommen. Ich hab ihr die Leine umgebunden, damit sie mir nicht Rentiere jagen geht, aber sie hat angefangen, zu knurren und in die entgegengesetzte Richtung zu zerren. Das Tor war auf, und sie ist die Straße entlanggerannt. Ich mußte sie zurückholen.«

»Aber du hattest doch nur deinen Morgenmantel und die Hasenpantoffeln an«, schimpfte Deborah sanft. »Deine Erkältung wird bestimmt schlimmer werden.«

»Wen hat Scarlett denn angeknurrt?« erkundigte sich Brian. »Die Rentiere?«

»Wir haben keine Rentiere gesehen«, antwortete Kim enttäuscht. »Und auch sonst hab ich niemanden gesehen.«

FBI-Agent Deakins zuckte die Achseln. »Mein Mitarbeiter und ich haben auch nichts gesehen. Allerdings haben wir ein paar Minuten, bevor das kleine Mädchen die Straße entlanggerannt kam, auch Glocken gehört. Wir dachten, daß jemand in der Nachbarschaft damit läutet. Dann fiel uns ein, daß die einzigen Bewohner der Straße Sie und Mr. Dillman nebenan sind. Und daß einer von Ihnen Glocken läuten läßt, erschien uns ziemlich unwahrscheinlich.«

»Könnte das Geräusch von einer anderen Straße gekommen sein?« fragte Joe.

»Dies hier ist kein Siedlungsgebiet«, antwortete Deakins. »Die nächste Straße ist fast einen halben Kilometer weit weg. Das Geräusch war zu laut, um von weither zu kommen.«

Kim blickte an Deborah vorbei und sah ihre Brautpuppe auf dem Deckel der Tiefkühltruhe liegen. »Angie Sue!« rief sie. »Was ist denn mit der passiert?«

»Kim, hast du die Puppe in die Kühltruhe gesteckt?« fragte Deborah.

Kim blickte entrüstet drein. »In die Kühltruhe? Nein! So was würde ich Angie Sue nie antun!« Sie wandte sich wütend an Brian. »Du hast sie da reingesteckt!«

»Wie komm ich dazu?« fuhr Brian sie an. »Ich faß deine blöden alten Puppen noch nicht mal an.«

248

»Also, jemand hat die Puppe in die Kühltruhe gesteckt«, warf Deborah mit leiser, angespannter Stimme ein.

Joe sah sie niedergeschlagen an. »Und das ausgerechnet in einer Nacht, in der jemand es für wahrscheinlich hielt, daß du nach Kim suchen würdest.«

2

Deborah hielt es nicht für möglich, daß sie wieder einschlafen würde, döste aber doch, als jemand erneut anfing, ihr auf die Schulter zu tippen. »Mami«, flüsterte Kim laut.

Deborah fuhr hoch. Ihre Nerven kribbelten. »Was ist los?«

Kim schreckte zurück. »Es ist Weihnachten. Der Weihnachtsmann war da.«

Deborah sank zurück. »Ach, ist das alles?«

»Ist das alles!« wiederholte Kim empört.

»Es ist fünfzehn Minuten vor sieben«, verkündete Brian.

Kim nickte heftig. Offenbar störte sie sich ausnahmsweise nicht an den Zeitansagen ihres Bruders. »Fünfzehn Minuten vor sieben. Morgens.«

»Ach, Herrgott. Ihr zwei seid wohl nicht zufällig noch müde?« fragte Deborah und fühlte sich zu erschöpft von den Ereignissen der vergangenen Nacht, um aus dem Bett zu steigen. »Die Geschenke könnten wir doch auch ein Weilchen später auspacken.«

»Nein«, sagten die Kinder entschlossen im Chor.

Ach, wie schön wäre es, die Ausdauer eines Kindes zu haben, dachte Deborah. Sie benahmen sich, als wäre die letzte Nacht so ruhig verlaufen wie alle anderen. Sie sahen noch nicht einmal müde aus.

»Na gut«, stöhnte Deborah. »Man reiche mir meinen Morgenmantel. Ich bin zu verschlafen, um ihn selber zu finden.«

Zu ihrer Erleichterung war Joe bereits aufgestanden und hatte Kaffee gekocht. Sie setzte sich mit ihm, wie sie und Steve es immer am ersten Weihnachtstag getan hatten, auf die Couch, trank Kaffee und sah zu, wie die Kinder sich mit Feuereifer über die Geschenke hermachten.

Kimberly quiekte vor Vergnügen über ihr Kopfhörerradio,

und Brian lächelte zufrieden, als er sein Spielzeuggewehr mit Laser und Infrarotvorrichtung sah. Beide fingen sofort an, auf ihren Zeichenblocks zu malen. Dann blickten sie auf und sagten: »Jetzt müßt ihr euch eure Geschenke geben.«

»Wir haben keine Geschenke füreinander besorgt«, sagte Deborah.

»Also, ich hab neulich, als ich wegen Kims Medizin zum Drugstore gefahren bin, eine Kleinigkeit für dich besorgt«, sagte Joe. Er überreichte Deborah ein Paket. Sie riß es verlegen auf und entdeckte ein Stück Modeschmuck, eine Kette mit einem herzförmigen Anhänger aus Bergkristall. Joe mußte sich wohl darüber im klaren sein, daß sein Geschenk als allzu romantisch mißverstanden werden könnte, denn er fügte hastig hinzu: »Ich hab die Kette gesehen und mich erinnert, daß du ein warmes Herz hast, genau wie meine Mutter. Ich hab ihr auch eine gekauft.«

Das gleiche Geschenk, das er seiner Mutter gemacht hatte. Die Aussage konnte niemand falsch verstehen. Deborah lächelte. »Sie ist wunderschön. Vielen herzlichen Dank. Aber ich hab wirklich nichts für dich. Ich bin nicht dazu gekommen, einkaufen zu gehen –«

Er hob die Hand. »Ich hab nicht mit einem Geschenk gerechnet. Außerdem verköstigst du mich hier seit Tagen. Das ist, wenn du mich fragst, ein wunderbares Geschenk.«

»Wir haben richtige Geschenke für euch«, meldete sich Kim zu Wort. Wie am Abend zuvor zauberten sie zerknitterte Päckchen hervor, und Joe öffnete seines mit großem Aufwand. Kim schenkte ihm einen Bic-Kugelschreiber, der nach Deborahs Auffassung von Steves Schreibtisch kam, und Brian brachte Band siebzehn des West Virginia Code. Deborah sah das Lächeln, das Joes Mund umspielte, als er Steves Exemplar des Gesetzbuchs in Händen hielt. »Ich kann in dem Buch lesen und mir mit dem Stift Notizen machen. Danke, Kinder.«

Hochzufrieden mit sich holten die Kinder zwei weitere Geschenke für Deborah. Brians Geschenk war ein Foto von ihm selbst und Scarlett, das er auf rotes Pergamentpapier geklebt hatte. »Eines meiner liebsten Bilder«, sagte sie. »Vielen herzlichen Dank, mein Schatz.«

»Meines gefällt dir bestimmt besser«, sagte Kim und überreichte ihr ein weiches, ungewöhnlich geformtes Päckchen, das in grünes Papier eingewickelt war. »Was mag das nur sein?« fragte Deborah enthusiastisch.

»Das ist mein Geheimnis«, strahlte Kim.

»Das, von dem du die ganze Zeit geredet hast?«

»Ja. Das wird dir wirklich, wirklich gut gefallen!«

Deborah arbeitete sich durch den üblichen Wust Klebeband und riß das Papier auf. Darunter kam ein mit Schmuck gefüllter Brotbeutel aus Kunststoff zum Vorschein. Sie öffnete ihn und ließ die Schmuckstücke auf ihren Schoß herausgleiten. Eheringe und Ohrringe. Ratlos nahm Deborah einen Ehering zur Hand und las die Inschrift: »Sally und Jack.«

Benommen ließ sie den Ring fallen und hob einen Filigranohrring auf. »Gütiger Himmel«, murmelte Joe, als das Sonnenlicht eine Spur Rot aufleuchten ließ und am Haken ein Fetzen erkennbar wurde, der wie ein verschrumpelter Pilz aussah.

Deborah sprang auf, rannte ins Bad und übergab sich.

3

Zehn Minuten später kehrte sie ins Wohnzimmer zurück. Joe hielt die weinende Kim auf dem Schoß. Sie blickte ängstlich zu Deborah auf und sagte: »Entschuldige, Mami. Ich dachte, es gefällt dir.«

»Der Schmuck ist sehr schön«, schaffte Deborah mit zittriger Stimme zu sagen. »Wo hast du ihn gefunden?«

»Im Versteck.«

Das »Versteck«, wie Kim es nannte, war ein neunzig mal neunzig Zentimeter großes Loch unter dem nicht unterkellerten Teil des Hauses. Steve hatte es mit einer kleinen verriegelbaren Holztür verschlossen und die Kinder mit Warnungen vor »großen, widerlichen Käfern« davon fernzuhalten versucht, aber bei Kim hatte offenbar die Neugier über ihre Angst gesiegt.

»Und wann hast du ihn gefunden?« hakte Joe nach.

»Vor ein paar Tagen.« Kim wischte sich das tränenüberströmte Gesicht. »Hab ich was falsch gemacht?«

»Du hast ins Versteck geguckt«, kritisierte Brian sie. »Das sollen wir doch nicht.«

»Schon gut«, sagte Deborah. »Hast du gesehen, wie ... der Papa dieses Zeug im Loch verstaut hat?«

»Nee.« Kim sah sie verständnislos an. »Das ist ein Piratenschatz aus alter Zeit.«

Deborah und Joe sahen sich bedeutsam an. »Hältst du es für möglich, daß Piraten es hinterlegt haben?« fragte Deborah ihn beiläufig angesichts der besorgten Gesichter der Kinder. Ich darf das nicht an sie ranlassen, dachte sie. Eines Tages würde Kim erfahren, was für einen grausigen »Schatz« sie da gefunden hatte, aber fürs erste mußte Deborah die ganze Sache unbedingt herunterspielen.

»Ich bin nicht sicher, ob es hier in der Gegend Piraten gegeben hat«, sagte Joe feierlich. »Wir sind ziemlich weit weg vom Meer, aber das Haus ist tatsächlich sehr alt. Jemand könnte das Zeug vor Jahren hier versteckt haben.«

»Vor wieviel Jahren?« wollte Brian wissen.

»Ähmm ... fünfzig.«

Die Antwort schien beiden Kindern zu genügen. Selbst Kims Augen wurden wieder trocken, und sie krabbelte rasch herunter auf den Boden, um ihre Kopfhörer wieder aufzusetzen.

»Spielt ihr mit euren Spielsachen, während ich noch eine Kanne Kaffee für Joe und mich koche. Wollt ihr zwei Toast oder Frühstücksflocken?«

»Pfannkuchen«, antwortete Brian abgelenkt. »Aber jetzt noch nicht.«

Mit einem Ekel, den sie kaum verbergen konnte, nahm Deborah den Plastikbeutel und ging damit in die Küche. Joe folgte ihr, nahm ihr den Beutel ab und setzte sich an den Küchentisch, während sie sich gründlich die Hände wusch. »An diesen Ohrringen kleben Fleisch und Blut«, sagte sie immer noch zittrig. »Wie lange, glaubst du, ist der Schmuck schon da?«

»Wenn man von dem Ehering ausgeht, den du in die Hand genommen hast, frühestens seit dem Überfall auf Sally Yates. Das war vor zwei Wochen.«

»Von dem letzten Mord ist nichts dabei?«

»Ich weiß nicht, was der Frau namens Morris abgenommen

wurde. Und hat Kim nicht schon vorher von ihrem Geheimnis zu erzählen angefangen?«

Deborah runzelte die Stirn. »Ich glaub schon. Ja.« Sie holte tief Luft. »Ich denke, damit ist der Fall so gut wie abgeschlossen, nicht wahr? Steve hat den Schmuck in dem Loch unterm Haus verstaut.«

Joes Augen wichen den ihren aus, und ihr wurde klar, daß nun endlich auch sein Glaube an Steve ins Wanken geraten war. »Es sieht fast so aus.«

»Und doch ...«

»Und doch?« wiederholte er wachsam.

»Weißt du noch, als wir von der Möglichkeit geredet haben, daß der Würger ertappt werden will, und du das nicht für wahrscheinlich hieltest?«

»Klar.«

»Mal angenommen, Steve ist dieser psychopathische Mörder. Er will nicht ertappt werden. Warum sollte er dann den Schmuck unterm Haus verstecken, wo die Kinder spielen?«

»Er hat ihnen eingeschärft, niemals die Tür aufzumachen und in das Loch zu schauen.«

»Also, wenn sich Kinder nicht sehr geändert haben, seit ich klein war, ist das eine bombensichere Methode, die garantiert, daß sie reinschauen.«

Joe betrachtete sie nachdenklich. »Du hast recht. Steve hätte gewußt, daß einer von beiden am Ende doch nachsehen würde.« Er hielt inne und wandte den Blick ab. »Wenn er allerdings fortgegangen ist, um sich irgendwo unter anderem Namen niederzulassen, würde er dieses Zeug nicht mitschleppen wollen. Jemand könnte es bei ihm finden. Dagegen würde es, wenn er nicht mehr hier im Haus war, nichts ausmachen, ob der Schmuck entdeckt wird oder nicht, stimmt's?«

4

Deborah war den Rest des Tages bemüht, munter zu plaudern und sich zu benehmen, als würde sie das selbstzubereitete Festessen mit Truthahn und Kastanienfüllung, zwei verschiedenen Gemüsen und Preiselbeekompott genießen. »Ich werde dreihundert Pfund schwer sein, wenn ich hier ausziehe«, sagte Joe, als er sich nach dem Essen auf seinem Stuhl zurücklehnte. »Ich weiß nicht, wie Steve es geschafft hat, sein Gewicht zu halten.«

»Wir essen nicht immer so«, sagte Deborah. Sie seufzte. »Sonst mache ich immer einen Teller für Mrs. Dillman fertig. Vielleicht sollte ich Fred etwas bringen.«

Schließlich wurde beschlossen, daß Joe den Teller abliefern sollte, der auch, wie er bei seiner Rückkehr berichtete, dankend angenommen wurde. »Er telefonierte mit seiner Frau, als ich ankam. Ich hatte nicht den Eindruck, daß es sich um ein angenehmes Gespräch handelte.«

»Da wir grade von unglücklichen Paaren reden: Ich frage mich, was Barbara und Evan machen«, überlegte Deborah, während sie mit Stahlwolle die Bratform schrubbte.

»Sie wird bestimmt später anrufen, um dir vollständig Bericht zu erstatten.«

»Nicht, solange das Telefon angezapft ist. Vielleicht kommt sie ja vorbei.« Deborah hörte zu schrubben auf und sah Joe an. »Ich hab mir solche Sorgen gemacht, daß ich Barbara von Evan fernhalte, daß ich an dein Liebesleben gar nicht gedacht habe. Ich hoffe, daß meine Probleme dich nicht auch in Schwierigkeiten bringen.«

Joe grinste. »Du willst wissen, ob ich eine eifersüchtige Freundin habe? Nein. Es gibt einige Frauen, mit denen ich mich gelegentlich treffe, mehr nicht. Ich bin seit Lisa damals in Houston keine ernsthafte Beziehung mehr eingegangen.«

»Das tut mir leid für dich, Joe.«

»Es ist Jahre her. Ich bin drüber weg.«

»Bist du glücklich?« fragte sie impulsiv.

Joe bedachte ihre Frage. »Ich bin weder glücklich noch unglücklich.«

»Wie langweilig.«

»Manchmal ist es das. Noch irgendwelches Geschirr, Mrs. Robinson?«

»In der nächsten Stunde nicht. Danach sind die Kinder bestimmt wieder bereit für einen Imbiß.«

Joe legte das Geschirrhandtuch weg und sah sie an. »Weißt du, wie stolz Steve auf dich und die Kinder war?«

Deborah starrte ihn an. »Stolz. Auf mich? Glaub ich nicht.«

»Doch, das war er. Er hat nicht viel von dir gesprochen, aber wenn es soweit war, bekam er immer einen gewissen Blick.«

»Und jetzt, meinst du, versucht er mich zu ermorden.«

»Ich weiß, das ist schwer zu schlucken. Und ich hab nur die Möglichkeit angesprochen, daß Steve der Würger ist. Aber wer immer der Würger ist, Deborah, er ist ein höchst komplizierter Mensch.«

»Das ist Steve auch«, entgegnete Deborah. »Er ist intelligent. Engagiert.« Sie zögerte. »Und geplagt.«

Joe nickte. »Ich weiß. Genau das ist es, was mir Sorgen macht. Ich habe immer geglaubt, daß es darauf zurückzuführen sein müsse, was mit Emily passiert war. Jetzt bin ich nicht mehr so sicher. Ich kann Petes Äußerung nicht vergessen, daß manche Leute schon damals überzeugt waren, Steve hätte Emily überfallen. Waren sie auf die Idee gekommen, nur weil Lieber es behauptete? Oder war den Leuten etwas Ungewöhnliches an der Beziehung zu seiner Schwester aufgefallen?«

»Ich denke, das werden wir nie in Erfahrung bringen.« Deborah blickte aus dem Küchenfenster auf die weißen Flecken, die vom kurzen Schneeschauer der vergangenen Nacht übrig waren. »Doch: Wir können es sehr wohl in Erfahrung bringen, wenn wir nach Wheeling fahren und mit einigen Leuten reden.«

»Du willst nach Wheeling fahren?«

»Ja, ich glaube schon.«

»Deborah, das mit Emily ist vor ewigen Zeiten passiert.«

»Aber die Leute erinnern sich an so etwas. Es muß dort jemanden geben, der mehr Antworten weiß als Pete.«

»Und was ist, wenn wir mehr über den Überfall auf Emily herausfinden? Was hat das mit dem zu tun, was jetzt ist?«

»Wie du weißt, denkt das FBI, Steve hätte Emily überfallen. Die glauben, daß damals seine Verhaltensmuster festgelegt wurden. Und das hat, glaube ich, eine Menge mit dem zu tun, was jetzt ist.«

»Vielleicht hast du recht«, räumte Joe ein. »Andererseits könnte es sein, daß du nur etwas Unangenehmes zutage förderst, das du später bereust.«

»Zum jetzigen Zeitpunkt ist es mir lieber, über etwas Unangenehmes Gewißheit zu haben, als nichts zu wissen und mich mit Zweifeln und Fragen zu verzehren. Ja, ich möchte nach Wheeling fahren«, sagte Deborah entschlossen. »Ich möchte gleich morgen hinfahren.«

5

Wie Deborah vorhergesehen hatte, wollte Barbara zwar alles mögliche mit ihr besprechen, nicht jedoch am Telefon. Als sie um sieben Uhr abends eintraf, sah sie abgehärmt und dünn aus, und ihre Augen waren vom Weinen rot gerändert. Joe zog sich taktvoll in den Keller zurück, um mit den Kindern zu spielen, während Barbara einen Drink entgegennahm und auf der Kante der Couch balancierte, zu nervös, um sich an den Rückpolstern anzulehnen. »Ich bin die schlimmste Freundin von der Welt«, begann sie dramatisch zu erzählen. »Du hast soviel durchmachen müssen, und ich war nicht für dich da. Und jetzt bin ich hier, um über meine eigenen Probleme zu reden.«

»Du warst da, als ich dich am dringendsten gebraucht habe«, versicherte Deborah mit milder Stimme. »Immerhin hast du einen Job und dein Leben mit Evan.«

Barbaras dunkle Augen füllten sich mit Tränen. »Was für ein Leben mit Evan? Ich bekomme ihn kaum noch zu sehen. Deborah, er benimmt sich neuerdings so seltsam. Er macht Ausflüchte, um sich von mir fernzuhalten. An dem Abend, als du mich nach Hause geschickt hast, damit ich eine romantische Nacht mit ihm verbringen konnte, hat er ausgerechnet darüber einen Streit vom Zaun gebrochen, daß ich keinen Weihnachtsbaum aufstellen will! O Gott, ich weiß nicht, was ich tun soll.«

»Erst mal kannst du dich abregen.« Barbara nahm einen Schluck Whisky Soda und sah Deborah erwartungsvoll an, als sei mit weiteren Ratschlägen zu rechnen. »Ich kenne Evan nicht besonders gut. Wir verkehren seit Jahren in denselben Kreisen, haben aber immer nur belanglos geplaudert, deshalb kann ich dir keine Einsichten vermitteln, wie sein Gehirn funktioniert. Ich weiß nur, daß am Abend der Weihnachtsfeier noch alles in Ordnung zu sein schien. Vielleicht ist er nur mitgenommen wegen Steve.«

»Das ist er wohl«, bestätigte Barbara. »Er hat sogar ... ach, Schwamm drüber.«

»Er hat sogar was?« wollte Deborah wissen. Sie haßte es, wenn Leute anfingen, ihr etwas offensichtlich Wichtiges mitzuteilen und dann abbrachen.

»Also ... er glaubt jetzt allmählich auch, daß Steve der Würger sein könnte.«

»Ach, wirklich?«

»Deb, bitte mach nicht so ein trauriges Gesicht. Du hast längst selbst daran gedacht. Ich hab doch die Zweifel in deinen Augen gesehen.«

Wie konnte sie es leugnen, nachdem sie am selben Morgen so auf den Schmuck reagiert hatte? Sie beschloß, Barbara nichts von den Eheringen und Ohrringen zu erzählen. Sie wollte nicht hundert neue Fragen über sich ergehen lassen. Außerdem wollte sie nicht an die Ereignisse des Tages zurückdenken.

»Ich glaube, wir alle haben die Möglichkeit erwogen, daß Steve der Würger ist«, sagte sie, ohne sich festzulegen.

Barbara nahm noch einen Schluck von ihrem Drink. »Erst dachte Evan, es müsse jemand sein, mit dem Steve zusammenarbeitet, weil der Betreffende Steves Gewohnheiten kannte und in der Lage war, ihn zu belasten.« Sie hatte ihre Worte zuletzt rasch hervorgestoßen, und Deborah musterte sie mit zusammengekniffenen Augen. An diese Möglichkeit hatte sie überhaupt noch nicht gedacht. Sie hatte sich nur auf Steve und Artie Lieber konzentriert. »Offen gestanden, ich hab mich auch schon gewundert ...«

»Worüber gewundert?«

»Ob er vielleicht recht hat. Wenn Steve nicht der Mörder ist, könnte es sich tatsächlich um einen Mitarbeiter handeln. Und Evan hat sich dermaßen bizarr aufgeführt.«

»Du hältst Evan für einen Massenmörder?«

»Auf den Gedanken gekommen bin ich schon«, sagte Barbara elend. »Natürlich benimmt sich auch Joe ein wenig seltsam.«

Deborah sah sie erstaunt an. »Joe? Inwiefern benimmt er sich seltsam?«

»Er ist euer Wachhund geworden.«

Deborah war sich der Tatsache bewußt, daß Barbaras Stimme, deren normale Lautstärke durch die Anspannung gesteigert war, wahrscheinlich durch die Heizungsrohre bis in den Keller drang, und sie schnitt ihr das Wort ab. »Barb, Steve war ... ist Joes Freund. Joe beschützt die Frau und die Kinder seines Freundes.«

»Das hab ich Evan auch gesagt, aber er war nicht zu überzeugen. Wenigstens hat er so getan, als wäre er nicht überzeugt.« Sie wandte sich ab, kaute an einem Daumennagel, und dann brach es aus ihr hervor: »Evan hat an dem Abend, an dem die Frau namens Morris ermordet wurde, den Streit mit dem Weihnachtsbaum vom Zaun gebrochen. Was wäre, wenn er versucht hat, von mir wegzukommen, damit er ... damit er ...«

»Damit er vor einer Bar eine junge Frau vergewaltigen und strangulieren konnte? Das glaubst du doch nicht im Ernst.«

Barbara senkte den Blick. »Deborah, wußtest du, daß Evan und ich kein einziges Mal in den Nächten zusammen waren, in denen eine der Frauen ermordet wurde? Ich führe Tagebuch, und ich bin gestern abend die Einträge durchgegangen. Daher weiß ich es mit Sicherheit. Und das O'Donnell-Haus ist von jemandem namens Edward King gemietet worden. Evan Kincaid. E.K.«

Deborah starrte sie mit offenem Mund an. »Barbara, bist du dir darüber im klaren, wie dürftig das alles klingt? Du kommst mir vor, als wolltest du glauben, daß Evan schuldig ist. Wäre dir das lieber, als denken zu müssen, daß er vielleicht keinen Wert mehr auf die Beziehung zu dir legt?«

Barbara riß die Augen auf, als hätte man sie geohrfeigt. »Das war eine Gemeinheit, so etwas zu sagen.«

»Und was du Evan unterstellst, ist keine Gemeinheit? Barb, du bist meine liebste Freundin, aber im Augenblick drehst du durch, bloß weil Evan ein paar Tage nervös und distanziert war.«

Barbara sah sie lange und eindringlich an. »Du bist böse, weil ich nicht bei dir geblieben bin, und versuchst nun, mir weh zu tun.«

»Das ist doch lächerlich.«

Barbara stellte ihren Drink ab und stand auf. »Ich sehe ein, ich bin mit meinem Problem nicht an der richtigen Adresse gelandet.«

»Ach, Barb, komm runter vom hohen Roß. Ich bin deine Freundin, und ich versuche nicht, dir weh zu tun, aber du läßt zu, daß deine Phantasie mit dir durchgeht. Ich muß dir sagen, was ich denke.«

»Vielen Dank für deine geschätzte Meinung«, entgegnete Barbara steif. »Ich gehe jetzt.«

»Barbara, bitte sei nicht so –«

Sie wurde davon unterbrochen, daß die Vordertür zuschlug.

Deborah beugte sich vor und stützte den Kopf in die Hände. Sie saß immer noch so da, als Joe ins Zimmer kam. »Du hast an Wichtigeres zu denken als an Barbaras Wutausbruch.«

»Du hast alles gehört«, stellte Deborah fest und hob den Kopf.

»Jedes Wort, auch als es um mein eigenes verdächtiges Benehmen ging.«

»Tut mir leid.«

»Du brauchst dich nicht zu entschuldigen. Und Barbara auch nicht.« Deborah zog überrascht die Brauen hoch. »Du hast sie ziemlich hart rangenommen, Deborah.«

»Aber du hast doch die Anschuldigungen gehört, mit denen sie um sich geworfen hat. Die waren richtig gefährlich.«

»Deborah, wir wissen nicht, wer der Würger ist«, sagte Joe ernst. »Ist es da gefährlich oder klug, alle Möglichkeiten in Betracht zu ziehen?«

»Aber sie hält es für möglich, daß du schuldig bist, ja sogar Evan.«

»Und wie gut kennt ihr mich wirklich? Ich fand, daß sie in bezug auf Evan einige ziemlich gute Argumente vorgebracht hat. Er selbst war es, der es in die Debatte geworfen hat, daß Steve von einem Kollegen belastet worden ist. Ich denke, er hat versucht, den Verdacht auf mich zu lenken, vielleicht weil er mich wirklich verdächtigt, oder um den Verdacht von sich abzulenken. Und es ist ein außerordentliches Zusammentreffen, daß Barbara und er in den Nächten, in denen die Morde begangen wurden, nie zusammen waren. Du wirst dich erinnern, daß alle außer dem letzten sich an einem Samstagabend zugetragen haben. Ist das etwa kein Abend, an dem man zusammen ausgeht oder über Nacht zusammenbleibt? Und wie steht es mit den Initialen ›E.K.‹? Frag mich nicht, wieso, aber die Leute haben die Tendenz, andere Namen anzunehmen, deren Anfangsbuchstaben mit denen ihres eigenen Namens übereinstimmen. Außerdem sind die Schecks an die Maklerfirma auf eine Bank in Charleston ausgestellt. Wie du selbst gesagt hast, als du von Edward King erfahren hast: Warum sollte jemand ein Haus mieten und es dann leerstehen lassen, schon gar jemand, der vermutlich hier in der Stadt lebt?«

»Hör auf«, sagte Deborah und rieb sich die Schläfen. »Ich komme mir vor, als würde ich im Treibsand stecken. Ich kann die Möglichkeiten nicht erwägen, weil es zu viele gibt und weil sie zu beängstigend sind. Ich schaffe es fürs erste nur, mich auf Steve und Emily und Artie Lieber zu konzentrieren.«

»Demnach willst du nach wie vor morgen nach Wheeling fahren?«

»Jetzt erst recht.«

»Und du willst immer noch, daß ich dich hinfahre?«

»Ja«, sagte sie entschlossen. Erst später im Bett gingen ihr immer wieder seine Worte durch den Sinn: »Wie gut kennt ihr mich wirklich?«

Einundzwanzig

1

»Wie gut kennt ihr mich wirklich?«

Deborah schloß die Augen. Ich will nicht daran denken, sagte sie sich. Joe ist kein Mörder und Evan auch nicht. »Aber bei deinem eigenen Ehemann bist du dir nicht so sicher, wie?« warf ihre innere Stimme verächtlich ein.

Sie sah auf die Uhr: sechs Uhr dreißig. Wenn sie um acht abfuhren, konnten sie noch vor Mittag in Wheeling sein. Dann hatten sie genug Zeit, um zu erledigen, was sie sich vorgenommen hatten, und gegen neun Uhr zurückzusein.

Am Vorabend hatte sie Pete angerufen und ihn gefragt, ob er sich um die Kinder kümmern könne. Sie hatte ihm wegen der abgehörten Telefonleitung nicht gesagt, warum. Sie war sich durchaus darüber im klaren, daß man ihr und Joe folgen würde. Aber sie wollte das Ziel ihrer Fahrt wenigstens nicht von vornherein preisgeben. Wenn die Agenten des FBI ihr folgen wollten, mußten sie mit ihr und Joe Schritt halten.

Die Kinder waren ungewöhnlich schlecht gelaunt. »Wo fahrt ihr hin?« fragte Kim zum wiederholten Mal. »Warum können wir nicht mit?«

»Es ist eine lange Fahrt«, sagte Deborah zu ihr. »Ihr hättet keinen Spaß daran.«

»Aber bei Pete gibt es überhaupt keine Spielsachen«, wandte Brian ein.

»Wir nehmen ein paar Spielsachen mit. Nun hört auf zu meckern und zieht euch an. Und ich möchte, daß ihr euch heute gut benehmt.«

Sie ließ sie quengelnd in ihrem Zimmer zurück, während sie einiges Spielzeug, das sie zu Weihnachten bekommen hatten, einpackte. Pete hatte sich auch bereit erklärt, Scarlett zu nehmen. Deborah ließ den Hund nicht gern den ganzen Tag allein, und sie wußte, daß er helfen würde, die Kinder bei Laune zu halten. Außer den Sachen für die Kinder packte sie Scarletts Futter- und Wassernapf und ihr Spielzeugtau ein. Der riesige Kauknochen mit Rindfleischgeschmack mußte allerdings zu Hause bleiben, weil er manchmal Flecken hinterließ und Pete teure Teppiche hatte.

Gegen sieben Uhr dreißig fuhren sie vor dem großen weißen Haus im Kolonialstil vor, in dem Pete wohnte, ungefähr einen Kilometer von Deborahs Haus entfernt. Sie hatte das Haus immer bewundert, vor allem deshalb, weil Pete mit sorgfältig ausgewählten Antiquitäten versucht hatte, den kolonialen Charakter zu wahren. Joe wartete im Auto, während Deborah die Kinder und Scarlett, die an ihrer Leine zerrte, an die Tür brachte. Pete begrüßte sie und bat sie ins Wohnzimmer, wo durch ein hohes Fenster Sonnenlicht hereinströmte und die safrangelben und cremefarbenen Möbel- und Vorhangstoffe noch leuchtender erscheinen ließ.

»Pete, das ist wirklich nett von dir«, sagte Deborah, während sie den Kindern die Mäntel auszog.

»Kein Problem. Aber ich würde mir schon wünschen, daß du mir sagst, was vorgeht.« Sie zögerte, und Pete warf rasch ein: »Kinder, wie wär's, wenn ihr schon mal Scarletts Näpfe in die Küche stellt. Ich komme gleich und fülle ihre Wasserschüssel.«

Die Kinder sahen einander an. »Die wollen mal wieder nicht, daß wir was mitkriegen«, sagte Brian altklug. Dann marschierten sie mit dem Hund im Schlepptau hinaus.

»Denen entgeht nicht viel, hab ich recht?« fragte Pete lächelnd. »Ich erinnere mich, wie Adam in diesem Alter war. Hope und mir blieb nichts anderes übrig, als zu buchstabieren, was er nicht hören sollte. Ein Jahr lang haben wir uns so geholfen, bis uns klar wurde, daß er bemerkenswert gut buchstabieren konnte.«

»Ich glaube nicht, daß Kim und Brian schon soweit sind, aber ich hab heute keine Geduld zum Buchstabieren«, sagte Deborah. »Joe fährt mit mir nach Wheeling.«

Pete sah sie überrascht an. »Nach Wheeling? Wieso das denn? Um Emily zu besuchen?«

»Unter anderem. Ich habe so ein Gefühl, Pete, daß das, was

im Augenblick vorgeht, irgendwie zusammenhängt mit dem, was Emily vor so vielen Jahren zugestoßen ist.«

»Wie soll das möglich sein?«

»Ich bin nicht sicher«, sagte sie ausweichend, und dann entdeckte sie das Wissen in seinen Augen. Er wußte, daß sie sich fragte, ob Steve nicht doch selbst seine Schwester überfallen hatte.

»Deborah, ich halte das für keine gute Idee«, sagte er ernst. »Lieber ist immer noch nicht gefaßt. Außerdem glaube ich, daß du die Wahrheit über etwas herauszufinden versuchst, was vor sehr langer Zeit passiert ist. Die Spur ist kalt, wie es im Fernsehkrimi immer heißt.«

»Vielleicht nicht. Vielleicht gibt es etwas, das allen anderen entgangen ist.«

»Und du willst es in einem Tag finden?«

»Ich hoffe es.«

Pete seufzte. »Deborah, ich kann nicht umhin zu sagen, daß ich ein wenig besorgt bin, daß du mit Joe dort hinfährst. Er scheint ja ganz nett zu sein, aber –«

»– was wissen wir eigentlich über ihn?« beendete sie automatisch seinen Satz. »Ich vertraue ihm. Er war mir eine ungeheure Hilfe. Du natürlich auch.« Sie nahm Pete spontan in die Arme und drückte ihn, wobei sich ihre Augen mit Tränen füllten. Er wurde vor Überraschung ganz steif. Dann entspannte er sich und tätschelte ihr den Rücken.

»Deborah, du bist doch gar nicht in der Verfassung, so eine Fahrt zu unternehmen.«

Sie wich zurück und wischte sich das Gesicht trocken. »Mir fehlt nichts. Außerdem muß ich hinfahren. Wenn ich nichts herausfinde, macht das nichts. Aber dann weiß ich wenigstens, daß ich es versucht habe.«

Pete hob resigniert beide Hände. »Ich kann dich offensichtlich nicht davon abbringen.«

»Im Gegenteil: Du kannst mir noch in anderer Hinsicht helfen. Wie hieß noch Steves Freundin, die ihm damals für die Zeit des Überfalls auf Emily das Alibi verschafft hat?«

Pete sah sie unsicher an. Dann runzelte er die Stirn. »Deborah, ich weiß es nicht mehr. Er war noch nicht lange mit ihr gegangen, und ich glaube, daß sie nach der High-School weggezogen ist. Moment mal. Jane? Joyce? So ähnlich hieß sie, obwohl keiner der beiden Namen genau richtig klingt, und der Nachname ist mir restlos entfallen.«

»Na gut, es wird schon nicht so wichtig sein.«

»Tut mir leid. Übrigens: Wenn du die Zeit hast, würde ich dich bitten, bei meiner Großmutter vorbeizuschauen. Ich bin über Weihnachten nicht dazu gekommen, sie zu besuchen, und ich möchte sichergehen, daß sie es mit der Samariterrolle gegenüber ihrer Freundin Ida nicht übertreibt.«

»Aber natürlich, Pete. Ich bin sicher, daß wir einen kurzen Besuch ins Programm einbauen können.«

»Wunderbar. Ich schreib dir die Adresse auf.«

Ehe sie aufbrach, kam Adam die Treppe herunter. Sein Haar war ebenso unordentlich wie sein T-Shirt und seine Jeans. »Wo sind die Kinder?« fragte er ohne Umstände.

»In der Küche«, antwortete Deborah ihm.

»Und der Hund ist auch da?«

»Ja.«

Er lächelte. »Prima. Ich hab schon den ganzen Tag mit ihnen verplant.«

»Vielleicht ist es Deborah nicht recht, wenn sie den ganzen Tag rumtoben«, wandte Pete ein. »Kimberly hatte doch diesen Husten.«

»Es geht ihr doch wieder gut, nicht wahr?« fragte Adam.

»Es geht ihr viel besser. Sieh nur zu, daß sie nicht über die Stränge schlägt.«

»Ich werde mich bestens um die beiden kümmern«, versicherte Adam und sah ihr dabei in die Augen.

Deborah war gerührt. Wie viele fünfzehnjährige Jungen hätten so bereitwillig die Verantwortung für zwei kleine Kinder übernommen?

»Mach dir keine Sorgen«, sagte Pete und überreichte ihr eine Karteikarte mit der Adresse seiner Großmutter. »Adam und ich werden auf die Kinder aufpassen. Und Deborah – ich verspreche mir nicht viel von deinem Vorhaben, wünsch dir aber trotzdem viel Glück.«

2

Deborah und Joe wechselten kaum ein Wort, bis sie Charleston hinter sich gelassen hatten und nach Norden fuhren. Deborah suchte immer wieder nach einem Gesprächsstoff, doch es wollte ihr nichts einfallen. Sie war sich darüber im klaren, daß ihr Mund grimmig verkniffen war, schaffte es jedoch nicht, sich zu entspannen. Schließlich sagte Joe: »Es ist mir hier zu leise«, und legte eine CD ein. Einen Augenblick später füllten Gitarrenakkorde das Wageninnere, gefolgt von den sehnsüchtigen Klängen einer Flöte, ehe die Marshall Tucker Band *Can't You See* sang. Deborah hatte den Song seit Jahren nicht mehr gehört. Erst nach mehreren Sekunden merkte sie, daß sie im Takt mit dem Fuß wippte. Sie ertappte Joe bei einem verstohlenen Blick auf den wippenden Fuß. Dann fing er plötzlich mit kräftiger Stimme zu singen an: »Can't you see ...? Siehst du denn nicht, was mir die Frau da angetan?« Sie mußte lächeln und stimmte gleich darauf mit ein. Es folgten *Heard It in a Love Song* und *Searchin' for a Rainbow*, und sie übertrieben nach Kräften den näselnden Gesangsstil der Countrymusik, bis Deborah lachend sagte: »Tut mir leid, Joe, genauer kenne ich mich mit dem Marshall-Tucker-Repertoire nicht aus.«

»Also, ich hab was Wichtiges über dich erfahren«, sagte Joe und drehte die Lautstärke herunter. »Du bist ein verkannter Rockstar.«

Sie wurde rot und nickte. »Ich erinnere mich, daß ich einmal, als ich vierzehn war, bei meiner Freundin Mary Lynn übernachtet habe. Mary Lynn hatte Hunderte von Kassetten, und während ihre Eltern zum Abendessen aus waren, haben wir bei ihr im Schlafzimmer ein Konzert veranstaltet. Ich hab mich im Leben nicht mehr so geschämt wie damals, als ihre Eltern die Tür aufrissen, während ich auf Mary Lynn's Bett stand und mit einer Haarbürste als Mikrofon *Stayin' Alive* geschmettert habe.«

Joe warf den Kopf zurück und lachte. »Meine Brüder und ich haben eine Band gegründet. Wir haben zwei Gigs gespielt – beim Barbecue im Kreis der Familie und auf dem Fest zum sechzehnten Geburtstag meiner Schwester. Nach dem Fest hab ich eine Freundin meiner Schwester, ein Mädchen, in das ich

völlig verschossen war, sagen hören: ›Wenn die meinen, sie
wären gut, waren sie zu lange draußen in der Sonne. Jack
kennt so ungefähr fünf Noten, Joe hört sich an wie eine ster-
bende Kuh, und Bob sieht aus, als hätte er eine Art Anfall.‹«

»Das hat sicher weh getan«, sagte Deborah kichernd.

»Wir waren am Boden zerstört. Keine weltweiten Tourneen.
Keine bewundernden Groupies. Keine Titelfotos für die Zeitschrift *Rolling Stone*. Dann haben wir überlegt, wie unangenehm die ewige Überei war, und unsere musikalische Zukunft
aufgegeben.«

»Woraufhin du Polizist wurdest, und ich wurde Sekretärin.«

»Und die Musikwelt verlor zwei ihrer größten Hoffnungen.«

Sie unterhielten sich in den nächsten zwei Stunden weiter
unbekümmert über ihre Kindheit, und Deborah spürte, wie
sich ihre Rückenmuskulatur aus ihrer Erstarrung löste. Dann
verschwand die Sonne, und Deborahs Anspannung stellte sich
beim Anblick des drückenden, schiefergrauen Himmels wieder ein. Bis sie die Stadtgrenze von Wheeling erreicht hatten,
zitterten ihre Hände. »Warst du schon mal hier?« fragte sie Joe.

»Nein.«

»Ich war nur einmal mit Steve hier, um Emily zu besuchen.
In der Altstadt war ich überhaupt noch nie.«

»Was gibt es da zu sehen?«

»Läden und Restaurants aus der Zeit um die Jahrhundert-
wende. Und Oglebay Park. Von November bis Anfang Februar
wird dort ein Lichterfest veranstaltet, mit ungefähr fünfhun-
derttausend Lichtern in der Form von Schneemännern, Kränzen und dergleichen. Steve hatte vorgeschlagen, dieses Jahr
vor Weihnachten mit den Kindern herzufahren –«

Ihre Kehle war wie zugeschnürt, und sie unterdrückte ein
Schluchzen, das sie ebenso überraschte wie Joe. Er beugte sich
herüber und tätschelte ihre Hand. »Nur ruhig Blut, Deborah.«

Sie schluckte mühsam. »Tut mir leid.«

»Möchtest du umkehren?«

»Nein, das kann ich nicht. Ich verstehe selbst nicht, warum
ich so sicher bin, daß ich hier etwas herausfinden werde. Vielleicht liegt es daran, daß Steve mich nur einmal mitgenommen
hat, obwohl ich ihn mehrmals darum gebeten habe. Er wollte
mich nicht hier haben. Wieso? Weil er sein neues Leben von

seinem alten getrennt halten wollte? Oder weil er Angst hatte, daß ich etwas herausfinden könnte?«

»Deborah, ich will dir nicht ausreden, den Tag hier zu verbringen. Du hast nur einen Augenblick lang ein bißchen wacklig ausgesehen.«

»Es geht mir gut.«

»In Ordnung. Wo machen wir als erstes Station?«

»Im Pflegeheim bei Emily.«

3

Artie Lieber war wieder auf Achse. Am Weihnachtsabend hatte er einen blauen Toyota von einer Auffahrt mitgehen lassen und das Nummernschild gegen das eines Kombiwagens ausgewechselt, der drei Straßen weiter am Bordstein geparkt war. Er hatte sich gezwungen, am ersten Feiertag in seinem Motelzimmer auszuharren und im Fernsehen ein zuckersüßes Weihnachtsprogramm nach dem anderen über sich ergehen zu lassen. Er hatte sich erinnert, daß er vor langer, langer Zeit solche Sendungen mit seiner kleinen Tochter Pearl angeschaut hatte, und überlegt, ob sie sie nun mit ihrem Kind zusammen ansah.

Als es endlich Abend wurde, war er einmal an Robinsons Haus vorbeigefahren und hatte sich dabei in seinem neuen Auto relativ sicher gefühlt. Er hatte die kurzhaarige Frau, die er am Tag nach Steve Robinsons Verschwinden erspäht hatte, aus der Tür stürmen sehen. Sie war an ihrem Auto stehengeblieben und hatte auf den großen zweistöckigen Ziegelbau gegenüber gestarrt. Er war zusammengezuckt, als ihm klar wurde, wonach sie suchte. Also, sie würde es nicht zu sehen bekommen. Kein Gesicht mehr am Fenster, Kleines, dachte er hochzufrieden. Aber ihre Züge hatten eine Entschlossenheit, die ihm nicht gefiel. Sie war keine, die die Dinge auf sich beruhen ließ. Sie war der Typ, der herumspionierte, und das war alles andere als klug von ihr.

Nun war der Morgen des zweiten Feiertags angebrochen. Er hatte Weihnachten immer deprimierend gefunden und war froh, daß es wieder einmal vorbei war. Er bearbeitete sein

Kinn mit dem Rasierer und stellte fest, daß er bis auf den verdammten Tic am Auge immer noch ein gutaussehender Mann war. Und er war heil. Die hatten ihn im Gefängnis nicht untergekriegt. Nicht im geringsten. Er war ein Mann der Tat, und er war wütend auf sich, weil er so lange gewartet, spioniert und herumgespielt hatte. Es war höchste Zeit, wieder aktiv zu werden. Es war Zeit, die Sache zu erledigen.

4

Der Geruch nach Medikamenten und Krankheit überfiel Deborah, als sie und Joe an den Empfangstisch des Pflegeheims traten. Eine überfordert dreinblickende Pflegerin mit kurzem, von grauen Strähnen durchzogenem Haar und kläglich verzogener Miene blickte auf. »Ja?«

»Wir sind hier, um Emily Robinson zu besuchen.«

Die dunklen Augen der Pflegerin wurden mißtrauisch. »Miss Robinson darf auf Anweisung ihrer Familie keine Besucher empfangen.«

»Die Anweisung stammt von mir«, sagte Deborah. »Ich bin ihre Schwägerin.«

Die Brauen der Pflegerin hoben sich erstaunt. »Sie sind Steves Frau?«

»So ist es. Sie kennen meinen Mann?«

»Ja. Ich bin Jean Bartram. Hat er nie von mir gesprochen?«

»Nein, tut mir leid, das hat er nicht.« Jean blickte noch kläglicher drein. Deborah hatte das absurde Bedürfnis, sich für Steve zu entschuldigen, beherrschte sich jedoch. »Könnten wir Emily sehen?«

Jeans Augen wurden ganz schmal. »Wenn Sie Emily besuchen wollen, müssen Sie sich irgendwie ausweisen. Seit sich das mit dem Verschwinden Ihres Mannes herumgesprochen hat, werden wir hier ständig von Reportern belästigt. Sie versuchen ein Bild von Emily zu ergattern und geben sich als Familienmitglieder aus. Und ich hab Sie doch noch nie gesehen.«

Deborah war empört, daß Reporter versucht hatten, zu Emily vorzudringen. Was versprachen sie sich davon? Eine

Aussage von ihr über den möglichen Aufenthaltsort ihres Bruders?

Sie bemühte sich, gefaßt zu wirken, obwohl sie innerlich ganz aufgewühlt war. »Steve und ich haben zwei kleine Kinder«, sagte sie und kramte nach ihrer Brieftasche. Sie holte ihren Führerschein heraus und reichte ihn Jean. »Ich besuche Emily nicht zusammen mit Steve, weil ich mit den Kindern zu Hause bleiben muß.«

Jean betrachtete das Bild im Führerschein und gab ihn dann wieder zurück. »Ich verstehe. So richtig besuchen kann man sie ja sowieso nicht.«

»Aber soweit ich weiß, sagt sie doch hin und wieder etwas.«

»O ja. Sie könnte reden, wenn sie wollte, aber sie will nicht.«

»Ich denke, die Gründe werden ein wenig komplizierter sein als bloßer Eigensinn«, konnte Deborah nicht umhin zu kontern.

»Sind Sie etwa Ärztin?« begehrte Jean auf.

»Nein.«

Jean zuckte die Achseln. Dann sah sie Joe an. »Und wer ist das?«

»Joe Pierce. Er ist ein sehr guter Freund der Familie und arbeitet bei der Suche nach meinem Mann mit der Polizei zusammen.«

Jean musterte ihn zweifelnd. Er begegnete ihrem Blick, und Jean senkte die Augen. Deborah steckte ihren Führerschein wieder in ihre Tasche, und Jean umrundete ihren Schreibtisch in der eindeutigen, wenn schon nicht freundlichen Absicht, sie zu Emilys Zimmer zu bringen. »Manchmal sagt sie mehrere Worte hintereinander weg«, berichtete Jean. »Wenigstens glaube ich, daß es sich um mehrere Worte handelt. Man kann nicht so recht verstehen, was sie sagt. Bei anderer Gelegenheit spricht sie ein Wort sehr deutlich aus.«

»Immer das gleiche Wort?«

»Ja. Gewöhnlich sagt sie ›Steve‹.«

»Nicht Mama oder Papa?«

Tiefe Falten bildeten sich zwischen Jeans Augenbrauen. »Nein, ich glaube nicht, daß sie sie je beim Namen nennt, obwohl sie an den meisten Wochenenden zu Besuch kommen.«

»Sagt sie sonst noch etwas?«

»Weihnachten.«

Deborah und Joe sahen sie fragend an. »Weihnachten?«

Jean hob die Schultern. »Ihr Mann hat erzählt, daß sie Weihnachten liebt. Sie sagt es vollkommen deutlich. Er hat ihr immer Geschenke gebracht.«

Deborah war tieftraurig. Am vergangenen Tag war Weihnachten gewesen, und es hatte weder ein Geschenk von Steve gegeben, noch hatte sie selbst eines mitgebracht. Sie war gar nicht darauf gekommen, daß Emily etwas an dem Fest liegen könnte.

»Da wären wir«, sagte Jean und blieb an einer schweren Holztür stehen. »Sie hat ein Einzelzimmer. Die sind hier schwer zu kriegen. Sind Sie soweit, reinzugehen?«

»Ja«, antwortete Deborah leise, obwohl sie eigentlich überhaupt nicht soweit war. Sie hatte Emily vor vielen Jahren einmal besucht, als sie und Steve frisch verheiratet waren, aber damals hatte er den Besuch inszeniert. Er hatte mit seiner Schwester gesprochen, als würde sie jedes Wort verstehen, und ständig auf sie eingeredet, so daß bei der Begegnung keine Verlegenheit aufkommen konnte. Nun hatte Deborah die Verantwortung, und sie wußte nicht, was sie tun sollte.

Jean stieß die Tür auf. Emily saß in einem Sessel vor dem großen Farbfernseher, in dem eine Familienserie lief. Emilys Augen waren auf den Bildschirm gerichtet, doch es war nicht festzustellen, ob sie etwas mitbekam. Als sie näher kamen, entdeckte Deborah eine Spur Grau in ihrem langen, braunen Haar, das seit ihrem letzten Besuch stumpf geworden war. Auch ihre Haut sah bleicher und trockener aus als beim letzten Mal, als Deborah sie gesehen hatte. Sie war in eine Art Kimono aus Seide mit zartem fliederfarbenem und gelbem Muster gehüllt. Jemand hatte ihr mit einem fliederfarbenen Band das Haar im Nacken gebunden, und ihre Füße steckten in weißen Lederpantoffeln.

Joe blieb an der Tür stehen, während Deborah direkt auf sie zuging. »Hallo, Emily«, sagte sie mit gedämpfter Stimme und ging neben dem Sessel in die Knie. »Du erinnerst dich vielleicht nicht an mich, aber ich bin Steves Frau Deborah.«

Emilys Gesicht blieb unbewegt. Aus nächster Nähe konnte Deborah sehen, daß ihre grünen Augen mit den langen Wimpern schön wie eh und je waren, doch ihre Lippen waren aufgesprungen und von feinen Linien umgeben. Sie wirkte selbst in diesem ungeschminkten Zustand irgendwie schön. Allerdings wurde der Gesamteindruck durch eine gezackte Narbe auf ihrer Stirn gestört, wo sie das Rohr getroffen hatte, und durch ein schmales Würgemal rund um den Hals, wo ihr Angreifer einen Draht zugezogen und die zarte Haut verletzt hatte.

»Ich habe einen Freund mitgebracht, um dich zu besuchen«, fuhr Deborah munter fort und versuchte die Art und Weise nachzuahmen, wie Steve vor langer Zeit mit ihr gesprochen hatte. »Dies ist Joe Pierce. Er arbeitet mit Steve zusammen.«

Joe trat langsam vor. Deborah spürte seinen Widerwillen und war überrascht. Sie war überzeugt gewesen, daß Joe nichts aus der Ruhe bringen konnte, aber offensichtlich fand er den Anblick dieser lieblichen, seltsam reglosen Frau erschreckend. »Hallo, Emily«, sagte er mit heller, unnatürlicher Stimme.

Jean stand nach wie vor an der Tür. Deborah wünschte sich, sie würde gehen, wollte sie aber nicht dazu auffordern. Außerdem hatte sie vielleicht einen Grund, zu bleiben. Vielleicht traute sie diesen beiden Fremden in bezug auf Emily nicht über den Weg. Oder vielleicht neigte Emily zu unerwarteten Ausbrüchen irgendwelcher Art. Deborah beschloß, die Frau zu ignorieren, und setzte sich neben Emilys Sessel aufs Bett, während Joe stehen blieb und unbehaglich mit dem Fingern auf den Fernseher trommelte.

»Du hast Kölnisch Wasser benutzt«, sagte sie. »Das riecht aber gut.«

»Es ist *Charlie*«, meldete sich Jean zu Wort. »Seit sie hier ist, trägt sie nichts anderes. Sie wird richtig fuchtig, wenn wir sie nicht jeden Tag damit einsprühen. Ihre Mutter hat erzählt, daß sie es immer getragen hat, ehe ... na ja, Sie wissen schon.«

»Ich habe den Duft immer als angenehm empfunden«, sagte Deborah.

»Ja, er ist ganz ordentlich. Ich persönlich mag *Giorgio*, kann es mir aber nicht leisten.«

Wie faszinierend, dachte Deborah. Sie wandte sich wieder Emily zu. »Ich nehme an, Steve hat dir von deiner Nichte und deinem Neffen erzählt«, fuhr sie fort und überlegte, wie töricht sie sich anhören mußte, daß sie so unbekümmert auf jemanden einredete, der so wenig darauf reagierte wie eine Statue. »Sie heißen Kimberly und Brian. Sie sind sehr aufgeweckt, aber zu jedem Unfug bereit. Ich habe ein Bild dabei …« Sie kramte wieder nach ihrer Brieftasche und holte das neueste Foto der Kinder hervor, auf dem sie der Kamera zuliebe breit und unnatürlich lächelten. Sie hielt Emily das Foto hin, die blinzelte, aber nichts sagte.

»Außerdem haben wir einen Hund«, fuhr Deborah fort. »Er heißt Scarlett. Kim hat ihn nach Scarlett O'Hara benannt. Steve hat mir erzählt, daß *Vom Winde verweht* dein Lieblingsbuch war. Ein Bild von dem Hund hab ich auch.« Sie präsentierte ein Foto von Scarlett mit Augen, die im Blitzlicht der Kamera gruselig rot leuchteten, und einem ledernen Kauknochen im Maul. Wie, um Himmels willen, komme ich dazu, solchen Unsinn zu reden und Emily ein Foto vom Hund der Familie zu zeigen? dachte Deborah. Sie wollte das Bild wegstecken und kam sich reichlich dumm vor, als Emily auf einmal »Sex?« sagte.

Deborah fuhr beim Klang der Stimme zusammen, die vom mangelnden Gebrauch heiser war und aus dem unbeweglichen Gesicht hervorkam. »Sex?« wiederholte sie und sah zu Jean hinüber, die erst perplex dreinschaute und dann grinsen mußte. »Was redest du da, Emily?«

Emilys rechter Mundwinkel hob sich leicht. »Sex«, sagte sie leise und zärtlich.

»War Sex dein Hund?« fragte Deborah verzweifelt.

Joe sah Deborah amüsiert und ungläubig an. »Ein Hund namens ›Sex‹?«

Emily betrachtete das Foto. »Sex. Weihnachten.«

Deborah sah zu Jean hinüber, die verwirrt die Hände hob. »Das ist mir selbst neu. Ich hab sie noch nie ›Sex‹ sagen hören.«

Deborah wandte sich erneut an Emily. »War Sex ein Hund, den du zu Weihnachten bekommen hast?«

»Weihnachten.« Emily streckte ganz langsam die Hand nach dem Foto aus. »Sex.«

Deborah überließ ihr das Bild von Scarlett. Emilys Hand

schloß sich locker darum und fiel zurück auf ihren Schoß.
»Sex«, sagte sie wieder, diesmal mit einem Anflug von Traurigkeit.

Deborah war zum Weinen zumute. Was versuchte Emily
mitzuteilen? Was immer es war, es hatte mit einem Hund zu
tun, aber dieser Hund hatte bestimmt nicht »Sex« geheißen. Es
bestand wenig Aussicht, daß sie es je erfahren würden. Sie
mußte sich erst einmal damit zufriedengeben, Emily das Foto
zu schenken. Als ihr Weihnachtsgeschenk.

Sie sah Joe an, dem plötzlich klarzuwerden schien, daß sie
mehr von ihm erwartete, als wie ein rastloser Elefant von
einem Bein aufs andere zu treten. Er kam herüber und kniete
Deborah gegenüber neben Emilys Sessel nieder. »Hallo, Emily,
ich bin Joe«, sagte er steif. »Deborah wollte dich zu Weihnachten besuchen, darum hab ich sie hergefahren.«

»Weihnachten.«

Deborah sah erneut zu Jean hinüber, die bemerkte: »Sie ist
heute ein richtiges Plappermaul. Ich habe sie seit Ewigkeiten
nicht mehr so viel sagen hören.«

Und du brauchst nicht zu plappern, als wäre sie nicht im
Zimmer, dachte Deborah gereizt. Offensichtlich bekam Emily
ziemlich viel von dem mit, was um sie herum vorging.

Joe lächelte Emily zu. »Erinnerst du dich an das letzte Mal,
daß du Steve gesehen hast?«

Emilys hochgezogener Mundwinkel senkte sich. »Ed.«

»Ed?« wiederholte Deborah.

»Ed ist einer der Pfleger«, sagte Jean. »Macht immer viel
Aufhebens um sie. Sie weiß nicht, was sie sagt.«

Joe versuchte es noch einmal. »Nein, Emily, nicht Ed, dein
Bruder Steve. Er ist dich besuchen gekommen.« Seine Augen
schweiften zu einer Pflanze in einem mit roter Folie umhüllten
Blumentopf, der auf der Kommode stand. Es war Oleander.
»Hat Steve dir die Topfpflanze gebracht?«

»Steve. Weihnachten.«

Deborah sah Jean an, die nickte. »Er hat sie beim letzten
Besuch mitgebracht. Hat uns alle möglichen Anweisungen
hinterlassen, wie wir sie zu versorgen hätten. Als hätten wir
hier nicht schon genug zu tun, ohne eine Gärtnerei zu betrei-
ben.«

Deborahs Gefühle für Jean gingen von Mißfallen in Abneigung über. Ihre weinerliche Stimme fiel ihr auf die Nerven.

»Hat Steve dir die Topfpflanze zu Weihnachten mitgebracht?« fragte Deborah.

Unvermittelt wandte Emily den Kopf, hob die Hand und fuhr damit über Deborahs Haar, das sie an diesem Tag nicht zum Zopf geflochten hatte. »Sally!«

»Sally?«

»Sally Yates«, sagte Jean, und Deborah kam sich wie elektrisiert vor.

»Sie kennt Sally Yates?«

»Ja. Sally hat hier gearbeitet. Allerdings nicht lange. Ist dahintergekommen, daß sie woanders mehr Geld verdienen kann. Hat vor ein paar Monaten gekündigt. Die alten Kerle hier waren todtraurig. Sie war irgendwie ganz hübsch und hatte einen Körper wie ein Mannequin. Wahrscheinlich hat sie ihre ganze Freizeit damit verbracht, Sport zu treiben. Sie hat wie eine Verrückte mit den alten Kerlen geflirtet, als wären sie Kevin Costner oder Richard Gere oder Favio.«

»Fabio«, korrigierte Deborah geistesabwesend. Jean machte ein verdrossenes Gesicht. Die Frau konnte Sally Yates offenbar nicht ausstehen, aber Jeans persönliche Gefühle waren Deborah egal. Sie war noch zu erschüttert von der Neuigkeit, daß Sally ausgerechnet im Pflegeheim gearbeitet hatte. »War Mrs. Yates viel mit Emily zusammen?« fragte sie.

»Klar. Noch ein besonderer Liebling von ihr. Hat Emily das Haar gebürstet. Ihr die Nägel lackiert. Make-up aufgelegt.«

»War mein Mann mit Sally bekannt?«

»Ich denke schon. Ich weiß natürlich nicht über jedermanns Privatleben Bescheid.« Jean schien zu merken, wie gehässig ihr Tonfall war. »Es tut mir schrecklich leid, daß sie fast umgebracht worden ist und so. Und dann gleich zweimal.«

»Was meinen Sie mit ›gleich zweimal‹?« fragte Joe mit barscher Stimme.

»Sie hat das Bewußtsein wiedererlangt, und dann ist vorgestern nacht jemand in ihr Zimmer im Krankenhaus eingedrungen und hat versucht, ihr die Kehle aufzuschlitzen. Sally ist unverletzt geblieben – eine Krankenschwester hat ihn überrascht. Ihr hat er das Messer in den Bauch gerammt. Sie hat den Angriff überlebt, hat aber solche Angst, daß sie sich nicht erinnern kann, wie der Mann aussah. Oder sie lügt. Sally sagt auch nichts. Nicht, daß ich es ihnen krummnehme. Es wäre mir gar nicht recht, wenn da draußen ein gemeingefährlicher Irrer herumliefe, der denkt, ich könnte ihn identifizieren.«

Deborah hatte innerlich zu zittern angefangen. Sie wollte ein Dutzend Fragen stellen, aber nicht in Emilys Gegenwart. Jean mochte glauben, die Patientin habe soviel bewußtes Empfinden wie ein Stein, aber Deborah wußte es besser.

Sie wandte sich Emily zu und rang sich wieder ein strahlendes Lächeln ab. »Emily, hattest du ein schönes Weihnachtsfest? War es schön, Steve letzte Woche zu sehen?«

Emily ließ abrupt die Haarsträhne fallen, die sie gestreichelt hatte. Sie starrte erneut den Bildschirm an, doch Deborah stellte fest, daß sich ihre Hände beinahe unmerklich verkrampften. »Emily, hörst du mir zu?« fragte sie und rückte dichter an sie heran. »Ich hab gefragt, ob es schön für dich war, deinen Bruder zu sehen –«

Plötzlich keuchte Emily. Sie riß die Augen auf und schrie: »Steve, nein! Aua! Steve, aua!«

Deborah wäre vor Schreck fast rückwärts umgefallen, und Joe sprang auf. Jean rannte auf Emily zu. »Sie gehen jetzt besser«, befahl sie und versuchte Emily festzuhalten, die unablässig um sich schlug.

»Was ist denn nur?« fragte Deborah entsetzt.

»Ich weiß auch nicht. Sie haben sie aufgeregt«, entgegnete Jean anklagend. »Ich hab sie nur ein paarmal so gesehen, und das ist Jahre her.« Emilys Hand traf Jeans Wange, und die Frau fluchte. »Na großartig. Jetzt müssen wir ihr Thorazin geben, wovon sie Atemnot bekommt. Halt still, verdammt! Und ich muß wahrscheinlich den ganzen verdammten Tag lang bei ihr sitzen.« Eine andere Pflegerin kam an der Tür vorbei. »Hol Dr. Hatten«, fuhr Jean sie an. Dann sah sie zu Deborah hinüber. »Bitte gehen Sie. Los!«

Deborah und Joe eilten aus dem Zimmer, aber selbst draußen auf dem Flur konnte Deborah Emily schluchzen hören: »Nein! Steve, aua! Nein!«

Zweiundzwanzig

1

Sie saßen erst einmal zehn Minuten lang im Jeep auf dem Parkplatz des Pflegeheims. Deborah atmete tief durch und versuchte sich zu beruhigen. Emilys Entsetzen bei der bloßen Erwähnung von Steves Namen hatte sie erschüttert. Stimmte es etwa, daß Steve sie angegriffen hatte? Konnte er seiner eigenen Schwester etwas so Gräßliches angetan haben? Und war sie nur das erste von mehreren Opfern?

»Du bist weiß wie ein Bettlaken, Deborah«, sagte Joe. »Hast du für heute genug?«

»Glaube mir, ich würde liebend gern so bald wie möglich heimfahren, aber ich kann nicht. Ich will erst noch ins Haus der Familie Robinson, unter der Voraussetzung, daß sie noch nicht zurück sind. Aber da können wir erst nach Einbruch der Dunkelheit rein.«

»Und was machen wir in der Zwischenzeit?«

»Ich würde alles drum geben, zu erfahren, wie Steves Freundin zum Zeitpunkt des Überfalls auf Emily hieß. Vielleicht kann sie uns etwas sagen.«

»Pete hat dir den Namen nicht genannt?«

»Er hat er gesagt, er könne sich nicht erinnern. Aber ...«

Joe zog fragend die Brauen hoch. »Aber?«

»Ich hab ihm versprochen, bei seiner Großmutter Violet vorbeizuschauen. Vielleicht kann ich ihr den Namen entlocken.«

Joe lächelte. »Sehr schlau.«

»Ich lerne in der letzten Zeit viele neue Seiten an mir kennen.« Sie holte die Adresse, die Pete ihr aufgeschrieben hatte, aus ihrer Handtasche. »Würde es dir etwas ausmachen?«

»Ich bin heute dein gehorsamer Chauffeur. Sag du mir nur, wo es langgeht.«

2

»Ich mach es kurz, Ehrenwort«, versprach Deborah fünfzehn Minuten später, als sie vor Violet Griffins schmuckem Backsteinhaus aus dem Jeep stiegen.

»Mir ist es egal, aber denk dran, daß wir noch mindestens einmal Station machen müssen und der Himmel nicht besonders freundlich aussieht. Im Radio hieß es Schnee gegen Mitternacht, aber ich fürchte, es wird schon früher losgehen.«

Deborah blickte auf und runzelte die Stirn. »Du hast recht. Vielleicht sollten wir es einfach lassen –«

In diesem Augenblick wurde die Vordertür aufgerissen, und eine kleine rundliche Frau mit flaumigem weißem Haar kam hervor. »Ah, guten Tag!« rief sie mit hoher, melodiöser Stimme. »Deborah! Und Sie müssen Joe sein. Ich habe heute schon mit Petey gesprochen, und er hat mir mitgeteilt, daß Sie nach Wheeling kommen.«

Deborah hatte sich nie daran gewöhnen können, daß die Frau ihren leicht steifen und würdevollen Enkel Petey nannte. Aber er war ab seinem zehnten Lebensjahr von seiner Großmutter erzogen worden.

»Ich hatte gehofft, daß Sie bei mir vorbeischauen würden«, fuhr Mrs. Griffin fort und winkte sie mit ruckartigen Bewegungen ihres wohlgerundeten Arms ins Haus. »Petey hat es nicht mit Sicherheit sagen können, aber ich habe es gehofft. Deborah, Sie sind noch hübscher geworden, seit ich Sie das letztemal gesehen habe, Weihnachten vor einem Jahr. Ein wenig dünn und blaß, aber sehr hübsch.«

»Vielen Dank, Mrs. Griffin. Ich hoffe, wir stören Sie nicht. Ich weiß, Sie kümmern sich um Ihre Freundin.«

»Es geht ihr gut. Schläft im Augenblick wie ein Baby im Gästezimmer. Und nennen Sie mich nicht immer ›Mrs. Griffin‹«, fuhr sie fort. Sie zupfte am Ärmel von Deborahs Mantel, bis sie ihn endlich auszog, und zauste ihr langes Haar. »Ich bin Violet oder Vi. Das gilt auch für Sie, Joe.«

Deborah sah, daß ein leises Lächeln Joes Mund umspielte, als Violet sich daranmachte, auch an seiner Jacke zu zupfen. Deborah rechnete fast schon damit, daß Violet ihm ebenfalls durchs Haar fahren würde, sobald die Jacke ausgezogen war.

277

»Nun kommen Sie beide herein, und wärmen Sie sich auf. Ich habe einen Kuchen gebacken, nur für den Fall, daß Sie vorbeischauen. Vanillekuchen mit Vanilleguß. Mögen Sie Vanille? Ich dachte, da kann ich nichts falsch machen. Es ist nicht jedermanns Lieblingskuchen, aber mir ist noch nie jemand begegnet, dem er nicht schmeckt. Ein Stück für jeden?«

»Aber nur ein kleines Stück«, sagte Deborah. »Wir können nicht lange bleiben.«

Violets blaue Augen funkelten hinter ihren Brillengläsern. Es waren junge Augen für eine Frau, von der Deborah wußte, daß sie Ende Siebzig war, aber ihr geröteter Teint verriet hohen Blutdruck. »Ich schneide zwei dicke Stücke ab, und Sie essen einfach, soviel Sie können. Frischen Kaffee hab ich auch da. Gehen Sie schon ins Wohnzimmer. Ich bin gleich bei Ihnen.«

»Kann ich Ihnen irgendwie helfen?« fragte Deborah.

»Nein, nein. Ruhen Sie sich nur aus. Setzen Sie sich ans Kaminfeuer. Ich finde ein Feuer an einem kalten, trüben Tag wie diesem einfach herrlich, Sie nicht auch?«

Ohne auf eine Antwort zu warten, eilte sie in die Küche. Joe zuckte grinsend mit den Schultern, und sie begaben sich ins Wohnzimmer. Der Natursteinkamin beherrschte eine ganze Wand. Drinnen knisterte fröhlich ein Feuer. Altamerikanische Polstermöbel standen auf einem riesigen Teppich mit geflochtener Borte, an dessen Rändern ein Fußboden aus Eichenholz glänzte. Das große Gerät im Fernsehschrank war an und zeigte bei heruntergedrehter Lautstärke eine Quizsendung. Alles sah neu aus, ganz im Gegensatz zu Mrs. Dillmans jämmerlich heruntergekommener Einrichtung.

Deborah schlenderte hinüber zu der Wand, wo eine Reihe von Fotografien aufgehängt war. Ein Paar im Hochzeitsgewand der vierziger Jahre war in steifer Pose zu sehen, mit groß aufgerissenen Augen und einem zittrigen Lächeln. Violet und ihr frischgebackener Ehemann, dachte Deborah. Ein weiteres Bild zeigte einen jungen Mann, der Mr. Griffin erstaunlich ähnlich sah. Dem Stil seiner Kleidung nach zu urteilen, vermutlich der einzige Sohn der Griffins, Petes Vater. Darunter hing ein Foto einer dunkelhaarigen Frau mit einem Baby im Arm. Das Baby stand eindeutig im Mittelpunkt des Fotos, aber die Frau bestach durch ihre großen grauen Augen und ihr schönes angedeutetes Lächeln. Als nächstes kam ein Foto des kleinen Pete in Pfadfinderuniform, dann eines in Hut und Robe von der Examensfeier. Und daneben hing ein Bild von Adam, wie er vor ein paar Jahren ausgesehen hatte.

»Ah, ich sehe, Sie bewundern meine Sammlung«, sagte Violet, als sie mit einem Tablett hereinkam. »Es ist mir sehr wichtig, die Leute sehen zu lassen, was für eine wunderbare Familie ich habe, insbesondere meine Buben.«

»Ihr Sohn war ein gutaussehender Mann«, sagte Deborah. Sie setzte sich und nahm ein Stück Kuchen entgegen, das so groß war, daß es fast über den Tellerrand hinausragte.

»Ja, mein Nelson war ein stattlicher Bursche.« Ihr seltsam faltenloses Gesicht blickte plötzlich sorgenvoll. »Aber vielleicht war das kein solcher Segen. Es haben sich immer die falschen Frauen für ihn interessiert. Diese Frau, die er geheiratet hat ... nun ja, wenn sie nicht wäre, wäre mein Sohn noch am Leben.«

Pete hatte Deborah erzählt, daß seine Eltern bei einem Autounfall gestorben waren. Sie wußte nicht, was Violet meinte, und hatte keine Lust, nachzuhaken, doch Violet brauchte nicht eigens ermuntert zu werden. »Sie war liederlich. Mannstoll. Ich dachte, sie ändert sich vielleicht, nachdem Petey geboren ist, aber sie hat sich nicht geändert. Konnte nicht genug kriegen von den Männern, und weil Nelson Handelsvertreter und so oft unterwegs war, hatte sie die perfekte Möglichkeit, hinter so vielen Männern herzurennen, wie sie wollte. Sein Papa und ich haben ihm geraten, sie zu verlassen, aber das wollte er nicht. Er ist bei ihr geblieben, aber er hat zu trinken begonnen. Und dann hat er eines Abends, eines furchtbaren Abends zu viel getrunken und ist mit dem Auto losgefahren und ...« Ihre Unterlippe zitterte. »Wenigstens ist er sofort gestorben. Das haben die Ärzte mir versichert. Er hat nichts gespürt.«

Deborah war verwirrt über diesen Ausbruch, vor allem nach dem, was sie mit Emily erlebt hatte, hätte es jedoch als unhöflich empfunden, schroff das Thema zu wechseln. »Ist seine Frau nicht mit ihm zusammen bei dem Unfall gestorben?«

Violet schien nicht zu wissen, wovon die Rede war. »Was?

Ach ja. Die Nachbarn haben mir erzählt, daß sie einen furchtbaren Streit hatten und daß Nelson das Haus verlassen hat. Wahrscheinlich wollte er zu mir, aber sie ist ihm hinterhergerannt und ins Auto gesprungen, als es gerade anfuhr. Petey hat im Garten gespielt. Gott sei Dank hat sie ihn nicht mitgeschleppt. Wenigstens er ist verschont geblieben. Und was für ein braver Junge er immer war. Ich denke, ich hätte den Verstand verloren, wenn er nicht gewesen wäre.« Sie schüttelte den Kopf. »Ist es nicht seltsam, daß Petey jemanden geheiratet hat, der seiner Mutter so ähnlich war? War auch zu sehr hinter den Männern her.«

Deborah staunte. Sie hatte nie gehört, daß Hope etwas mit anderen Männern zu tun gehabt hatte, aber Petes Anstandsregeln hätten ihm auch nicht erlaubt, Adams Mutter anderen gegenüber in schlechtem Licht zu zeigen, obwohl sie ihn verlassen hatte.

»Hope war ein hübsches Mädchen«, fuhr Violet fort, »aber mir hat sie nicht imponiert. Sie war merkwürdig. Und daß sie so ihre Familie im Stich gelassen hat! Das war unverzeihlich. Jahrelang hatte ich die Befürchtung, Adam könnte auch so merkwürdig werden wie sie, aber er ist Gott sei Dank nach dem Papa geraten.« Sie hielt inne und lächelte. »Nun hören Sie sich mein Geschwätz an. Ich wollte nie eine dieser schwafelnden alten Damen werden. Verzeihen Sie mir, Deborah. Im Augenblick geht es nur um Sie. Petey sagt, Sie hätten nichts von Steve gehört.«

»Nein, leider nicht.«

»Sie müssen vor Sorge außer sich sein.«

»Es ist eine schwere Zeit.«

Violet schüttelte wieder den Kopf und schnalzte bedauernd mit der Zunge. »Ich erinnere mich an Steve, als er noch jung war, vor den Schwierigkeiten mit Emily. Er und Petey waren gute Freunde.«

»Ich weiß«, sagte Deborah. »Wie war Steve damals?«

»Gescheit. Ein hervorragender Sportler. Mal sehen ... wie hieß das Spiel, das die Jungs immer gespielt haben?«

»Basketball.«

»Ach ja. Ich bin immer zu den Spielen gegangen, obwohl ich die Regeln nicht verstanden habe. Aber die anderen Eltern waren auch da. Die Robinsons kamen immer. Sie waren so stolz auf Steve.« Sie runzelte die Stirn und stellte ihren Kuchenteller ab. »Nur so wie Emily schienen sie ihn nie liebzuhaben. Sie waren völlig vernarrt in das Mädel. Haben sie Engel genannt.« Sie lächelte freudlos. »Dabei war sie kein Engel, das kann ich Ihnen sagen.«

Deborah merkte, wie Joe neben ihr wachsam wurde, doch er blieb klugerweise stumm. Er überließ es ihr zu fragen: »Was meinen Sie damit?«

»Sie war hinter den Jungs her. Und hinterhältig.« Violet riß die Augen auf. »Oje, sie ist Ihre Schwägerin und schwerkrank. Ich hätte das nicht sagen dürfen. Aber ich hab es den Robinsons sehr übelgenommen, wie sie Steve behandelt haben.«

»Violet, Pete hat mir erzählt, daß Emily heimlich geheiratet hatte, wußte aber nicht, wen. Sie haben wohl nicht zufällig irgendwelche Gerüchte gehört ...«

»Gerüchte? Ich habe hundert Gerüchte gehört. Aber ich weiß nichts Definitives. Ich weiß noch nicht einmal, ob sie wirklich verheiratet war, obwohl Petey gesagt hat, daß Steve es ihm bestätigt hat. Auf jeden Fall war die Heirat illegal, und der Mann hat sich aus dem Staub gemacht, was für alle Beteiligten das beste war. Die ganze Sache war solch eine Tragödie. Und jetzt das. Armer Steve.«

Deborah merkte am Verhalten der Frau, daß sie nichts von dem Verdacht des FBI wußte, wonach Steve ein Serienmörder sein sollte, und sie war Pete dankbar, daß er die Information für sich behalten hatte.

»Ich nehme an, die Jungs waren nicht nur auf derselben Schule und haben in derselben Basketballmannschaft gespielt«, sagte Deborah betont beiläufig. »Sie sind vermutlich auch zusammen ausgegangen.«

»O ja.«

»Erinnern Sie sich an irgendwelche von Steves Freundinnen?«

Violet warf ihr einen schalkhaften Blick zu. »Na so was, Herzchen, Sie suchen doch wohl nicht nach jemandem, auf den Sie eifersüchtig sein können?«

Der Gedanke war so lächerlich, daß Deborah beinahe sarkastisch aufgelacht hätte. Dann erinnerte sie sich, daß Violet keine Ahnung hatte, warum sie so eine Frage stellte. »Ich weiß einfach so wenig über Steves Jugend. Er hat über seine Jahre in Wheeling nie viel gesprochen.«

»Also, er war ziemlich beliebt, daran entsinne ich mich genau. Beliebter als Petey, fürchte ich, obwohl Petey auch eine Freundin hatte.« Ihr Gesicht zeigte einen Anflug von Abneigung, und Deborah wurde klar, daß sie die Freundin nicht gemocht hatte. Petes Frau Hope hatte sie auch nicht gemocht. War sie auf jede Frau eifersüchtig, mit der sich Pete einließ? Aber Petes Vergangenheit interessierte sie im Augenblick nicht.

»Gab es jemanden, den Steve besonders gern hatte?« bohrte Deborah weiter. »Vielleicht jemand im letzten High-School-Jahr?«

Violet warf ihr einen erstaunten Blick zu. »Das scheint Ihnen sehr wichtig zu sein.« Deborah mochte nicht schon wieder reine Neugier als Grund anführen, aber Violet war eine Klatschbase, die nicht viel Vorwand brauchte, um weiterzuerzählen, was sie über das Privatleben anderer Leute wußte. Darum begnügte sich Deborah mit einem Lächeln. »Also, meine Liebe, es ist nicht leicht, sich so weit zurückzuerinnern«, fuhr Violet erwartungsgemäß fort. »Aber es gab eine ganze Reihe von Mädchen. Jennifer Stratton hieß die eine. Seine Eltern waren begeistert von ihr – ihr Papa besitzt hier in der Gegend massenweise Land. Die Familie ist ziemlich wohlhabend. Aber aus irgendwelchen Gründen haben sie sich getrennt. Petey hat erzählt, daß die Robinsons sehr unzufrieden waren, das kann ich Ihnen sagen, weil Steve ein Mädchen mit so reichen Eltern verlassen hat. Dann hat er sich mit einer angefreundet, die ihnen nicht gefiel. Mal sehen … wie hieß sie noch? Ach ja, sie hieß so wie das Mädchen im Fernsehen. Das in der Flasche wohnt.«

»Sie meinen *I Dream of Jeannie*?«

»Ja, das war es! Jeannie, Jeannie … Arnold. Sie ist weggezogen, ist Krankenschwester geworden und hat einen Mann namens Burton oder Bertram geheiratet.«

»Eine Krankenschwester?« wiederholte Deborah. »Jean Bartram, die hier im Pflegeheim arbeitet?«

»Im Pflegeheim?« Violet runzelte heftig die Stirn. »Ach ja, ich glaube, ich hab gehört, daß sie vor ein paar Jahren wieder hergezogen ist. Aber ich weiß nicht, wo sie arbeitet. Hat sie blondes Haar?«

»Ja.«

»Sie muß jetzt Anfang Dreißig sein, aber ich hab gehört, sie ist nicht gut gealtert. Haben Sie sie heute kennengelernt?«

»Ja, sie hat uns zu Emily geführt.«

»Aber sie hat nichts davon gesagt, daß sie mit Steve gegangen ist?«

»Kein Wort.«

»Na ja, vielleicht dachte sie, daß Sie das nicht gerne hören, meine Liebe.«

»Kannten Sie Artie Lieber?« fragte Joe unvermittelt.

Violets Augen flackerten hinter den Brillengläsern. »Himmel, nein! Wir konnten uns keinen Gärtner leisten. Mein Mann hat alles erledigt, und später Petey. Wir hatten damals nicht viel Geld. Mein Mann war kein Draufgänger wie Petey. Wir haben noch nicht einmal in diesem Haus gewohnt. Wir hatten eine kleine Hütte, in der man kaum Platz zum Umdrehen hatte. Es liegt an Petey, daß ich jetzt so ein angenehmes Leben führe. Er ist sehr großzügig.«

Sie glüht richtig, wenn sie von Pete spricht, dachte Deborah. Sie überlegte, wie es sein mochte, von einem Elternteil so bedingungslos geliebt zu werden.

»Oje!« rief Violet, als ihr Blick zum Fenster schweifte. »Nun sehen Sie sich diese Schneeflocken an. Pfenniggroß.« Sie schnalzte wieder mit der Zunge, als hätte sich das Wetter besonders ungezogen aufgeführt.

»Wir müssen jetzt wirklich gehen«, sagte Deborah. »Wir müssen noch wohin, ehe wir nach Hause fahren.«

»Ach? Wohin denn?« fragte Violet.

Wir brechen ins Haus meiner Schwiegereltern ein, hätte Deborah am liebsten gesagt. Wie hätte Violet auf diese Information reagiert? »Ich hab, als wir Emily besucht haben, etwas im Pflegeheim vergessen«, erklärte sie statt dessen.

»Ach so. Wie geht es denn dem armen Kind?«

»Unverändert.«

»Sie spricht nicht, stimmt's?«

»Nein«, antwortete Deborah, die keine Lust hatte, Emilys beunruhigenden Ausbruch zu diskutieren.

»Fünfzehn Jahre Schweigen. Ich kann mir das gar nicht vor-stellen, wo ich selbst soviel rede. Ich nehme an, sie weiß nicht, daß Steve vermißt wird. Ach ja, natürlich weiß sie es nicht. Wie dumm von mir. Aber seine Eltern! Die sind auf Reisen in Ha-waii wie jedes Jahr. Wissen sie Bescheid?«

»Ja, ich hab mit Mrs. Robinson telefoniert. Steves Vater ist krank, aber sobald er gesund genug ist, um zu reisen, kommen sie zurück.«

»Na, immerhin. Ich möchte wetten, Lorna Robinson war nicht sehr besorgt«

»Die Wette würden Sie gewinnen.«

»Diese Frau! Was für Allüren. Sie war immer drauf aus, sich zu benehmen, als wären sie reiche Leute. Sie sind es nicht. Wohlhabend, ja, aber nicht reich. Natürlich ist ihr Lebens-standard tüchtig gesunken, als sie anfangen mußten, die gan-zen Arztrechnungen für Emily zu bezahlen. Ich möchte wet-ten, das stört Lorna. Also, wenn mein Petey in dieser Situation wäre, wäre ich absolut von Sinnen.«

Die Frau erwärmte sich für ihr Thema. Sie hätte Deborah vermutlich noch viel mehr über Steves Jugend erzählen kön-nen, nicht jedoch, was sie wissen wollte, und das Zimmer kam ihr plötzlich stickig heiß vor. Außerdem wurde sie beim Ge-danken an den geplanten Abstecher zum Robinson-Haus ner-vös. Es würde bald dunkel werden, und sie und Joe mußten sich noch ausdenken, wie sie ins Haus eindringen wollten. Das nämlich stand zweifellos unter Beobachtung, für den Fall, daß Steve dorthin zurückkehrte.

»Violet, vielen herzlichen Dank für die freundliche Auf-nahme«, sagte sie und zwang sich zu einem Lächeln, »aber wir müssen jetzt wirklich gehen.«

»Ach, jetzt doch noch nicht!« rief Violet.

In diesem Augenblick rief aus dem Innern des Hauses eine schwache Stimme nach ihr. Die kranke Ida war ihnen zu Hilfe gekommen. Violet half ihnen in die Mäntel, tätschelte sie beide, als wären sie Kinder, und winkte ihnen, als sie davon-fuhren, zum Abschied mit großen, raumgreifenden Gesten zu.

3

Sie fuhren noch einmal ins Pflegeheim, wo man ihnen mitteilte, daß man Emily schwere Beruhigungsmittel verabreicht und Jean sich den Rest des Tages freigenommen hatte. »Wegen Migräne«, teilte ihnen eine andere Pflegerin mit. »Ich frage mich, was die verursacht hat«, raunte Joe Deborah zu.

Sie baten um Jeans Adresse. Sie wohnte in einem schmalen zweistöckigen Schindelhaus unweit des Krankenhauses. Dürre Sträucher umstanden einen Zugang mit geborstenen Platten. Eine Katze mit gelblichem Fell beobachtete sie mißtrauisch durch ein Vorderfenster. Joe klingelte, und einen Augenblick später riß Jean die Tür auf. Sie sah blaß und verärgert aus.

»Was denn jetzt schon wieder?« schimpfte sie.

»Ihnen auch einen schönen guten Tag«, entgegnete Deborah. »Könnten wir uns ein paar Minuten unterhalten?«

»Ich bin krank.«

Sie war in einen rotkarierten Morgenmantel gehüllt und sah ohne Lippenstift fünf Jahre älter aus als vor ein paar Stunden im Pflegeheim. »Jean, ich bitte Sie. Wir nehmen auch nicht viel von Ihrer Zeit in Anspruch.«

Die Katze strich Jean um die Beine. Sie blickte auf sie herab, dann über ihre Köpfe hinweg gen Himmel und sagte schließlich: »Na gut. Aber nur ein paar Minuten.«

Das Haus war klein und eng mit zuviel billigem Mobiliar und unzähligen Nippesfiguren, die jede verfügbare Fläche einnahmen. Jean führte sie in ein vollgestelltes Wohnzimmer und deutete auf eine Couch, die mit einem grellgeblümten Überwurf bedeckt war. »Elegant, nicht wahr? Mein Mann ist vor vier Monaten gestorben, aber er hat Gott sei Dank die Lebensversicherung hinterlassen. Ich werde das Haus verkaufen, sobald ich kann, und in ein neues ziehen.«

»Das mit Ihrem Mann tut mir leid«, sagte Deborah.

»Er war lange krank. Ich glaube, wir waren beide erleichtert, als er endlich das Zeitliche gesegnet hat.«

Deborah fiel auf diese gefühlvolle Bemerkung keine Antwort ein. Sie beschloß, einfach ohne Vorrede zum Thema zu kommen. »Ich hab erfahren, daß Sie und Steve miteinander gegangen sind, als Emily überfallen wurde.«

Jeans Hände zuckten reflexartig, und sie wandte den Blick ab. »Ich wußte, daß das kommen würde, sobald ich Sie heute gesehen habe.« Deborah blieb stumm. »Also, ja, ich bin mit Steve gegangen.«

»Und Sie haben der Polizei gesagt, er sei um die Zeit, als Emily vergewaltigt und stranguliert wurde, bei Ihnen gewesen.«

Jeans braune Augen blitzten. »Das ist lange her. Es fällt mir schwer, mich zu erinnern, was ich gesagt habe.«

»Nur ruhig«, sagte Joe. »Wir sind nicht die Polizei, und wir sind nicht gekommen, um Ihnen Vorwürfe zu machen. Steves Frau hätte nur gern ein paar Informationen.«

»Und was wollen Sie mit diesen Informationen anfangen?« fragte Jean Deborah.

»Nichts. Mein Mann wird vermißt, und ich wüßte gern mehr über sein früheres Leben.«

»Warum? Was hat das damit zu tun, daß er vermißt wird?«

»Es könnte etwas mit Artie Lieber zu tun haben. Er war in Charleston, als Steve verschwunden ist.«

»Na also«, sagte Jean. »Artie hat Steve gehaßt. Er muß ihn um die Ecke gebracht haben.«

Deborah verzog bei Jeans kühner Behauptung das Gesicht. »Wir sind uns dessen nicht sicher. Kannten Sie Lieber?«

»Ich wußte, wer er war. Ich hab ihn bei den Robinsons arbeiten sehen. Er hat nach dem Prozeß gedroht, Steve umzubringen.«

»Glauben Sie, er hätte die Drohung in die Tat umgesetzt?« fragte Joe.

»Woher soll ich das wissen? Steve ist fort, nicht wahr? Ich verstehe nicht, warum Sie mich da mit hineinziehen wollen.«

»O doch, das wissen Sie«, sagte Deborah entschlossen. »Sie haben vor langer Zeit Steve zuliebe gelogen, und diese Lüge könnte jetzt von Belang sein.«

»Mal angenommen, ich hätte tatsächlich gelogen: Warum wäre das jetzt von Belang?«

»Es ist an Steves Verschwinden mehr dran, als Sie in den Nachrichten gehört haben«, antwortete Deborah. »Ich wünschte nur, Sie würden mir meine Fragen beantworten.«

»Was wollen Sie damit sagen, daß an Steves Verschwinden

mehr dran ist?« Jean blickte verstockt drein. »Ich verrate Ihnen gar nichts, ehe ich nicht alles erfahren habe.«

Die Frau wurde immer aufgeregter, und Deborah wußte, daß sie ernst meinte, was sie sagte. Obwohl es ihr beinahe körperlich weh tat, auszusprechen, daß Steve im Verdacht stand, ein Massenmörder zu sein, und sie diese Frau nicht leiden konnte, sah sie ein, daß Jean keine Informationen herausgeben würde, ohne selbst welche zu bekommen. »Das FBI glaubt, daß Steve der Würger sein könnte und daß Emily sein erstes Opfer war.«

Sie rechnete mit Überraschung. Sie rechnete nicht damit, daß sich das Gesicht der Frau so dramatisch erst knallrot und dann leichenblaß verfärben würde. Deborah war sicher, daß sie in Ohnmacht fallen würde. Aber Jean atmete tief durch und flüsterte: »Wie kommen Sie darauf, daß Steve –« Sie brach ab, und ihr Mund erschlaffte.

»Wie es scheint, wurden alle Opfer des Würgers im Umkreis von hundertfünfzig Kilometern um Wheeling getötet, und zwar immer an Abenden, wenn Steve hier bei Emily zu Besuch war«, erklärte Deborah ruhig. »Nachdem Sally Yates überfallen worden war, hat ein Zeuge einen Mann, auf den Steves Beschreibung paßt, in ein Auto steigen sehen, das die gleiche Farbe wie das von Steve und ein Nummernschild hatte, das mit 8E-7 anfing. Steves Nummer lautet 8E-7591.«

»Mein Gott«, murmelte Jean. »In all den Jahren hab ich mich manchmal gefragt, ob Lieber in bezug auf Steve doch recht gehabt hat, aber sonst hatte ich nie einen Verdacht.«

Jean hatte sich gefragt, ob Steve Emily überfallen hatte? Deborah hatte das Gefühl, als habe ihr jemand einen Schlag in die Magengrube versetzt, und wollte auf einmal nichts mehr hören. Sie wollte aus den Zimmer, aus der Stadt hinaus –

»Erzählen Sie uns von Emily«, sagte Joe, ohne Deborah anzusehen.

Jean wandte den Blick ab. Sie wippte mit dem Fuß. »Ich bin keine Alkoholikerin, aber jetzt brauch ich was. Augenblick mal.« Sie ging ins Nebenzimmer und kam gleich darauf mit einem Limonadenglas zurück, dessen Boden mit einer durchsichtigen Flüssigkeit bedeckt war. Sie bot Joe und Deborah nichts an, sondern nahm nur einen Schluck und sah sie unverwandt an. Ihre Lippen waren kreideweiß.

»Erzählen Sie uns von Emily«, wiederholte Joe.

»Na gut. Geben Sie mir nur eine Minute.« Sie holte tief Luft. »Sehen Sie, Steve hat sie angebetet. Es war irgendwie ekelhaft, ehrlich gesagt.«

Sie warteten auf mehr, doch Jean starrte sie nur wie betäubt an. »Man hat uns mitgeteilt, daß Emily heimlich geheiratet hatte und daß Steve auf der Suche nach dem Mann war, als sie überfallen wurde«, beharrte Joe.

»Wer hat Ihnen nur all dieses Zeug erzählt?« Jeans Augen verengten sich. »Ach ja, ich weiß. Das scheinheilige Wiesel Pete Griffin.«

»Sie können Pete nicht leiden?« schaffte Deborah zu fragen.

»Ich kann ihn nicht ausstehen. Emily hatte immer Geduld mit ihm, aber ich weiß nicht, wie sie das geschafft hat.«

»Was meinen Sie damit: Emily hatte Geduld mit ihm?«

»Ich meine, daß sie manchmal mit ihm ausgegangen ist.«

Deborah war zu überrascht, um etwas zu sagen. Es war Joe, der fragte: »War er etwa der heimliche Ehemann?«

»Pete? Gott, nein.«

»Wer denn dann?«

»Ich weiß es nicht.«

»Wenn Sie den Ehemann nicht kennen, woher wissen Sie dann, daß es nicht Pete war?«

Jean sah von einem Gesicht zum anderen. »Ich weiß es einfach. Hören Sie, ich sage die Wahrheit, obwohl ich eigentlich überhaupt nicht mit Ihnen sprechen muß.«

»Das ist uns klar«, versicherte ihr Joe. »Und nichts von dem, was Sie sagen, wird über diese vier Wände hinausdringen.«

»Woher weiß ich das?«

Deborah beugte sich vor. »Steve ist mein Mann und der Vater meiner beiden Kinder. Glauben Sie wirklich, ich wollte seinen Namen in den Schmutz ziehen? Ich versuche nur, mir selbst Gewißheit zu verschaffen. Ich habe zwei Fünfjährige zu beschützen, Jean. Sie müssen einsehen, wie wichtig das ist.«

Jean lächelte einlenkend. »Ich hatte auch mal ein Kind. Sie ist mit zwei Jahren an Hirnhautentzündung gestorben. Ich hätte mein Leben hingegeben, um sie zu retten.« Zum ersten Mal sah sie Deborah mitfühlend an. »Ja, ich habe Verständnis für Sie. Und ich denke, ich werde Ihnen helfen, so gut ich kann. Was wollen Sie wissen?«

»Alles über den Tag, an dem Emily überfallen wurde.«

Jean nahm noch einen Schluck aus ihrem Glas. »Na gut. Lassen Sie mich nachdenken. Es ist so lange her, und ich hab mich bemüht zu vergessen ... Steve kam gegen ein Uhr nachmittags bei mir vorbei. Er war außer sich. Er wollte wissen, ob ich etwas über Emilys Heirat wüßte. Na ja, ich war von den Socken. Verheiratet! Emily? Wir waren uns nie nähergekommen. Für mich war sie schlicht Steves verwöhnte, arrogante kleine Schwester, mit der ich mich unterhalten mußte, wenn er mich mit zu sich nach Hause nahm, was nicht oft passierte. Und ich war wohl eifersüchtig auf sie, weil er so verschossen in sie war. Nun fand ich es irgendwie komisch, daß die Kleine etwas verbrochen hatte, das ihre hochnäsigen Eltern in Panik versetzt hatte. Ich hatte keine Ahnung, wer der Ehemann war, aber ich wußte, daß Pete in Emilys Augen ein Langweiler war. Er konnte es nicht gewesen sein. Mehr konnte ich Steve nicht sagen. Dann ist er wie ein Wahnsinniger losgerannt, und ich hab ihn an dem Tag nicht mehr zu sehen gekriegt. Am Abend hab ich dann erfahren, was Emily zugestoßen war. Es hieß, es sei gegen zwei Uhr passiert.«

»Warum haben Sie Steve zuliebe gelogen und ihm für die Zeit des Überfalls ein Alibi verschafft?« fragte Deborah.

»Ich hielt es für unmöglich, daß er seiner kostbaren Emily etwas angetan haben könnte.« Sie senkte den Blick. »Außerdem dachte ich, wir würden vielleicht heiraten, und das wäre ja nicht möglich gewesen, wenn er im Gefängnis landete.«

Deborah sah sie fragend an. »Aber Sie haben dann doch nicht geheiratet.«

»Nein. Nachdem das Durcheinander vorbei war, ist er einfach fortgegangen, an die Uni, und ich hab ihn nicht mehr zu sehen bekommen, bis ich die Stelle im Pflegeheim angetreten habe. Da war ich schon lange verheiratet, und er hat so getan, als wäre zwischen uns nie etwas gewesen. Ich denke, er hat sich nach so langer Zeit sicher gefühlt. Übrigens hat er sich meiner Meinung nach seltsam benommen.«

»Inwiefern hat er sich seltsam benommen?« fragte Joe.

»Na ja, so als würde er sich wirklich nicht erinnern, daß

zwischen uns je etwas war oder daß ich gelogen habe, um seine Haut zu retten. Und dann gab es Zeiten, da hat sich Emily aufgeführt wie heute.«

»Sie sagten doch, das sei noch nie passiert.«

»Ich hab gelogen. Das kann ich gut«, entgegnete Jean sarkastisch. »Ich wollte Sie einfach dringend da raushaben.«

»Aber sie hat in Steves Gegenwart schon öfter Angst bekundet?«

»Ja. Sie hat *Steve* geschrien und *Aua* gesagt. Ich hab davon einen Heidenschrecken bekommen, weil ich wie gesagt schon angefangen hatte, mich zu fragen, ob Lieber nicht die Wahrheit gesagt haben könnte. Steve wußte, was ich denke. Er hat mich manchmal so schaurig angesehen. Ich hab mir damals gewünscht, ich könnte die Wahrheit sagen, aber das ging nicht, ohne mich selbst zu belasten, und das wußte er verdammt gut.«

Bitterkeit prägte ihre Stimme. Deborah merkte, daß Jean den Schmerz, von Steve zurückgewiesen zu werden, nie verwunden hatte. War Steve tatsächlich »seltsam« gewesen, und hatte er ihr »schaurige« Blicke zugeworfen? Hatte Emily in seiner Gegenwart oft vor Angst geschrien? Möglicherweise gab Jean ihnen eine Version der Ereignisse, die von Kränkung und Groll bestimmt war. Oder sprach sie eine Wahrheit aus, die Deborah nicht hören wollte?

Dreiundzwanzig

1

Nachdem sie Jeans Haus verlassen hatten, rief Deborah von einer Telefonzelle aus bei den Robinsons an. Es meldete sich niemand, weshalb sie davon ausging, daß sie noch nicht aus Hawaii zurück waren.

Sie war noch nie bei ihren Schwiegereltern zu Besuch gewesen, doch war Steve vor Jahren einmal mit ihr am Haus vorbeigefahren, und sie erinnerte sich noch in groben Zügen an das Viertel. Sie beschrieb Joe die Lage, und sie dachten sich aus, wie sie in das Haus gelangen wollten.

Kurz nach Einbruch der Dunkelheit machten sie an einem Restaurant wenige Straßen vom Haus der Robinsons entfernt Station. Sie bestellten beide Kaffee und ein Käsesandwich vom Grill. Deborah war zu nervös, um etwas zu essen, aber Joe schlang sein Sandwich hinunter, als hätte er nicht die leisesten Sorgen. »Bist du denn gar nicht nervös?« fragte Deborah.

»Ich kann es mir nicht leisten. Ich muß einen klaren Kopf behalten.«

»Also, wie gehen wir ab jetzt vor?« fragte sie und kam sich lächerlich vor, wie eine Terroristin, die an einem unauffälligen Ort welterschütternde Pläne schmiedet.

Joe wischte Mund und Hände an seiner Serviette ab. »Ich weiß, daß wir beobachtet werden, aber hier herein ist uns niemand gefolgt. In ungefähr zwei Minuten gehe ich nach hinten aufs Männerklo. Am Ende des Korridors, wo die Klos sind, habe ich eine Tür gesehen. Ich bin sicher, daß sie hinten hinaus ins Freie führt. Nachdem ich auf dem Klo war, gehe ich zu dieser Tür hinaus. Du wirst vier Minuten hier sitzen bleiben und mir dann folgen. Wir gehen zu Fuß zum Haus.«

»Das Haus wird sicher auch überwacht.«

»Die Vorderseite ja, aber sie haben wahrscheinlich nicht an jedem Zugang Wachtposten aufgestellt. Es gibt doch bestimmt eine Hintertür?«

»Ja. Ich hab sie auf einem Foto gesehen, das hinten im Garten der Robinsons aufgenommen worden ist.«

»Gut, wenn wir hinten niemanden sehen, gehen wir dort rein. Du hast gesagt, daß es in der Gegend reichlich Bäume und Sträucher gibt, nicht wahr?«

»Ja, wenn ich mich an die Bilder richtig erinnere. Aber diese Bilder sind alt.«

»Na ja, mal nachsehen können wir auf jeden Fall. Wenn sich nichts geändert hat und die Rückseite des Hauses nicht bewacht wird, können wir loslegen.«

Joe hinterließ genug Geld auf dem Tisch, um das Essen zu bezahlen, warf lässig seine Serviette hin und schlenderte in Richtung Toilette. Deborah warf einen Blick auf die Uhr. In den nächsten vier Minuten schlürfte sie zwanglos ihren Kaffee und ließ sich sogar nachfüllen, als die Kellnerin vorbeikam. Dann ging sie mit einer Beiläufigkeit, von der sie hoffte, daß sie der Joes entsprach, in Richtung Klo. Sie sah sich verstohlen um, um sicherzugehen, daß niemand hinsah, und eilte dann zur Hintertür hinaus.

Draußen fiel der Schnee wie ein dichter, nasser Schleier, der vom Wind gepeitscht wird. Es war dunkel, und sie hätte beinahe aufgeschrien, als Joe hinter sie trat und ihren Arm nahm. »So, Mrs. Robinson, gehen Sie rasch, ohne zu rennen.«

Zwanzig Minuten lang schlichen sie durch Hinterhöfe und hechteten hinter Bäume und Sträucher wie die Figuren in einem Zeichentrickfilm. Einmal wußte Deborah sich vor nervösem Gekicher nicht mehr zu halten. Joe bedachte sie mit einem strengen Blick, und sie entschuldigte sich. »Es kommt mir nur so absurd vor«, sagte sie atemlos. »Ist das denn wirklich nötig?«

»Willst du in das Haus hinein?« fragte Joe.

»Ja.«

»Also, wenn das FBI dich sieht, wirst du nicht hineinkommen. Einen anderen Weg gibt es nicht.«

Indem sie sich zwang, das Ziel im Auge zu behalten und nicht daran zu denken, wie albern sie und Joe wirkten, erholte sie sich wieder, nur um sich gleich darauf beim Anblick eines Dobermanns halb zu Tode zu erschrecken, der durch eine Hundeklappe gestürmt kam und sich gegen einen Maschendrahtzaun warf. Sie befanden sich auf der anderen Seite des Zauns, aber der Hund sprang so hoch, daß Deborah sicher war, er würde darüberspringen und sich auf sie stürzen. Sie wich zurück, aber Joe blieb stehen und sprach beruhigend auf den Hund ein, der noch eine Minute lang seine beeindruckenden Zähne zeigte, um dann winselnde Laute von sich zu geben und sich von Joe den Kopf tätscheln zu lassen. Die Hintertür des Hauses ging auf, und ein Mann rief: »Jake? Was ist los, mein Junge?« Jake rannte gehorsam zu seinem Herrchen zurück. Der Mann spähte mißtrauisch in seinen dunklen Garten, ohne Joe und Deborah zu sehen, die hinter einem Strauch kauerten und vom treibenden Schnee verdeckt waren. »Was hast du, Kerl? Hast du eine große, böse Katze gesehen oder was?«

Er gackerte, als habe er etwas erstaunlich Geistreiches gesagt, und holte dann den Hund ins Haus. »Ich denke, ich hab mich mit dem alten Jake angefreundet«, murmelte Joe, »aber lassen wir's lieber nicht drauf ankommen. Wir werden einen Umweg um diesen Garten machen und nicht versuchen, über den Zaun zu steigen, um ihn zu durchqueren.«

»Ich hatte ohnehin nicht die Absicht, über einen Zaun zu klettern«, zischte Deborah.

Schließlich hatten sie das langgestreckte einstöckige Haus der Robinsons erreicht. Man konnte im Dunkeln zwar keine Farben erkennen, aber Deborah wußte, daß es schön dunkelblau gestrichen war und weiße Fensterläden hatte.

»Ich hoffe nur, die haben keine Alarmanlage«, murmelte Joe.

»Ich bezweifle es. Dies ist eine ruhige Gegend.«

»Sie war es, bevor wir hergekommen sind.«

»Laß uns beten, daß die Leute, die das Haus beobachten, nicht die beiden Gestalten gesehen haben, die durch sämtliche Hinterhöfe geschlichen sind, um hierherzukommen.«

»Du bist doch die Schwiegertochter der Robinsons. Die Nachbarn dürften sich nicht zu sehr aufregen, daß du hier bist.«

»Es sind nicht die Nachbarn, um die ich mir Sorgen mache«, entgegnete Deborah zitternd, »sondern Steves Eltern. Dies ist ein Einbruch, und sie würden kein Wort zu meiner Verteidigung sagen.«

»Mit etwas Glück werden sie nie erfahren, daß du ihr kostbares Haus betreten hast.«

»O doch, das werden sie auf jeden Fall erfahren. Ich werde einiges mitnehmen, und darüber muß ich sie informieren. Aber erst später.«

Joe nahm seinen in Kunststoff eingeschweißten Führerschein aus der Brieftasche.

»Ich dachte, für so was nimmt man Kreditkarten«, sagte Deborah.

»Kann man, aber das hier ist besser. Kreditkarten sind brüchiger.«

»Das merke ich mir für den nächsten Einbruch.«

»Gott sei Dank ist das Haus nicht neu.«

»Wieso?«

»Leichter hineinzukommen.« Joe lehnte sich an die Tür, setzte den Führerschein über dem Schnappschloß zwischen Tür und Rahmen an und schob, bis das halbe Dokument verschwunden war. Dann ließ er die eingeschweißte Karte hinabgleiten, bis sie auf den Anschlagriegel traf, und zog derweil an der Tür. Deborah hielt den Atem an. Als sie ein beruhigendes Klicken hörte, lächelte sie. »Voilà!« jubelte Joe. »Schön, zu sehen, daß ich noch weiß, wie's geht. Bist du soweit?« fragte er, die Hand auf dem Türknopf.

War sie soweit? Wie, wenn Steve dort drinnen wäre? Wie, wenn er sich hier versteckt gehalten hätte, seit er verschwunden war? Die Polizei hielt es offensichtlich für denkbar, daß er herkommen würde, sonst würde sie das Haus nicht bewachen. Sicher: Es wäre schwer für ihn gewesen, hier zu leben, während das Haus unter Beobachtung stand, aber unmöglich war es nicht. Sie fand es furchtbar, daß sie sich vor dem Betreten eines Hauses fürchtete, nur weil sie es für möglich hielt, daß sich ihr Mann dort aufhielt. Aber so war es nun einmal. Sie schloß die Augen. Du bist nicht allein, sagte sie sich, und du mußt sehen, was im Haus der Robinsons los ist. »In Ordnung«, sagte sie leise.

Joe öffnete die Tür, und sie traten ins Haus. Es roch leicht muffig, und Deborah wußte sofort, daß niemand hiergewesen war, seit die Robinsons vor über zwei Wochen abgereist waren. Joe schaltete die Taschenlampe ein, sorgte jedoch dafür, daß der Strahl unter Fensterhöhe blieb. Deborah blinzelte ein paarmal, ehe sich ihre Augen an das eigentümliche Dämmerlicht gewöhnt hatten. »Die Küche«, sagte sie unnötigerweise und betrachtete den schmalen, blitzsauberen Raum mit dem weißen Linoleumboden, weißen Schränken und Geräten. Der einzige Farbtupfer war ein Korb mit künstlichem Efeu aus Seide, der auf der Glasplatte des Küchentischs stand.

»Bist du sicher, daß hier jemand lebt?« fragte Joe. »Es sieht nach einem Musterhaus aus. Oder nach einer Anstalt.«

»Steve hat mir erzählt, daß seine Mutter zwanghaft ordentlich ist. Sie kann es nicht ertragen, einen schmutzigen Aschenbecher oder ein zerknittertes Handtuch zu sehen.«

»Und sie hat vermutlich nie über dem Spülbecken aus der geöffneten Dose gegessen.«

»Du dagegen schon.«

»Des öfteren.«

Deborah schüttelte den Kopf. »Männer!«

»Ein primitiver, aber charmanter Haufen, das sind wir.«

»Ja, es gibt nichts Charmanteres, als einem Mann zuzusehen, wie er übers Spülbecken gebeugt Dosenbohnen ißt«, versicherte Deborah kichernd. Sie war durchgefroren und hatte Angst und war dankbar für Joes Bemühen, sie von der Situation abzulenken.

Sie gingen von der Küche ins Eßzimmer. Ein weiteres Arrangement aus Seidenblumen stand auf dem polierten Tisch, um den herum sechs Stühle angeordnet waren. In der Ecke stand ein Geschirrschrank, in dem Porzellan mit schmalem Goldrand untergebracht war. »Steve hat erzählt, sie hätten grundsätzlich im Speisezimmer gegessen«, sagte Deborah. »Seine Mutter legte Wert darauf, daß das Abendessen eine ziemlich steife Angelegenheit war, und wurde furchtbar ärgerlich, wenn er auch nur zehn Minuten zu spät kam.«

»Hört sich an, als wäre es beim Essen sehr lustig zugegangen«, antwortete Joe verdrießlich. »Und bis jetzt hast du nur von Steves Mutter gesprochen.«

Deborah verstummte überrascht. »Gütiger Himmel, das ist mir nie aufgefallen. Er hat nicht viel von seiner Familie erzählt, aber wenn er es getan hat, ging es um seine Mutter. Ich weiß kaum was über seinen Vater, außer daß er eine Drugstorekette besitzt und viel Golf spielt.«

»Und wie steht es mit Emily?«

»Über sie weiß ich auch nicht viel. Nur daß sie hübsch und beliebt war –«

»Und verheiratet. Aber wer war ihr Ehemann?«

»Das ist etwas, das ich bei diesem kleinen illegalen Besuch herauszufinden hoffe«, antwortete Deborah. »Ich weiß nicht, wieso, aber ich halte das nach wie vor für wichtig.«

»Nun, ich muß zugeben, daß es ziemlich seltsam ist, daß niemand zu wissen scheint, wer der Typ ist.«

»Niemand außer Steve. Und seine Eltern natürlich. Aber was soll das tiefe, finstere Geheimnis, das seine Identität umwittert? Warum hat die Familie ihn als derart untragbar eingeschätzt?«

Joe antwortete nicht. Statt dessen schweiften seine Augen zum Wohnzimmer, wo vor zugezogenen Vorhängen eine Lampe leuchtete. »Ich bete zu Gott, daß die Lampe von einer Zeituhr eingeschaltet worden ist.«

»Ist sie. Die Zeituhr liegt dort auf dem Beistelltisch. Gott sei Dank. Das bedeutet, daß wir hier drinnen nicht so vorsichtig mit der Taschenlampe sein müssen.«

Die Lampe warf warmes Licht auf die hochglanzpolierten Parkettböden, die Steve so gehaßt hatte. Dem frühen achtzehnten Jahrhundert nachempfundene Möbel standen auf einem Orientteppich. Einige wenige Nippesfiguren waren strategisch auf polierten Tischen verteilt. Es gab weder Aschenbecher noch Zeitschriften oder Bücher. Ein kunstvoll gerahmter Spiegel hing über dem Sofa und spiegelte kalt den Raum wider.

»Also, das nenne ich ein warmes, gemütliches Zimmer«, bemerkte Joe trocken.

»Ich denke, es wird im Keller einen Fernsehraum geben.«

»Wir wollen es hoffen. Sonst käme ich mir wie im Museum vor. Kannst du dir zwei lebhafte Kinder vorstellen, die in dieser Umgebung aufwachsen?«

»Jedenfalls nicht meine beiden. Vielleicht waren Steve und Emily zurückhaltender. Ich weiß kaum etwas über ihre Kindheit. Steve hat immer so getan, als wären sie voll ausgewachsen auf die Welt gekommen. Aber ich denke, die Antworten auf viele unserer Fragen liegen in ihrer Vergangenheit.«

»Wie willst du dahinterkommen? Mit Hilfe von Fotoalben? Schuljahrbüchern?«

»Genau. Vielleicht finden wir ein paar alte Briefe oder Tagebücher.«

»Darauf würde ich mich an deiner Stelle nicht verlassen, schon gar nicht, wenn etwas Aufschlußreiches drinsteht. Ich hab das Gefühl, Steves Mutter hätte etwas Derartiges längst vernichtet.«

»Versuchen kann ich es ja. Hier ist ein Flur. Zu den Schlafzimmern muß es da entlang gehen.«

Obwohl der Flur fensterlos war, deckte Joe die Taschenlampe mit der linken Hand ab. Vier Zimmer gingen vom Flur ab, zwei auf jeder Seite, und alle Türen waren geschlossen. Deborah öffnete die erste Tür rechts. Das Zimmer war klein, vollgestellt mit einem riesigen Himmelbett, das unter einem gerüschten Überwurf, einer Bettdecke, mehreren kleinen Rüschenkissen und einem Baldachin zu ersticken drohte. Auf einer Kommode zur Linken stand ein Spiegeltablett mit diversen Parfümflaschen. Ein seidener Farn war vor dem Fenster aufgestellt. Der Tisch links vom Bett trug eine Lampe mit Kristallfuß und einen kleinen Wecker. Der rechts vom Bett war mit einer passenden Lampe und etwas Unerhörtem ausgestattet – einem Buch. Deborah ging auf Zehenspitzen hinüber, um es sich anzusehen. *Der letzte Mohikaner.* Sie lächelte und erinnerte sich an Steves Aussage, wonach seine Mutter das Lesen von Romanen als Zeitverschwendung ansah, während sein Vater sich sehr für amerikanische Literatur interessierte. »Papa wollte Englischlehrer werden«, hatte er erzählt, »aber sein Vater hat ihn genötigt, ins Drugstoregewerbe zu gehen, wogegen er eine Abneigung hatte. Aber was wäre die Welt ohne fünf Robinsonsche Apotheken?« Demnach wußte sie doch etwas mehr über seinen Vater, als sie angenommen hatte.

»Dies ist das Zimmer von Steves Eltern«, sagte Deborah und warf einen Blick in das kleine angrenzende Badezimmer. »Ich glaube nicht, daß wir hier etwas Interessantes finden werden.«

Joe war ans Fenster zur Straße getreten und zog einen Spalt breit die Vorhänge auf. »Ruhig wie ein Grab dort draußen.«

»Keine grellen Scheinwerfer und Einsatzkommandos, die fordern, daß wir uns ergeben?«

»Bis jetzt nicht«, erwiderte Joe lächelnd, »aber wir wollen es lieber nicht drauf ankommen lassen. Beeilen wir uns.«

Wortlos machte Deborah kehrt und verließ das Zimmer. Die nächste Tür auf der rechten Seite führte in ein großes Bad mit getrennter Duschkabine, zwei in einen Schrank eingebauten Waschbecken, einer Schale mit Seifenstücken, die wie Rosenknospen geformt waren, und schweren bestickten Handtüchern, die ordentlich auf einem Regal gestapelt waren. Sie zog schnell die Tür zu und wandte sich nach links. Das erste Zimmer enthielt ein schmales Bett und eine nackte Kommode. Nichts hing an den Wänden. Deborah war sicher, daß dies Steves Zimmer gewesen sein mußte, obwohl nichts darauf hindeutete, daß es je von ihm bewohnt worden war. Es sah aus, als sei jede Spur, die der Sohn der Robinsons hinterlassen hatte, sorgfältig aus dem Zimmer entfernt worden. Ihre Kehle verengte sich. Steve war ebenso vollständig aus diesem Haus verschwunden, wie er aus ihrem Leben verschwunden war.

»Versuchen wir es nebenan«, sagte Joe leise, als könnte er Gedanken lesen.

Das nächste Zimmer war zweimal so groß wie das von Steve und sah im Gegensatz zu seinem genauso aus, wie es vor zwanzig Jahren ausgesehen haben mußte, als Emily darin gewohnt hatte. Eine weiße Tagesdecke mit Lochstickerei bedeckte das Doppelbett. Ein ausgestopfter Tiger ruhte an den Kissen und beobachtete sie mit trüben Augen. Unter einer handbemalten Porzellanlampe stand ein zierliches weißes Telefon. Auf der Kommode standen Parfümflaschen mit wolkiger Flüssigkeit, zwei Schmuckkästchen, eine Sammlung ausgetrockneter Lippenstifte in einstigem Korallenrot und Rosa und ein Bild von Emily und zwei anderen Mädchen im Cheerleaderkostüm. An einer Wand hin ein großes Porträt eines dunkelhaarigen Mädchens in Shorts auf einem Fahrrad. Emily mit vierzehn oder fünfzehn Jahren. In der unteren Ecke des Gemäldes stand kein Name, nur die Initialen P.G. »Pete Griffin«, sagte Deborah laut. »Er hat mir erzählt, daß er sich mal als Maler versucht hat. Und er war begabt.« An einer anderen Wand hing ein Poster der Rolling Stones. Unter dem Fenster stand ein Bücherregal. Deborah ließ den Blick über die Titel gleiten. Viel von Phyllis Whitney, Victoria Holt und Mary Stewart. »Sie hatte was übrig für romantische Verwicklungen und Intrigen«, raunte Deborah. »Ich hab das meiste davon selbst gelesen.«

»Such nach einem Tagebuch, Briefen oder ähnlichem«, kommandierte Joe geistesabwesend und reichte ihr die Taschenlampe. »Ich gehe noch mal in Mamas und Papas Zimmer und sehe nach, was vorn los ist.«

Deborah brauchte nicht lange, um fündig zu werden. Auf dem untersten Regalbrett standen drei Jahrbücher von der High-School und ein schmales Fotoalbum. Sie machte sich nicht die Mühe, sie durchzusehen, sondern ging sofort daran, Emilys Kommodenschubladen zu durchsuchen. Eine enthielt Unterwäsche, eine zweite Strümpfe und Socken, eine dritte Pullover. Alles war so geblieben, als könne Emily jeden Tag aus dem Krankenhaus zurückkehren. Es waren sogar frische Duftkissen in den Schubladen, aber weder Briefe noch Tagebücher. »Natürlich nicht«, murmelte Deborah und stand auf. »Wäre sie dumm genug gewesen, etwas in ihren Kommodenschubladen zu verstecken, hätte ihre Mutter es inzwischen längst gefunden.«

Sie zerbrach sich den Kopf. Ihr eigenes Zimmer war im Vergleich zu diesem hier ein schäbiges Loch gewesen, aber wo hatte sie Wichtiges versteckt? Ihr Tagebuch hatte sie in einer alten Schuhschachtel hinten im Schrank aufbewahrt. Sie eilte zu Emilys Schrank. Darin hingen Kleider in ordentlicher Reihe, und Schuhe waren in einem Schuhschrank aus durchsichtigem Kunststoff untergebracht. Nirgendwo eine Möglichkeit, etwas zu verstecken. Sie sah sich im Zimmer um, aber die Vernunft sagte ihr, daß es so gut wie unmöglich war, etwas so Großes wie ein Tagebuch zu verstecken, außer unter der Matratze, und dort wäre es inzwischen auch gefunden worden. Wie aber stand es mit etwas Kleinem? Wo konnte man es vor neugierigen Augen verbergen?

Ihr Blick fiel erneut auf das Bücherregal. Emily war offenbar eine eifrige Leserin gewesen. Ihre Mutter nicht. Es hätte nicht die Gefahr bestanden, daß sich Mrs. Robinson bei ihrer

Tochter ein Buch auslieh, und Mr. Robinsons Geschmack war eher den Klassikern zugeneigt. Deborah begann rasch ein Buch nach dem anderen aus dem Regal zu ziehen und die Seiten durchzublättern. Aus dem fünften Buch mit dem Titel *Kirkland Revels* fiel ein Brief. Im selben Augenblick kam Joe wieder.

»Deborah, ich hab ein unangenehmes Gefühl.«

»Unangenehm?«

»Ein nervöses Gefühl. Jemand kommt. Ich kann niemanden sehen, aber ich spüre es. Wir hätten schon vor fünf Minuten zusehen sollen, daß wir hier herauskommen.«

»Gut.« Deborah vergewisserte sich, daß sie alle Bücher wieder ordentlich ins Regal gestellt hatte. Vielleicht merkte Mrs. Robinson sofort, daß die Jahrbücher und das Album fehlten, aber das war ein Risiko, das Deborah eingehen mußte. Sie würde für das, was sie tat, ohnehin einen Höllenärger bekommen. »Ich hab einen Brief gefunden, den Emily versteckt haben muß.«

Joe machte ein überraschtes Gesicht. »Ich hatte wirklich nicht mehr damit gerechnet, daß du etwas findest.«

»Das liegt daran, daß du nie ein junges Mädchen warst.«

»Voller Geheimnisse, wie?«

»Ja. Die meisten Geheimnisse kommen einem zehn Jahre später lächerlich vor, aber um die Zeit meint man es todernst damit.« Sie hielt inne. »Nur daß sie in Emilys Fall, glaube ich, tatsächlich todernst waren.«

Deborah stand mühsam auf. Sie hielt die Jahrbücher und das Album fest und steckte den Brief in ihre Handtasche. »Gut, ich bin fertig.«

Sie eilten zurück in die Küche. Deborah hatte bereits die Hand auf den Türknopf gelegt, als Joe zischte: »Halt!« Sie erstarrte, während er die Taschenlampe ausschaltete. Er legte einen Arm um ihre Taille und zog sie herab, bis sie gebückt dastand. »Was –« quiekte sie verblüfft, ehe er sie mit einem bösen Blick zum Schweigen brachte. »Die suchen die Umgebung des Hauses ab«, flüsterte er ihr ins Ohr. »Ich wußte, daß sie kommen.«

»Sie werden doch nicht reinkommen, oder?«

»Nicht, wenn sie nichts Verdächtiges bemerken.«

300

»Unsere Fußspuren.«

»So, wie es geschneit hat, sind sie vermutlich längst ausgelöscht. Still jetzt.«

Deborah hielt den Atem an, als ein Lichtkegel über die rückwärtigen Fenster tanzte. Das Schweigen hielt einen Augenblick an, dann rüttelte jemand am Türknopf der Küchentür. Deborah blickte Joe ins Gesicht. Er sah sie nicht an, doch sein Kiefer verspannte sich. Wie sollen wir das je erklären? dachte sie.

Ihre Angst war kurz vor dem Höhepunkt, als endlich das Rütteln am Türknopf aufhörte. Es kam ihr wie eine Stunde vor, konnte aber nicht länger als ein paar Minuten gedauert haben, ehe das Licht verschwand. Sie und Joe stießen tiefe Seufzer aus, und Deborah merkte, daß sie schwitzte, obwohl es im Haus höchstens fünfzehn Grad warm war. »Ich will so was nie wieder tun«, murmelte sie.

»Hoffen wir, daß du es nie mehr nötig hast.«

2

Bis sie zu Joes Jeep zurückgeschlichen waren, war ihr Haar naß, und Deborahs Strümpfe und Schuhe waren durchgeweicht. Die Scheibenwischer arbeiteten wie wild, schienen aber wenig auszurichten. »Wir können jetzt nicht nach Charleston zurück«, stellte er fest.

»Wir müssen aber zurück.«

»Deborah, sieh dich mal draußen um.«

Sie sah sich um. Er hatte recht. Die Kinder waren bei Pete in Sicherheit, und mitten in der Nacht zurückzufahren war das Risiko eines Autounfalls nicht wert. »Na gut, wir müssen hier übernachten.«

»Kennst du ein gutes Motel?«

»Nur das eine, in dem Steve immer abgestiegen ist«, sagte sie. »Es ist am Stadtrand und hat, glaube ich, recht vernünftige Preise.«

Der Mann am Empfang sah sie listig an, als sie zwei Zimmer verlangten. »Sie meinen zwei Zimmer nebeneinander?« fragte er.

»Nein«, antwortete Joe entschieden. »Nur zwei Zimmer mit je einem Doppelbett.«

Er gab ihnen dennoch Zimmer nebeneinander. Joe sah Deborah bedeutungsvoll an und rollte mit den Augen, als er die Verbindungstür bemerkte. »Ach, was soll's?« sagte sie, sie war zu naß und verfroren, um sich darum zu kümmern, was andere dachten.

Joe setzte sich auf eines der Betten und fuhr mit der Hand über die lila Samtdecke. »Wie geschmackvoll.«

»Schrill, aber brauchbar.«

»Ich glaube nicht, daß wir mit Zimmerservice rechnen können.«

»Viel mehr Sorgen bereitet mir die Tatsache, daß wir weder Zahnbürste noch Zahnpasta dabeihaben – nichts.«

»Das läßt sich leicht ändern«, entgegnete Joe. »Ruf du Pete an und sag ihm, daß wir hier übernachten. Dann gehen wir in einen Drugstore und besorgen, was wir für die Nacht brauchen, und dann essen wir richtig zu Abend. Ich hab einen Mordshunger, trotz des Kuchens, den wir bei Violet bekommen haben, und der belegten Brote.«

»Ich auch«, gestand Deborah.

»Außerdem hast du es verdient, zur Feier deines allerersten Einbruchs.«

Deborah grinste. »Erinner mich nicht daran. Das ist eine Geschichte, die ich den Kindern gewiß nicht erzählen werde.«

»Ich hab am anderen Ende der Straße ein Lokal namens *The Blue Note* gesehen. Auf dem Schild stand, daß sie Abendessen servieren und Livemusik haben. Hast du darauf Lust?«

Deborah wollte gerade sagen, daß ihr etwas aus dem Schnellimbiß reiche, doch dann entschied sie, daß eine richtige Mahlzeit, ein paar Drinks und Musik vielleicht genau das waren, was sie brauchte, um sich zu entspannen. »Warum nicht.«

Joe ging in sein Zimmer, und Deborah rief Pete an. »Wir schaffen es nicht mehr nach Hause«, sagte sie. »Wir bleiben über Nacht.«

»Aha«, sagte Pete mit tonloser Stimme »Ich verstehe.«

»Es schneit hier wirklich furchtbar«, fuhr Deborah fort und kam sich aus irgendeinem Grund wie ein junges Ding vor, das gegenüber seinen Eltern Ausflüchte macht.

302

»Dann ist es wohl am besten, daß du dableibst.«

Klang seine Stimme mißbilligend? Nein, müde, dachte sie. Er war es nicht gewohnt, zwei kleine Kinder und einen Hund im Haus zu haben. »Ich hoffe, die Kinder machen dir nicht zuviel Mühe.«

»Sie haben sich hervorragend benommen. Zu Abend gegessen haben sie schon. Ich wollte gedämpftes Gemüse und Hühnchen kochen, aber sie wollten lieber Pizza.«

»Pizza ist ihr Leibgericht.«

»Das hab ich an ihrem Appetit gesehen«, lachte er. »Warst du bei meiner Großmutter?«

»Ja. Sie war sehr lieb zu uns, und es geht ihr gut, Pete.«

»Und wen habt ihr sonst noch besucht?«

»Nur Emily. Ach ja, und Steves alte Freundin Jean Bartram.«

»Ah ja, Jeannie! Richtig, so hieß sie. Wie seid ihr auf die gekommen?«

»Durch deine Großmutter.«

»Wie konnte sie sich bloß noch daran erinnern?«

»Ich weiß auch nicht, Pete, aber es ist ihr eingefallen. Jean war lange weg von hier. Sie ist erst vor ein paar Jahren wieder hergezogen, und sie arbeitet in dem Pflegeheim, in dem Emily lebt.«

»Na, so ein Zufall! War sie eine Hilfe?«

»Ach, sie hatte viel zu erzählen, aber ich will das jetzt nicht alles noch mal durchgehen. Ich weiß nicht, ob ich ihr glauben soll oder nicht.« Sie verstummte. »Ich kann sie nicht so recht leiden.«

»Ich konnte sie auch nicht leiden, und das Gefühl beruhte auf Gegenseitigkeit, wenn ich mich recht entsinne.«

Es beruhte tatsächlich auf Gegenseitigkeit, dachte Deborah, sagte jedoch nichts. »Na ja, sie wußte auch nicht, wer Emilys Ehemann war. Das war eine Enttäuschung.«

»Ich verstehe nicht, warum du so versessen darauf bist, seine Identität festzustellen«, sagte Pete mit leichtem Amüsement. »Dich hat doch wohl nicht das Detektivfieber gepackt?«

Deborah lachte. »Kann schon sein. Ich werd das Gefühl nicht los, daß irgendein Zusammenhang damit besteht, was Steve zugestoßen ist. Es macht mich verrückt, nicht Bescheid

303

zu wissen. Na ja. Sonst wollte ich dir nur sagen, daß Joe und ich in einem Lokal namens *The Blue Note* zu Abend essen, falls du mich anrufen mußt, bevor ich wieder auf meinem Zimmer bin.«

»*The Blue Note*!«

»Ja. Kennst du das Lokal?«

»Das gibt es schon seit einer Ewigkeit.«

»Ist das Essen gut?«

»Ich war noch nie dort. Es ist ein Jazzclub. Ich mag keinen Jazz.«

»Das wußte ich nicht.«

»Ich hab viele faszinierende Geheimnisse«, sagte Pete leichthin.

»Jedenfalls werde ich erst dort sein und dann gleich wieder hier.« Sie gab Pete die Zimmer- und die Telefonnummer. »Es tut mir wirklich leid, daß ich die Kinder so bei dir ablade.«

»Kein Problem, Deborah. Wir haben reichlich Platz. Iß du nur schön zu Abend, und komm morgen heil wieder nach Hause.«

»Könnte ich einen Augenblick mit den Kindern sprechen?«

Pete zögerte. »Deborah, würde es dir etwas ausmachen, nicht mit ihnen zu sprechen? Sie waren sehr unruhig, aber jetzt haben sie es sich gemütlich gemacht, um mit Adam einen Film anzusehen. Es wäre mir lieber, wenn sie nicht wieder aufgeregt würden.«

Sie sind also doch ein Problem, dachte Deborah. Sie wollte, sie könnte etwas unternehmen, aber es war unmöglich, heute abend nach Hause zu fahren.

»Na gut, dann will ich sie nicht stören.« Enttäuschung schwappte wie eine Woge über sie hinweg. Sie war noch nie ohne die Kinder fortgewesen. Nun war sie gezwungen, sie eine ganze Nacht allein zu lassen, nur weil sie wahrscheinlich völlig umsonst nach Wheeling gefahren war. »Du paßt heute nacht gut auf, nicht wahr?« fragte sie. »Lieber treibt sich immer noch irgendwo dort draußen rum.«

»Ich werde die Kinder mit meinem Leben beschützen«, versprach Pete gut gelaunt. »Bis morgen.«

3

Nach dem Telefonat hielt Deborah ihr langes Haar über einen Heizungsabzug, um es zu trocknen. Dann gingen sie in den nächsten Drugstore und besorgten Toilettenartikel. Außerdem besuchten sie einen Billigschuhladen, wo Deborah ein Paar minderwertiger, aber trockener Halbschuhe erstand.

»Also, ich jedenfalls sehe piekfein aus«, sagte sie kläglich, betrachtete die schäbigen Schuhe und merkte, daß ihr Haar rauh und kraus herabhing, anstatt wie sonst in glatten Wellen.

»Sie sehen großartig aus, und ich bin mächtig stolz, mit Ihnen gesehen zu werden«, versicherte Joe ihr mit breitem Südstaatlerakzent.

»Ja, klar«, konterte Deborah trocken. »Du bist wahrscheinlich froh, daß du dich in dieser Stadt nie wieder mit mir blikken lassen mußt.«

»Stimmt nicht. Ich würde jederzeit mit dir durch die Hinterhöfe schleichen. Du mußt nur lernen, das Gekicher zu beherrschen, wenn du willst, daß man dich als Komplizin ernst nimmt.«

»Das ist mir auch besonders peinlich. Ich halte es für möglich, daß mein Mann ein Massenmörder ist, ich bin auf dem Weg zum Haus seiner Eltern, um Beweise zu sammeln, und auf dem Weg dorthin werde ich von einem Lachanfall gelähmt.«

»Besser Lachen als Weinen, aber du hast tatsächlich wie eine Fünfzehnjährige gewirkt.«

»Ach, sei still, laß uns essen gehen«, sagte Deborah lachend.

The Blue Note war nicht weit vom Motel entfernt. Sobald Deborah das Lokal betrat, wußte sie, daß Pete recht hatte – es war schon eine Ewigkeit da. Immerhin aber war es gut in Schuß und bot ein warmes, entspanntes Ambiente, das ihr gefiel. Die mit knorrigem Kiefernholz getäfelten Wände waren mit Hunderten gerahmter Fotografien von Stammgästen und Gruppen geschmückt, die einst im Club gespielt hatten. In der Mitte des Raums standen große Tische, von denen die meisten besetzt waren, und an den Wänden gab es tiefe, bequeme, dunkelblaugepolsterte Sitznischen. Schwache Lampen und Kerzen sorgten für eine leicht schwüle Atmosphäre. Am einen

Ende des Clubs wartete ein Tanzboden, und darüber ragte ein Podest mit diversen Musikinstrumenten auf.

»Nettes Lokal«, sagte Joe, als sie in einer der Nischen Platz nahmen. Er klappte die Speisekarte auf. »Sogar ganz vernünftige Preise.«

Er wählte ein T-Bone-Steak und Deborah Krabben. Beide bestellten etwas zu trinken, und während sie an ihrem Weißwein nippte, begutachtete sie die Fotos an der Wand zu ihrer Linken. »Das da sieht aus, als wäre es in den fünfziger Jahren aufgenommen«, sagte sie. »Sieh dir diese Frisuren an!«

Joe betrachtete das Bild, das ihm am nächsten war. »Das hier ist neueren Datums. Späte siebziger oder ganz frühe achtziger Jahre, würde ich sagen.«

»Und damit hätten Sie recht.« Sie blickten auf und sahen einen untersetzten Mann um die Siebzig, der einen schwarzen Rollkragenpullover und ein schwarzes Jackett anhatte. Sein ebenso schwarzes Haar war zurückgekämmt, und er trug mehrere Ringe. Er sah aus wie ein Sänger in einer miesen Salonkapelle, aber sein Lächeln war breit und ehrlich. »Ich bin Harry Gauge, der Besitzer des Lokals. Sie hab ich hier noch nie gesehen.«

»Wir waren auch noch nie hier«, antwortete Deborah. »Es ist sehr nett.«

»Ich bin ziemlich stolz drauf und immer bereit, neue Gäste willkommen zu heißen. Also, das Foto, das Sie sich angesehen haben«, fuhr Harry fort, »ist tatsächlich um 1980 aufgenommen worden. Sehen Sie den Schwarzen am Saxophon? Das war Eddie Kaye. Das größte Talent, das je hier gelandet ist.«

Deborah nahm den jungen Saxophonisten genauer in Augenschein. Er schien Anfang Zwanzig zu sein und sah ausgesprochen gut aus. Man hatte den Eindruck, als würde er nur für einen Tisch spielen, an dem zwei junge Männer und zwei weibliche Teenager saßen. Das dunkelhaarige Mädchen sah ihn beinahe verzückt an.

»Waren diese Leute nicht ein wenig jung, um ein Lokal zu besuchen, in dem Alkohol ausgeschenkt wird?« fragte Deborah.

Harry grinste. »Manchmal drücken wir ein Auge zu und hoffen, daß wir nicht erwischt werden. Natürlich bekommen sie keinen Alkohol – da bleibe ich hart. Aber bis jetzt hatte ich nie irgendwelche Schwierigkeiten.«

»Was ist aus dem Saxophonisten geworden?« fragte Joe.

»Das ist mir ein Rätsel. Ist vermutlich nach Hollywood oder New York gezogen. Vielleicht auch nach New Orleans. Er hat oft davon gesprochen, daß er im French Quarter spielen wolle. Auf jeden Fall war er eines Tages wie vom Erdboden verschwunden.«

Das scheint des öfteren vorzukommen, hätte Deborah am liebsten gesagt. Joe warf ihr einen kurzen Blick zu. Ihre Miene mußte ihren Kummer verraten haben, denn er sprang augenblicklich in die Bresche. »Und wie lange sind Sie schon im Geschäft?«

»Im vergangenen Monat waren es vierzig Jahre. Alle haben damals gesagt, ich wäre ein Narr, daß ich dieses Lokal eröffne. Haben behauptet, es würde nie ankommen.« Er lachte ohne Arroganz. »Da sieht man's mal, daß man manchmal seinem Instinkt folgen muß, was nicht jedermanns Sache ist. Also, genießen Sie ihr Abendessen. Die Band spielt in ungefähr zwanzig Minuten.«

Beim Abendessen fragte Deborah Joe, was er von Jeans Aussage gehalten habe. Er kaute ungewöhnlich lange an einem Stück Steak herum und sagte dann widerstrebend: »Was mich daran am meisten gestört hat, war die wiederholte Behauptung, daß Steve vollkommen in seine Schwester vernarrt gewesen sein soll.«

Deborah nickte. »Ich weiß. Da gerät man ins Grübeln. Wie, wenn er ihr gegenüber unnatürlich besitzergreifend war? Und wenn ja, könnte er in sie verliebt gewesen sein und, als er von ihrer Heirat erfuhr, mit Wut und Eifersucht reagiert haben?«

»Und da er den Ehemann nicht ausfindig machen konnte, soll er diese Wut an Emily ausgelassen haben?«

Deborah legte ihre Gabel ab. »Das ist ein widerwärtiger Gedanke. Und schwer für mich zu akzeptieren. Dabei hatte er in bezug auf sie tatsächlich Besitzansprüche. Er hat sich immer so aufgeführt, als wolle er mich nicht in ihrer Nähe haben – als wären die Besuche bei ihr seine Privatsache.«

»Vielleicht hat er dir die Wahrheit gesagt. Vielleicht wollte er dich nicht von ihr beunruhigen lassen. Überleg nur einmal, was heute vorgefallen ist.«

»Und Jean zufolge hat sie in seiner Gegenwart oft Angst bekundet. Dieser Ausbruch war nichts Ungewöhnliches.«

»Daß sie in Steves Gegenwart ängstlich war, muß nicht heißen, daß ihre Angst gegen ihn gerichtet war. Weißt du, Deborah, Jean hatte ein schweres Leben, und sie hat Steve eindeutig etwas vorzuwerfen. Vielleicht sieht sie diese Ausbrüche aus der falschen Perspektive. Vielleicht entsinnt sich Emily, wie entsetzt sie war, und bittet Steve, ihr zu helfen. Erinnere dich doch, wie sie ›Steve, aua‹ gesagt hat.«

»Als wollte sie ihm mitteilen, daß ihr etwas weh tut.«

»Wenn er sie stranguliert und ihr ein Rohrstück über den Schädel gezogen hätte, würde sie ihm meines Erachtens nicht mitteilen, daß es weh tut. Es war eher so, als würde sie ihm von etwas berichten, das ihr weh getan hat.«

Deborah seufzte. »O Gott, nun versuchen wir, ihre Sätze zu analysieren, genau wie bei dem Brief, der mit der Spieluhr gekommen ist, und experimentieren mit Nuancen, um dahinterzukommen, was der Betreffende gemeint hat. Dabei hatte selbst Jean ihre Zweifel.«

»Wie gesagt, sie ist eine unglückliche Frau, die ihre eigene Sicht der ganzen Angelegenheit hat.«

»Aber die vielen konkreten Beweise können wir nicht ignorieren. Das Geld, das auf dem Bankkonto fehlt, den Schmuck, um Himmels willen.« Sie nahm eine Krabbe auf die Gabel und ließ sie gleich wieder fallen. »Mein Gott, der Oleander!«

Joe starrte sie an. »Wovon redest du?«

»Steve hat Emily einen Oleanderstrauch gebracht. FBI-Agent Wylie hat gefragt, ob Steve Oleander züchtet! Das hatte ich völlig vergessen, weil ich die Frage so albern fand. Ich dachte, er wollte mich aus dem Konzept bringen.«

Joe blickte verwirrt drein. »Was ist denn Besonderes an Oleandersträuchern?«

»Ich weiß es nicht. Aber Steve war sehr stolz auf diese Pflanzen. Er hat gesagt, sie seien nicht leicht großzuziehen. Außerdem hat er verfügt, daß sie immer auf dem höchsten Brett stehen müssen, außer der Reichweite der Kinder und Scarletts, da sie giftig sind.«

»Du findest es also wichtig, daß Steve seiner Schwester eine Giftpflanze mitbringt? Deborah, Hunderte von Pflanzen sind giftig. Eiben sind giftig, und viele Leute haben welche. Verdammt noch mal, selbst Maiglöckchen sind giftig. Sie sind die Lieblingsblumen meiner Mutter, aber sie ißt sie nicht.«

Deborah lächelte. »Möglich, daß ich übers Ziel hinausschieße. Ich hab nur überlegt, was FBI-Agent Wylie mit der Frage nach dem Oleander bezweckt hat. Die Tatsache, daß Steve sie gezüchtet hat, war bestimmt keine nebensächliche Beobachtung seinerseits.«

»Vielleicht doch. FBI-Agenten sind auch nur Menschen, Deborah. Sie sind nicht die ganze Zeit vollkommen sachlich.«

»Wylie meiner Meinung nach schon. Ich frage mich, ob er verheiratet ist.«

»Hast du jemanden, mit dem du ihn zusammenbringen willst?« fragte Joe.

Deborah zog eine Grimasse. »Wie wär's mit Barbara, falls sie und Evan sich trennen?«

»Wylie und Barbara. Das wäre ein Paar, das der Teufel verkuppelt hat. Dann kannst du gleich was für Jean und Pete in die Wege leiten.« Joe runzelte die Stirn. »Warum Pete wohl nie erwähnt hat, daß er selbst mal mit Emily ausgegangen ist?«

»Seither ist so viel Zeit vergangen. Immerhin hat er einmal erzählt, daß er mit Steve und Emily befreundet war. Vielleicht hat er sie nur ein paarmal ausgeführt, und Jean hat den wahren Sachverhalt aufgebauscht.«

»Das ist etwas, was mir Rätsel aufgibt. Wir wissen nicht, wie ernst wir Jean nehmen dürfen.«

»Du kannst nicht leugnen, daß sie heute nachmittag nicht gut drauf war. Unser Besuch hat bei ihr einen Migräneanfall ausgelöst. Unser Anblick muß sie wirklich verstört haben, um so eine Reaktion hervorzurufen.«

»Sie hat vor fünfzehn Jahren einen Meineid geschworen, Deborah. Das ist eine ernste Sache, und sie wird angenommen haben, daß du davon wußtest.«

»Mag sein. Aber was ist, wenn es stimmt, daß Steve sich seltsam benommen und ihr schaurige Blicke zugeworfen hat?«

»Er mußte sich in ihrer Gegenwart unbehaglich fühlen. Schließlich hat sie ihm zuliebe gelogen, und er muß gewußt haben, daß sie erwartete, ihn zu heiraten. Wie wäre dir an Steves Stelle zumute gewesen?«

Deborah schüttelte den Kopf. »Ich hab keine Ahnung. Es gibt so vieles, wovon ich bis diese Woche nichts gewußt habe, Joe. Ich habe noch längst nicht alles verdaut.«

»Dann denk ein paar Stunden an etwas anderes. Du kannst später wieder darauf zurückkommen. Vielleicht wird dann alles eher einen Sinn ergeben.«

Deborah beschloß, seinen Rat anzunehmen, und sie entspannten sich beide. Deborah war kein Jazzfan, aber die Gruppe war gut, und sie genoß es, noch ein Glas Wein zu trinken, während die erste Serie von Stücken gespielt wurde. Ein paar Leute tanzten. Joe sah sie entschuldigend an. »Tut mir leid, aber alles, was ich fertigbringe, ist der Twostep.«

»Schon gut. Ich hab keine Lust zu tanzen.«

»Wie wär's dann mit singen?«

Sie lächelte. »Nicht einmal darauf hab ich Lust. Ich fürchte, der heutige Abend war mir zu anstrengend. Würde es dir etwas ausmachen, wenn wir jetzt sofort ins Motel zurückgingen?«

»Ich wollte es gerade vorschlagen.«

Sie waren um zehn Uhr abends wieder im Motel. Obwohl sie furchtbar müde war, war Deborah nicht schläfrig. Sie wusch sich das Gesicht, putzte ihre Zähne, zog Hose und Pullover aus und breitete in Unterhose und Büstenhalter auf dem Bett sitzend um sich herum die Jahrbücher, das Album und den Brief aus, den sie im Haus der Robinsons gefunden hatte. Sie war immer noch erstaunt über die Kühnheit, die sie bei dem Einbruch bewiesen hatte. Sie wußte, daß Lorna Robinson wütend sein würde, und doch war Deborah in Anbetracht der Angst, die die Frau vor einem Skandal hatte, davon überzeugt, daß sie die Polizei nicht einschalten würde, wenn Deborah die mitgenommenen Objekte zurückgab.

Der Brief war eine Enttäuschung. Er war auf vergilbtem Büttenpapier mit kleinen rosa Blümchen geschrieben, ein angefangener Brief an eine Freundin namens Martha, die in Florida lebte. Er war voller trivialer Einzelheiten über Emilys Leben in Wheeling, die sie mit bis zu drei Ausrufungszeichen abschloß. Der einzig interessante Teil war ein Abschnitt über einen jungen Mann:

Ich bin ja so verliebt! Ich werde dir seinen Namen nicht verraten, jedenfalls jetzt nicht, aber er ist kein kleiner Junge. Er ist so anders als die Jungs in der Schule, anders auch als Steve und Pete. Er ist aus einer anderen Welt. Man würde nicht meinen, daß wir etwas gemeinsam haben, aber wir unterhalten uns stundenlang! Und er liebt mich!!! Unglaublich! Natürlich würden meine Eltern, seine natürlich auch, einen Anfall kriegen, wenn sie wüßten, was wir füreinander empfinden. Ich denke, wir sind wie Romeo und Julia. Wie ROMANTISCH!!!

Gütiger Himmel, dachte Deborah, wie jung sie sich anhört. Wie blauäugig. Aber das Wichtige daran war, wie sehr sie betonte, daß der geheimnisvolle Geliebte so anders war, denn Deborah war sicher, daß aus ihm der heimliche Ehemann geworden war. Was aber war so anders an ihm? Bloß die Tatsache, daß er älter war als Steve oder Pete? Oder daß ihre Eltern ihn abgelehnt hätten. Dadurch wäre er zur verbotenen Frucht geworden, unwiderstehlich für ein leidenschaftliches, eigensinniges Mädchen wie Emily.

Die Jahrbücher kamen als nächstes dran. Sie offenbarten eigentlich nur, wie sehr sich in den vergangenen zwanzig Jahren die Mode geändert hatte. Emily war im zweiten Jahr auf der High-School gewesen, als Steve die Abschlußklasse besucht hatte. Das kleine Bild zeigte sie strahlend; das dunkle Haar schimmerte im Lampenlicht, und ihr Gebiß war perfekt, nachdem sie viele Jahre lang eine Zahnspange getragen hatte. Deborah wandte sich dem Foto von Steve zu. Er sah so anders aus, die Augen ernst, das Kinn voller. Dann nahm sie das Bild genauer in Augenschein. Neben seinem rechten Auge befand sich ein Muttermal. Steve hatte kein Muttermal. »Das ist nicht Steve, das ist Pete!« rief sie aus. Sie blätterte weiter und entdeckte Steves vertrautes Lächeln unter einem dichten Schopf, der seitlich gescheitelt und länger war, als er ihn in letzter Zeit getragen hatte. Sie blätterte zu Petes Bild zurück. Sein Haar war damals noch nicht schütter gewesen. Es war dicht und genauso geschnitten wie das von Steve. Selbst ihre Gesichtsstruktur war bis auf das Kinn die gleiche. Sie lachte. Kein Wunder, daß ihre Bilder vertauscht worden waren. Sie hatten sich als Jugendliche derart ähnlich gesehen, daß sie Brüder hätten sein können. Wie enttäuscht sie gewesen sein mußten, daß man ihre Abschlußfotos verwechselt hatte.

Deborah blätterte zwei ältere Jahrbücher durch, die von Steves zweitem und vorletztem High-School-Jahr, und suchte die Abschlußklasse nach Emilys geheimnisvollem Ehemann ab. Die Mühe war umsonst. Sie hatte keine Ahnung, nach wem sie eigentlich suchte.

Frustiert wandte sie sich dem Fotoalbum zu. Die älteren Fotos zeigten zwei attraktive Menschen, offensichtlich die Eheleute Robinson. Dann kam ein Baby hinzu, aus dem ein blonder kleiner Junge wurde. Und zuletzt kam noch ein Baby. Es folgten Dutzende von Porträts der kleinen Emily: Emily lächelnd im Ballerinakostüm, Emily im Badeanzug, wie sie sich vor dem Sprung ins Becken die Nase zuhielt, Emily am Klavier. »Die haben nicht viel Film auf Steve verschwendet, nachdem sie da war«, murrte Deborah.

Da ihr kalt wurde, schlug sie die Decke zurück und stieg ins Bett. Sie hörte im Nebenzimmer Joes Fernsehgerät. Wieder überfiel sie der Drang nach einer Zigarette, aber sie hatte keine dabei. Auch gut, dachte sie. Sie kramte in ihrer Handtasche nach einem Pfefferminzbonbon und lehnte sich dann mit dem Fotoalbum in der Hand an die Kissen.

Es gab mehrere Bilder von Emily im rosa Partykleid, auf denen sie resolut mit geschlossenem Mund lächelte. Da trug sie noch ihre Zahnspange, dachte Deborah amüsiert. Ein weiteres Foto zeigte eine reifere Emily im roten Kleid mit einer funkelnden Spange im langen, dichten Haar. Deborah nahm das Foto heraus und sah auf der Rückseite nach. »Valentinstag. Ballkönigin«, stand dort in großer, runder Schrift. Die nächsten Schnappschüsse offenbarten eine ältere, reizvollere Emily. Sie hatte sich offenbar gern fotografieren lassen – sie wirkte vollkommen entspannt, ja sogar neckisch, so als sei die Linse der Kamera das Auge eines Mannes. Deborah dachte an die Fotos, die man von ihr gemacht hatte, als sie ein junges Mädchen war. Sie hatte befangen und steif dagestanden, mit zusammengekniffenen Augen und einem albernen, schiefen Lächeln. Cindy Crawford hatte von mir nichts zu befürchten, überlegte sie. Von Emily dagegen schon.

Die Bilder auf den nächsten Seiten erwiesen sich als interessanter. Auf einem saß Emily in Bikini und Sonnenbrille auf einer Decke. Sie erinnerte an ein *Playboy*-Model, mit üppiger Figur und bewußt provokativer Haltung. Hatte Steve es deshalb lieber gesehen, daß sie selbst sich so schlicht kleidete und fast hausbacken aussah? fragte sich Deborah. Lag es an seiner absichtlich aufreizenden Schwester, die ein so tragisches Ende genommen hatte?

Deborah verdrängte alle Gedanken an ihre Beziehung zu Steve und studierte weiter die Bilder. Auf dem nächsten trug Emily einen anderen, aber nicht weniger erotischen Bikini. Neben ihr stand der junge Pete; er lächelte scheu, doch seine Augen blickten ernst. Vor Emily lag ein wunderschöner Schäferhund, und ihre Hand war in seinem Fell vergraben. Deborah nahm das Foto aus dem Album und drehte es um, damit sie die handschriftliche Notiz auf der Rückseite lesen konnte. »Ich bin süße sechzehn Jahre alt! Ich, Pete & Sax, zweiter Juni.« »Sax«, sagte Deborah. Sie dachte daran, wie Emily auf das Bild von Scarlett reagiert hatte, die unter anderem von einem Schäferhund abstammte. Sie hatte im Pflegeheim nicht Sex, sondern Sax gesagt. So hieß der Hund. Hatte Pete ihn ihr geschenkt?

Sie starrte das Bild an, konnte darauf jedoch nichts weiter entdecken. Das Datum allerdings war beunruhigend – der zweite Juni. Sie war am siebten Juni überfallen worden. Deborahs Kehle war wie zugeschnürt, als ihr klar wurde, daß das schöne, unbekümmerte Mädchen auf dem Bild nur noch fünf Tage normal zu leben hatte.

Es folgten weitere Fotos von Emily, die keck im Bikini posierte. Als Deborah das nächste Mal umblätterte, blieb ihr der Atem weg, als sie einen Abzug des Fotos betrachtete, das sie in dem Lokal namens *The Blue Note* gesehen hatte. Zwei junge Männer und zwei Mädchen saßen an einem runden Tisch. Nachdem sie erfahren hatte, wie Steves Schwester als junges Mädchen ausgesehen hatte, war ihr klar, daß eines der Mädchen Emily war. Sie blickte verzückt zu dem gutaussehenden jungen Schwarzen auf dem Podest auf, der nur für sie auf dem Saxophon spielte.

Das Saxophon. Sax. »O mein Gott«, murmelte Deborah und

ließ sich in die Kissen fallen. Wie hatte Harry Gauge den Saxophonisten genannt? Eddie. Eddie Kaye. Emily hatte immer wieder »Ed« gesagt. Jean hatte behauptet, es handle sich um einen Pfleger.

Deborah legte das Album beiseite und riß auf der Suche nach dem Telefonbuch von Wheeling die Nachttischschublade auf. Gleich darauf meldete sich eine junge Frauenstimme: »*The Blue Note.*«

»Könnte ich bitte Mr. Gauge sprechen?« sagte Deborah atemlos.

»Wer spricht?«

»Deborah Robinson. Ich war am früheren Abend im Lokal. Es ist sehr wichtig, daß ich mit ihm spreche.«

»Einen Augenblick.« Deborah hörte im Hintergrund Jazzmusik. Sie trommelte mit den Fingern nervös auf dem Nachttisch, bis sich Harry Gauges tiefe Stimme meldete. »Gauge hier. Womit kann ich Ihnen dienen?«

»Hier spricht Deborah Robinson, Mr. Gauge.«

»Tut mir leid, gnädige Frau, aber ich glaube nicht, daß wir uns kennen.«

Idiotin, beschimpfte Deborah sich. Sie hatte sich im Lokal nicht mit Namen vorgestellt. »Ich war vor ein paar Stunden in Ihrem Restaurant. Ich habe langes schwarzes Haar. Ich war mit einem Mann da, und wir haben uns nach den Fotos an der Wand erkundigt –«

»Ach ja, ich erinnere mich. Haben Sie was hiergelassen?«

»Nein. Ich wollte Sie nach dem Saxophonisten fragen, von dem Sie uns erzählt haben. Eddie Kaye.«

»Eddie? Was ist mit ihm?«

»Hieß er mit Nachnamen K-a-y-e?«

»Nein. Er hat nur den Buchstaben *K* verwendet. Sein eigentlicher Nachname war King. Warum?«

»Vielen herzlichen Dank«, sagte Deborah und legte auf. Ihre Gedanken rasten. Endlich wußte sie die Wahrheit. Emilys Ehemann war Eddie King, und die provinzielle Familie Robinson hatte die ganze Episode wie ein schändliches Geheimnis behandelt, weil seine Hautfarbe dunkel war.

Und noch etwas wußte sie. Der Mann, der das O'Donnell-Haus gemietet hatte, hatte behauptet, Edward King zu sein, aber Barbaras Freundin hatte ihn nicht als Schwarzen beschrieben. Der Name kam vielleicht öfter vor, aber wie groß war die Wahrscheinlichkeit, daß ein Edward King in ein Haus direkt gegenüber von Steve einzog? »Verschwindend gering«, sagte sie leise und mit klopfendem Herzen. »Ausgesprochen gering.«

4

»Alfred, Alfred ...«

Eine Krankenschwester, die nach der Infusionsnadel gesehen hatte, musterte Mrs. Dillman eingehend. »Mein Gott, die wacht doch nicht etwa auf?« murmelte sie.

»Alfred ...«

Die Schwester beugte sich über sie. »Schatz, können Sie mich hören?« Die Augen der Frau öffneten sich nicht, doch es zuckte in ihrem Gesicht. »Mrs. Dillman, können Sie mich hören?«

»Sei bloß pünktlich zum Essen da«, sagte die Frau mit undeutlicher Stimme. »Rindfleischeintopf, dein Leibgericht.«

Die Schwester nahm Mrs. Dillmans kalte Hand. »Schatz, ich bin da«, sagte sie laut. »Können Sie mich hören?«

Mrs. Dillman schlug die Augen auf. »Natürlich kann ich Sie hören. Es besteht kein Grund, so zu schreien.«

Die Schwester wich zurück. »Es war nicht meine Absicht, zu schreien. Sie haben mich nur überrascht. Ich gehe den Arzt holen.«

Mrs. Dillmans Hand umklammerte die der Schwester. »Wo bin ich?«

»Im Krankenhaus, Schatz. Sie haben eine schlimme Beule am Kopf.«

»Hören Sie auf, mich Schatz zu nennen. Ich kenne Sie ja gar nicht.«

»Tut mir leid, Scha – Mrs. Dillman.«

»Mein Kopf ...«

»Ja, eine schlimme Beule.«

»Ich hab mir am Kopf weh getan?«

»Ja, eine –«

»Schlimme Beule. Ich hab's gehört.«

»Ich muß den Arzt holen. Wenn Sie jetzt einfach meine Hand loslassen ...«

Mrs. Dillman zog unvermittelt ein böses Gesicht. »Ich hab mir nicht am Kopf weh getan. Jemand hat mich geschlagen!«

»Ach, das glaub ich nicht, Schatz.«

»Also, ich glaube es. Und wenn Sie nicht aufhören, mich Schatz zu nennen, werd ich –« Mrs. Dillman keuchte und riß die Augen auf: »Jetzt fällt es mir wieder ein! Ich erinnere mich, wer mich geschlagen hat.«

»Schön. Ich hole den Arzt und Sie können ihm alles darüber erzählen.«

»Versuchen Sie nicht, mich zu beschwichtigen!« Mrs. Dillman klammerte sich entschlossen an die Hand der Krankenschwester. »Diese junge Frau – Deborah! Ich muß unbedingt Deborah warnen!«

»Wir werden sehen, was der Arzt dazu zu sagen hat«, beruhigte die Schwester sie.

»Zur Hölle mit dem Arzt!« explodierte Mrs. Dillman. »Ich sage Ihnen doch, ich rede keinen Unsinn! Das hier ist wichtig.«

»Na, na, nun regen Sie sich doch nicht auf.«

»Bleiben Sie mir mit Ihrem ›Na, na‹ vom Leib! Ich verlange mit Deborah zu sprechen.« In Mrs. Dillmans ausgebleichte Augen trat ein flehentlicher Ausdruck. »Bitte hören Sie mir zu. Ich muß Deborah Bescheid sagen!«

Vierundzwanzig

Das Telefon schrillte. Deborah fuhr hoch. Sie fragte sich, ob sie auf das Klingeln eines Telefons je wieder normal reagieren würde. Sie hob in der Gewißheit ab, daß es Joe war, der wissen wollte, ob sie bei ihrer Plünderung des Robinson-Hauses auf etwas Wichtiges gestoßen war. »Deborah?«

»Pete!« sagte sie erschrocken. »Was ist los?«

»Mit den Kindern ist nichts los. Es geht ihnen gut. Bist du allein?«

»Allein? Natürlich. Joe ist auf seinem Zimmer.«

»Du mußt mir versprechen, daß du ihn nicht rufst.«

»Wieso?« Deborah setzte sich aufrecht hin. »Pete, du machst mir angst.«

»Das will ich nicht, aber du mußt mir dein Ehrenwort geben. Und ich möchte, daß du als Hintergrundgeräusch den Fernseher einschaltest.«

Seine Stimme war angestrengt, ja sogar leicht zittrig. Er hatte schlechte Nachrichten zu übermitteln, und Deborah wünschte sich, daß er zur Sache kam. Sie krabbelte ans Fußende des Bettes und schaltete das Fernsehgerät ein. Dann nahm sie wieder den Hörer zur Hand. »Gut. Der Fernseher läuft, und ich verspreche, nicht nach Joe zu rufen. Also, was ist?«

»Es geht um Barbara. Ihr Leichnam wurde vor ein paar Stunden im O'Donnell-Haus aufgefunden. Die Polizei glaubt, daß sie gestern nacht umgekommen ist.«

Deborah starrte reglos geradeaus. Ein leises Dröhnen machte sich in ihren Ohren bemerkbar, wurde lauter, dann wieder leise. Ihr Körper war wie gelähmt, sie atmete langsam und flach. Schließlich sagte Pete: »Deborah? Bist du noch da?«

»Ja.« Das Wort entrang sich ihr wie ein langer Seufzer. »Wie ist sie umgekommen?«

»Sie wurde geschlagen und stranguliert.«

Deborah würgte. »O Gott, genau wie –«

»Wie die Opfer des Würgers. Deborah, es tut mir furchtbar leid.«

»Sie war in bezug auf dieses Haus so neugierig. Sie muß dort eingedrungen sein, um Nachforschungen anzustellen.« Deborah atmete heftig ein. »Wo ist Evan?«

»Keine Ahnung. Vielleicht weiß er schon Bescheid. Ich hab ihn nicht gesehen.«

»Sie hatte ihn im Verdacht, Pete. Sie hat es für möglich gehalten, daß er der Würger ist.«

»Ich glaube nicht, daß er es ist.« Sie hörte Pete heftig atmen. »Deborah, du mußt mir ganz genau zuhören. Ich hab mir gestern abend Sorgen um dich gemacht. Ich hatte ein unsicheres Gefühl – frag nicht, warum. Jedenfalls bin ich gegen zwei Uhr morgens an deinem Haus vorbeigefahren und habe Joe gesehen. Er war draußen, Deborah, und ging seitlich ums Haus herum.«

»Seitlich?«

»Er hätte vom O'Donnell-Haus zurückkommen können.«

Deborah spürte, wie ihr Gesicht kreideweiß wurde. »Nein, er kann nichts mit Barbaras Tod zu tun gehabt haben.«

»Das können wir nicht mit Sicherheit behaupten. Deborah, hat Barbara Joe auch in Verdacht gehabt?«

Deborahs Gedanken wirbelten durcheinander. Sie sah Barbara vor sich, wie sie steif auf der Couch saß. Sie hatte gesagt, daß Evan glaubte, der Würger sei ein Kollege von Steve, jemand, der seinen Tagesablauf kannte. »Natürlich benimmt sich Joe seltsam ... Er ist euer Wachhund geworden.« Barbaras Worte klangen ihr in den Ohren.

»Sie hatte ihn in Verdacht, nicht wahr?« fragte Pete. »Und nun bist du in Wheeling mit ihm allein. Er ist vermutlich im Nebenzimmer, hab ich recht?«

»Ja«, flüsterte Deborah. »Wir haben Zimmer nebeneinander, aber die Türen sind abgeschlossen.«

»Ich möchte, daß du da verschwindest«, sagte Pete bestimmt. »Laß den Fernseher laufen, und setz dich leise ab. Geh zu einer Telefonzelle. Ruf ein Taxi. Miete ein Auto, nimm den Bus, egal. Sieh nur zu, daß du hierher zurückkommst.«

»Pete, wär es nicht besser, wenn ich die Polizei rufe?«

Joe klopfte an die Verbindungstür, und Deborah hätte beinahe den Hörer fallen gelassen. »Deborah? Bist du da drinnen eingeschlafen?«

»Antworte ihm!« zischte Pete am anderen Ende der Leitung. »Gib dich natürlich und antworte ihm.«

»Nein«, rief Deborah mit schwacher Stimme. »Ich hab nur die Jahrbücher durchgesehen.«

»Was Interessantes gefunden?«

»Noch nicht.«

»Ich dachte, ich hätte das Telefon gehört.«

»Ah ... äh ... jemand hat im falschen Zimmer angerufen.«

»Bist du sicher, daß bei dir alles in Ordnung ist? Du hörst dich so komisch an.«

»Es geht mir gut.«

»Es klingt nicht, als ginge es dir gut. Soll ich dir vielleicht noch etwas zu trinken besorgen?«

Deborah hatte den Hörer immer noch am Ohr. »Sag ja«, befahl Pete. »Sag, du möchtest etwas, damit er sein Zimmer verläßt.«

»Wir sehen uns, sobald ich kann«, flüsterte Deborah ins Telefon. Sie legte auf. Dann stieg sie vom Bett, schlüpfte in ihren Mantel und öffnete die Tür, die in Joes Zimmer führte. Er hörte sie und öffnete seine Hälfte der Doppeltür. »Ich hätte große Lust auf eine Tasse Kaffee.«

Joe lächelte. »Ich hab mir schon gedacht, daß du nicht in Stimmung sein würdest, zu schlafen.«

»Außerdem hab ich einen Bärenhunger.« Joe sah sie erstaunt an. »Ich weiß nicht, was mit mir los ist. Ich komme mir vor, als hätte ich nicht zu Abend gegessen. Könntest du mir auch Schmalzgebackenes oder ein Stück Blätterteiggebäck besorgen? Oder vielleicht ein Stück Kuchen.«

»Na klar. Was für Kuchen?«

»Mit Kirschen. Oder Äpfeln. Oder irgendwas anderem, das gut aussieht.«

Joe runzelte leicht die Stirn. »Sonst noch was?«

»Nein. Kaffee und was Süßes wäre wunderbar.« Ihre Stimme klang höher als sonst. Sie schaffte es nicht, sie natürlich klingen zu lassen. »Ach, übrigens, Joe, ich hab einen Ohrring verloren. Wahrscheinlich bei dir im Auto. Könntest du mir die Schlüssel dalassen? Ich werde danach suchen, während du weg bist.«

Die Falten auf seiner Stirn vertieften sich. »Mußt du den Ohrring unbedingt heute noch wiederhaben? Es ist richtig ekelhaft draußen.«

»Wenn ich bis morgen warte, vergesse ich ihn bestimmt.« Sie bemühte sich, traurig auszusehen. »Versteh mich, es ist einer von zweien, die Steve mir geschenkt hat, und ich hab Angst, er könnte, wenn ich ihn nicht gleich holen gehe, aus dem Auto fallen oder in einer Ritze verschwinden, so daß ich ihn nicht mehr wiederfinde.«

»Ich kann ihn doch für dich suchen?«

»Nein, geh du den Kaffee holen«, sagte sie hastig. Dann lächelte sie. »Ich brauch wirklich dringend einen Kaffee und was zu essen. Den Ohrring suche ich selber.«

Joe zuckte die Achseln und kramte in seiner Tasche nach den Autoschlüsseln. »Na gut. Da hast du sie.«

Seine grauen Augen verrieten Erstaunen, und sie versuchte es mit einem verlegenen Lächeln. »Ich weiß, meine Sorge um diesen Ohrring wirkt ziemlich albern, aber unter den Umständen ...«

»Wenn es dir ein Bedürfnis ist, such ruhig die ganze Nacht«, lenkte er ein. »Ich gehe nach nebenan und hole den Kaffee.«

»Vielen herzlichen Dank, Joe.« Deborah schloß die Verbindungstür. Sie wartete, bis sie seine Zimmertür hinter ihm ins Schloß fallen hörte. Dann zog sie den Mantel aus, schlüpfte in Hose, Pullover und Schuhe, zog den Mantel wieder an und verließ ohne Eile ihr Zimmer. Joe bog am Ende des Gebäudes soeben um die Ecke. Er ging wegen des Schneetreibens mit gesenktem Kopf und hatte die Hände in den Taschen vergraben. Deborah eilte zum Wagen und steckte den Schlüssel ins Schloß. Sie wollte ihn gerade umdrehen, da berührte eine Hand ihre Schulter.

Sie unterdrückte einen Aufschrei und wirbelte herum, wo ein schlanker braunhaariger Mann stand, den sie noch nie gesehen hatte. Er sah irgendwie hart, aber recht gut aus, doch ein Tic am Auge lenkte vom positiven Effekt eines wohlgeformten Gesichts ab. »Was ist denn?«

»Mrs. Robinson, ich muß mit Ihnen reden.«

»Woher wissen Sie, wie ich heiße?« fragte Deborah, deren Herz wie rasend klopfte. »Wer sind Sie?«

»Mein Name tut nichts zur Sache«, sagte der Mann. »Ich weiß, wo Ihr Mann ist.«

Deborah starrte ihn mit wachsender Besorgnis an. »Was reden Sie da?«

»Ich rede von Ihrem Mann Steve. Ich weiß, wo er ist. Wir müssen uns unterhalten.«

Deborah wußte nicht, wie, aber sie wußte Bescheid, und sie fröstelte. »Sie sind Artie Lieber, nicht wahr?«

»Ich versuch seit Tagen, an Sie ranzukommen, aber es war immer jemand bei Ihnen.« Seine Hand schloß sich fester um ihre Schulter. »Endlich hab ich Sie allein erwischt.«

»Lassen Sie mich los!« rief Deborah.

»Sie und ich, wir werden in diesen Jeep steigen und irgendwo hinfahren.«

»Nein!«

Sie versuchte, sich aus seiner Umklammerung zu befreien. Er sah sie kaltblütig an und versetzte ihr dann eine Ohrfeige. Ihre Augen füllten sich mit Tränen, ausgelöst von Schock und Schmerz. »Nun werden Sie bloß nicht hysterisch«, sagte Lieber. »Ich will mich nur unterhalten. Und Sie werden sich mit mir unterhalten, sonst –«

»He!«

Deborah blickte auf und sah Joe auf sie zurennen. Liebers Hand ließ ihre Schulter los. Zwei Männer, der eine stand neben ihr, der andere kam auf sie zu, und einer war ein Mörder. Ohne noch weiter zu überlegen, riß sie die Tür des Jeeps auf, sprang hinein und verriegelte die Tür. Draußen sah sie Lieber über den Parkplatz rennen. Joe folgte ihm ein Stück. Dann hörte er, wie der Motor des Jeeps angelassen wurde, und machte gerade noch rechtzeitig kehrt, um Deborah im Rückwärtsgang aus der Parklücke schießen zu sehen. »Deborah, was soll das?« rief er, als sie den Gang wechselte und vorwärtsschoß. Er rannte ihr nach. »Deborah«, brüllte er. »Deborah, um Himmels willen!« Sie verschloß sich dem Ton seiner Stimme und fuhr weiter, als hinge ihr Leben davon ab. Soweit sie wußte, war genau das der Fall.

Fünfundzwanzig

Während der Heimfahrt dachte sie immerzu an Barbara. Was hatte sie dazu getrieben, das O'Donnell-Haus zu durchsuchen? Der unwiderstehliche Drang, sich Gewißheit zu verschaffen, ob Evan der geheimnisvolle Mieter war? Und wenn ja: Wie war sie da hineingelangt? War sie hineingelassen und dann getötet oder erst hinterher dorthin gebracht worden?

Die Möglichkeiten waren so unausdenkbar entsetzlich. Und Joe. Immer wieder war sie nachts heruntergekommen und hatte ihn nicht vorgefunden, einmal deshalb, weil angeblich er gerade nach dem Rechten gesehen hatte. Und was war in der Nacht, als Mrs. Dillman und Kim etwas gesehen hatten? Anderthalb Stunden war er weggeblieben, nur um Hustensaft für Kim zu kaufen. Dann war da die Sache mit Kims Puppe in der Gefriertruhe. Kim hatte Glocken gehört, und Joe hatte behauptet, nicht gemerkt zu haben, wie sie das Haus verließ, weil er ungewöhnlich tief geschlafen hatte. Und der Schmuck. Du lieber Himmel, Joe hatte fast eine Woche bei ihr im Haus gelebt. Er hätte ihn jederzeit unterm Haus verstecken können. Er hätte auch die Puppe in die Gefriertruhe legen und hinten im Garten mit Glocken läuten können, um Kimberly hinauszulocken. Und Sally Yates. Jean hatte erzählt, daß sogar im Krankenhaus jemand versucht hätte, ihr die Kehle aufzuschlitzen. Joes Lisa in Houston hatte auch jemand die Kehle aufgeschlitzt.

Besonders beängstigend war die Frage, was er heute abend mit ihr vorgehabt hatte. Hatte er sie umbringen und vor eine Bar schleppen wollen? Aber warum sollte er sie umbringen wollen? Sie hatte ihn nie im Verdacht gehabt. Und was hatte Artie Lieber gewollt? Bestimmt hatte er ihr nicht, wie er behauptete, nur etwas mitteilen wollen. Sie konnte sich auf keine dieser Fragen einen Reim machen. Und keine Spekulation der Welt konnte Barbara wieder lebendig machen.

Sie erreichte Charleston um drei Uhr nachts, durchgefroren, verängstigt und erschöpft. Ein einzelnes Licht brannte in einem Fenster an der Vorderfront von Petes Haus. Deborah hätte bei seinem Anblick fast geweint. Endlich in Sicherheit. Die Kinder warteten dort drinnen.

Pete hatte wohl nach ihr Ausschau gehalten. Er öffnete die Tür, als sie auf das Haus zuging. »Deborah, Gott sei Dank bist du endlich heil wieder da.« Er schlang die Arme um sie, und sie registrierte geistesabwesend, daß er einen Kaschmirpullover trug, der sich angenehm anfühlte, als er mit ihrem kalten Gesicht in Berührung kam. »Du zitterst ja.«

»Ich hab nicht unbedingt den schönsten Abend meines Lebens hinter mir.«

»Hast du die Polizei angerufen, bevor du losgefahren bist?«

»Nein. Ich hab mir nur Joes Autoschlüssel geliehen, während er in eine Imbißstube nebenan gegangen ist. Aber als ich einsteigen wollte, kam Artie Lieber an.«

»Lieber!«

»Ja. Er hat dauernd gesagt, er wollte mit mir irgendwo hinfahren und sich unterhalten. Als ich mich geweigert habe, hat er mich geohrfeigt. Dann ist Joe aufgetaucht. Ich bin ins Auto gesprungen und losgefahren.«

»Gütiger Himmel! Ich hatte nicht erwartet, daß Lieber ...« Pete ließ den Satz unvollendet. Er sah zutiefst besorgt aus. »Du bist gerade noch mal davongekommen, Deborah. Es war mir von Anfang an nicht recht, daß du gefahren bist.«

»Ich weiß. Aber jetzt bin ich wieder da.«

»Zieh deinen Mantel aus, und komm ins Wohnzimmer. Ich habe Tee gekocht.«

Deborah lächelte. »Tee ist eine gute Idee, aber ich möchte als erstes die Kinder sehen.«

Pete sah sie verblüfft an. »Aber die schlafen doch.«

»Ich weiß. Ich weck sie auch nicht auf – ich will sie nur sehen. In welchem Zimmer sind sie?«

»Oben. Erstes Zimmer rechts. Aber sei bitte ganz leise. Sie waren gar nicht glücklich darüber, daß du nicht gekommen bist, und es war nicht leicht, sie zum Einschlafen zu bewegen.«

Deborah eilte, gefolgt von Pete, leichtfüßig die Treppe hoch und öffnete die Schlafzimmertür. Im gedämpften Licht einer

Flurlampe war ein leeres Doppelbett zu sehen. Sie wirbelte zu Pete herum, der mit offenem Mund das zerwühlte Bettzeug ansah. »Wo sind sie denn?« fragte Deborah angstvoll.

»Vor einer halben Stunde waren sie noch da. Ich versteh das nicht ... Mein Gott, du meinst doch wohl nicht, daß sie nach Hause zu gehen versuchen?«

»Nach Hause!« rief Deborah entsetzt aus. »Es ist eiskalt draußen. O mein Gott, Pete.«

»Beruhige dich«, sagte er mit fester Stimme. »Sie müssen hinten hinausgegangen sein. Mal sehen, ob Adam was gehört hat.« Er ging den Flur entlang zur Rückseite des Hauses und öffnete eine Tür. Er starrte mit ausdruckslosem Gesicht hinein. Dann zog er leise die Tür zu. »Er schläft fest«, sagte er zu Deborah. »Ich weiß auch nicht, was ich mir gedacht habe. Wenn ihm etwas aufgefallen wäre, hätte er es mir gesagt.«

»Was sollen wir nur machen?«

»Wir fahren hier in der Gegend sämtliche Straßen ab.«

»Sollen wir nicht erst die Polizei anrufen?«

»Bis die hier sind und alle Informationen zusammenhaben, die sie brauchen, wären die Kinder eine weitere halbe Stunde draußen in der Kälte. Dabei könnten sie wenige Straßen von hier entfernt sein. Wenn wir sie in zwanzig Minuten nicht gefunden haben, rufen wir die Polizei zu Hilfe.«

»Vielleicht kann uns Scarlett helfen, sie zu finden.«

»Sie hat mit ihnen im Zimmer geschlafen, Deborah. Sie müssen den Hund mitgenommen haben.«

Natürlich, den lassen sie nicht zurück, dachte Deborah. »Na gut, gehen wir«, sagte sie. Ihr Atem ging stoßweise, so daß sie das Gefühl hatte, zu hyperventilieren.

Sie eilten nach unten, und Pete holte eine Daunenjacke aus dem Schrank. »Ich fahre«, sagte er, als sie hinaustraten und zu Joes Jeep Cherokee hasteten. »Du bist zu nervös.«

»Ist gut.« Deborah reichte ihm die Schlüssel. »Ich hoffe nur, sie sind auf der Straße geblieben und laufen nicht durch die Gärten«, sagte sie und dachte an ihren eigenen, wenige Stunden zurückliegenden Gang durch die Hinterhöfe. Schuldbewußtsein überfiel sie, als sie starteten und langsam durch den dichten Schnee fuhren. Sie hätte zu Hause bei ihren Kindern bleiben sollen. Statt dessen hatte sie das Haus der Eheleute

Robinson geplündert und in einem Lokal namens *The Blue Note* diniert. Und wozu das alles?

»Ich denke, ich habe herausgefunden, wer Emilys Ehemann war«, stieß sie, ganz in Gedanken, hervor.

»Ach ja?« Pete fuhr vorsichtig eine rutschige Wohnstraße entlang. »Wer ist es?«

»Ein Mann namens Eddie K. Er war Saxophonist im *Blue Note*.«

Sie bogen in die nächste Straße ein. Deborah spähte besorgt in den Schnee hinaus und hielt verzweifelt Ausschau nach zwei kleinen Kindern und einem Hund. Bis auf ein paar Autos, die am Straßenrand geparkt waren, war die Straße leer.

»Ich bin sicher, daß du dich in bezug auf Eddie King irrst«, sagte Pete und reckte den Hals, um an ihr vorbeizuschauen.

»Ich dachte, ich hätte dort hinter dem Baum eine Bewegung gesehen, aber es war nichts. Eddie King war ein Schwarzer.«

»Ich denke, daß es den Robinsons deshalb so wichtig war, die ganze Sache geheimzuhalten. Nach allem, was ich über Steves Eltern gehört habe, müssen sie vollkommen entsetzt gewesen sein, daß Emily sich mit einem Schwarzen eingelassen hat.«

»Ja, das stimmt.«

»Pete, das ist unsere Straße«, sagte Deborah. »Fahr langsamer.«

»Tut mir leid, ich hab nur daran gedacht, was du gesagt hast.« Er bog vorsichtig in die Sackgasse ein. Schnee knirschte unter den Reifen. Andere Reifenspuren waren nicht zu sehen. Hier war seit Stunden niemand mehr durchgekommen. »Es ist so dunkel hier«, beschwerte er sich.

»Die meisten Häuser stehen leer«, erklärte Deborah ihm. Fred Dillman hatte das Verandalicht brennen lassen. Alle anderen Häuser lagen im Finstern: das Vincent-Haus, ihr eigenes, das O'Donnell-Haus. Das O'Donnell-Haus, wo vor wenigen Stunden Barbaras Leichnam gefunden worden war. Deborah fiel auf, daß kein Band gespannt war, um den Tatort zu markieren, daß keine Anzeichen von Aktivität vorhanden waren, keine Spuren im Schnee. Das Haus stand schön, still und unberührt im Schnee.

Und es war von einem Mann gemietet worden, den niemand

gesehen hatte. Einem Mann, der behauptete, Edward King zu heißen. Pete hatte behauptet, nie im *Blue Note* gewesen zu sein und keinen Jazz zu mögen. Er war gewiß kein Fan von Eddie K. Sie hatte Emilys Geliebten Eddie K genannt. Pete dagegen hatte ihn Eddie King genannt, als würde er ihn kennen. Und Pete hatte genug Geld, um ein Haus zu mieten, in dem er nicht zu wohnen gedachte.

Deborahs Augen richteten sich auf das Haus, und sie versteifte sich. Pete sah sie von der Seite an. Sie schluckte. »Ich sehe die Kinder immer noch nicht«, sagte sie mit zuviel Schärfe in der Stimme. »Wir müssen die Polizei anrufen.«

Pete ignorierte sie. Er schlidderte am Ende der Sackgasse herum und fuhr wieder hinaus auf die Hauptstraße. »Pete, wir müssen anrufen –«

»Schnauze.«

Sie merkte, wie ihr das Blut aus dem Gesicht wich. »Pete, ich verstehe nicht.«

»Du verstehst durchaus.«

Im Licht des Armaturenbretts sah sie, daß Petes gütiges, wohlwollendes Gesicht hart und kantig geworden war. Der Tag hatte Deborah viele Erschütterungen beschert. Lieber. Die Flucht vor Joe. Die Nachricht von Barbaras Tod.

»Barbara ist gar nicht tot, stimmt's?« fragte sie benommen.

Pete antwortete im Plauderton: »Also, nein, ich nehm es nicht an.«

»Du hast mir nur erzählt, sie sei ermordet worden, damit ich zurückkomme.«

»Damit du ohne Joe zurückkommst. Er wär mir hier nur im Weg.«

Deborah war von dem erlittenen Schock immer noch schwindelig. Neben ihr saß Pete, den sie fast so lange kannte wie Steve. Pete, der immer ritterlich gewesen war, immer zuvorkommend. Pete, der Lebensmittel besorgt und den Weihnachtsabend mit ihr und den Kindern verbracht hatte.

»Wo sind meine Kinder?«

Pete runzelte die Stirn. »Ich hab sie irgendwo versteckt. Du mußt mit mir kommen, wenn du sie sehen willst.«

Deborah starrte ihn an. Ihr rasender Herzschlag verlangsamte sich. Sie war plötzlich ganz gelassen und konnte wieder klar denken. Sie wußte nicht, woher diese Ruhe kam, aber sie war dankbar dafür. Sie durfte jetzt nicht die Nerven verlieren.

»Du lügst«, sagte sie besonnen. »Du warst so überrascht wie ich, bei dir zu Hause das leere Bett zu sehen. Du weißt gar nicht, wo sie sind.«

»Ich kann ebenso gut Überraschung heucheln wie Freundschaft«, konterte Pete sachlich.

»Wie deine Freundschaft mit Steve?«

»Genau.«

Sie befanden sich auf dem Weg aus Charleston heraus. Die Straße war schmal, und sie fuhren zu schnell. Wo, um Himmels willen, bringt er mich hin? fragte sie sich. Sie erfaßte den Türgriff. Wenn sie aus dem Jeep sprang, würde sie sich verletzen, aber eine Verletzung war besser, als bei Pete zu bleiben, denn sie war sich darüber im klaren, daß er sie töten wollte. Ihre Hand schloß sich um das kalte Metall.

»Laß das«, sagte Pete. Der Lauf einer Schußwaffe berührte ihre Schläfe. Sie rang nach Luft und ließ den Griff los. »So ist es besser«, meinte er voller Genugtuung. Seine Fahrweise war noch unsicherer geworden, da er nur noch eine Hand am Steuer hatte, doch er hielt die Waffe weiter auf ihren Kopf gerichtet. »Ich erschieß dich auf der Stelle, wenn es sein muß. Es ist schließlich nicht mein Auto.«

Er schien sich mehr Sorgen um den Schmutz zu machen, der entstehen würde, wenn er ihr einen Kopfschuß verpaßte, als um die Tatsache, daß er ihr mit Mord drohte. Bestürzt faltete Deborah die Hände im Schoß. Seine Stimme war so unerträglich sanft, hatte jedoch einen merkwürdig singenden Tonfall. Sie hörte sich an, als sei er nicht ganz bei Trost.

Sie holte tief Luft. »Steve ist tot, nicht wahr?«

»Ja.«

Ach, Steve, dachte sie traurig. Mein armer Steve. »Warum, Pete? Warum hast du ihn umgebracht?«

Er lächelte grausig im Zwielicht. »Das weißt du doch sicher selbst. Ich bin ein brillanter Mann, Deborah, aber ich bin nicht wahnsinnig. Ich bin nicht einer dieser Egomanen, die glauben, man würde sie nicht erwischen. Ich wußte, daß die Polizei der Wahrheit irgendwann zu nahe kommen würde, deshalb hab ich vor Jahren angefangen, Steve zu belasten.«

»Ihn zu belasten? Soll das heißen, du bist der Gassenwürger?«

Pete zog eine Grimasse. »Wie ich den absurden Spitznamen hasse, den sich die Zeitungen ausgedacht haben. Er ist geschmacklos und paßt nicht zu jemandem, der so oft und so brillant gemordet hat.« Er seufzte. »Aber so ist es nun mal. Egal, was ich erreiche, es wird geschmälert, befleckt von der Gewöhnlichkeit des Pöbels.«

Scheinwerferlicht strich über die Windschutzscheibe. Ein anderes Auto kam auf sie zu, fuhr vorbei und verschwand. Und wenn die Insassen gewußt hätten, was vorging? dachte Deborah. Hätten sie versucht, ihr zu helfen? Oder wären sie nur darauf bedacht gewesen, selbst mit dem Leben davonzukommen?

»Hast du Emily überfallen?« fragte sie, um das grauenvolle Schweigen im Innern des Jeeps zu brechen.

»O ja. Sie war meine Freundin. Ich wollte sie heiraten. Natürlich waren die Robinsons der Ansicht, ich sei nicht gut genug für sie. Das galt auch für deinen arroganten Steve, den Vollblutamerikaner«, höhnte Pete. »Aber ich wollte sie auf jeden Fall haben. Dann hab ich gemerkt, daß es einen anderen gibt. Und als ich dahinterkam, wer er war, als ich merkte, daß ich als Ablenkung mißbraucht wurde, um ihr Verhältnis mit dem schwarzen Lumpen zu verbergen –«

Er brach ab, und Deborah stellte besorgt fest, daß sich in seinen Mundwinkeln Speichel ansammelte. O mein Gott, dachte sie. Er hat den Verstand verloren. Wieder hatte sie das Bedürfnis, den Türgriff zu umklammern, doch dann fiel ihr Blick auf die Schußwaffe, die zwar nicht mehr auf ihre Schläfe zielte, aber nach wie vor fest von Petes rechter Hand umklammert wurde.

»Du warst sicher sehr wütend«, schaffte sie mit zittriger Stimme zu sagen.

»Ja. Wütend. Weißt du, mir wurde klar, daß sie genau wie meine Mutter ist. Meine Mutter ist mit jedem ins Bett gegangen, der ihr über den Weg lief. Als ich klein war, hat sie geglaubt, ich könnte sie in ihrem Schlafzimmer nicht hören, wenn Papa auf Reisen war, aber ich hab sie doch gehört. Gerangel. Stöhnen. Es war abscheulich. Und ich hab mit angesehen, wie es meinem Papa immer schlechter ging. Er hat ständig besorgt ausgesehen, niedergeschlagen. Wenn er zu Hause war, gab es Streit, und er hat getrunken. So viel hat er getrunken, daß er keine Zeit mehr für mich hatte, und wir hatten uns so nahegestanden, Deborah. Meiner Mutter war ich gleichgültig, aber er hat mich angebetet. Dann schien er mich vorübergehend zu vergessen, und daran war sie allein schuld. Schließlich kam es zu einer furchtbaren Auseinandersetzung, als er sie mit jemandem im Bett erwischt hat. Er hat eine Whiskyflasche an die Wand geworfen. Er hat zu ihr gesagt, daß er sie verlassen und mich mitnehmen wird. Was war ich glücklich! Ich wußte, daß alles wieder so sein würde wie früher, als ich klein war. Papa und ich zusammen. Freunde durch dick und dünn.« Seine Stimme wurde hart. »Dann ist er hinausgerannt zum Auto, und dieses Miststück ist ihm gefolgt. Den Unfall hat er wegen ihr gebaut. Er hatte zuviel getrunken, und ich bin sicher, daß sie sich an ihm festgeklammert und ihn angeschrien hat.« Petes Augen füllten sich mit Tränen. »Die dreckige Schlampe hat mir meinen Papa geraubt.«

Die dreckige Schlampe, wiederholte Deborah im Geiste. Die Frau, deren Bild Deborah in Violets Wohnzimmer gesehen hatte, die schöne Frau mit dem langen dunklen Haar. Vermutlich war sie außerdem hochgewachsen und schlank gewesen. »Es tut mir furchtbar leid«, flüsterte sie.

»Ach, was weißt du denn schon davon?« fuhr Pete sie an. Tränen rannen ihm übers Gesicht. »Es kann dir nicht richtig leid tun, wo du doch nicht weißt, wie es ist, wenn man von dem einzigen Menschen auf der Welt verlassen wird, den man liebt.«

»Nein, das ist mir noch nie passiert«, lenkte Deborah geduldig ein.

»Allerdings nicht. Niemand kann wissen, was ich empfunden habe.«

»Aber du hattest doch deine Großmutter.«

»Diese faselnde Idiotin? Und mein fauler, nichtsnutziger Großvater! Er konnte noch nicht einmal einen ausreichenden Lebensunterhalt verdienen. Unser Haus war eine Schande. Ich trug die billigste Kleidung, die Großmama finden konnte. Ich war das, was Adam als ›komischen Vogel‹ bezeichnen würde.

Immerhin hatte ich gute Noten, und auf der High-School bin ich für die Basketballmannschaft ausgewählt worden. Ich war gut – verdammt gut. Aber sie hat alles ruiniert, indem sie darauf bestanden hat, zu sämtlichen Spielen zu gehen. So laut es dabei auch zuging, konnte ich sie doch immer oben auf der Tribüne von ihrem Petey erzählen hören. Sie ist jedesmal auf und ab gehüpft und hat geschrien, wenn ich einen Punkt gemacht habe, was häufig vorkam. Alle haben über sie gelacht, aber sie hat nie was gemerkt.« Deborah dachte an den Stolz in Violets Stimme, als sie von »Petey« erzählt hatte. Wenn sie nur wüßte, wie er wirklich über sie dachte.

»Aber du und Steve, ihr wart doch Freunde«, sagte sie leise.

»Wir waren Klassenkameraden. Und Mannschaftskameraden. Er war freundlich zu mir, aber eben auch zu allen anderen. Er wollte bei allen beliebt sein. Ich hab gleich gemerkt, daß er was dagegen hat, als ich anfing, mich mit Emily zu treffen. Ja, er war schlau genug, nichts zu sagen, aber ich hab es gespürt. Ich hab die Mißbilligung der anderen gespürt.«

Eingebildet hast du sie dir, dachte Deborah. Deine Mutter hat dich nicht beachtet, dein Vater, von dem du glaubtest, er betet dich an, hat dich in seiner Verzweiflung über deine Mutter vergessen. Du warst als Jugendlicher das ewig zurückgewiesene Kind. Was immer die anderen taten, du warst überzeugt, daß dich niemand gern hat, daß du die Zielscheibe der Scherze aller anderen bist.

Die Schneeflocken fielen dicht an dicht, und die Scheibenwischer arbeiteten unaufhörlich. Sie nahmen eine Kurve mit zu hoher Geschwindigkeit und gerieten ins Schleudern, doch Pete schien es nicht zu bemerken. Die Reifen gewannen gleich darauf wieder Bodenhaftung, und sie rasten weiter dahin. »Ich dachte, Emily hätte was für mich übrig. Oder würde was für mich übrig haben, sobald sie alt genug wäre, um zur Vernunft zu kommen. Dann hab ich von Eddie erfahren. Also, zunächst hatte sie auf einmal diesen verdammten, dreckigen Hund. Ein Weihnachtsgeschenk von Eddie, aber sie behauptete, ihn von einer Familie übernommen zu haben, die aus der Stadt fortgezogen war. Sie hat das Tier Sax getauft. Kann man sich einen eindeutigeren Hinweis vorstellen? Emily war nicht allzu helle, verstehst du? Und dann im Sommer hat sich ihr Verhalten geändert. Verträumt war sie, aber gleichzeitig reifer. Ich bin eines Tages zu ihr gegangen. Sie war draußen, in dem blauen Bikini, den sie im Frühjahr geschenkt bekommen hatte. Der Hund war im Haus. Sonst war er ständig an ihrer Seite, eine Art Beschützer.« Pete lachte kehlig. »So ähnlich wie Joe in letzter Zeit bei dir. Ich denke, ich hab an dem Tag den Kopf verloren. Sie war im Bikini, und ihr langes dunkles Haar hing über den halben Rücken herab. Sie war groß und schlank und anmutig. Sie sah unglaublich schön aus. Es war außer ihr niemand zu Hause, und ich bin sehr ... rabiat mit ihr umgegangen. Sie hat angefangen, sich gegen mich zu wehren. Als ich sie nicht loslassen wollte, hat sie geschrien, sie sei mit Eddie verheiratet.«

Pete schloß die Augen, und Deborah schnappte nach Luft, als sie von der Straße abkamen. Schneewehen schlugen von unten gegen den Jeep. Ungefähr sieben Meter vor ihnen ragte ein Baum auf. »Es war, als hätte sie mir einen Dolch in die Brust gestoßen. Seit damals, als man mir gesagt hat, daß mein Papa tot ist, hatte ich mich nicht mehr so gefühlt«, sagte er undeutlich. Er schlug die Augen auf und riß den Wagen herum, so daß er auf die Straße zurückkehrte und sie beide nach links geworfen wurden. »Dieser Afrikaner!« fuhr er fort, scheinbar ohne gemerkt zu haben, daß er fast das Fahrzeug zum Umkippen gebracht hatte. »Ich weiß nicht mehr ganz genau, was als nächstes passiert ist. Die Robinsons hatten irgendwelche Reparaturen am Haus vornehmen lassen, und ich hatte auf einmal ein Rohr in der Hand. Ich hab ihr damit eins über den Schädel gezogen und hab sie gewürgt und ... na ja ... vergewaltigt. Sie war nicht bei Bewußtsein, aber ich weiß, daß es ihr gefallen hätte. Geschlechtsverkehr mit mir mußte besser sein als mit Eddie. Dann kam unversehens Lieber ums Haus herum. Er war ungefähr zwanzig Meter entfernt. Mein Haar war damals noch dicht und lang. Es war mir von der Anstrengung ins Gesicht gefallen. Lieber rief: ›Steve! Was zum Teufel machst du da?‹ Wir haben uns damals ähnlich gesehen, Steve und ich. Das ist noch heute so, wenn ich mein Toupet und engere Kleidung trage. Wir hatten an dem Tag außerdem beide Jeans an. Ein unglaublicher Glücksfall, nicht wahr? Lieber hat mich verfolgt, aber ich war in Hochform. Ich bin gerannt wie nie zuvor. Er hatte keine Chance, mich einzuholen.«

»Und Steve ist nach Hause gekommen und hat Lieber über seine Schwester gebeugt vorgefunden.«

»Ich nehme an, er hat versucht, sie Mund zu Mund zu beatmen oder so. Vieleicht wollte er sie auch vergewaltigen. Wer weiß?«

»Steve hat Lieber gesehen und war überzeugt, daß er Emily angegriffen hatte, während Lieber sicher war, daß er Steve zuvor bei dem Überfall beobachtet hatte.«

Pete kicherte. »Sehr richtig. Ist das nicht urkomisch? Wie in einer albernen Farce. Für mich war es natürlich perfekt, obwohl ich schon ein wenig verärgert war, weil mich nie jemand verdächtigt hat. Man hielt mich wohl nicht für Manns genug, um so etwas zu tun. Ah, da sind wir auch schon.«

Sie bogen in eine Straße ein, von der Deborah annahm, daß sie ungepflastert war, obwohl so viel Neuschnee liegengeblieben war, daß sie es nicht genau feststellen konnte. Pete schaltete den Vierradantrieb ein, und sie schossen vorwärts. Zu beiden Seiten der Straße verlief ein mit Schnee beladener Stacheldrahtzaun. Wenige Augenblicke später ragte ein Gebäude vor ihnen auf. Deborah kniff die Augen zusammen und erkannte, daß es sich um eine Scheune handelte.

Pete brachte den Jeep ungefähr fünfzehn Meter entfernt zum Stehen. »Um die Scheune herum sind Schneewehen. Ich fahre nicht näher ran. Steig aus, aber versuch nicht, mir davonzulaufen. Du kannst bei diesem Schnee kein Tempo machen, und ich bin bewaffnet. Du kommst keine zehn Schritte weit.«

Deborah hatte ein flaues Gefühl im Magen und wußte, daß er recht hatte. An Flucht war gegenwärtig nicht zu denken. Pete zielte mit der Waffe auf sie, als sie die Wagentür öffnete und in den fast dreißig Zentimeter tiefen Schnee hinabstieg. Sie stand reglos da, während er ausstieg und um den Wagen herum zu ihr kam. »Sehr gut«, sagte er. »Nun geh schon.«

»Wohin?«

»In die Scheune natürlich. Ich hab nicht vor, hier im Matsch stehenzubleiben.«

Deborah schleppte sich mühsam durch den Schnee. Sie hatte immer noch die billigen Schuhe an, die sie am früheren Abend gekauft hatte, und sie waren sofort durchnäßt. Der

Schnee reichte ihr bis weit über die Knöchel und schien sie festhalten zu wollen, als sie sich abmühte, die klotzige Scheune zu erreichen. »Wo sind wir?« fragte sie.

»Auf einem Grundstück, das zum Verkauf steht. Es wird seit Jahren nicht genutzt.«

»Genau wie das O'Donnell-Haus.«

»Ja. Du hast dir inzwischen sicher schon gedacht, daß ich es gemietet habe.«

»Wieso?«

»Um dich und Steve zu beobachten. Weißt du, ich war zu der Erkenntnis gelangt, daß es an der Zeit war, Steves idealem Leben ein Ende zu machen«, brüllte er, obwohl der Wind sich gelegt hatte. Die Nacht war kalt und still. »Er war immer noch traurig wegen Emily, aber nicht mehr so wie früher. Er hatte dich und die Kinder. Er hat mir erzählt, daß ihr sogar vorhattet, euch noch ein Kind zuzulegen. Es paßte mir nicht, daß er glücklich war. Er hatte es nicht verdient, nachdem er während unserer Schulzeit immer auf mich herabgesehen hatte, nachdem er nicht gutgeheißen hat, daß ich mit seiner kostbaren Schwester gegangen bin. Und dann kam die Sache mit Hope dazu.«

»Hope?«

»Ja, meine geliebte Frau. Wußtest du, daß sie und Steve eine Affäre hatten?«

Deborah blieb die Luft weg. »Das ist nicht wahr.«

»Komm schon, Deborah. In deinem Herzen wirst du es, denke ich, die ganze Zeit gewußt haben.«

»Nichts wußte ich! Wovon redest du bloß?«

»Hope hat sich nicht einfach aus dem Staub gemacht. Sie hatte eine Affäre.«

»Aber doch nicht mit Steve!«

»Doch, mit Steve. Sie hat es geleugnet, aber ich wußte Bescheid. Sie hat ihn immer gern gehabt. Hast du sie etwa nie dabei erwischt, wie sie sich Blicke zugeworfen haben? Ist dir nicht aufgefallen, daß Steve weniger als sonst zu Hause war? War nicht im Schlafzimmer ein klein bißchen weniger los?«

Was für eine hirnverbrannte Idee. Steve hätte nie etwas mit Petes Frau angefangen. Und sein Verhalten hatte sich im Lauf ihrer Ehe höchstens mal eine Woche lang geändert. Und selbst wenn es einmal im betrunkenen Zustand zu einer nächtlichen Tändelei gekommen war, hätte sich Steve in Petes Gegenwart nie wieder normal benehmen können. Doch Pete war fest überzeugt. Eifersucht, lange gehegt in seinem kranken Geist, war in Haß und Paranoia umgeschlagen.

»Hast du Steve je auf diese Affäre angesprochen?« fragte sie und ging damit auf sein Spiel ein.

»Nein. Ich habe mich auf anderem Weg gerächt.«

»Indem du ihn belastet hast, so daß der Eindruck entstand, er sei der Gassenwürger.«

»Genau. Ich hab, um mal ein Klischee zu benutzen, zwei Fliegen mit einer Klappe geschlagen. Ich hab mich für alles revanchiert, was er mir angetan hat, und außerdem jede Möglichkeit aus dem Weg geräumt, daß man mich verdächtigt. Alle sollten denken, daß er noch am Leben war und weiter junge Frauen ermordete.«

»Aber jemand hat an dem Abend, an dem Sally Yates überfallen wurde, Steves Auto gesehen.«

»Natürlich. Ich bin ihm nach Wheeling gefolgt und hab mitten in der Nacht sein Auto mitgehen lassen. Kurzgeschlossen, wie man so schön sagt. Ich bin in eine Bar gegangen und hab die Schlampe namens Yates ausfindig gemacht. Ich hab dafür gesorgt, daß ich gesehen wurde, als ich nach dem Überfall aus der Gasse gekommen bin. Ich hab gewartet, bis ich jemanden die Straße entlangkommen sah, und bin dann wie ein Irrer lachend und schnatternd aus der Gasse aufgetaucht, um die Aufmerksamkeit auf mich zu lenken. Und auf das Auto. Gehörte alles zum Plan. In den letzten drei Jahren hab ich darauf geachtet, daß meine Überfälle immer mit Steves Besuchen bei Emily zusammenfielen. Ich hab den Frauen sogar kleine Oleanderzweige in den Mund gestopft, weil Steve so verdammt stolz auf seine Fähigkeit war, die blöde Pflanze zum Blühen zu bringen.«

Oleander im Mund, dachte Deborah. Deshalb war FBI-Agent Wylie so neugierig auf Steves Interesse an dem Zierstrauch gewesen. »Aber Zeugen haben gesagt, der Mann hätte dunkles Haar gehabt.«

»Meine Liebe, ich besitze ein dunkles Toupet, und für alles andere hab ich eine Farbspülung genommen. Außerdem hatte ich eine dunkle Brille und einen falschen Schnurrbart. Ich konnte das Risiko nicht eingehen, daß jemand mich identifiziert. Und es hat zudem so ausgesehen, als wenn Steve sich zu tarnen versuchte.«

»Und wer war es, der versucht hat, Kimberly aus der Schule zu entführen?«

»Ich. Ich wollte sie nicht wirklich entführen. Ich hab gesehen, daß mich die Lehrerin beobachtet. Ich wollte dir nur einen Schrecken einjagen, dich glauben machen, daß Steve noch in der Gegend ist. Lieber, dieser Narr, ist mir an dem Tag gefolgt. Die Polizei war so schnell da, daß sie fast ihn statt meiner hopsgenommen hätte.«

»Und die Glocken, die Kim gehört hat?«

»Das war keine sichere Sache. Ich wußte nicht, ob sie tatsächlich rauskommen würde, obwohl ich ihr vorher am Abend eingeredet hatte, daß es der Weihnachtsmann sei, wenn sie in der Nähe Glöckchen hörte. Ich wußte auch nicht, ob du in der Gefriertruhe nachsehen würdest. Aber es hat alles prima geklappt.«

»Ich kapier immer noch nicht, warum du das O'Donnell-Haus gemietet hast.«

»Wie gesagt, ich hatte entschieden, daß es für Steve Zeit wurde, erwischt zu werden. Deshalb mußte ich jede seiner Bewegungen beobachten. Und ich wollte sehen, was nach seinem Verschwinden vorgehen würde. Schließlich konnte ich meine Zelte nicht wie dieser Pierce in eurem Haus aufschlagen. Ich hatte einen Sohn zu versorgen.«

»Und du hast Mrs. Dillman überfallen.«

»Als ich eines Nachts aus dem Haus geschlichen kam, hat mir die alte Schachtel aufgelauert. Kannst du dir so was vorstellen? Sie war an dem Überwachungsfahrzeug vorbeigeschlüpft und hat auf mich gewartet. Hat mich mit einer Stricknadel bedroht«, lachte er. Dann meinte er nüchtern: »Das Unangenehme daran war, daß sie mich auf die Entfernung wiedererkannt hat. Also, es hat nicht lange gedauert, sie auszuschalten, aber sie in den eigenen Garten zurückzuschleppen, ohne entdeckt zu werden, war keine geringe Leistung, das kann ich dir sagen.«

»Na, mir kommt es so vor, als wärst du nicht mehr so gut in

Form«, sagte Deborah bissig. »Es ist dir weder gelungen, Sally zu töten, noch Mrs. Dillman.«

Eine Hand traf mit Wucht ihren Hinterkopf, und sie fiel vornüber in den Schnee. »Ich verliere nicht die Form, du dumme Kuh. Die waren nur ungewöhnlich zäh. Aber die Dillman ist zu alt, um es zu überleben, und die Yates erwische ich schon noch. O ja, ich werde Mrs. Sally Yates kriegen. Nun steh gefälligst wieder auf.«

Deborah hatte den Mund voll Schnee. Sie spuckte ihn aus und rappelte sich mühsam auf. Ihre Ohren brummten von dem Schlag. Sie taumelte weiter, bis sie die Scheune erreicht hatten. Pete hielt noch immer die Waffe auf sie gerichtet. Er öffnete eines der großen Scheunentore und schob sie hinein. Sie fiel wieder hin, diesmal auf kalte, nackte Erde, die noch nach Heu und Pferden roch.

Es war dunkel in der Scheune, aber Pete zauberte eine Taschenlampe hervor und leuchtete ihr damit ins Gesicht. »Na, was meinst du?« fragte er.

Sie stand nicht auf, sondern fragte mit ausdrucksloser Stimme: »Hast du hier Steve umgebracht?«

»Ja.«

Sie erwartete einen Gefühlsausbruch, jähe Trauer, doch sie empfand nichts. In diesem Augenblick wurde ihr klar, daß sie von Anfang an gewußt hatte, daß Steve tot war. Ihr Verdacht, daß er der Würger sein könnte und nur untergetaucht war, hatte ihr geholfen, ihn in Gedanken am Leben zu halten.

»Wie hast du ihn dazu gebracht hierherzukommen?« fragte sie.

»Meine Güte, was bist du heute abend gesprächig. Aber nach meiner Erfahrung können die meisten Frauen den Mund nicht halten. Ach, egal.« Er lachte wieder. Deborah konnte sein Gesicht nicht sehen. Sie hörte nur die Stimme, eine verzerrte Version von Petes vertrautem Tonfall. »Er hat mich von der Sache mit dem FBI unterrichtet. Ich war der mitfühlende Freund, wie immer. Er hatte Angst, daß seine Bankkonten gesperrt werden könnten, falls er verhaftet und angeklagt wurde, und daß du mit den Kindern vor dem Nichts stehen würdest. Er hat mich gefragt, ob ich bereit wäre, das Geld zu verstecken, wenn er sein Sparkonto leert.

Ich hab natürlich zugesagt. Ich hab behauptet, ich hätte Angst, daß sein Haus überwacht wird oder daß Adam mithört, wenn er zu mir ins Haus käme. Deshalb haben wir uns hier verabredet.«

Deshalb also hatte Steve das Geld abgehoben. Um sie und die Kinder zu schützen. Und natürlich hatte er keine Ahnung gehabt, daß Pete ihn haßte und dabei war, ihn als Mordverdächtigen erscheinen zu lassen. Er hatte gedacht, daß er seinen ältesten, besten Freund um einen Gefallen bat. »Und als er dir hier draußen das Geld übergab, hast du ihn umgebracht«, sagte sie mit steinerner Miene.

»Ich hab ihn umgebracht, ja, aber er hatte das Geld nicht dabei. Er hat gesagt, er hätte es sich anders überlegt. Er hatte das Geld zwar abgehoben, befürchtete aber, daß er noch schuldiger aussehen würde, wenn er es versteckte. Außerdem fand er es unethisch. Unethisch! Dieser Narr. Er hatte es in eurem Lagerraum versteckt, um es am Montag zur Bank zurückzubringen.«

»Demnach warst du das, neulich nachts im Lagerraum?«

»Ja. Ich konnte nicht riskieren, daß die Polizei das Haus durchsucht und das Geld findet. Sonst hätte sie gewußt, daß Steve es nicht dabeihat, und die ganze schöne Geschichte mit seinem bewußten Verschwinden wäre flötengegangen.«

»Und warst du es, der sich am Abend des Festes in den Büschen hinterm Haus versteckt hat?«

Pete schwieg einen Augenblick. »Nein. Ich glaube, das war Lieber. Wie gesagt, der Typ lungert hier schon ewig rum, beobachtet mich und spioniert mir nach und fällt mir zur Last.«

Deborah dachte an ihre Begegnung mit Lieber auf dem Parkplatz. »Ich weiß, wo Ihr Mann ist« hatte er gesagt. Nun verstand sie, was er gemeint hatte. »Artie Lieber weiß, daß du Steve umgebracht hast, nicht wahr?«

»Wie gesagt, er spioniert mir seit Tagen nach«, sagte Pete aufgebracht. »Ja, er ist Steve hier heraus gefolgt. Er weiß, was passiert ist. Ich hab ihn gesehen, als es schon zu spät war. Aber er kann nicht viel machen, weil er nämlich selbst hergekommen ist, um Steve zu beseitigen. Deshalb ist er Steve überhaupt gefolgt. Ich hab aber keine Angst vor ihm. Er kann nicht mit der absurden Behauptung zur Polizei gehen, daß der ehrenwerte Peter Griffin seinen besten Freund ermordet habe.«

»Er ist damit zu mir gekommen«, sagte Deborah.

»Und du bist weggerannt.« Pete fing wieder so grausig zu kichern an, daß Deborah eine Gänsehaut bekam. »Er hatte die Information, die dir das Leben hätte retten können, und du bist vor ihm weggerannt. Ach, das ist zu köstlich!«

Deborah wurde wütend. Sie stand auf und wandte sich dem Licht der Taschenlampe zu. »Du Mistkerl! Du hast all diese jungen Frauen umgebracht und versucht, meinem Mann die Morde anzulasten. Dann hast du ihn umgebracht. Du hast Emilys Leben ruiniert. Was ist aus Eddie King geworden, Pete?«

»Eddie ruht an einem Hang außerhalb von Wheeling«, sagte Pete gelassen. »Ich fürchte, ich hab mich gehenlassen und ihn ein paar Tage gequält, ehe ich ihm den Rest gegeben habe. Als es so aussah, als würde Emily sich erholen, hab ich ihr haarklein erzählt, wie Eddie gestorben ist. Ich hab die herrliche zweitägige Folter so drastisch beschrieben, daß ich sie für immer in den Abgrund verbannt hab.«

Deborah war übel. »Und jetzt wirst du mich auch noch umbringen.«

»Genau. Steve ist in dieser Scheune begraben. Ich werde dich neben ihm zur Ruhe betten.«

»Er ist hier?« Deborah geriet ins Wanken. »Hier drinnen?«

»Wo sonst? Du hast doch wohl nicht geglaubt, daß ich ihn nach Hause schleppen und im Garten vergraben würde?«

»Ich weiß nicht, wozu du fähig bist«, entgegnete Deborah mit tonloser Stimme. »Ich weiß noch nicht einmal, warum du mich töten willst.«

»Weil du zuviel herausgefunden hast. Ich hab versucht, dich von der Fahrt nach Wheeling abzuhalten«, sagte er pikiert. »Aber du mußtest deinen Kopf durchsetzen. Du hast mir die Kinder aufgeladen und bist mit deinem Liebhaber losgefahren. Ich war kein bißchen überrascht, als du angerufen und gesagt hast, du würdest über Nacht bleiben. Womit ich nicht gerechnet habe, war deine Begegnung mit Jeannie. Ich hab nicht im Traum gedacht, daß sich meine verrückte alte Großmutter noch an den Namen erinnert. Ich wußte noch nicht einmal, daß Jeannie wieder in der Stadt ist. Aber ich war sicher, daß du zuviel wußtest, nachdem du mit ihr gesprochen hattest.«

»Ich wußte gar nichts«, widersprach Deborah wütend. »Ich hab erraten, daß Eddie King Emilys Mann war. Das ist alles.«

»Na gut, vielleicht war ich voreilig«, antwortete Pete unbekümmert. »Aber du mußtest ohnehin ausgeschaltet werden.«

»Ausgeschaltet? Wieso?«

»Weil du wie alle anderen bist. Ja, früher hab ich dich sehr bewundert. Du warst Steve so treu, so aufopferungsvoll. Eine gute Mutter. Und dann ist Steve verschwunden, und du hast Farbe bekannt. Du hast Joe Pierce noch am Abend von Steves Verschwinden bei dir einquartiert. Er war nicht dein Mann, aber du hast ihn wie ein Familienmitglied behandelt. Jeder Idiot konnte sehen, daß du mit ihm geschlafen hast. Richtig schlecht ist mir davon geworden, vor allem am Weihnachtsabend, als du dich herausgeputzt hattest mit deinen baumelnden Ohrringen. Du hast dich benommen, als wäre er dein Mann. Aber ich wußte, daß dich am späteren Abend eine nette Überraschung erwartete, wenn die Spieluhr eintraf. Wußtest du, daß ›The Way You Look Tonight‹ das Lieblingslied meiner Mutter war? Die Spieluhr hat ihr gehört. Mein Vater hat sie ihr geschenkt. Und dann hat mir Kim zugeflüstert, daß sie drunten im Keller ein paar hübsche Ringe gefunden habe und sie dir am Morgen des ersten Feiertags überreichen wolle. Ich hatte den Schmuck am Abend eurer Weihnachtsfeier dort versteckt. Aber es war ein unerwartetes Vergnügen, daß Kim ihn gefunden hat und dir zum Geschenk machen wollte. Und dann das mit der Puppe. Du warst so beschäftigt, um Joe und deine Freunde herumzutanzen, daß du nicht gemerkt hast, wie ich damit in die Küche und von da in die Garage verschwunden bin.«

Deborah wollte ihn anschreien, daß er nicht recht bei Trost sei, doch etwas hielt sie zurück. Sie wußte nicht, was es war, denn er würde sie auf keinen Fall lebend aus der Scheune herauslassen, aber sie klammerte sich verzweifelt an die letzten Minuten ihres Lebens.

»Meinst du nicht, daß jemand darauf kommen wird, was mit mir passiert ist?« fragte sie.

»Warum soll da jemand drauf kommen? Die werden einfach glauben, Steve hätte dich erwischt.«

»Und was ist mit meinen Kindern? Wo sind sie?«

»Wie gesagt, sie sind ... versteckt.«

Zum ersten Mal hatte sich Unsicherheit in seine Stimme eingeschlichen, und Deborah beeilte sich, sie zu nutzen. »Ich hab dir schon mal gesagt: Du weißt selbst nicht, wo sie sind. Du hast nicht erwartet, daß sie fort sein würden, als wir nach oben gegangen sind. Was hättest du getan, wenn sie dagewesen wären?«

»Ich hätte gesagt, daß sie friedlich schlafen, und dich heimgeschickt. Dann wäre ich dort vorbeigekommen und hätte dich getötet.«

»Aber sie waren nicht da.« Sie hielt inne und dachte an Petes ausdrucksloses Gesicht, als er in Adams Zimmer nachgesehen hatte. »Adam war auch nicht da, stimmt's?«

»Natürlich war er da.«

»Nein, war er nicht. Er ist mit den Kindern geflüchtet, nicht wahr?«

»Na und?« brüllte Pete. »Was ändert das?«

»Pete, was wirst du ihm sagen? Er muß mitgekriegt haben, daß etwas nicht stimmt. Darum hat er die Kinder weggebracht.«

»Er ist mein Sohn. Er liebt mich. Ich werd ihm einfach alles erklären.«

»Erklären, daß du mich ermordet hast?«

»Erklären, daß die Situation außer Kontrolle geraten ist. Daß du wilde Anschuldigungen erhoben hast. Daß du versucht hast, mich zu töten, und daß ich dich aus Versehen erschossen habe, als ich versucht habe, dir die Schußwaffe abzunehmen.«

Seine Stimme zitterte, und Deborah merkte, daß er Angst hatte. Er wußte nicht, was er tun würde. Er hatte einfach einen bestimmten Kurs eingeschlagen, und dem folgte er jetzt so oder so, ohne eine Ahnung zu haben, wie er mit den dadurch entstehenden Fragen umgehen sollte.

»Pete, willst du deinen Sohn wissen lassen, daß du ein Mörder bist?« fragte Deborah streng. »Willst du ihn wissen lassen, daß du all diese jungen Frauen getötet hast? Daß du Steve getötet hast?«

»Papa?«

Da ihr die Taschenlampe in die Augen leuchtete, hatte Deborah Adam nicht gesehen, dessen Stimme nun am offenen Scheunentor laut wurde. Pete wirbelte herum und krächzte: »Mein Sohn! Wie bist du hierhergekommen?«

»Ich bin mit dem Ram Charger hergefahren.«

»Aber du hast doch noch gar keinen Führerschein«, wandte Pete dümmlich ein.

Deborah trat einen Schritt vor, worauf Pete erneut herumwirbelte und die Waffe auf sie richtete. »Laß das!«

»Papa, was zum Teufel tust du da?«

»Mach, daß du rauskommst, Adam«, sagte Pete.

»Nein!« Auch wenn Deborah über jede Hilfe froh war, tat ihr das Entsetzen, das Adam empfinden mußte, furchtbar leid.

Pete wandte sich in begütigendem Ton an ihn. »Mein Sohn, ich möchte, daß du in den Jeep steigst, dann fahr ich dich nach Hause, sobald ich hier fertig bin. Es herrscht ein Sauwetter heute nacht, und ich bin überrascht, daß du auf dem Herweg keinen Unfall gebaut hast.«

Jetzt hat er völlig den Verstand verloren, dachte Deborah. Nicht einmal die Schläue des Gassenwürgers war ihm geblieben. Aber deshalb konnte er trotzdem ein Mörder sein. Sie stand ganz still da.

»Du hast meine Mutter umgebracht«, sagte Adam mit gepreßter Stimme.

Pete gab sich Mühe, einen Lachanfall vorzutäuschen. »Wie kommst du denn auf so was?«

»O Gott, Papa«, fuhr Adam mit der gleichen gequälten Stimme fort, die Deborah mitten ins Herz traf und ihr Schmerzen bereitete. »Und du hast mir die ganze lange Geschichte über sie und einen anderen Mann erzählt.«

»Ich hab nur die Wahrheit gesagt.«

»Das mag sein. Aber es sieht dir nicht ähnlich, mir so viele Einzelheiten mitzuteilen – daß du sie im Bett vorgefunden hast, daß du schon lange keinen Geschlechtsverkehr mehr mit ihr hattest. Das würdest du mir normalerweise nie erzählen. Du hast zuviel des Guten getan. Du warst nervös, weil ich sie suchen fahren wollte. Ich hab mehrere Tage darüber nachgedacht, wie seltsam du reagiert hast. Ich hab auch über deine Behauptung nachgedacht, eine Freundin von Mama in Montana hätte mir die Karten und Briefe geschickt. Dann ist mir eingefallen, daß du einen Freund in Montana hast. Jim Lowe. Ich hab Jim angerufen, und er hat zugegeben, daß er mir seit drei Jahren die Karten schickt, nicht seit zweien, wie du gesagt hast. Und ich hab mich gefragt, warum du mir weisgemacht hast, daß sie im ersten Jahr in Montana war und Karten selbst geschickt hat, obwohl Jim es anders darstellt. Und dann wurde mir klar, daß sie wahrscheinlich nie dort gewesen ist.« Adam redete immer schneller, je mehr er sich aufregte. »Außerdem hast du gesagt, du hättest einen Privatdetektiv angeheuert, um sie zu finden. Ich bin deine stornierten Schecks aus dem Jahr durchgegangen, in dem meine Mutter verschwunden ist. Es waren keine Schecks für eine Privatdetektei oder sonst jemanden dabei, von dem ich noch nie gehört hatte. Es hat keine Suche stattgefunden, weil es niemanden gab, der gesucht werden mußte, hab ich recht?«

»Adam, deine Phantasie geht mit dir durch«, sagte Pete beinahe prüde. »Ich muß darauf bestehen, daß du jetzt ins Auto steigst.«

»Ich hab gesehen, wie du mit Kims Puppe in der Küche verschwunden bist. Ich konnte mir nicht erklären, was du vorhattest. Dann hab ich gehört, wie du heute abend Deborah in Wheeling angerufen hast«, fuhr Adam hastig fort. »Ich hab mit angehört, wie du gelogen und behauptet hast, Barbara sei ermordet aufgefunden worden. Ich war in bezug auf meine Mutter nicht sicher, aber nachdem ich dich bei diesem Anruf belauscht hatte, wußte ich Bescheid.« Ein ersticktes Schluchzen entrang sich seiner Kehle. »Ich wußte, daß du Deborah zurückzuholen versuchst, weil du vorhast, sie umzubringen. Du bist ständig auf und ab gegangen. Ich konnte das Telefon nicht benutzen, um sie zu warnen oder die Polizei zu rufen. Am Ende bin ich kurz vor Deborahs Ankunft mit den Kindern durch die Hintertür entwischt.«

»O Gott sei Dank«, stöhnte Deborah. »Ist alles in Ordnung mit ihnen?«

»Es geht ihnen gut.« Adam zögerte. »Papa, nachdem ich die Kinder in Sicherheit gebracht hatte, hab ich bei der Polizei angerufen.«

Einen Augenblick lang herrschte Stille. Dann murmelte Pete »Gottverdammt!« und gab einen Schuß ab. Deborah hörte die Kugel durch die Luft sausen, ehe Schmerzen ihren Arm durchzuckten. Sie schrie auf, umklammerte ihren Arm und fiel zu Boden. Blut quoll aus einer Wunde unterhalb ihrer Schulter.

»Papa, hör auf!« schrie Adam hysterisch.

»Lüg mich nicht an!« fuhr Pete ihn an. »Du hast nicht bei der Polizei angerufen.«

»Hab ich wohl.«

»Und wo bleiben die?« wollte Pete wissen.

»Sie sind unterwegs.«

»Nein, das stimmt nicht«, höhnte Pete. »Ich denke, du wirst die Kinder zu Barbara gebracht und sie gebeten haben, anzurufen. Und dann bist du allein losgefahren. Du hast dich vermutlich an die Scheune erinnert, während du herumgefahren bist, und die Polizei weiß nichts davon.« Adam schwieg und Deborah wußte, daß Pete mit seiner Vermutung richtig lag. »Ein beachtlicher Versuch, mein Sohn«, sagte er anmaßend, nachsichtig. »Aber du kommst nicht damit durch.«

Da stürmte Adam auf einmal los. Erstaunlich flink wich Pete ihm aus, und Adam fiel neben Deborah zu Boden, die aufschrie, als er mit vollem Gewicht auf ihrem verletzten Arm landete. Adam zog sich hoch, murmelte erstickt »Entschuldigung«, während er mühsam aufstand und vor ihr in Position ging.

»Adam, laß dieses falsche Heldentum«, sagte Pete. »Geh mir aus dem Weg.«

»Ich laß nicht zu, daß du sie ermordest wie meine Mutter«, schluchzte Adam.

»Ich muß sie töten. Das siehst du doch ein. Aber das muß unter uns bleiben.«

»Himmel, Papa, bist du nicht bei Trost?«

»Rede gefälligst nicht so mit mir!«

»Du bist ein Mörder«, tobte Adam. »Ich hab dich geliebt, und du bist ein dreckiger Vergewaltiger und Mörder! Wie hast du es nur fertiggebracht, alle diese Frauen umzubringen? Und Steve? Wie hast du es fertiggebracht, meine Mutter umzubringen?«

»Deine Mutter war eine Hure und hat einen schlechten Einfluß auf dich ausgeübt. Ich hab Gerechtigkeit walten lassen, und jetzt hab ich dein Getue gründlich satt. Gründlich.« Seine Stimme hatte einen gefährlichen Tonfall angenommen. Ob er sich wohl dazu hinreißen lassen würde, seinen eigenen Sohn zu töten, fragte sich Deborah. Sie befürchtete, daß es soweit kommen mochte.

»Adam, geh weg von mir«, sagte sie ruhig.

»Er will dich umbringen.«

»Besser nur mich als uns beide.«

»Sie hat recht, mein Sohn.«

»Du würdest mich doch nicht umbringen, oder?« fragte Adam ungläubig. Seine Stimme zitterte vor Kummer.

»Beweg dich. Los!« befahl Pete.

Adam blieb einen Augenblick reglos stehen. Dann griff er erneut seinen Vater an. Diesmal erwischte er Pete an den Beinen, und sie verloren beide das Gleichgewicht. Die Taschenlampe rollte außer Reichweite, und Deborah konnte nichts mehr sehen. Sie hörte nur ein Grunzen und dann Adam, der vor Schmerz aufschrie. Sie erstarrte. »Adam!« schrie sie wie von Sinnen. »Adam, was ist?«

»Es geht ... ihm ... blendend«, antwortete Pete atemlos.

»Adam?« rief Deborah wieder. »Adam?«

Der Junge stöhnte, und eine Woge der Erleichterung spülte über sie hinweg. Wenigstens war er am Leben.

Vor dem Hintergrund des Schneeschleiers, der durch das offene Scheunentor sichtbar war, konnte sie eine Gestalt ausmachen, die sich vom Boden erhob. An der Größe erkannte sie, daß es sich um Pete handelte. Sie wagte nicht, selbst aufzustehen – er hätte geglaubt, daß sie die Flucht ergreifen wollte –, doch sie konnte sich nicht beherrschen und kroch wenigstens auf allen vieren von ihm weg.

»Meine Liebe, du siehst aus wie eine Krabbe am Strand. Aber es wird dir nichts nützen, Deborah«, sagte Pete. Er richtete erst die Taschenlampe, dann die Waffe auf sie. »Du hast mich enttäuscht, und du hast auf Dauer das Bild befleckt, das sich mein Sohn von mir macht. Das verzeih ich dir nie.«

»Pete, ich bitte dich«, flehte Deborah ihn an. »Ich habe zwei kleine Kinder.«

»Die haben Großeltern, genau wie ich damals. Es wird ihnen an nichts fehlen, und Kimberly wird hoffentlich keine

Schlampe wie ihre Mutter werden, wenn sie groß ist. Tut mir leid, aber du hast dir alles selbst zuzuschreiben.«

Er zielte. Es hatte immer geheißen, daß kurz vor dem Sterben das ganze Leben an einem vorbeizieht. Nichts dergleichen. Sie spürte nur die kalte Erde, den dumpfen Geruch, die Umrisse Petes vor dem Schnee. Er spannte den Hahn der Waffe –

Da tauchte hinter ihm eine Gestalt auf und sprang ihn an. Pete ging mit einem Aufschrei zu Boden. Die beiden Gestalten rangen miteinander. Licht blitzte auf, als die Waffe losging. Dann war alles still.

Deborah blieb geduckt sitzen, zu benommen, um sich vom Fleck zu rühren. Endlich erhob sich eine der beiden Gestalten. »Deborah?« fragte Joe besorgt. »Alles in Ordnung?«

»Könnte besser nicht sein«, hauchte Deborah, ehe sie das Bewußtsein verlor.

Epilog

»Tut es weh, Mami?« fragte Kimberly und begutachtete be-
wundernd Deborahs Arm in der Schlinge.

»Nicht sehr, meine Schatz«, log sie.

Es war acht Uhr morgens. Das Sonnenlicht wurde vom
Schnee reflektiert und schien hell durch die Wohnzimmerfenster herein. Deborah fand es unglaublich, daß es erst vier
Stunden her war, daß sie auf dem Boden der Scheune herum-
gekrochen war und um ihr Leben gefleht hatte. Nun saß sie auf
ihrer Couch, umgeben von Barbara, Evan, Joe, Scarlett und
den Kindern. Adam lag mit einer leichten Gehirnerschütterung und verstauchtem Handgelenk im Krankenhaus. Deborah zuckte innerlich zusammen, als sie an Adams wahren
Schmerz dachte, der sich einstellen würde, wenn er sich so
weit erholt hatte, um die Wahrheit über seinen Vater zu verarbeiten. Sie hoffte nur, daß der Junge so stark war, wie er zu
sein schien. Wenigstens mußte Pete nicht wegen der zahlreichen Morde vor Gericht. Bei dem Kampf zwischen ihm und
Joe hatte ihn eine Kugel ins Herz getroffen.

In der Scheune war die Polizei dabei, Steves Leichnam aus-
zugraben. Deborah war schwindelig vor Trauer und Entsetzen.
Der arme Steve hatte seit Sonntag nachmittag unter dem kalten
Boden gelegen. Sie hatte seinen Tod noch nicht endgültig hin-
genommen, wußte jedoch, daß die Wirklichkeit schon bald in
donnernden Wogen auf sie treffen würde. Im Augenblick dagegen fühlte sie sich relativ ruhig und unendlich dankbar, daß
die Kinder heil und gesund waren. Sie hatte ihnen von Steve
noch nichts gesagt. Das war später dran, nachdem sich die Aufregung ihrer heimlichen Flucht zu Barbara gelegt hatte, wo sie
bis vor einer Stunde gewesen waren. Deborah wollte ihnen am
Abend von Steve erzählen, wenn sie sich zurechtgelegt hatte,
wie sie es ihnen so schonend wie möglich beibringen konnte.

Nachdem sie damit fertig waren, ihren Arm zu bestaunen, eilten Kim und Brian in die Küche, um Scarlett ihr Frühstück zu verabreichen. »Barbara hat noch nicht mal Hundefutter«, hatte eine mißbilligende Kim Deborah lautstark zugeflüstert. »Das liegt daran, daß sie keinen Hund hat«, hatte sich Brian mit einem Rollen seiner ausdrucksvollen Augen eingemischt.

»Ich verspreche, welches zu besorgen«, hatte Barbara gelacht, »nur für den Fall, daß ich noch einmal unerwartet Besuch von Scarlett erhalte.«

Nachdem die Kinder fort waren, drehte sich das Gespräch der Erwachsenen wieder um die Ereignisse der vergangenen Nacht. »Ich kann immer noch nicht glauben, daß Lieber dich nach Charleston zurückgebracht hat«, sagte Barbara zu Joe. »Er hat die Situation gerettet.«

»Bevor du seinetwegen sentimental wirst, denk bitte daran, daß er nur versucht hat, seine Unschuld an Steves Tod zu beweisen«, antwortete Joe. »Er war selbst mit der Absicht nach Charleston gekommen, Steve zu töten. Er behauptet, er hätte sich nicht dazu durchringen können.« Joe zuckte die Achseln. »Vielleicht sagt er die Wahrheit, oder vielleicht ist ihm Pete nur zuvorgekommen. Jedenfalls war er sich darüber im klaren, daß er der Hauptverdächtige sein würde und keine Chance hatte, der Polizei seine Geschichte glaubhaft zu machen. Darum hat er versucht, Deborah zu überzeugen und dazu zu bringen, daß sie die Aufmerksamkeit des FBI auf Pete lenkt. Sonst wäre Lieber aller Wahrscheinlichkeit nach bis an sein Lebensende im Gefängnis gelandet.«

Deborah senkte den Blick. Sie konnte kaum begreifen, wie viele böse Einflüsse ihren Mann in den letzten paar Tagen seines Lebens umgeben hatten: Pete und Artie Lieber hatten ihm den Tod gewünscht; das FBI hatte ihn für einen Massenmörder gehalten. Und Emily. Immer seine schöne Schwester, unwiderruflich geschädigt, weil er sie ein paar Stunden allein gelassen hatte.

Als hätte sie ihre sinkende Stimmung bemerkt, sagte Barbara munter: »Wer hätte geglaubt, daß Mrs. Dillman das alles überlebt?«

»Fred hat mir erzählt, daß sie gestern abend aufgewacht ist«, antwortete Deborah. Sie lächelte. »Sie hat die Ärzte davon in Kenntnis gesetzt, daß sie von Pete Griffin überfallen worden war und daß die Kinder in Gefahr waren. Man hat ihr nicht geglaubt, aber sie hatte absolut recht.«

»Das ist schon erstaunlich«, sagte Barbara. »Ich hoffe, daß ich, selbst wenn mein Gedächtnis mal zu wünschen übrig läßt, so zäh bin wie sie, wenn ich erst in ihrem Alter bin.« Sie lächelte Evan liebevoll zu und betrachtete den neuen Ring an ihrer linken Hand. »Schon gar, da ich mit einem jungen Ehemann Schritt halten muß.«

Evan grinste. »Schatz, wenn du in Mrs. Dillmans Alter bist, bin ich fünfundachtzig. Ich denke nicht, daß es allzu schwer sein wird, mit mir Schritt zu halten.«

Später fuhren zum Vergnügen der Kinder Barbara und Evan los, um Frühstück für alle bei McDonald's zu holen. Als sie aufbrachen, warf Joe Deborah einen staunend ironischen Blick zu. »Noch vor zwei Tagen hab ich geglaubt, die zwei wären fertig miteinander. Jetzt sind sie verlobt.«

»Barbara hat gesagt, daß sie einen kritischen Punkt erreicht hatten. Evan hatte eine Wahl zu treffen, und glücklicherweise ist seine Wahl zu ihren Gunsten ausgefallen.«

»Ich denke, wir warten besser eine Weile, ehe wir sehen, ob Evans Entscheidung für Barbara glücklich war oder nicht. Ich glaub nämlich nicht, daß er absolut sicher ist, was er will.«

»Wir müssen wohl das Beste hoffen.« Deborah sah aus dem Fenster. »Am Abend der Weihnachtsfeier hat Steve zu mir gesagt, daß jede romantische Beziehung ein Risiko birgt.«

»Er hatte recht.«

Deborah seufzte. »Joe, ich kann einfach nicht glauben, daß Pete ihn ermordet hat. Er ist fort.« Sie schnippte mit den Fingern. »Einfach so. Ich werde ihn nie wieder lächeln sehen, nie wieder hören, wie er sich beschwert, daß die Kinder zuviel fernsehen, ihm nie wieder zuschauen, wie er sich um seine Pflanzen kümmert.« Sie schüttelte den Kopf. »Ich hatte gelernt, unser alljährliches Weihnachtsfest zu hassen – es hat mir so viel Arbeit gemacht –, aber im Augenblick würde ich jeden Abend ein Fest geben, wenn er nur wieder unter uns weilen könnte.« Ihre Augen füllten sich mit Tränen. »Ach, Joe, ich schäme mich so, daß ich hier herumgesessen und gelächelt und geplaudert habe, als wäre nichts passiert.«

348

»Du hast zuviel durchgemacht, um alles auf einmal zu verarbeiten«, entgegnete er sanft. »Ich weiß, daß du ihn geliebt hast. Er hat gewußt, daß du ihn liebst. Und du brauchst dich nicht schuldig zu fühlen, weil du unter einem psychischen Schock stehst. Du mußt dich im Augenblick zusammenreißen, der Kinder wegen. Unglücklicherweise wird dich der Schmerz später treffen.«

»Ich weiß.« Sie runzelte die Stirn. »Was ich nicht weiß, ist, wie ich es den Kindern beibringen soll.«

»Kann ich dir dabei vielleicht behilflich sein?«

Sie sah sein müdes Gesicht, die leicht blutunterlaufenen Augen und merkte, daß die Narbe deutlicher hervortrat als sonst. »Ich finde, wir haben dir schon genug zugemutet.«

Joe setzte sich neben sie auf die Couch und blickte ihr ernst in die Augen. »Weißt du noch, wie du mich gefragt hast, ob ich glücklich bin, und ich geantwortet habe, ich sei weder glücklich noch unglücklich?« Sie nickte. »Das war gelogen. Ich hoffe, Steve wird es mir nicht übelnehmen, aber ich war diese Woche glücklich, hier mit dir und den Kindern, trotz der besonderen Umstände. Ich hab es genossen, mit ihnen zu spielen und zu viert zu Abend zu essen, ja sogar, mitten in einem Schneesturm durch die Hinterhöfe zu schleichen.«

»Ach, Joe.« Deborah versagte die Stimme. Sie fühlte sich schuldig und war zugleich traurig und erfreut. »Ich weiß nicht, was ich dazu sagen soll.«

»Sag mir nur, daß du mich jetzt nicht ausschließen wirst, nachdem die Bedrohung eures Lebens vorüber ist.« Seine Stimme wurde ganz weich. »Bitte, Deborah. Ich möchte euch helfen, wenn ich kann.«

Sie blickte einen Augenblick auf ihre Hände herab. »Wir brauchen dich. Kim und Brian und ich, wir brauchen dich.« Sie begegnete seinem Blick und lächelte. »Ich denke nicht dran, dich auszuschließen, Joe. Niemals.«

Carlene Thompson
Schwarz zur Erinnerung
Roman
Aus dem Amerikanischen von Ann Anders
Band 14227

Vor zwanzig Jahren wurde Carolines sechsjährige Tochter
Hayley entführt und ermordet. Der Täter wurde nie gefasst.
Und Caroline ist nie wirklich hinweggekommen über den
Verlust ihres ersten Kindes und das Zerbrechen der Liebes-
beziehung zu ihrem ersten Mann. Aber sie hat sich ein neues
Leben aufgebaut. Sie ist wieder verheiratet, hat zwei Kinder
und näht nebenbei für den Designermöbelladen ihrer besten
Freundin. Da beginnt an dem Tag, an dem Hayley fünfund-
zwanzig Jahre alt geworden wäre, eine Kette unerklärli-
cher, erschreckender Ereignisse, die Caroline fast an ihrem
Verstand zweifeln lassen. Irgend jemand scheint es auf die
achtjährige Melinda abgesehen zu haben ...

Fischer Taschenbuch Verlag

fi 14227 / 1

Carlene Thompson

Schwarz zur Erinnerung
Roman
Aus dem Amerikanischen von Ann Anders
Band 14227

Sieh mich nicht an
Roman
Aus dem Amerikanischen von Anne Steeb
Band 14538

Heute Nacht oder nie
Roman
Aus dem Amerikanischen von Anne Steeb
Band 14779

Im Falle meines Todes
Roman
Aus dem Amerikanischen von Anne Steeb
Band 14835

Kalt ist die Nacht
Roman
Aus dem Amerikanischen von Irmengard Gabler
Band 14977

Vergiss, wenn du kannst
Roman
Aus dem Amerikanischen von Irmengard Gabler
Band 15235

Fischer Taschenbuch Verlag